www.ingramcontent.com/pod-product-compliance
Lightning Source LLC
Chambersburg PA
CBHW061443210726
48287CB00007B/2336

موزیل

کلیاتِ منٹو ۔ 8/9

افسانے

سعادت حسن منٹو

Copyrights

Literary works of Saadat Hasan Manto are in public domain and therefore are free to to be published, reproduced, stored in a retrieval system, or transmitted in any form or by any means, electronic, mechanical, photocopying, recording, or otherwise. Reproduction of this book and this series with publisher name or logo, however is not permitted.

TITLE:	Mozeel
FORMAT:	Paperback
SERIES:	Kulliyat e Manto
PART:	Part 8 of 9
AUTHOR:	Saadat Hasan Manto
PUBLISHED BY:	GhazalSara Dot Org, LLC
PUBLISHED:	May 2023
ISBN:	978-1-957756-55-4
CONTACT:	ghazalsara.org@outlook.com

Scan this QR Code with your phone now!

Printed and bound in the U.S.A.

کلیاتِ منٹو

منٹو کے تمام افسانوں کو نو کتابوں کی صورت میں شائع کیا جا رہا ہے۔ یہ کتب امریکہ میں غزل سرا کے آن لائن سٹور اور باقی تمام دنیا میں ایمازون اور ایسے ہی دوسرے سٹورز پر بآسانی دستیاب ہیں۔ اس کے علاوہ یہ کتب ای بک فارمیٹ میں ایپل بک سٹور، گوگل پلے بکس اور دوسرے ای بک پلیٹ فارمز پر دستیاب ہیں۔

فارمیٹ	آئی ایس بی این	ٹائٹل	#
ہارڈ کور	978-1-957756-71-4		
پیپر بیک	978-1-957756-48-6	ایک زاہدہ، ایک فاحشہ	1
ای بک	978-1-957756-57-8		
ہارڈ کور	978-1-957756-72-1		
پیپر بیک	978-1-957756-49-3	بلاؤز	2
ای بک	978-1-957756-58-5		
ہارڈ کور	978-1-957756-73-8		
پیپر بیک	978-1-957756-50-9	ٹھنڈا گوشت	3
ای بک	978-1-957756-59-2		
ہارڈ کور	978-1-957756-79-0		
پیپر بیک	978-1-957756-51-6	دھواں	4
ای بک	978-1-957756-60-8		
ہارڈ کور	978-1-957756-74-5		
پیپر بیک	978-1-957756-52-3	سودا بیچنے والی	5
ای بک	978-1-957756-61-5		
ہارڈ کور	978-1-957756-66-0		
پیپر بیک	978-1-957756-53-0	شہید ساز	6
ای بک	978-1-957756-62-2		
ہارڈ کور	978-1-957756-46-2		
پیپر بیک	978-1-957756-54-7	کھول دو	7
ای بک	978-1-957756-63-9		
ہارڈ کور	978-1-957756-77-6		
پیپر بیک	978-1-957756-55-4	موذیل	8
ای بک	978-1-957756-64-6		
ہارڈ کور	978-1-957756-78-3		
پیپر بیک	978-1-957756-56-1	ہتک	9
ای بک	978-1-957756-65-3		

فہرست

مرزا غالب کی حشمت خاں کے گھر دعوت	5
مس مالا	11
مس ایڈنا جیکسن	17
مس ٹین والا	23
مس فریا	30
مسٹر حمیدہ	41
مسٹر معین الدین	46
مسز ڈی کوسٹا	53
مسز گل	61
مصری کی ڈلی	67
ملاقاتی	76
ملاوٹ	81
ملبے کا ڈھیر	86
ممد بھائی	91
ممی	105
مناسب کارروائی	140
منتر	141
منظور	149
مہتاب خاں	156
موتری	161
موج دین	163
موچنا	169
موذیل	175

مرزا غالب کی حشمت خاں کے گھر

دعوت

جب حشمت خاں کو معلوم ہو گیا کہ چودھویں (ڈومنی) اس کے بجائے مرزا غالب کی محبت کا دم بھرتی ہے۔ حالانکہ وہ اس کی ماں کو ہر مہینے کافی روپے دیتا ہے اور قریب قریب طے ہو چکا ہے کہ اس کی مِسّی کی رسم بہت جلد بڑے اہتمام سے ادا کر دی جائے گی، تو اس کو بڑا تاؤ آیا۔ اس نے سوچا کہ مرزا نوشہ کو کسی نہ کسی طرح ذلیل کیا جائے۔ چنانچہ ایک دن مرزا کو رات کو اپنے یہاں مدعو کیا۔

مرزا غالب وقت کے بڑے پابند تھے۔ جب حشمت خاں کے ہاں پہنچے تو دیکھا کہ گنتی کے چند آدمی چھول داری کے نیچے شمعوں کی روشنی میں بیٹھے ہیں۔۔۔ گاؤ تکیے لگے ہیں۔ اُگالدان جا بجا قالینوں پر موجود پڑے ہیں۔ غالب آئے، تعظیماً سب اٹھ کھڑے ہوئے اور ان سے معانقہ کیا اور حشمت خاں سے مخاطب ہوئے، ''ہائیں۔۔۔ خاں صاحب یہاں تو سنّاٹا پڑا ہے۔۔۔ ابھی کوئی نہیں آیا؟''

حشمت خاں مسکرایا، ''یوں کیوں نہیں کہتے کے اندھیرا پڑا ہے۔۔۔ چودھویں آئے تو ابھی چاندنی چھٹک جائے۔'' مرزا غالب نے یہ چوٹ بڑے تحمل سے برداشت کی، ''سچ تو یوں ہے کہ آپ کے گھر میں چودھویں کے دم سے روشنی ہے۔۔۔ ہتھکڑیوں کی جھنکار اور آپ کی تیز گفتار کے سوا دھرا ہی کیا ہے؟''

حشمت خاں کھسیانا سا ہو گیا۔۔۔ اس کو کوئی جواب نہ سوجھا۔ اتنے میں دو تین اصحاب اندر داخل ہوئے جن کو حشمت خاں نے مدعو کیا تھا، ''آگے آیئے جناب جمیل احمد خاں صاحب۔۔۔ آیئے۔۔۔ اور بھی سرور خاں، تم نے بھی حد کر دی۔'' حشمت خاں کے ان مہمانوں نے جو اس کے دوست تھے، موزوں

و مناسب الفاظ میں معذرت چاہی اور چاندنی پر بیٹھ گئے ۔

حشمت خاں نے اپنے ملازم کو اپنی گرج دار آواز میں بلایا، ''منے خاں!''

''بی چودھویں ابھی تک نہیں آئیں۔۔۔کیا وجہ؟''

منے خاں نے عرض کی، ''جی حضور، بہت دیر سے آئی لال کمرے میں بیٹھی ہیں۔۔۔سارے سماجی حاضر ہیں۔۔۔کیا حکم ہے؟'' حشمت خاں طشتری میں سے پان کا چاندی اور سونے کے ورق لگا ہوا بیڑا اٹھایا اور اپنے نوکر کو دیا، ''لو یہ بیڑا دے دو۔۔۔محفل میں آ جائیں، گانا اور ناچ شروع ہو۔'' منے خاں لال کمرے میں گیا۔ چودھویں، چوڑی دار پائجامہ پہنے دونوں ٹخنوں پر گھنگھرو باندھے تیار بیٹھی تھی۔ اس نے اس سانولی سلونی جوانی کو بیڑا دیا۔ چودھویں نے اسے لے کر ایک طرف رکھ دیا۔ اٹھی، دونوں پاؤں فرش پر مار کر گھنگھروؤں کی نشست دیکھی اور سماجیوں سے کہا، ''تم لوگ چلو اور لہرا بجانا شروع کرو۔۔۔میں آئی۔''

سماجیوں نے حاضرین کو فرشی سلام کیا اور ایک طرف بیٹھ گئے۔ طبلہ سارنگی سے ملنے لگا، لہرا بجنا شروع ہوا ہی تھا کہ چودھویں، لال کمرے ہی سے ناچتی تھرکتی محفل میں آئی۔ کورنش بجا لا کر ایک چھنا کے کے ساتھ ناچنے لگی۔ جمیل احمد نے ایک تَوڑے پر بے اختیار ہو کر کہا، ''بی چودھویں، کیا کیا ناچ کے انگوں میں بھاؤ لجاؤ بتا رہی ہو۔'' چودھویں نے جو کہ ایک نیا توڑا لے رہی تھی، اسے ختم کر کے تسلیم بجا لاتے ہوئے کہا، ''حضور، آپ رئیس لوگ قدردانی فرماتے ہیں ورنہ میں ناچنا کیا جانوں۔''

سرور خاں بہت مسرور تھے، کہا ''سچ تو یہ ہے، بی چودھویں تم ناچتی ہو تو معلوم ہوتا ہے پھل جھڑی پھوٹ رہی ہے۔'' جمیل احمد سرور خاں سے مخاطب ہوئے، ''اماں گل ریز نہیں کہتے۔'' پھر انہوں نے غالب کی طرف دیکھا، ''کیوں مرزا نوشہ! صحیح عرض کر رہا ہوں نا؟'' غالب نے تھوڑے توقف کے بعد چودھویں کی طرف کنکھیوں سے دیکھا، ''میں تو نہ پُھل جھڑی کہوں گا اور نہ گل ریز۔۔۔ بلکہ یوں کہوں گا کہ معلوم ہوتا ہے مہتاب پھوٹ رہی ہے۔'' جمیل احمد بولے، ''واہ واہ۔ کیوں نہ ہو۔ شاعر ہیں ناشاعر، چودھویں کا ناچ اور مہتاب، نہ پُھل جھڑی نہ گل ریز۔۔۔سبحان اللہ، سبحان اللہ!''

حشمت خاں نے اپنی مخصوص گرج دار آواز میں کہا، ''ایک تو یوں اِن بی صاحبہ کا دماغ چوتھے آسمان پر ہے، آپ لوگ اور ساتویں آسمان پر پہنچا رہے ہیں۔'' چودھویں ناچتے ہوئے ایک ادا سے حشمت خاں کو کہتی ہے، ''جی ہاں آپ کو تو بس کیڑے ڈالنے آتے ہیں۔'' حشمت خاں مسکراتا ہے اور اپنے دوستوں

کی طرف دیکھتا ہے، ''اچھا حضرات سنیے۔ چودھویں جس وقت ناچتی ہے، معلوم ہوتا ہے پانی پر مچھلی تیر رہی ہے۔'' پھر چودھویں سے مخاطب ہوتا ہے، ''لے اب خوش ہوئیں؟''

چودھویں ناچنا بند کر دیتی ہے اور ننھی سی ناک چڑھا کر کہتی ہے، ''دماغ کہاں پہنچا ہے۔سڑی بدبودار مچھلی۔۔۔ دُور پار۔۔۔ نوج، میں کیا مچھلی ہوں۔'' محفل میں فرمائشی قہقہے لگتے ہیں۔حشمت خاں کو چودھویں کا جواب ناگوار معلوم ہوتا ہے۔۔۔مگر چودھویں اس کے بگڑے ہوئے تیوروں کی کوئی پروا نہیں کرتی اور غالب کو محبت کی نظر سے دیکھ کران کی یہ غزل بڑے جذبے کے ساتھ گانا شروع کرتی ہے۔۔۔

یہ جو ہم ہجر میں دیوار و در کو دیکھتے ہیں

کبھی صبا کو کبھی نامہ بر کو دیکھتے ہیں

وہ آئیں گھر میں ہمارے خدا کی قدرت ہے

کبھی ہم ان کو کبھی اپنے گھر کو دیکھتے ہیں

چودھویں یہ غزل غالب کی طرف رخ کر کے گاتی ہے اور کبھی کبھی مسکرا دیتی ہے۔۔۔غالب بھی مُتَبَسّم ہو جاتے ہیں۔حشمت خاں جل بُھن جاتا ہے اور چودھویں سے بڑے کڑے لہجے میں کہتا ہے، ''ارے ہٹاؤ، یہ غزلیں وزلیں، کوئی ٹھمری داد را گاؤ۔'' چودھویں غزل گانا بند کر دیتی ہے۔مرزا غالب کی طرف تھوڑی دیر ٹِکٹکی باندھ کر دیکھتی ہے اور یہ ٹھمری الاپنا شروع کرتی ہے۔۔۔

پیا بن نہیں آوت چین

حشمت خاں کے سارے منصوبے خاک میں ملے جا رہے تھے۔اپنی کرخت آواز میں جان محمد کو بلاتا اور اس سے کہتا ہے، ''وہ میرا صندوقچہ لانا۔'' جان محمد بڑے ادب سے دریافت کرتا ہے، ''کون سا صندوقچہ حضور؟''

''ارے وہی، جس میں کل میں نے تمہارے سامنے کچھ زیورات لا کے رکھے ہیں۔''

گانا جاری رہتا ہے۔۔۔اس دوران میں جان محمد صندوقچہ لا کر حشمت خاں کے سامنے رکھ دیتا ہے۔وہ غالب کو جو چودھویں کا گانا سننے میں محو ہے، ایک نظر دیکھ کر مسکراتا ہے۔صندوقچہ کھول کر ایک جڑاؤ گلوبند نکال کر چودھویں سے مخاطب ہوتا ہے، ''چودھویں۔۔۔ اِدھر دیکھو۔۔۔ یہ گلوبند کس کا؟'' چودھویں ایک ادا کے ساتھ جواب دیتی ہے، ''میرا۔'' حشمت خاں، غالب کی طرف معنی خیز نظروں سے دیکھتا ہے اور صندوقچے سے جڑاؤ جھالے نکال کر چودھویں سے پوچھتا ہے، ''اچھا یہ جھالے کس کے؟'' پھر وہی

ادا، پُر اب وہ تصنع اختیار کر رہی تھی، ''میرے!''

حاضرین یہ تماشا دیکھ رہے تھے، جن میں مرزا غالب بھی شامل تھے۔ سب حیران تھے کہ یہ ہو کیا رہا ہے۔ حشمت خاں اب کی کُرے نکالتا ہے، ''چودھویں یہ کڑوں کی جوڑی کس کی؟'' چودھویں کی ادا بالکل بناوٹ ہو گئی، ''میری!'' اب حشمت خاں بڑی خود اعتمادی سے اس سے سوال کرتا ہے، ''اچھا اب بتاؤ، چودھویں کس کی؟'' چودھویں توقف کے بعد ذرا آنچل کی آڑ لے کر دیکھتی ہے، ''آپ کی۔'' غالب خاموش رہتے ہیں۔ لیکن حشمت خاں جو شاید چودھویں کے آنچل کی اوٹ کا جواب سمجھ نہیں سکا تھا، مرزا سے کہا، ''آپ بھی گواہ رہیے گا۔''

غالب نے ذرا تیکھے پن سے جواب دیا، ''سازشی مقدمے میں گواہی مجھ سے دلواتے ہو۔''

''تم نے نہیں سنا؟''

مرزا غالب محفل سے اٹھ کر جاتے ہوئے حشمت خاں سے کہتے ہیں، ''کچھ دیکھا نہ کچھ سنا۔۔۔ اور دوسرے مجھی سے مقدمہ اور مجھی سے گواہی۔۔۔غضب، اندھیر!'' غالب کے جانے کے بعد محفل درہم برہم ہو جاتی ہے۔۔۔ چودھویں سے حشمت خاں گانا جاری رکھنے کے لیے کہتا ہے۔۔۔صرف حکم کی تعمیل کے لیے وہ گاتی ہے، مگر اُکھڑے ہوئے سُروں میں۔ حشمت خاں دلی طور پر محسوس کرتا ہے کہ وہ شکست خوردہ ہے۔۔۔ آج کا میدان غالب مار گئے۔

دوسرے روز صبح غالب کا بھیجا ہوا آدمی مداری چودھویں کے گھر پہنچتا ہے اور چودھویں سے ملتا ہے۔۔۔ وہ اس کو پہچانتی تھی، اس لیے بہت خوش ہوتی ہے اور اس سے پوچھتی ہے، ''کیوں میاں مردھے، کہاں سے آئے ہو؟''

''جی حَبَش خاں کے پھاٹک سے آیا ہوں۔۔۔ نواب مرزا اسد اللہ خاں صاحب نے بھیجا ہے۔'' چودھویں کا دل دھڑکنے لگا، ''کیوں کیا بات ہے؟''

''جی نہیں، انہوں نے یہ توڑا بھیجا ہے'' یہ کہہ کر مداری ایک توڑا چودھویں کو دیتا ہے، جسے وہ جلدی جلدی بڑے اشتیاق سے کھولتی ہے۔ اس میں سے زیورات نکلتے ہیں۔ مداری اس سے کہتا ہے، ''بی بی جی گِن کے سنبھال لیجیے اور ایک بات جو نواب صاحب نے کہی ہے، وہ سن لیجیے۔'' ''کیا کہا؟''

مداری تھوڑی ہچکچاہٹ کے بعد زبان کھولتا ہے، ''انہوں نے کہا تھا۔۔۔ اپنے رئیس جمعدار حشمت خاں

سے کہنا کہ جن مقدموں کا فیصلہ روپیہ پیسہ چڑھا کر بڑی آسانی سے اپنے حق میں ہو جائے، ان پر گواہوں کی ضرورت نہیں ہوا کرتی۔''

چودھویں گزشتہ رات کے واقعات کی روشنی میں مرزا نوشہ کی اس بات کو فوراً سمجھ جاتی ہے اور دانتوں سے اپنی مخروطی انگلیوں کے ناخن کاٹنا شروع کر دیتی ہے اور سخت پریشان ہو کر کہتی ہے، ''وہی ہوا جو میں سمجھتی تھی۔۔۔میاں مردھے، تم ذرا ٹھہرو، تو میں تم سے کچھ کہوں۔''

مداری چند لمحات سوچتا ہے، ''لیکن بی بی جی! نواب صاحب نے فرمایا تھا کہ دیکھو مداری، یہ توڑا دے آنا۔۔۔ واپس نہ لانا اور فوراً چلے آنا۔'' چودھویں اور زیادہ مُضطرِب ہو جاتی ہے، ''ذرا دَم بھر ٹھہرو۔۔۔ سُنو، اُن سے کہنا۔۔۔ میں کیونکر۔۔۔ ہاں یہ کہنا کہ میری سمجھ میں کچھ بھی نہیں آتا۔۔۔ لیکن سنا تم نے۔۔۔ کہنا میں مجبوری سے کہہ گئی۔۔۔ نہیں نہیں مردھے بابا کہنا، ہاں کیا۔۔۔؟ بس یہی کہ میرا قصور کچھ نہیں۔'' یہ کہتے کہتے اس کی آنکھوں میں آنسو آ جاتے ہیں، ''لیکن سنا میاں مداری۔۔۔ تم اتنا ضرور کہنا کہ آپ خود تشریف لائیں، تو میں اپنے دل کا حال کہوں۔۔۔ اچھا تو یوں کہنا۔۔۔ زبانی عرض کروں گی۔۔۔ ہائے اور کیا کہوں۔۔۔ سنو میرا ہاتھ جوڑ کر سلام کہنا۔''

مداری اچھا اچھا کہتا چلا جاتا ہے۔ لیکن چودھویں اسے آنسو بھری آنکھوں سے سیڑھیوں کے پاس ہی روک لیتی ہے، ''اے میاں مردھے۔۔۔ اے میاں مداری۔۔۔ کہنا میری جان کی قسم ضرور آئیے گا۔۔۔ کہنا میرا مُردہ دیکھے۔۔۔ چودھویں بدنصیب کو اپنے ہاتھ سے گاڑیئے جو نہ آئے۔۔۔ دیکھو ضرور سب کچھ کہنا۔' مداری چلا جاتا ہے۔ وہ روتی روتی بیٹھک میں آتی ہے اور گاؤ تکیے پر گر کر آنسو بہانے لگتی ہے۔۔۔

تھوڑی دیر کے بعد جمعدار حشمت خاں آتا ہے اور معنی خیز نظروں سے اس کو دیکھتا ہے۔۔۔ چودھویں کو اس کی آمد کا کچھ احساس نہیں ہوتا، اس لیے وہ غم و اَندوہ کے ایک اتھاہ سمندر میں تھپیڑے کھا رہی تھی۔ حشمت خاں اُس کے پاس ہی مَسنَد پر بیٹھ جاتا ہے۔۔۔ پھر بھی چودھویں کو اس کی موجودگی کا کچھ پتہ نہیں چلتا۔۔۔ بے خودی کے عالم میں وہ اس کی طرف بالکل خالی نظروں سے دیکھتی ہے اور بڑ بڑاتی ہے، ''جانے وہ اُن سے سب باتیں کہے گا بھی یا نہیں۔''

حشمت خاں جو اس کے پاس ہی بیٹھا تھا، کرخت آواز میں بولا، ''میری جان! مجھ سے کہی ہوتیں تو ایک ایک تمہارے مرزا نوشہ تک پہنچا دیتا۔''

چودھویں چونک پڑتی ہے، جیسے اس کو خوابوں کی دنیا میں کسی نے ایک دم جھنجھوڑ کر جگا دیا۔۔۔ اس

کی آنسو بھری آنکھیں دھندلی ہو رہی تھیں۔۔۔اسے صرف سیاہ نوکیلی مونچھیں دکھائی دیں، جن کا ایک

ایک بال اس کے دل میں تیکوں کی طرح چُبھتا گیا۔۔۔ آخر اسے کوئی ہوش نہ رہا۔۔۔ وہ سمجھتا تھا

کہ یہ بھی ایک چِلّر ہے جو عام طور پر طوائفوں اور ڈومنیوں سے منسوب ہے۔۔۔وہ زور زور سے قہقہے

لگاتا رہا اور ڈومنی بے ہوشی کے عالم میں مرزا نوشہ کی خاطر مدارت میں فوراً مشغول ہو گئی تھی۔ اِس لیے کہ

وہ اُس کے بُلانے پر آ گئے تھے۔

مس مالا

گانے لکھنے والے عظیم گوبندپوری جب اے، بی، سی پروڈکشنز میں ملازم ہوا تو اس نے فوراً اپنے دوست میوزک ڈائریکٹر بھٹساوے کے متعلق سوچا جو مرہٹہ تھا اور عظیم کے ساتھ کئی فلموں میں کام کر چکا تھا۔ عظیم اس کی اہلیتوں کو جانتا تھا۔ اسٹنٹ فلموں میں آدمی اپنے جوہر کیا دکھا سکتا ہے، بے چارہ گمنامی کے گوشے میں پڑا تھا۔

عظیم نے چنانچہ اپنے سیٹھ سے بات کی اور کچھ اس انداز میں کی کہ اس نے بھٹساوے کو بلایا اور اس کے ساتھ ایک فلم کا کنٹریکٹ تین ہزار روپوں میں کر لیا۔ کنٹریکٹ پر دستخط کرتے ہی اسے پانچ سو روپے ملے جو اس نے اپنے قرض خواہوں کو ادا کر دیئے۔ عظیم گوبندپوری کا وہ بڑا شکر گزار تھا۔ چاہتا تھا کہ اس کی کوئی خدمت کرے، مگر اس نے سوچا، آدمی بے حد شریف ہے اور بے غرض ۔۔۔ کوئی بات نہیں، آئندہ مہینے سہی۔ کیونکہ ہر ماہ اسے پانچ سو روپے کنٹریکٹ کی رُو سے ملنے تھے۔ اس نے عظیم سے کچھ نہ کہا۔ دونوں اپنے اپنے کام میں مشغول تھے۔

عظیم نے دس گانے لکھے جن میں سے سیٹھ نے چار پسند کیے۔ بھٹساوے نے موسیقی کے لحاظ سے صرف دو۔ ان کی اس نے عظیم کے اشتراک سے دھنیں تیار کیں جو بہت پسند کی گئیں۔

پندرہ بیس روز تک ریہرسلیں ہوتی رہیں۔ فلم کا پہلا گانا کورس تھا۔ اس کے لیے کم از کم دس گویالڑکیاں درکار تھیں۔ پروڈکشن مینجر سے کہا گیا۔ مگر جب وہ انتظام نہ کر سکا تو بھٹساوے نے مس مالا کو بلایا جس کی آواز اچھی تھی۔ اس کے علاوہ وہ پانچ چھ اور لڑکیوں کو جانتی تھی جو سر میں گا لیتی تھیں۔ مس مالا ہانڈیکر جیسا کہ اس کے نام سے ظاہر ہے کہ کولھاپور کی مرہٹہ تھی۔ دوسروں کے مقابلہ میں اس کا اردو کا تلفظ زیادہ

صاف تھا۔اس کو یہ زبان بولنے کا شوق تھا۔عمر کی زیادہ بڑی نہیں تھی۔لیکن اس کے چہرے کا ہر خدوخال اپنی جگہ پر پختہ۔ باتیں بھی اسی انداز میں کرتی کہ معلوم ہوتا اچھی خاصی عمر کی ہے، زندگی کے اتار چڑھاؤ سے باخبر ہے۔اسٹوڈیو کے ہر کارکن کو بھائی جان کہتی اور ہر آنے والے سے بہت جلدی گھل مل جاتی تھی۔

اس کو جب بھٹساوے نے بلایا تو وہ بہت خوش ہوئی۔اس کے ذمے یہ کام سپرد کیا گیا کہ وہ فوراً کورس کے لیے دس گانے والی لڑکیاں مہیا کردے۔وہ دوسرے روز ہی بارہ لڑکیاں لے آئی۔ بھٹساوے نے ان کا ٹیسٹ لیا۔سات کام کی نکلیں۔باقی رخصت کردی گئیں۔اس نے سوچا کہ چلو ٹھیک ہے۔سات ہی کافی ہیں۔جگتاپ ساؤنڈ ریکارڈسٹ سے مشورہ کیا،اس نے کہا کہ میں سب ٹھیک کرلوں گا۔ایسی ریکارڈنگ کروں گا کہ لوگوں کو ایسا معلوم ہوگا بیس لڑکیاں گا رہی ہیں۔

جگتاپ اپنے فن کو سمجھتا تھا، چنانچہ اس نے ریکارڈنگ کے لیے ساؤنڈ پروف کمرے کے بجائے سازندوں اور گانے والیوں کو ایک ایسے کمرے میں بٹھایا جس کی دیواریں سخت تھیں، جن پر ایسا کوئی غلاف چڑھا ہوا نہیں تھا کہ آواز دب جائے۔فلم '' بے وفا '' کا مہورت اسی کورس سے ہوا۔سینکڑوں آدمی آئے۔ان میں بڑے بڑے فلمی سیٹھ اور ڈسٹری بیوٹرز تھے۔اے، بی، سی پروڈکشنز کے مالک نے بڑا اہتمام کیا ہوا تھا۔ پہلے گانے کی دو چار ریہرسلیں ہوئیں، مس مالا کھانڈیکر نے بھٹساوے کے ساتھ پورا تعاون کیا۔سات لڑکیوں کو فرداً فرداً آگاہ کیا کہ خبردار رہیں اور کوئی مسئلہ پیدا نہ ہونے دیں۔ بھٹساوے پہلی ہی ریہرسل سے مطمئن تھا لیکن اس نے مزید اطمینان کی خاطر چند اور ریہرسلیں کرائیں، اس کے بعد جگتاپ سے کہا کہ وہ اپنا اطمینان کر لے، اس نے جب ساؤنڈ ٹریک میں یہ کورس پہلی مرتبہ ہیڈفون لگا کر سنا تو اس نے خوش ہو کر بہت اونچا '' اوکے '' کہہ دیا۔ ہر ساز اور ہر آواز اپنے صحیح مقام پر تھی۔

مہمانوں کے لیے مائیکروفون کا انتظام کر دیا گیا تھا۔ریکارڈنگ شروع ہوئی تو اسے اون کر دیا گیا۔ بھٹساوے کی آواز بھونپو سے نکلی سونگ نمبر 1، ٹیک فرسٹ ریڈی، ون۔ٹو۔

اور کورس شروع ہو گیا۔

بہت اچھی کمپوزیشن تھی۔ سات لڑکیوں میں سے کسی ایک نے بھی کہیں غلط سر نہ لگایا۔مہمان بہت محظوظ ہوئے۔سیٹھ، جو موسیقی کیا ہوتی ہے؟ اس سے بھی قطعاً نا آشنا تھا، بہت خوش ہوا، اس لیے کہ سارے مہمان اس کورس کی تعریف کر رہے تھے۔ بھٹساوے نے سازندوں اور گانے والیوں کو شاباشیاں دیں۔ خاص طور پر اس نے مس مالا کا شکریہ ادا کیا جس نے اس کو اتنی جلدی گانے والیاں فراہم کر دیں۔اس

کے بعد وہ جگتاپ ساؤنڈ ریکارڈسٹ سے گلے مل رہا تھا کہ اے، بی، سی پروڈکشنز کے مالک سیٹھ رنچھوڑ داس کا آدمی آیا کہ وہ اسے بلا رہے ہیں، عظیم گوبند پوری کو بھی۔

دونوں بھاگے اسٹوڈیو کے اس سرے پر گئے جہاں محفل جمی تھی۔ سیٹھ صاحب نے سب مہمانوں کے سامنے ایک سو روپے کا سبز نوٹ انعام کے طور پر پہلے بھٹساوے کو دیا، پھر دوسرا عظیم گوبند پوری کو۔ وہ مختصر سا باغیچہ جس میں مہمان بیٹھے تھے، تالیوں کی آواز سے گونج اٹھا۔

جب مہورت کی یہ محفل برخواست ہوئی تو بھٹساوے نے عظیم سے کہا، ''مال پانی ہے چلو آؤٹ ڈور چلیں،'' عظیم اس کا مطلب نہ سمجھا، ''آؤٹ ڈور کہاں؟'' بھٹساوے مسکرایا، ''مزے لگے (میرے لڑکے) موزشوک (موج شوق) کرنے جائیں گے۔ سو روپیہ تمہارے پاس ہے سو، ہمارے پاس۔ ۔ ۔ چلو۔'' عظیم سمجھ گیا۔ لیکن وہ اس کے موزشوک سے ڈرتا تھا، اس کی بیوی تھی، دو چھوٹے چھوٹے بچے بھی، اس نے کبھی عیاشی نہیں کی تھی۔ مگر اس وقت وہ خوش تھا۔ اس نے اپنے دل سے کہا۔ ۔ ۔ چلو رے ۔ ۔ ۔ دیکھیں گے کیا ہوتا ہے؟

بھٹساوے نے فوراً ٹیکسی منگوائی، دونوں اس میں بیٹھے اور گرانٹ روڈ پہنچے۔ عظیم نے پوچھا ''ہم کہاں جا رہے ہیں بھٹساوے؟'' وہ مسکرایا، ''اپنی موسی کے گھر۔'' اور جب وہ اپنی موسی کے گھر پہنچا تو وہ مس مالا کھانڈیکر کا گھر تھا۔ وہ ان دونوں سے بڑے تپاک کے ساتھ ملی، انہیں اندر اپنے کمرے میں لے گئی۔ ہوٹل سے چائے منگوا کر پلائی۔ بھٹساوے نے اس سے چائے پینے کے بعد کہا، ''ہم موزشوک کے لیے نکلے ہیں، تمہارے پاس۔ ۔ تم ہمارا کوئی بندوبست کرو۔'' مالا سمجھ گئی۔ وہ بھٹساوے کی احسان مند تھی۔ اس لیے اس نے فوراً مرہٹی زبان میں کہا جس کا یہ مطلب تھا کہ میں ہر خدمت کے لیے تیار ہوں۔

دراصل بھٹساوے عظیم کو خوش کرنا چاہتا تھا، اس لیے کہ اس نے اس کو ملازمت دلوائی تھی۔ چنانچہ بھٹساوے نے مس مالا سے کہا کہ وہ ایک لڑکی مہیا کر دے۔ مس مالا نے اپنا میک اپ جلدی جلدی ٹھیک کیا اور تیار ہو گئی۔ ۔ ۔ سب ٹیکسی میں بیٹھے۔ پہلے مس مالا پلے بیک سنگر شانتا کرن کے گھر گئی مگر وہ کسی اور کے ساتھ باہر جا چکی تھی۔ پھر وہ انسویا کے ہاں گئی مگر وہ اس قابل نہیں تھی کہ ان کے ساتھ ایسی مہم پر جا سکے۔ مس مالا کو بہت افسوس تھا کہ اسے دو جگہ ناامیدی کا سامنا کرنا پڑا۔ لیکن اس کو امید تھی کہ معاملہ ہو جائے گا چنانچہ ٹیکسی گول پیٹھا کی طرف چلی۔ وہاں کرشناتھی۔ پندرہ سولہ برس کی گجراتی لڑکی، بڑی نرم و ناز کے سر میں گاتی تھی۔ مالا اس کے گھر میں داخل ہوئی اور چند لمحات کے بعد اس کو ساتھ لیے باہر نکل آئی۔ بھٹساوے

کو اس نے ہاتھ جوڑ کے نمسکار کیا اور عظیم کو بھی۔ مالا نے ٹھیٹ دلالوں کے سے انداز میں عظیم کو آنکھ ماری اور گویا خاموش زبان میں اس سے کہا، ''یہ آپ کے لیے ہے۔''

بھٹساوے نے اس پر نگاہوں ہی نگاہوں میں صاد کر دیا۔ کرشنا، عظیم گو بند پوری کے پاس بیٹھ گئی۔ چونکہ اس کو مالا نے سب کچھ بتا دیا تھا، اس لیے وہ اس سے چھہلیں کرنے لگی۔ عظیم لڑکیوں کا ساحجاب محسوس کر رہا تھا۔ بھٹساوے کو اس کی طبیعت کا علم تھا۔ اس لیے اس نے ایک ٹیکسی ایک کے سامنے ٹھہرائی، صرف عظیم کو اپنے ساتھ اندر لے گیا۔ نغمہ نگار نے صرف ایک دو مرتبہ پی تھی، وہ بھی کاروباری سلسلے میں۔ یہ بھی کاروباری سلسلہ تھا۔ چنانچہ اس نے بھٹساوے کے اصرار پر دو پیگ رم کے پیے اور اس کو نشہ ہو گیا۔ بھٹساوے نے ایک بوتل خرید کے اپنے ساتھ رکھ لی۔ اب وہ پھر ٹیکسی میں تھے۔ عظیم کو اس بات کا قطعاً علم نہیں تھا کہ اس کا دوست بھٹساوے دو گلاس اور سوڈے کی بوتلیں بھی ساتھ لے آیا ہے۔ عظیم کو بعد میں معلوم ہوا کہ بھٹساوے پلے بیک سنگر کرشنا کی ماں سے یہ کہہ آیا تھا کہ جو کورس دن میں لیا گیا تھا، اس کے جتنے ٹیک تھے سب خراب نکلے ہیں اس لیے رات کو پھر ریکارڈنگ ہو گی۔ اس کی ماں ویسے کرشنا کو باہر جانے کی اجازت کبھی نہ دیتی۔ مگر جب بھٹساوے نے کہا کہ اسے اور روپے ملیں گے تو اس نے اپنی بیٹی سے کہا جلدی جاؤ اور فارغ ہو کر سیدھی یہاں آؤ۔ وہاں اسٹوڈیو میں نہ بیٹھی رہنا۔ ٹیکسی ورلی پہنچی، یعنی ساحلِ سمندر کے پاس۔ یہ وہ جگہ تھی، جہاں عیش پرست کسی نہ کسی عورت کو بغل میں دبائے آیا کرتے۔ ایک پہاڑی سی تھی، معلوم نہیں مصنوعی یا قدرتی۔ ۔ ۔ اس پر چڑھتے ۔ ۔ ۔ کافی وسیع و عریض سطح مرتفع قسم کی جگہ تھی۔ اس میں لمبے فاصلوں پر بنچیں رکھی ہوئی تھیں، جن پر صرف ایک ایک جوڑا بیٹھتا۔ سب کے درمیان اَن لکھا سمجھوتا تھا کہ وہ ایک دوسرے کے معاملے میں مخل نہ ہوں۔ بھٹساوے نے جو کہ عظیم کی دعوت کرنا چاہتا تھا ورلی کی پہاڑی پر کرشنا کو اس کے سپرد کر دیا اور خود مالا کے ساتھ ٹہلتا ٹہلتا ایک جانب چلا گیا۔

عظیم اور بھٹساوے میں ڈیڑھ سو گز کا فاصلہ ہو گا۔ عظیم جس نے غیر عورت کے درمیان ہزاروں میل کا فاصلہ محسوس کیا تھا، جب کرشنا کو اپنے ساتھ لگے دیکھا تو اس کا ایمان متزلزل ہو گیا۔ کرشنا ٹھیٹ مرہٹی لڑکی تھی، سانولی سلونی، بڑی مضبوط، شدید طور پر جوان اور اس میں وہ تمام دعوتیں تھیں جو کسی کھل کھیلنے والی میں ہو سکتی ہیں، عظیم چونکہ نشے میں تھا، اس لیے وہ اپنی بیوی کو بھول گیا اور اس کے دل میں خواہش پیدا ہوئی کہ کرشنا کو تھوڑے عرصے کے لیے بیوی بنا لے۔

اس کے دماغ میں مختلف شرارتیں پیدا ہو رہی تھیں۔ کچھ رم کے باعث اور کچھ کرشنا کی قربت کی وجہ سے۔ عام طور پر وہ بہت سنجیدہ رہتا تھا۔ بڑا کم گو لیکن اس وقت اس نے کرشنا کے گدگدی کی۔ اس کو کئی لطیفے اپنی ٹوٹی پھوٹی گجراتی میں سنائے۔ پھر جانے اسے کیا خیال آیا کہ زور سے بھٹساوے کو آواز دی اور کہا، ''پولیس آرہی ہے۔ پولیس آرہی ہے۔''

بھٹساوے، مالا کے ساتھ آیا۔ عظیم کو موٹی سی گالی دی اور ہنسنے لگا۔ وہ سمجھ گیا تھا کہ عظیم نے اس سے مذاق کیا ہے۔ لیکن اس نے سوچا، بہتر یہی ہے کسی ہوٹل میں چلیں، جہاں پولیس کا خطرہ نہ ہو۔ چاروں اٹھ رہے تھے کہ پیلی پگڑی والا نمودار ہوا۔ اس نے ٹھیٹ سپاہیانہ انداز میں پوچھا، ''تم لوگ رات کے گیارہ بجے یہاں کیا کر رہے ہو؟ معلوم نہیں، دس بجے سے پیچھے یہاں بیٹھنا ٹھیک نہیں ہے، کانون ہے۔''

عظیم نے سنتری سے کہا، ''جناب اپن فلم کا آدمی ہے، یہ چھوکری، اس نے کرشنا کی طرف دیکھا۔ یہ بھی فلم میں کام کرتی ہے۔ ہم لوگ کسی برے خیال سے یہاں نہیں آئے، یہاں پاس ہی جو اسٹوڈیو ہے، اس میں کام کرتے ہیں، تھک جاتے ہیں تو یہاں چلے آتے ہیں کہ تھوڑی سی تفریح ہو جائے، بارہ بجے ہماری شوٹنگ پھر شروع ہونے والی ہے۔''

پیلی پگڑی والا مطمئن ہو گیا، پھر وہ بھٹساوے سے مخاطب ہوا، ''تم اِدھر کیوں بیٹھا ہے؟'' بھٹساوے پہلے گھبرایا۔ لیکن فوراً سنبھل کر اس نے مالا کا ہاتھ اپنے ہاتھ میں لیا اور سنتری سے کہا، ''یہ ہمارا وائف ہے، ہماری ٹیکسی نیچے کھڑی ہے۔''

تھوڑی سی اور گفتگو ہوئی اور چاروں کی خلاصی ہو گئی۔ اس کے بعد انہوں نے ٹیکسی میں بیٹھ کر سوچا کہ کس ہوٹل میں چلیں۔ عظیم کو ایسے ہوٹلوں کے بارے میں کوئی علم نہیں تھا جہاں آدمی چند گھنٹوں کے لیے کسی غیر عورت کے ساتھ خلوت اختیار کر سکے۔ بھٹساوے نے بے کار اس سے مشورہ کیا۔ چنانچہ اس کو فوراً وڈوک یارڈ کا سی ویو ہوٹل یاد آیا اور اس نے ٹیکسی والے سے کہا کہ وہاں لے چلو۔ سی ویو ہوٹل میں بھٹساوے نے دو کمرے لیے۔ ایک میں عظیم اور کرشنا چلے گئے، دوسرے میں بھٹساوے اور مس مالا کھانڈیکر۔

کرشنا بدستور مجسم دعوت تھی، لیکن عظیم جس نے دو پیگ اور پی لیے تھے، فلسفی رنگ اختیار کر گیا تھا، اس نے کرشنا کو غور سے دیکھا اور سوچا کہ اتنی کم عمر کی لڑکی نے گناہ کا یہ بھیانک رستہ کیوں اختیار کیا؟ خون کی کمی کے باوجود اس میں اتنی تیش کیوں ہے؟ کب تک یہ نرم و ناز ک لڑکی جو گوشت نہیں کھاتی اپنا گوشت پوست بیچتی رہے گی؟ عظیم کو اس پر بڑا ترس آیا، چنانچہ اس نے واعظ بن کر اس سے کہنا شروع کیا، ''کرشنا

معصیت کی زندگی سے کنارہ کش ہو جاؤ، خدا کے لیے اس راستے سے جس پر کہ تم گامزن ہو، اپنے قدم ہٹا لو، یہ تمہیں ایسے مہیب غار میں لے جائے گا، جہاں سے تم نکل نہیں سکو گی۔ عصمت فروشی انسان کا بدترین فعل ہے۔ یہ رات اپنی زندگی کی روشن رات سمجھو، اس لیے کہ میں نے تمہیں نیک و بد سمجھا دیا ہے۔''

کرشنا نے اس کا جو مطلب سمجھا وہ تھا کہ عظیم اس سے محبت کر رہا ہے۔ چنانچہ وہ اس کے ساتھ چمٹ گئی اور عظیم اپنا گناہ و ثواب کا مسئلہ بھول گیا۔ بعد میں وہ بڑا نادم ہوا۔ کمرے سے باہر نکلا تو بھٹساوے برآمدے میں ٹہل رہا تھا۔ کچھ اس انداز سے جیسے اس کو بھٹروں کے پورے چھتے نے کاٹ لیا ہے اور ڈنک اس کے جسم میں کھبے ہوئے ہیں۔ عظیم کو دیکھ کر وہ رک گیا، مطمئن کرشنا کی طرف ایک نگاہ ڈالی اور پیچ و تاب کھا کر عظیم سے کہا، ''وہ سالی چلی گئی۔''

عظیم جو اپنی ندامت میں ڈوبا تھا، چونکا، ''کون؟''

''وہی، مالا۔''

''کیوں؟''

بھٹساوے کے لہجے میں عجیب و غریب احتجاج تھا، ہم اس کو اتنا وخت چومتے رہے جب بولا کہ آؤ تو سالی کہنے لگی، ''تم ہمارا بھائی ہے۔ ہم نے کسی سے شادی کر لی ہے۔۔۔ اور باہر نکل گئی کہ وہ سالا گھر میں آ گیا ہو گا۔''

مس ایڈنا جیکسن

کالج کی پرانی پرنسپل کے تبادلے کا اعلان ہوا، طالبات نے بڑا شور مچایا۔ وہ نہیں چاہتی تھیں کہ اُن کی محبوب پرنسپل اُن کے کالج سے کہیں اور چلی جائے۔ بڑا احتجاج ہوا۔ یہاں تک کہ چند لڑکیوں نے بھوک ہڑتال بھی کی، مگر فیصلہ اٹل تھا۔۔۔ ان کا جذباتی پن تھوڑے عرصے کے بعد ختم ہو گیا۔

نئی پرنسپل نے پرانی پرنسپل کی جگہ لے لی۔ طالبات نے شروع شروع میں اُس سے بڑی نفرت و حقارت کا اظہار کیا مگر اُس نے ان سے کچھ نہ کہا۔ حالانکہ اُس کے اختیار میں سب کچھ تھا۔ وہ اُن کو کڑی سے کڑی سزا دے سکتی تھی۔ ہر وقت اُس کے پتلے پتلے ہونٹوں پر مسکراہٹ تیرتی رہتی۔۔۔ وہ سرتا پا تبسم تھی۔ کالج میں کھلی ہوئی کلی کی طرح آتی اور جب واپس جاتی تو دن بھر گوناگوں مصروفیتوں کے باوجود اس میں مرجھاہٹ کے کوئی آثار نہ ہوتے۔

تھوڑے عرصے کے بعد۔۔۔ کالج کی طالبات اس کی گرویدہ ہو گئیں۔ ہر وقت اس سے چمٹی رہتیں۔ ایک دن، جب کوئی جلسہ تھا، مس ایڈنا جیکسن نے تقریر کی اور کہا، ''میں بہت خوش ہوں کہ تم اب مجھ سے مانوس ہو گئی ہو۔ شروع شروع میں جیسا کہ میں جانتی ہوں تم مجھ سے نفرت کرتی تھیں، میری پیاری بچیو، میں یہاں اپنی مرضی سے نہیں آئی تھی۔ مجھے یہاں میرے حاکموں نے بھیجا تھا۔۔۔ ایک دن آنے والا ہے جب تم سنجیدہ اور متین بن جاؤ گی۔ تمہاری گود میں بچے کھیلتے ہوں گے، تم سے بھی کہیں زیادہ شریر اور نٹ کھٹ۔۔۔ میں تمہاری پرنسپل ہوں۔ لیکن دل میں یہ خیال کبھی نہ لانا کہ میں کوئی ظالم عورت ہوں۔۔۔ میں تم سب سے محبت کرتی ہوں۔۔۔ اور چاہتی ہوں کہ مجھ سے بھی کوئی محبت کرے۔''

یہ تقریر سن کر لڑکیاں بہت متاثر ہوئیں اور مس جیکسن کی محبت میں اور زیادہ گرفتار ہو گئیں۔ سب دل میں

نادِم تھے کہ انہوں نے ایسی شریف اور شفیق پرنسپل کے آنے پر کیوں اعتراض کیا۔

ایک دن بی اے کی ایک لڑکی طاہرہ، جس نے مس جیکسن کی آمد پر آوازے کسے تھے اور بڑے سخت الفاظ استعمال کیے تھے، پرنسپل کے کمرے میں تھی۔ طاہرہ کا سر جُھکا ہوا تھا۔ خَوف و ہِراس اس کے چہرے پر پھیلا ہوا تھا۔ پرنسپل کاغذات پر دستخط کر رہی تھی۔ بے حد مُنہمک تھی۔ تھوڑی دیر کے بعد جب اس نے طاہرہ کی سِسکیوں کی آواز سنی تو اس کو اس کی موجودگی کا علم ہوا۔ ایک دم چونک کر اس نے اپنا ننھا سا فونٹین پین ایک طرف رکھا اور اس کی طرف متوجہ ہوئی۔ اس کو یاد نہیں آ رہا تھا کہ اس نے طاہرہ کو بلایا ہے۔

''کیا بات ہے طاہرہ؟'' طاہرہ کی آنکھوں سے آنسو رواں تھے، ''آپ۔۔۔ آپ ہی نے تو مجھے یہاں طلب فرمایا تھا۔'' ایک لحظے کے لیے مس جیکسن خالی الدماغ رہی، لیکن اسے فوراً یاد آ گیا کہ معاملہ کیا ہے۔ طاہرہ کے نام ایک مرد کا محبت نامہ پکڑا گیا تھا۔ یہ اس کی ایک سہیلی ناہید نے مس جیکسن کے حوالے کر دیا تھا۔ یہ خط اس کی دراز میں محفوظ تھا۔ مس جیکسن کے مسکراتے ہوئے ہونٹ طاہرہ سے مخاطب ہوئے، ''بیٹا۔۔۔ یہ کیا بات ہے؟''

اس کے بعد اس نے میز کا دراز کھول کر خط نکالا اور طاہرہ سے کہا، ''لو۔۔۔ یہ تمہارا خط ہے پڑھ لو اور اگر چاہو تو مجھے ساری داستان سنا دو تا کہ میں تمہیں کوئی رائے دے سکوں۔'' طاہرہ کچھ دیر خاموش رہی۔ اس کی سمجھ میں نہیں آتا تھا کیا کہے۔ پرنسپل مس جیکسن نے اٹھ کر اس کے کاندھے پر شفقت بھرا ہاتھ رکھا، ''طاہرہ! شرماؤ نہیں۔ ہر لڑکی کی زندگی میں ایسے لمحات آتے ہیں۔'' طاہرہ نے رونا شروع کر دیا۔ بوڑھا چپراسی کسی کام سے اندر داخل ہوا تو مس جیکسن نے اس سے کہا، ''نظام دین! ابھی تم باہر ٹھہرو۔۔۔ میں بلالوں گی تمہیں۔''

جب وہ چلا گیا تو مس جیکسن نے بڑے پیار سے طاہرہ سے کہا، ''محبت ایک عظیم جذبہ ہے۔ مجھے اس پر کیا اعتراض ہو سکتا ہے۔ لیکن تمہاری عمر کی لڑکیاں اکثر دھوکا کھا جایا کرتی ہیں۔۔۔ مجھے تمام واقعات بتا دو۔ میں تم سے عمر میں بہت بڑی ہوں مگر مجھ سے آج تک کسی نے محبت نہیں کی، لیکن میں نے کئی اُستوار اور نا اُستوار محبتیں دیکھی ہیں۔۔۔ بیٹا، مجھ سے گھبراؤ نہیں۔۔۔ بیٹھ جاؤ۔'' طاہرہ اپنے دوپٹے سے آنسو پونچھتی ہوئی کرسی پر بیٹھ گئی۔

پرنسپل اپنی گھومنے والی کرسی پر نشست اختیار کرتے ہوئے اپنی شاگرد سے بولیں، ''اب دیر نہ لگاؤ۔۔۔

بتادو۔۔۔ مجھے بہت سے ضروری کام کرنے ہیں۔''

طاہرہ کچھ دیر ہچکچاتی رہی۔ لیکن اس کے بعد اس نے اپنا دل کھول کے اپنی پرنسپل کے سامنے رکھ دیا۔ اس نے بتایا کہ ایک نوجوان لیکچرار ہے جس سے وہ ٹیویشن لیتی ہے۔ قریب قریب ایک سال سے وہ باقاعدہ پانچ بجے اس کے گھر میں آتا رہا ہے۔ اس کی باتیں بڑی دل فریب ہیں۔ شکل و صورت کے لحاظ سے بھی خوب ہے۔ فارسی کے اشعار کا مطلب سمجھاتا ہے تو ایک نقشہ کھینچ دیتا ہے۔ اس کی زبان میں غضب کی مٹھاس ہے۔ طاہرہ نے مزید بتایا کہ اس کے دل میں لیکچرار کے لیے جگہ پیدا ہو گئی۔ آہستہ آہستہ بے قرار رہنے لگی۔ اس کو ہر وقت اس کی یاد ستاتی۔ پانچ بجنے والے ہوتے تو اس کو یوں محسوس ہوتا کہ وہ مجسّم گھڑی بن گئی ہے۔۔۔ اس کا رواں رواں ٹک ٹک کرنے لگتا۔

وہ اس سے زبانی تو کچھ نہیں کہہ سکتی تھی، اس لیے کہ شرم و حیا اجازت نہیں دیتی تھی۔ اس نے ایک رات لیکچرار کے نام خط لکھا۔۔۔ اس نے اپنی زندگی بھر میں ایسا خط کبھی نہیں لکھا تھا، حالانکہ وہ اپنے خاندان میں خط لکھنے کے معاملے میں کافی مشہور تھی کہ ہر بات بڑے بڑے سلیقے سے لکھتی ہے، لیکن یہ خط لکھتے ہوئے اسے بڑی دقتیں پیش آئیں۔ اَلقاب کیا ہوں، مضمون کیسا ہونا چاہیے، پھر یہ سوال بھی اس کے درپیش تھا کہ ہو سکتا ہے کہ وہ یہ خط اس کے باپ کے حوالے کر دے۔ وہ ایک عرصے تک سوچتی رہی۔ اس کے دل میں کئی خدشے تھے لیکن آخر اس نے فیصلہ کر لیا کہ وہ خط ضرور لکھے گی۔ چنانچہ اس نے رائٹنگ پیڈ کے کئی کاغذ ضائع کر کے چند سطور اُس لیکچرار کے نام لکھیں :

'' آپ بڑے اچھے استاد ہیں۔ مجھے اس طرح پڑھاتے ہیں جیسے۔۔۔ جیسے آپ کو مجھ سے خاص لگاؤ ہے۔ ورنہ اتنی محنت کون استاد کرتا ہے۔۔۔ میرا تو یہ جی چاہتا ہے کہ ساری عمر آپ میرے استاد اور میں آپ کی شاگرد رہوں۔ بس اس سے زیادہ میں اور کچھ نہیں لکھ سکتی۔ ''

یہ خط اس نے کئی دن اپنے پرس میں رکھا۔ اس کے بعد جُرأت سے کام لے کر اس نے کاغذ کا یہ پرزہ اپنے استاد کی جیب میں دھڑکتے ہوئے دل کے ساتھ ڈال دیا۔ دوسرے روز جب وہ شام کو ٹھیک پانچ بجے آیا تو اس کا دل بہت زور سے دھڑک رہا تھا۔ اس نے کسی قسم کے رد عمل کا اظہار نہ کیا۔ اسے سخت مایوسی ہوئی۔ دو گھنٹے کے بعد جب وہ چلا گیا تو اس نے بڑے چڑچڑے پَن سے اپنی کتابیں اٹھائیں اور اپنے کمرے میں جانے لگی۔ ایک کتاب اس کے ہاتھ سے گر پڑی۔ طاہرہ نے بڑی بے دلی سے اٹھائی تو اس کے اوراق میں سے کاغذ کا ایک ٹکڑا جھانکنے لگا۔ اس نے یہ ٹکڑا نکالا۔ اس پر چند الفاظ مرقوم تھے۔

طاہرہ کے زخمی جذبات پر مرہم کے پھاہے لگنے لگ گئے۔ اُس کے استاد نے یہ لکھا تھا:

’’مجھے تمہاری تحریر مل گئی ہے۔ ۔ ۔ میں سب کچھ سمجھ گیا ہوں۔ زندگی بھر تمہارا استاد رہنے کا تو میں وعدہ نہیں کر سکتا لیکن خادم ضرور رہوں گا۔ میں استادی شاگردی سے تنگ آ گیا ہوں۔ تمہاری غلامی اس سے ہزار درجے بہتر ہو گی۔ ‘‘

اس کے بعد دونوں میں کتابوں کے اوراق کی اوٹ میں خط و کتابت ہوتی رہی۔ لیکن طاہرہ کے والدین کو یکلخت شہر چھوڑنا پڑا، اِس لیے کہ اُس کے باپ ظہیر کی تبدیلی کسی سلسلے میں دوسرے شہر میں ہو گئی۔ طاہرہ کو ہوسٹل میں داخل کر دیا گیا، جس کی سپرنٹنڈنٹ مس جیکسن تھی۔ اُس کا قیام اُسی ہوسٹل میں تھا۔

کالج سے فارغ ہو کر آتی تو اپنے کمرے میں اکثر ناول پڑھتی رہتی، عجیب عجیب قسم کے۔ ہوسٹل کی لڑکیاں اس کے پاس آتیں اور اس کے کئی ناول چُرا کے لے جاتیں اور مزے لے لے کر پڑھتیں۔ پھر واپس وہیں پر رکھ دیتیں جہاں سے انہوں نے اٹھائے تھے۔ ۔ ۔ مس جیکسن کو لڑکیوں کی اِس شرارت کا کوئی علم نہیں تھا۔ ۔ ۔ طاہرہ نے بھی کئی ناول پڑھے اور اس کا عشق اپنے استاد کے عشق سے بڑھتا گیا۔ وہ ہوسٹل سے باہر نکل نہیں سکتی تھی اس لیے اس نے ایک خط لکھا اور اسے کسی نہ کسی طریقے سے اپنے استاد تک پہنچا دیا۔ یہ خط جو اس نوجوان لیکچرار نے جواب میں لکھا تھا، غلط ہاتھوں میں پہنچ گیا۔ یعنی ناہید کے پاس جس کو طاہرہ سے صرف اس لیے بُغض تھا کہ وہ اس کے مقابلے میں کہیں زیادہ خوب صورت تھی۔ ۔ ۔ یہ خط اس نے پرنسپل کے حوالے کر دیا۔

طاہرہ، جب اپنی ساری داستان سُنا چکی، جو مس جیکسن نے بڑی دلچسپی لیتے ہوئے سُنی تو اس نے کچھ دیر خاموش رہنے کے بعد طاہرہ سے کہا، ’’اب تم کیا چاہتی ہو؟ ‘‘

’’مجھے کچھ معلوم نہیں۔ ۔ ۔ آپ جو فیصلہ فرمائیں گی، مجھے منظور ہو گا۔ ‘‘

مس جیکسن اپنی کرسی پر سے اُٹھیں اور کہا، ’’نہیں طاہرہ، محبت کے معاملے میں مجھے فیصلہ دینے کا اختیار نہیں۔ یہ مذہب سے بھی زیادہ مقدس جذبہ ہے۔ ۔ ۔ تم خود بتاؤ۔ ‘‘

طاہرہ نے شرم سے بھری ہوئی آنکھیں جو نم آلود تھیں، جُھکا کر صرف اِتنا کہا، ’’میں اُن سے شادی کرنا چاہتی ہوں۔ ‘‘

مس جیکسن نے ٹھیٹ پرنسپلانہ انداز میں پوچھا، ’’کیا وہ بھی چاہتا ہے؟ ‘‘

’’اُس نے ابھی تک اِس خواہش کا اظہار نہیں کیا۔ ۔ ۔ لیکن وہ۔ ۔ ۔ ‘‘

’’میں سمجھتی ہوں۔ وہ بھی تو تم سے محبت کرتا ہے۔۔۔ اُسے کیا عُذر ہو سکتا ہے۔۔۔ لیکن کیا تمہارے والدین رضامند ہو جائیں گے؟‘‘

’’ہرگز نہیں ہوں گے۔‘‘

’’کیوں؟‘‘

’’اِس لیے کہ وہ میری منگنی ایک جگہ کر چکے ہیں۔‘‘

’’کہاں؟‘‘

’’میرے خالہ زاد بھائی کے ساتھ۔‘‘

’’ہم کرسچینوں میں تو ایسا نہیں ہوتا۔‘‘

’’ہمارے ہاں تو اکثر ایسا ہوتا ہے۔‘‘

’’خیر چھوڑو اِس بات کو۔۔۔ کیا میں تمہارے اُس لیکچرار کو اپنے پاس بلا کر اُس سے مُفَصَّل بات چیت کروں؟ طاہرہ یہ زندگی بھر کا سوال ہے، ایسا نہ ہو کوئی غلطی ہو جائے۔۔۔ میں عمر میں تم سے بہت بڑی ہوں۔ میں تمہیں صحیح مشورہ دوں گی۔ ایک مرتبہ تم مجھے اُس سے مل لینے دو۔‘‘

طاہرہ نے شکریہ ادا کیا، ’’آپ ضرور ملیے لیکن۔۔۔ اُس سے کہہ دیجیے گا۔۔۔ کہ۔۔۔‘‘

پرنسپل نے بڑی شفقت سے کہا، ’’رک کیوں گئی ہو۔۔۔ جو کچھ تم اس سے کہنا چاہتی ہو، مجھ سے کہہ دو۔‘‘

’’جی۔۔۔ بس صرف اتنا کہ اگر اس کے قدم مضبوط نہ رہے تو میں خودکشی کرلوں گی۔۔۔ عورت زندگی میں۔۔۔ صرف ایک ہی مرد سے محبت کرتی ہے۔‘‘

محبت کا لفظ سنتے ہی پرنسپل مس ایڈنا جیکسن کے دل کی جُھرّیاں اور زیادہ گہری ہوگئیں۔ اُس نے طاہرہ کے آنسو اپنے رومال سے بڑی شفقت کے ساتھ پونچھتے ہوئے رخصت کر دیا۔ اِس کے بعد اُس نے گھنٹی بجا کر چپراسی کو اندر بلایا۔ اس نے بڑے ضروری کاغذات اس کے میز پر رکھے۔ اس نے سرسری نظر سے ان کو دیکھا۔ ایک کاغذ پر طاہرہ کے اُس لیکچرار کے نام خط لکھا کہ وہ ازراہِ کرم اس سے کسی وقت شام کو بورڈنگ ہاؤس میں ملے۔ یہ خط اس نے لفافے میں ڈالا، پتہ لکھا اور چپراسی سے کہا کہ فوراً سائیکل پر جائے اور یہ لفافہ لیکچرار صاحب کو پہنچا دے۔ چپراسی چلا گیا۔

شام کو مس ایڈنا جیکسن اپنے کمرے میں بیٹھی پرچے دیکھ رہی تھی کہ نوکرنے اطلاع دی کہ ایک صاحب آپ سے ملنے آئے ہیں۔ وہ سمجھ گئی کہ یہ صاحب کون ہیں، چنانچہ اُس نے نوکر سے کہا، ’’انہیں اندر لے آؤ۔‘‘

طاہرہ کا استاد ہی تھا جو اس کے کمرے میں داخل ہوا۔ مس جیکسن نے اس کا استقبال کیا۔ گرمیوں کا موسم تھا۔ جون کا مہینہ، سخت تپش تھی۔۔۔ مس جیکسن اُس سے بڑے اخلاق کے ساتھ پیش آئی۔ نوجوان لیکچرار بہت متاثر ہوا۔ اِدھر اُدھر کی باتیں ہوتی رہیں۔ مس ایڈنا جیکسن طاہرہ کے بارے میں بات شروع کرنے ہی والی تھی کہ اُس پر ہسٹیریا کا دورہ پڑ گیا۔ اس کو یہ مرض بہت دیر سے لاحق تھا۔ لیکچرار بہت فکرمند ہوا۔ گھر میں کوئی نوکر نہیں تھا، اس لیے کہ وہ چھٹی کر کے کہیں باہر سیر کو گئے تھے۔ اُس نے خود ہی جو اُس کی سمجھ میں آیا، کیا۔

جب۔۔۔ کالج گرمیوں کی چھٹیوں کے بعد کھلا تو لڑکیوں کو یہ سن کر بڑی حیرت ہوئی کہ اُن کی پرنسپل مس ایڈنا جیکسن سے اُس لیکچرار کی شادی ہو گئی ہے، جس کو طاہرہ سے محبت تھی۔۔۔ یہ دلچسپ بات ہے کہ لیکچرار لطیف کی عمر پچیس برس کے قریب ہو گی اور مس ایڈنا جیکسن کی لگ بھگ پچاس برس

مس ٹین والا

اپنے سفید جوتوں پر پالش کر رہا تھا کہ میری بیوی نے کہا، ''زیدی صاحب آئے ہیں!'' میں نے جوتے اپنی بیوی کے حوالے کیے اور ہاتھ دھو کر دوسرے کمرے میں چلا آیا جہاں زیدی بیٹھا تھا میں نے اس کی طرف غور سے دیکھا، ''ارے! کیا ہو گیا ہے تمہیں؟'' زیدی نے اپنے چہرے کو شگفتہ بنانے کی ناکام کوشش کرتے ہوئے جواب دیا، ''بیمار رہا ہوں۔'' میں اس کے پاس کرسی پر بیٹھ گیا، ''بہت دبلے ہو گئے ہو یار۔ میں نے تو پہلے پہچانا ہی نہیں تھا تمہیں۔۔۔ کیا بیماری تھی؟''

''معلوم نہیں۔''

''کیا مطلب؟''

زیدی نے اپنے خشک ہونٹوں پر زبان پھیری۔

''کچھ سمجھ میں نہیں آتا، کیا بیماری ہے؟''

''ہاں کچھ ایسا ہی ہے۔''

''کسی اچھے ڈاکٹر کو دکھانا تھا۔''

زیدی خاموش رہا تو میں نے پھر اس سے کہا، ''کسی اچھے ڈاکٹر سے مشورہ لیا؟''

''نہیں۔''

''کیوں؟''

زیدی پھر خاموش رہا۔ جواب دینے کے بجائے اس نے جیب سے سگریٹ کیس نکالا۔ اس کی انگلیاں کانپ رہی تھیں، ''میرا خیال ہے زیدی! تمہارا نروس سسٹم خراب ہو گیا ہے وٹامن بی کے انجکشن لگوانا شروع

کر دو، بالکل ٹھیک ہو جاؤ گے۔ پچھلے برس زیادہ وہسکی پینے سے میرا یہی حال ہو گیا تھا، لیکن بارہ انجکشن لینے سے کمزوری دور ہو گئی تھی۔ مگر تم کسی اچھے ڈاکٹر سے مشورہ کیوں نہیں لیتے؟'' زیدی نے اپنا چشمہ اتار کر رومال سے صاف کرنا شروع کر دیا۔ اس کی آنکھوں کے نیچے سیاہ حلقے پڑے ہوئے تھے۔ میں نے پوچھا، '' کیا رات کو نیند نہیں آتی؟''

'' بہت کم۔''

'' دماغ میں خشکی ہو گی۔''

'' جانے کیا ہے۔'' یہ کہہ کر وہ ایک دم سنجیدہ ہو گیا، '' دیکھو سعادت میں تمہیں ایک عجیب و غریب بات بتانے آیا ہوں۔ مجھے بیماری ویماری کچھ نہیں۔ رات کو نیند اس لیے نہیں آتی کہ میں ڈرتا رہتا ہوں۔''

'' ڈرتے رہتے ہو۔ ۔ ۔ کیوں؟''

'' بتاتا ہوں۔'' یہ کہہ کر اس نے کانپتے ہاتھوں سے سگریٹ سلگایا اور بجھی ہوئی تیلی کو توڑنا شروع کر دیا۔ '' مجھے معلوم نہیں سن کر تم کیا کہو گے۔ مگر یہ واقعہ ہے، پہلے سے ۔ ۔ ۔''

میں شاید مسکرا دیا تھا کیوں کہ زیدی نے فوراً ہی بڑی سنجیدگی کے ساتھ کہا، '' ہنسو نہیں۔ ۔ ۔ یہ حقیقت ہے۔ میں تمہارے پاس اس لیے آیا ہوں کہ انسانی نفسیات سے تمہیں دلچسپی کافی ہے۔ شاید تم میرے ڈر کی وجہ بتا سکو۔''

میں نے کہا، '' لیکن یہاں تو سوال ایک حیوان کا ہے۔'' زیدی خفا ہو گیا، '' تم مذاق اڑاتے ہو تو میں کچھ نہیں کہوں گا۔''

'' نہیں نہیں زیدی! مجھے معاف کر دو۔ ۔ ۔ میں پوری توجہ سے سنوں گا، جو تم کہو گے۔''

تھوڑی دیر خاموش رہنے اور نیا سگریٹ سلگانے کے بعد اس نے کہنا شروع کیا، '' تمہیں معلوم ہے جہاں میں رہتا ہوں، دو کمرے ہیں، پہلے کمرے کے اس طرف چھوٹی سی بالکنی ہے جس کے کٹہرے میں لوہے کی سلاخیں لگی ہیں۔ اپریل اور مئی کے دو مہینے چونکہ بہت گرم ہوتے ہیں اس لیے فرش پر بستر بچھا کر میں اس بالکنی میں سویا کرتا ہوں۔ ۔ ۔ یہ جون کا مہینہ ہے۔ اپریل کی بات ہے میں صبح ناشتے سے فارغ ہو کر دفتر جانے کے لیے باہر نکلا تو دہلیز کے پاس ایک موٹا بلّا آنکھیں بند کیے لیٹا نظر آیا۔ میں نے جوتے سے اسے ٹھوکا دیا۔ اس نے ایک لحظے کے لیے آنکھیں کھولیں۔ میری طرف بے پروائی سے، جیسے میں کچھ بھی نہیں، دیکھا اور آنکھیں بند کر لیں۔

مجھے بڑا تعجب ہوا، چنانچہ میں نے بڑے زور سے اس کے ٹھوکر ماری۔اس نے آنکھیں کھولیں۔میری طرف پھر اسی نظر سے دیکھا اور اٹھ کر کچھ دور سیڑھیوں کے پاس لیٹ گیا۔جس انداز سے اس نے چند قدم اٹھائے تھے، اس سے یہ معلوم ہوتا تھا کہ وہ مجھ سے مرعوب نہیں ہوا۔ مجھے سخت غصّہ آیا۔ آگے بڑھ کر اب کی میں نے زور سے ٹھوکر ماری۔ دس پندرہ زینوں پر وہ لڑکھڑاتا ہوا چلا گیا۔ جب چار پیروں پر سنبھلا تو اس نے نیچے سے اپنی پیلی پیلی آنکھوں سے میری طرف دیکھا اور گردن موڑ کر کوئی آواز پیدا کیے بغیر ایک طرف چلا گیا۔۔ تم دلچسپی لے رہے ہو یا نہیں؟''

''ہاں ہاں، کیوں نہیں!''

زیدی نے سگریٹ کی راکھ جھاڑی اور سلسلہ کلام جاری کیا، ''دفتر پہنچ کر میں سب کچھ بھول گیا لیکن شام کو جب گھر لوٹا اور کمرے کی دہلیز کے پاس پہنچا جہاں وہ بِلّا لیٹا ہوا تھا تو صبح کا واقعہ دماغ میں تازہ ہو گیا۔ نہاتے، چائے پیتے، رات کا کھانا کھاتے کئی دفعہ میں نے سوچا۔ تین دفعہ میں نے اس کی پسلیوں میں زور سے ٹھوکر ماری، مجھ سے وہ ڈرا کیوں نہیں؟ میاؤں تک بھی نہ کی اس نے اور پھر کیا انداز تھا اس کے چلنے، آنکھیں بند کرنے اور کھولنے کا، ایسا لگتا تھا جیسے اسے کچھ پروا ہی نہیں۔ جب میں ضرورت سے زیادہ اس بلے کے بارے میں سوچنے لگا تو بڑی الجھن ہوئی۔ ایک معمولی سے حیوان کو اتنی اہمیت آخر میں کیوں دے رہا تھا، اس کا جواب نہ مجھے اس وقت ملا اور نہ اب، حالانکہ پورے تین مہینے گزر چکے ہیں۔'' اس قدر کہہ کر زیدی خاموش ہو گیا۔ میں نے پوچھا، ''بس!''

''نہیں۔'' زیدی نے سگریٹ کو ایش ٹرے پر رکھتے ہوئے کہا، ''میں صرف تم سے یہ کہہ رہا تھا کہ اس بِلّے کو میں نے اتنی اہمیت کیوں دی ہے، میں اتنا خوف کیوں کھاتا ہوں۔ یہ معما ابھی تک مجھ سے حل نہیں ہو سکا۔ شاید تم مجھ سے بہتر سوچ سکو۔'' میں نے کہا، ''مجھے پورے واقعات معلوم ہونے چاہئیں۔''

زیدی نے ایش ٹرے پر سے سگریٹ اٹھایا اور ایک کش لے کر کہا، ''میں بتا رہا ہوں۔ اس روز کے بعد کئی دن گزر گئے مگر وہ بلا نظر نہ آیا۔ شاید ہفتے کی رات تھی۔ میں باہر بالکنی میں سو رہا تھا۔ دو بجے کے قریب کمرے میں کچھ شور ہوا جس سے میری نیند کھل گئی۔ اٹھ کر روشنی کی تو میں نے دیکھا کہ وہ ہی بلا کھانے والی میز پر کھڑا ڈش کا سر پوش اتار کر پڈنگ کھا رہا ہے۔ میں نے شُش، شُش کی مگر وہ اپنے کام میں مصروف رہا۔ میری طرف اس نے بالکل نہ دیکھا۔ میں نے چپل کا ایک پیر اٹھایا اور نشانہ تان کر زور سے مارا۔ چپل اس کے پیٹ پر لگا مگر وہ اس چوٹ سے بے پروا پڈنگ کھاتا رہا۔ میں نے غصے میں آ کر مسہری

کا ڈنڈا اٹھایا اور پاس جاکر اس کی پیٹھ پر مارا۔

اس نے اور زیادہ بے پروائی سے میری طرف دیکھا۔ بڑے آرام سے کرسی پر کود ا۔ آواز پیدا کیے بغیر فرش پر اترا اور آہستہ آہستہ ٹہلتا بالکنی کے کٹہرے کی سلاخوں میں سے نکل کر چھجے پر کود گیا۔ میں حیران وہیں کھڑا رہا اور سوچنے لگا کہ یہ کیسا حیوان ہے جس پر مار کا کچھ اثر ہی نہیں ہوا۔ سعادت! میں تم سے سچ کہتا ہوں بڑا خوف ناک بِلّا ہے۔ یہ موٹا سر، رنگ سفید ہے، لیکن اکثر میلا رہتا ہے۔ میں نے ایسا غلیظ بلا اپنی زندگی میں نہیں دیکھا۔''

زیدی نے ایش ٹرے میں سگریٹ بجھایا اور خاموش ہو گیا۔ میں نے کہا، ''بلّے بِلّیاں تو خود کو بہت صاف ستھرا رکھتے ہیں۔''

''رکھتے ہیں۔'' زیدی اٹھ کھڑا ہوا، ''لیکن یہ بلا شاید جان بوجھ کر خود کو غلیظ رکھتا ہے۔ لیٹتا ہے کوڑے کرکٹ کے پاس۔ کان سے لہو بہہ رہا ہے، پر مجال ہے، اسے چاٹ کر صاف کرے۔۔۔سر پھٹا ہوا ہے، پر اسے کچھ ہوش نہیں۔ بس، سارا دن مارا مارا پھرتا ہے۔'' میں نے پوچھا، ''لیکن اس میں خوف کھانے کی کیا بات ہے؟''

زیدی بیٹھ گیا، ''یہی تو میں خود دریافت کرنا چاہتا ہوں۔ ڈر کی یوں تو ایک وجہ ہو بھی سکتی ہے۔ وہ یہ کہ دس پندرہ راتیں متواتر وہ مجھے جگاتا رہا۔ مجھ سے ہر دفعہ اس نے مار کھائی۔ بہت بری طرح پٹا۔ چاہیے تو یہ تھا کہ وہ میرے گھر کا رخ نہ کرتا کیونکہ آخر حیوانوں میں بھی عقل ہوتی ہے۔ میں سوچنے لگا کہ کسی روز ایسا نہ ہو مجھ پر جھپٹ پڑے اور آنکھ وانکھ نوچ لے۔ سننے میں آیا ہے کہ اگر کسی بلے یا بلی کو گھیر کر مارا جائے تو وہ ضرور حملہ کرتے ہیں۔'' میں نے کہا ''ڈرنے کی یہ وجہ تو معقول ہے۔'' زیدی پھر اٹھ کھڑا ہوا، ''لیکن اس سے میری تسکین نہیں ہوتی۔''

میرے دماغ میں ایک خیال آیا، ''تم اس کے ساتھ محبت پیار سے تو پیش آ کر دیکھو۔''

''میں ایسا کر چکا ہوں۔۔۔میرا خیال تھا اس قدر پٹنے پر وہ ہاتھ لگانے دے گا لیکن معاملہ بالکل اس کے برعکس نکلا۔ برعکس بھی نہیں کہنا چاہیے کیونکہ اس نے میرے پیار کی بالکل پروا نہ کی۔ ایک روز میں صوفے پر بیٹھا ہوا تھا کہ وہ آ پاس آ کر فرش پر بیٹھ گیا۔ میں نے ڈرتے ڈرتے اس کی طرف ہاتھ بڑھایا۔ اس نے آنکھیں میچ لیں۔ یہ بڑھا ہوا ہاتھ میں نے اس کی پیٹھ پر آہستہ آہستہ پھیرنا شروع کیا۔ ۔۔سعادت، تم یقین کرو وہ ویسا کا ویسا آنکھیں بند کیے بیٹھا رہا۔ پیار کا جواب بلے بلیاں اکثر دم ہلا کر

دیتے ہیں لیکن اس کم بخت کی دم کا ایک بال بھی نہ ہلا۔۔۔ میں نے تنگ آ کر اس کے سر پر کتاب دے ماری، چوٹ کھا کر وہ اٹھا۔ بڑی بے پروائی، ایک نہایت ہی دل شکن بے اعتنائی سے میری طرف پیلی پیلی آنکھوں سے دیکھا اور بالکنی کے کٹہرے کی سلاخوں میں سے نکل کر چھجے پر کود گیا۔ بس اس دن سے چوبیس گھنٹے وہ میرے دماغ میں رہنے لگا ہے۔ ''یہ کہہ کر زیدی میرے سامنے والی کرسی پر بیٹھ گیا اور زور زور سے اپنی ٹانگ ہلانے لگا۔

میں نے صرف اتنا کہا، ''کچھ سمجھ میں نہیں آتا۔'' لیکن اتنا ضرور سمجھ میں آتا تھا کہ زیدی کا خوف بے بنیاد نہیں۔ زیدی دانتوں سے ناخن کاٹنے لگا۔ ''میری سمجھ میں بھی کچھ نہیں آتا۔ یہی وجہ ہے کہ میں تمہارے پاس آیا۔'' یہ کہہ کر وہ اٹھا اور کمرے میں ٹہلنے لگا۔تھوڑی دیر کے بعد رکا اور ایش ٹرے میں بجھی ہوئی دیا سلائی اٹھا کر اس کے ٹکڑے کرنے لگا، ''اب یہ حالت ہو گئی ہے کہ رات بھر جاگتا رہتا ہوں۔ذرا سی آہٹ ہوتی ہے تو سمجھتا ہوں وہی بلّا ہے۔لیکن آٹھ روز سے وہ کہیں غائب ہے۔ معلوم نہیں کسی نے مار ڈالا ہے، بیمار ہے یا کہیں اور چلا گیا ہے۔''

میں نے کہا، ''تم کیوں سوچتے ہو۔اچھا ہے جو غائب ہو گیا ہے۔''

''معلوم نہیں کیوں سوچتا ہوں۔کوشش کرتا ہوں کہ اس کم بخت کو بھول جاؤں مگر دماغ میں سے نکلتا ہی نہیں۔'' یہ کہہ کر وہ صوفے پر سر کے نیچے گدی رکھ کر لیٹ گیا۔ ''عجیب ہی قصّہ ہے کوئی اور سننے تو ہنسے کہ ایک بلے نے میری یہ حالت کر دی ہے۔بعض اوقات مجھے خود ہنسی آتی ہے۔۔۔لیکن یہ ہنسی کتنی تکلیف دہ ہوتی ہے۔''

زیدی نے یہ کہا اور مجھے احساس ہوا کہ واقعی اپنی بے بسی پر ہنستے ہوئے اسے بہت تکلیف ہوتی ہو گی جو کچھ، اس نے بیان کیا تھا، بظاہر مضحکہ خیز تھا۔ لیکن یہ بالکل واضح تھا کہ اس بلے کے وجود میں زیدی کی زندگی کا کوئی بہت ہی اذیت دہ لمحہ پوشیدہ تھا۔ایسا لمحہ جو اسے اب بالکل یاد نہیں تھا۔ چنانچہ میں نے اس سے کہا، ''زیدی تمہارے ماضی میں کوئی ایسا حادثہ تو نہیں جس سے تم اس بلے کو متعلق کر سکو۔ میرا مطلب ہے کوئی ایسی چیز، کوئی ایسا واقعہ جس سے تم نے خوف کھایا ہو اور اس چیز یا واقعے کی شباہت اس بلے سے ملتی ہو؟'' یہ کہہ کر میں نے سوچا کہ واقعے کی شباہت بلے سے کیسے مل سکتی ہے۔ زیدی نے جواب دیا، ''میں اس پر بھی غور کر چکا ہوں۔میرے حافظے میں ایسا کوئی واقعہ یا ایسی کوئی چیز نہیں۔'' میں نے کہا، ''ممکن ہے کبھی یاد آ جائے۔''

’’ایسا ہو سکتا ہے۔‘‘ یہ کہہ کر زیدی صوفے پر سے اٹھا۔ چند منٹ ادھر ادھر کی باتیں کیں اور مجھے اور میری بیوی کو اتوار کی دعوت دے کر چلا گیا۔

اتوار کو میں اور میری بیوی سنٹا کروز گئے۔ میں نے شاید آپ کو پہلے نہیں بتایا، زیدی میرا پرانا دوست ہے، انٹرنس تک ہم دونوں ایک ہی اسکول میں تھے۔ کالج میں بھی ہم دو برس ایک ساتھ رہے۔ میں فیل ہو گیا اور وہ ایف اے پاس کر کے امرتسر چھوڑ کر لاہور چلا گیا، جہاں اس نے ایم۔ اے کیا اور چار پانچ برس بے کار رہنے کے بعد بمبئی چلا آیا۔ یہاں وہ ایک برس سے جہازوں کی ایک کمپنی میں ملازم تھا۔ دوپہر کا کھانا کھانے کے بعد۔۔۔ہم دیر تک نئے اور پرانے فلموں کے متعلق باتیں کرتے رہے۔ زیدی کی بیوی اور میری بیوی، دونوں ’’بہت فلم دیکھو‘‘ قسم کی عورتیں ہیں، چنانچہ اس گفتگو میں زیادہ حصّہ انہی کا تھا۔ دونوں اٹھ کر دوسرے کمرے میں جانے ہی والی تھیں کہ بالکنی کے کٹہرے کی سلاخوں سے ایک موٹا بلّا اندر داخل ہوا۔ میں نے اور زیدی نے بیک وقت اس کی طرف دیکھا۔ زیدی کے چہرے سے مجھے معلوم ہو گیا کہ یہ وہی بلّا ہے۔

میں نے غور سے اس کی طرف دیکھا۔ سر پر کانوں کے پاس ایک گہرا زخم تھا جس پر ہلدی لگی ہوئی تھی۔ بال بے حد میلے تھے۔ چال میں جیسا کہ زیدی نے کہا تھا ایک عجیب قسم کی بے پروائی تھی۔ ہم چار آدمی کمرے میں موجود تھے مگر اس نے کسی کی طرف بھی آنکھ اٹھا کر نہ دیکھا۔ جب میری بیوی کے پاس سے گزرا تو وہ چیخ اٹھی، ’’یہ کیسا بلا ہے سعادت صاحب۔‘‘ میں نے پوچھا، ’’کیا مطلب؟‘‘ میری بیوی نے جواب دیا۔ ’’پورا بدمعاش لگتا ہے۔‘‘ زیدی نے بوکھلا کر کہا، ’’بدمعاش۔‘‘ میری بیوی شرما گئی، ’’جی ہاں، ایسا ہی لگتا ہے۔‘‘

زیدی کچھ سوچنے لگا۔ دونوں عورتیں دوسرے کمرے میں چلی گئیں۔ تھوڑی دیر کے بعد زیدی اٹھا، ’’سعادت، ذرا ادھر آؤ۔‘‘ مجھے بالکنی میں لے جا کر اس نے کہا، ’’معمہ حل ہو گیا ہے۔‘‘

’’کیسے؟‘‘

’’تمہاری بیوی نے حل کر دیا ہے۔۔۔تم بھی سوچو کیا اس بلے کی شکل مس ٹین والے سے نہیں ملتی؟‘‘
’’مس ٹین والے سے؟‘‘

’’ہاں ہاں۔ اس بدمعاش سے جو ہمارے اسکول کے باہر بیٹھا رہتا تھا۔ مصطفیٰ ہم جسے مس ٹین والا کہا کرتے تھے۔‘‘

مجھے یاد آ گیا۔ زیدی پر جو لڑکپن میں بہت خوبصورت تھا، مس ٹین والے کی خاص نظر تھی۔ لیکن میں سوچنے لگا بھلے سے اس کی شکل کیسے ملتی ہے۔ نہیں ملتی تھی، اس کی چال میں بھی کچھ ایسے ہی بے پروائی تھی۔ سر اکثر پھٹا رہتا تھا۔ کئی دفعہ ہیڈ ماسٹر صاحب نے اسے لوگوں سے پٹوایا کہ وہ اسکول کے دروازے کے پاس نہ کھڑا رہا کرے، مگر اس کے کان پر جوں تک نہ رینگتی۔ ایک لڑکے کے باپ نے اسے ہاکی سے اتنا مارا، اتنا مارا کہ لوگوں کا خیال تھا ہسپتال میں مر جائے گا، مگر دوسرے ہی روز وہ پھر اسکول کے گیٹ کے باہر موجود تھا۔ یہ سب باتیں ایک لمحے کے اندر اندر میرے دماغ میں ابھریں۔ میں نے زیدی سے کہا،

’’ تم ٹھیک کہتے ہو، مس ٹین والا بھی مار کھا کر خاموش رہا کرتا تھا۔ ‘‘

زیدی نے جواب نہ دیا، اس لیے کہ وہ کچھ یاد کر رہا تھا۔ چند لمحات خاموش رہنے کے بعد اس نے کہا، ’’ میں آٹھویں جماعت میں تھا۔ پڑھنے کے لیے ایک دفعہ اکیلا کمپنی باغ چلا گیا، ایک درخت کے نیچے بیٹھا پڑھ رہا تھا کہ اچانک مس ٹین والا نمودار ہوا۔ ہاتھ میں ایک خط تھا، مجھ سے کہنے لگا، ’’ بابو جی، خط پڑھ دیجیے۔ ‘‘ میری جان ہوا ہو گئی۔ اس پاس کوئی بھی نہیں تھا۔

مس ٹین والے نے خط میری ران پر بچھا دیا۔ میں اٹھ بھاگا۔ اس نے میرا پیچھا کیا۔ لیکن میں اس قدر تیز دوڑا کہ وہ بہت پیچھے رہ گیا۔ گھر پہنچتے ہی مجھے تیز بخار چڑھ تھا۔ دو دن تک ہذیانی کیفیت رہی۔ میری والدہ کا خیال تھا کہ جس درخت کے نیچے پڑھنے کے لیے بیٹھا تھا۔ آسیب زدہ تھا۔

زیدی یہ کہہ ہی رہا تھا کہ بلا ہماری ٹانگوں میں سے گزر کر کٹہرے کی سلاخوں میں سے نکلا اور چھجے پر کود گیا۔ چھجے پر چند قدم چل کر اس نے مڑ کر پیلی پیلی آنکھوں سے ہماری طرف اپنی مخصوص بے پروائی سے دیکھا۔ میں نے مسکرا کر کہا

’’ مس ٹین والا! ‘‘ زیدی جھینپ گیا۔

مس فریا

شادی کے ایک مہینے بعد سہیل پریشان ہو گیا۔اس کی راتوں کی نیند اور دن کا چین حرام ہو گیا۔اس کا خیال تھا کہ بچہ کم از کم تین سال کے بعد پیدا ہو گا مگر اب ایک دم یہ معلوم کر کے اس کے پاؤں تلے کی زمین نکل گئی کہ جس بچے کا اس کو وہم و گمان بھی نہیں تھا اس کی بنیاد رکھی جا چکی ہے۔

اس کی بیوی کو بھی اتنی جلدی ماں بننے کا شوق نہیں تھا اور سچ پوچھے تو وہ ابھی خود بچہ تھی۔ چودہ پندرہ برس کی عمر کیا ہوتی ہے۔ جمعہ جمعہ آٹھ دن ہوئے عائشہ گڑیاں کھیلتی تھی، اور صرف پانچ مہینے کی بات ہے کہ سہیل نے اسے گلی میں جنگلی بلی کی طرح نکمے چنوں پر خوانچے والے سے لڑتے جھگڑتے دیکھا تھا۔ منہ لال کیے وہ اس سے کہہ رہی تھی، ''تم نے مجھے کل بھی کھیلیں اسی طرح کم کر دی تھیں، تم بے ایمان ہو۔۔۔ میرے پیسے کیا مفت کے آتے ہیں جو میں تول میں ہر بار کم چیز لے لوں۔''اور اس نے زبردستی جھپٹا مار کر مٹھی بھر نمکین چنے اس کے خوانچے سے اٹھا لیے تھے۔

اب سہیل یہ منظر یاد کرتا اور سوچتا کہ عائشہ کی گود میں بچہ ہو گا۔ جب وہ گھر جاتے ہوئے ٹرین کا سفر کرے گی تو اپنے اس ننھے کو اسی طرح دودھ پلائے گی جس طرح ریل کے ڈبوں میں دوسری عورتیں پلایا کرتی ہیں۔۔۔اس کی لڑکی یا لڑکا اسی طرح چسر چسر کرے گا۔ اسی طرح ہونٹ سکیٹر کر روئے گا، تو وہ عائشہ سے کہے گا، ''بچہ رو رو کر ہلکان ہوا جا رہا ہے اور تم کھڑکی میں سے باہر کا تماشہ دیکھ رہی ہو۔۔۔'' اس کا تصور کرتے ہی سہیل کا حلق سوکھ جاتا ہے۔

''اس عمر میں بچہ۔۔۔؟ بھئی میرا تو ستیاناس ہو جائے گا۔۔۔ ساری شاعری تباہ ہو جائے گی۔ وہ ماں بن جائے گی۔ میں باپ بن جاؤں گا۔ شادی کا باقی رہے گا کیا۔۔۔؟ صرف ایک مہینہ جس میں ہم دونوں میاں

"

بیوی بن کے رہے۔ سمجھ میں نہیں آتا کہ یہ اولاد کا سلسلہ کیوں میاں بیوی کے ساتھ جوڑ دیا گیا ہے۔ میں یہ نہیں کہتا کہ اولاد بری چیز ہے۔ بچے پیدا ہوں پر اس وقت جب ان کی خواہش کی جائے، یہ نہیں کہ بن بلائے مہمانوں کی طرح آن ٹپکیں۔ میں خدا معلوم کیا سوچ رہا تھا، کیسے کیسے حسین خیال میرے دماغ میں پیدا ہو رہے تھے۔ شروع شروع کے دن تو ایک عجیب قسم کی افراتفری میں گزرے تھے۔ اب ایک مہینے کے بعد سب چیزوں کی نوک پلک درست ہوئی تھی۔ اب شادی کا اصلی لطف آنے لگا تھا کہ بیٹھے بٹھائے یہ آفت آ گئی۔ ۔ ۔ ابھی جانے کتنے اور رہوں۔ ''

سہیل پریشان ہو گیا۔ اگر دفعتاً آسمان سے کوئی جہاز بم برسانا شروع کر دیتا تو وہ اس قدر پریشان نہ ہوتا مگر اس حادثے نے اس کا ماغی توازن درہم برہم کر دیا تھا۔ وہ اتنی جلدی باپ نہیں بننا چاہتا تھا۔

'' میں اگر باپ بن جاؤں تو کوئی ہرج نہیں مگر مصیبت یہ کہ عائشہ ماں بن جائے گی۔ ۔ ۔ ۔ اس کو اتنی جلدی ہرگز ہرگز ماں نہیں بننا چاہیے۔ وہ جوانی کہاں رہے گی اس کی، جس کو میں اب بھی شادی ہونے کے بعد بھی کنکھیوں سے دیکھتا ہوں اور ایک لرزش سی اپنے خیالات میں محسوس کرتا ہوں۔ اس کی تیزی و طراری کہاں رہے گی۔ ۔ ۔ وہ بھولا پن جو مجھے عائشہ میں نظر آتا ہے ماں بن کر بالکل غائب ہو جائے گا۔ وہ کھلنڈرا پن جو اس کی رگوں میں پھڑکتا ہے، مردہ ہو جائے گا۔ ۔ ۔ وہ ماں بن جائے گی، اور صابن کے جھاگ کی طرح اس کی تمام چلبلاہٹیں بیٹھ جائیں گی۔ ۔ ۔ گود میں ایک چھوٹے سے روتے پلے کو لیے کبھی وہ میز پر پیپر ویٹ اٹھا کر بجائے گی، کبھی کنڈی ہلائے گی اور کبھی کن سری تانوں میں اوٹ پٹانگ لوریاں سنائے گی۔ ۔ ۔ واللہ میں تو پاگل ہو جاؤں گا۔ ''

سہیل کو دیوانگی کی حد تک اس حادثے نے پریشان کر رکھا تھا۔ تین چار دن تک اس کی پریشانی کا کسی کو علم نہ ہوا۔ مگر اس کے بعد جب اس کا چہرہ فکر و تردد کے باعث مرجھا سا گیا تو ایک دن اس کی ماں نے کہا، '' سہیل کیا بات ہے، آج کل تم بہت اداس اداس رہتے ہو؟ ''

سہیل نے جواب دیا، '' کوئی بات نہیں امی جان۔ ۔ موسم ہی کچھ ایسا ہے۔ '' موسم بے حد اچھا تھا۔ ہوا میں لطافت تھی، وکٹوریہ گارڈن میں جب وہ سیر کے لیے گیا تو اسے بے شمار پھول کھلے ہوئے نظر آتے تھے۔ ہر رنگ کے ہر یاول بھی عام تھے۔ درختوں کے پتے اب میلے نہیں تھے۔ ہر شے دھلی ہوئی نظر آتی تھی مگر سہیل نے اپنی اداسی کا باعث موسم کی خرابی بتایا۔ ماں نے جب یہ بات سنی تو کہا، '' سہیل تو مجھ سے چھپاتا ہے۔ ۔ ۔ دیکھ، سچ سچ بتاؤ کیا بات ہے۔ ۔ عائشہ نے تو کوئی ایسی ویسی بات نہیں کی۔ ''

سہیل کے جی میں آئی کہ اپنی ماں سے کہہ دے، ''ایسی ویسی بات۔۔۔؟ امی جان اس نے ایسی بات کی ہے کہ میری زندگی تباہ ہو گئی ہے۔۔۔ مجھ سے پوچھے بغیر اس نے ماں بننے کا ارادہ کر لیا ہے۔'' مگر اس نے یہ بات نہ کہی اس لیے کہ یہ سن کر اس کی ماں یقینی طور پر خوش ہوتی۔

''نہیں امی، عائشہ نے کوئی ایسی بات نہیں کی وہ تو بہت ہی اچھی لڑکی ہے۔ آپ سے تو اسے بے پناہ محبت ہے۔۔۔ دراصل میری اداسی کا باعث۔۔۔ لیکن امی جان میں تو بہت خوش ہوں۔''

یہ سن کر اس کی ماں نے دعائیہ لہجے میں کہا، ''اللہ تمہیں ہمیشہ خوش رکھے، عائشہ واقعی بہت اچھی لڑکی ہے ۔۔۔ میں تو اسے بالکل اپنی بیٹی کی طرح سمجھتی ہوں۔۔۔ اچھا، پر سہیل یہ تو بتا اب میرے دل کی مراد کب پوری ہو گی۔''

سہیل نے مصنوعی لاعلمی کا اظہار کرتے ہوئے پوچھا، ''میں آپ کا مطلب نہیں سمجھا؟''

''تو سب سمجھتا ہے۔۔۔ میں پوچھتی ہوں کب تیرا لڑکا میری گود میں کھیلے گا۔ سہیل دل کی ایک آرزو تھی کہ تجھے دلہا بنا دیکھوں، سو یہ آرزو خدا نے پوری کر دی۔ اب اس بات کی تمنا ہے کہ تجھے پھلتا پھولتا بھی دیکھوں۔''

سہیل نے اپنی ماں کے کاندھے پر ہاتھ رکھا اور کھسیانی ہنسی کے ساتھ کہا، ''امی جان، آپ تو ہر وقت ایسی ہی باتیں کرتی رہتی ہیں، دو برس تک میں بالکل اولاد نہیں چاہتا۔''

''دو برس تک تو بالکل اولاد نہیں چاہتا، کیسے۔۔۔؟ یعنی تو اگر نہیں چاہے گا تو بچی بچہ نہیں ہو گا۔۔۔؟ واہ، ایسا بھلا کبھی ہو سکتا ہے۔۔۔ اولاد دینا نہ دینا اس کے ہاتھ میں ہے اور ضرور دے گا۔۔۔ اللہ کے حکم سے کل ہی میری گود میں پوتا کھیل رہا ہو گا۔''

سہیل نے اس کے جواب میں کچھ نہ کہا۔ وہ کہتا بھی کیا۔ اگر وہ اپنی ماں کو بتا دیتا کہ عائشہ حاملہ ہو چکی ہے تو ظاہر ہے کہ سارا راز فاش ہو جاتا اور وہ بچے کی پیدائش روکنے کے لیے کچھ بھی نہ کر سکتا۔ شروع شروع میں اس نے سوچا تھا کہ شاید کوئی گڑبڑ ہو گئی ہے۔ اس نے اپنے شادی شدہ دوستوں سے سنا تھا کہ عورتوں کے حساب و کتاب میں کبھی کبھی ایسا ہیر پھیر ہو جایا کرتا ہے، ابھی تک یہ خیال اس کے دماغ میں جما ہوا تھا۔ اس کے موہوم ہونے پر بھی، اس کو امید تھی کہ چند ہی دنوں میں مطلع صاف ہو جائے گا۔

پندرہ بیس دن گزر گئے مگر مطلع صاف نہ ہوا، اب اس کی پریشانی بہت زیادہ بڑھ گئی۔ وہ جب بھولی بھالی عائشہ کی طرف دیکھتا تو اسے ایسا محسوس ہوتا کہ وہ کسی مداری کے تھیلے کی طرف دیکھ رہا ہے، ''آج عائشہ

میرے سامنے کھڑی ہے۔ کتنی اچھی لگتی ہے لیکن مہینوں میں اس کا پیٹ پھول کر ٹھلیا بن جائے گا۔ ہاتھ پیر سوج جائیں گے۔ ۔ ۔ ہوا میں عجیب عجیب خوشبوئیں اور بد بوئیں سونگھتی پھرے گی۔ تقے کرے گی اور خدا معلوم کیا سے کیا بن جائے گی۔ ''

سہیل نے اپنی پریشانی ماں سے چھپائے رکھی، بہن کو بھی پتہ نہ چلنے دیا مگر بیوی کو معلوم ہو ہی گیا۔ ایک روز سونے سے پہلے عائشہ نے بڑے تشویش ناک لہجے میں اس سے کہا، '' کچھ دنوں سے آپ مجھے بے حد مضطرب نظر آتے ہیں۔ ۔ ۔ کیا وجہ ہے؟ ''

لطف یہ ہے کہ عائشہ کو کچھ معلوم نہیں تھا کہ ایک دو بار اس نے سہیل سے کہا تھا کہ یہ اب کی دفعہ کیا ہو گیا ہے تو سہیل نے بات گول مول کر دی تھی اور کہا تھا کہ، '' شادی کے بعد بہت سی تبدیلیاں ہو جاتی ہیں۔ ممکن ہے کوئی ایسی ہی تبدیلی ہو گئی ہو۔ '' مگر اب اسے سچی بات بتانا ہی پڑی، '' عائشہ میں اس لیے پریشان ہوں کہ تم۔ ۔ ۔ تم اب ماں بننے والی ہو۔ ''

عائشہ شرما گئی، '' آپ کیسی باتیں کرتے ہیں۔ ''

'' کیسی باتیں کرتا ہوں۔ اب جو حقیقت ہے، میں نے تم سے کہہ دی ہے۔ تمہارے لیے یہ خوش خبری ہو گی مگر خدا کی قسم اس نے مجھے کئی دنوں سے پاگل بنا رکھا ہے۔ ''

عائشہ نے جب سہیل کو سنجیدہ دیکھا تو کہا، '' تو۔ ۔ ۔ تو۔ ۔ ۔ کیا سچ مچ۔ ۔ ۔؟ ''

'' ہاں، ہاں۔ ۔ ۔ سچ مچ۔ ۔ ۔ تم ماں بننے والی ہو۔ ۔ ۔ خدا کی قسم جب سوچتا ہوں کہ چند مہینوں ہی میں تم کچھ اور ہی بن جاؤ گی تو میرے دماغ میں ایک ہل چل سی مچ جاتی ہے۔ ۔ ۔ میں نہیں چاہتا کہ اتنی جلدی بچہ پیدا ہو۔ اب خدا کے لیے تم کچھ کرو۔ ''

عائشہ یہ بات سن کر صرف مجوب سی ہو گئی تھی۔ حجاب کے علاوہ اس نے ہونے والے بچے کے متعلق کچھ بھی محسوس نہیں کیا تھا۔ وہ دراصل یہ فیصلہ ہی نہیں کر سکی تھی کہ اسے خوش ہونا چاہیے یا گھبراہٹ کا اظہار کرنا چاہیے۔ اس کو معلوم تھا کہ جب شادی ہوئی ہے تو بچہ ضرور پیدا ہو گا مگر اسے یہ معلوم نہیں تھا کہ سہیل اتنا پریشان ہو جائے گا۔

سہیل نے اس کو خاموش دیکھ کر کہا، '' اب سوچتی کیا ہو۔ کچھ کرو تا کہ اس بچے کی مصیبت ٹلے۔ ''

عائشہ دل ہی دل میں ہونے والے بچے کے ننھے ننھے کپڑوں کے متعلق سوچ رہی تھی، سہیل کی آواز نے اسے چونکا دیا، '' کیا کہا؟ ''

‘‘میں کہتا ہوں کچھ بندوبست کرو کہ یہ بچہ پیدا نہ ہو۔’’

‘‘بتائیے میں کیا کروں؟’’

‘‘اگر مجھے معلوم ہوتا تو میں تم سے کیوں کہتا۔تم عورت ہو، عورتوں سے ملتی رہی ہو۔شادی پر تمہاری بیاہی ہوئی سہیلیوں نے تمہیں کئی مشورے دیئے ہوں گے، یاد کرو، کسی سے پوچھو، کوئی نہ کوئی ترکیب تو ضرور ہو گی۔’’

عائشہ نے اپنے حافظ پر زور دیا مگر اسے کوئی ایسی ترکیب یاد نہ آئی، ‘‘مجھے تو آج تک کسی نے اس بارے میں کچھ نہیں بتایا۔ پر میں پوچھتی ہوں کہ اتنے دن آپ نے مجھ سے کیوں نہ کہا۔ جب بھی میں نے آپ سے اس بارے میں بات چیت کی آپ نے ٹال دیا۔’’

‘‘میں نے تمہیں پریشان کرنا مناسب نہ سمجھا۔ یہ بھی سوچتا رہا کہ شاید میرا وہم ہو، پر اب کہ بات بالکل پکی ہو گئی ہے، تمہیں بتانا ہی پڑا۔ عائشہ اگر اس کا کوئی علاج نہ ہوا تو خدا کی قسم بہت بڑی آفت آ جائے گی۔ آدمی شادی کرتا ہے کہ چند برس ہنسی خوشی میں گزارے، یہ نہیں کہ سر منڈاتے ہی اولے پڑیں۔جھٹ سے ایک بچہ پیدا ہو جائے۔۔۔کسی ڈاکٹر سے مشورہ لیتا ہوں۔’’

عائشہ نے جواب دماغی طور پر سہیل کی پریشانی میں شریک ہو چکی تھی، کہا، ‘‘ہاں، کسی ڈاکٹر سے ضرور مشورہ لینا چاہیے۔ میں بھی چاہتی ہوں کہ بچہ اتنی جلدی نہ ہو۔’’

سہیل نے سوچنا شروع کیا۔ پولینڈ کا ایک ڈاکٹر اس کا واقف تھا، پچھلے دنوں جب شراب کی بندش ہوئی تھی تو وہ اس ڈاکٹر کے ذریعہ ہی سے وہسکی حاصل کرتا تھا، پر اب وہ دیوالی میں نظر بند تھا کیونکہ حکومت کو اس کی حرکات و سکنات پر شبہ ہو گیا تھا۔ یہ ڈاکٹر اگر نظر بند نہ ہوتا تو یقیناً سہیل کا کام کر دیتا۔ اس پولستانی ڈاکٹر کے علاوہ ایک یہودی ڈاکٹر کو بھی وہ جانتا تھا جس سے اس نے اپنی چھاتی کے درد کا علاج کرایا تھا۔ سہیل اس کے پاس چلا جاتا مگر اس کا چہرہ اتنا رعب دار تھا کہ وہ اس سے ایسی بات کے متعلق ارادے کے باوجود مشورہ نہ لے سکتا۔

یوں تو بمبئی میں ہزاروں ڈاکٹر موجود تھے مگر بغیر واقفیت اس معاملے کے متعلق بات چیت ناممکن تھی۔ ۔ بہت دیر تک غور و فکر کرنے کے بعد اس کو مس فریا کا خیال آیا جو ناگپاڑے میں پریکٹس کرتی تھی اور اس کا خیال آتے ہی مس فریا اس کے آنکھوں کے سامنے آ گئی۔ موٹے اور بھاری جسم کی یہ کرسچین عورت عجیب و غریب کپڑے پہنتی تھی۔ ناگپاڑے میں کئی یہودی،

کرسچین اور پارسی لڑکیاں رہتی ہیں۔ سہیل نے ان کو ہمیشہ چست اور شوخ رنگ لباسوں میں دیکھا تھا۔ اسکرٹ گھٹنوں سے ذرا نیچی، ننگی پنڈلیاں، اونچی ایڑی کی سینڈل، سر کے بال کٹے ہوئے، ان میں لہریں پیدا کرنے کے نئے نئے طریقے، ہونٹوں پر گاڑھی سرخی، گالوں پر اڑے اڑے رنگ کا غازہ، بھویں مونڈ کر تیکھی بنائی ہوئی۔ ان لڑکیوں کا بناؤ سنگھار کچھ اس قسم کا ہوتا ہے کہ نگاہیں ان چیزوں کو پہلے دیکھتی تھیں جن سے عورت بنتی ہے۔

مگر مس فریا ٹخنوں تک لمبا ڈھیلا ڈھالا فراک پہنتی تھی۔ پنڈلیاں ہمیشہ موٹی جرابوں سے ڈھکی رہتی تھیں۔ شو پہنتی تھی۔ بہت ہی پرانے فیشن کے بال کٹے ہوئے تھے مگر ان میں لہریں پیدا کرنے کی طرف وہ کبھی توجہ ہی نہیں دیتی تھی، اس بے توجہی کے باعث اس کے بالوں میں ایک عجیب قسم کی بے جانی اور خشکی پیدا ہو گئی تھی۔ رنگ کالا تھا جو کبھی کبھی سنولاہٹ بھی اختیار کر لیتا تھا۔

عائشہ نے تھوڑی دیر تک بچے کی پیدائش کے متعلق غور کیا اور سہیل کے پہلو میں سو گئی۔ غور و فکر ہمیشہ اس کو سلا دیا کرتا تھا۔ عائشہ سو گئی مگر سہیل جاگتا رہا اور مس فریا کے متعلق سوچتا رہا۔

ٹھیک ایک برس پہلے انہی دنوں میں جب اس کے کمرے میں نہ یہ نیا پلنگ تھا جو عائشہ جہیز میں لائی تھی، اور نہ خود عائشہ تھی، تو سہیل نے ایک بار مس فریا کو خاص زاویے سے دیکھا تھا۔ سہیل کی بہن کے ہاں بچہ پیدا ہونے والا تھا۔ یہ معلوم کرنے کے لیے کہ بچہ کب پیدا ہو گا، مس فریا کو بلایا گیا تھا۔ سہیل تازہ تازہ بمبئی آیا تھا۔ ناگپاڑے کی شوخ تیتریاں دیکھ دیکھ کر جو بالکل اس کے پاس سے پھر پھراتی ہوئی گزر جاتی تھیں، اس کے دل میں یہ خواہش پیدا ہو گئی تھی کہ وہ ان سب کو پکڑ کر اپنی جیب میں رکھ لے مگر جب یہ خواہش پوری نہ ہوئی اور وہ نا امیدی کی حد تک پہنچ گیا تو اسے مس فریا دکھائی دی۔

پہلی نظر میں سہیل کے جمالیاتی ذوق کو صدمہ سا پہنچا، ''کیسی بے ڈول عورت ہے ۔ ۔ ۔ لباس کیسا بے ہودہ ہے اور قد ۔ ۔ ۔ تھوڑے ہی دنوں میں بھینس بن جائے گی۔'' مس فریا نے اس روز کالے رنگ کی جالی دار ٹوپی پہن رکھی تھی، جس میں تین چار شوخ رنگ کے پھندنے لگے ہوئے تھے۔ ایسا معلوم ہوتا تھا کہ کیچڑ میں آلوچے گر پڑے ہیں۔ فراک جو ٹخنوں تک بڑے ادا اس انداز میں لٹک رہا تھا، چھپی ہوئی جارجٹ کا تھا۔ پھول بھی خوشنما تھے، کپڑا بھی اچھا تھا مگر بہت ہی بھونڈے طریقے پر سیا گیا تھا۔ مس فریا جب دوسرے کمرے سے فارغ ہو کر آئی تو اس نے سہیل سے انگریزی میں کہا، ''غسل خانہ کدھر ہے؟ مجھے ہاتھ دھونے ہیں۔'' غسل خانے میں سہیل نے مس فریا کو بہت قریب سے دیکھا تو

اسے نسوانیت کے کئی ذرے اس کے ساتھ چمٹے ہوئے نظر آئے۔ سہیل نے اب اسے پسند کرنے کی نیت سے دیکھنا شروع کیا، ''بری نہیں۔۔۔ آنکھیں خوبصورت ہیں۔ میک اپ نہیں کرتی تو کیا ہوا۔ ٹھیک ہے۔ ہاتھ کیسے اچھے ہیں۔''

مس فریا کے بالائی ہونٹ پر ہلکی ہلکی مونچھیں تھیں۔ کام کرنے کے باعث پسینے کی ننھی ننھی بوندیں نمودار ہو گئی تھیں۔ سہیل نے جب ان کی طرف دیکھا تو مس فریا اسے پسند آ گئی۔ پسینے کی یہ پھوار سی جو اس کی مونچھوں کی رویئں پر کپکپا رہی تھی، اسے بہت ہی بھلی معلوم ہوئی۔ سہیل کے جی میں آئی کہ وہ کچھ کر نا شروع کر دے جس سے اس کا سارا جسم عرق آلود ہو جائے۔

مس فریا جب ہاتھ پونچھ کر فارغ ہو گئی تو اس نے سہیل کی ماں سے کہا، ''آپ ان کو ہمارے ساتھ بھیج دیجیے، میں دوا تیار کر کے دے دوں گی اور استعمال کرنے کی ترکیب بھی سمجھا دوں گی۔''

ناگپاڑے تک جہاں وہ پریکٹس کرتی تھی، وکٹوریہ میں، سہیل نے اس سے کوئی خاص بات نہ کی۔ کونین کے متعلق اس نے چند باتیں دریافت کیں کہ ملیریا میں کتنی مقدار اس کی کھانی چاہیے۔ پھر اس نے دانتوں کی صفائی کے بارے میں اس سے کچھ معلومات حاصل کیں کہ اتنے میں وہ جگہ آ گئی جہاں مس فریا ایم۔ بی۔ بی ایس کا بورڈ لٹکا رہتا تھا۔

پہلی منزل کے ایک کمرے میں مس فریا کا مطب تھا۔ اس کمرے کے دو حصے کیے گئے تھے، ایک حصے میں مس فریا کی میز تھی جہاں وہ عام طور پر بیٹھتی تھی۔ دوسرے حصے میں اس کی ڈسپنسری تھی۔ ڈسپنسری کی دو الماریوں کے علاوہ وہاں ایک چھوٹا سا تخت بھی تھا جس پر غالباً وہ مریض لٹا کر دیکھا کرتی تھی۔

مس فریا نے کمرے میں داخل ہوتے ہی اپنی ٹوپی اتار دی اور ایک کیل پر لٹکا دی۔ سہیل اس بنچ پر بیٹھ گیا جو میز کے پاس بچھی تھی۔ ٹوپی اتار کر مس فریا نے نیم انگریزی اور نیم ہندوستانی لہجے میں آواز دی، ''چھوکرا۔''

''۔۔'' کمرے کے دوسرے حصے سے ایک مریل سا آدمی نکل آیا اور کہنے لگا، ''ہاں میم صاحب۔''

میم صاحب کچھ نہ بولیں اور دوا بنانے کے لیے اندر چلی گئیں۔ سہیل اس دوران میں سوچتا رہا کہ مس فریا سے کسی طرح دوستی پیدا کرنی چاہیے، وہ تھوڑا سا وقت جو اسے ملا اسی سوچ بچار میں خرچ ہو گیا اور مس فریا دوا بنا کر لے آئی۔ کرسی پر بیٹھ کر اس نے شیشی پر گوند سے لیبل چپکایا اور پڑیوں پر نمبر لگانے کے بعد کہا، ''یہ دو دوائیں ہیں۔ پڑیا ابھی جا کر پانی کے ساتھ دے دیجیے اور اس میں سے ایک خوراک آدھے گھنٹے کے بعد پلا دیجیے گا۔ پھر ہر تیسرے گھنٹے کے بعد اسی طرح۔''

سہیل نے پڑیاں اٹھاکر جیب میں رکھ لیں۔ شیشی ہاتھ میں لے لی، اور مس فریا کی طرف کچھ عجیب نگاہوں سے دیکھنا شروع کر دیا۔ وہ گھبرا گئی، ''آپ بھول تو نہیں گئے۔'' سہیل نے اسی انداز سے دیکھتے ہوئے کہا، ''میں بھولا نہیں مجھے سب کچھ یاد ہے۔'' مس فریا کی سمجھ میں نہ آیا کہ وہ کیا کہے، ''تو۔ ۔ تو۔ ۔ ۔ ٹھیک ہے ۔ ۔ ۔''

سہیل دراصل اپنے ارادے کو مکمل کر رہا تھا اور ساتھ ہی ساتھ ٹکٹکی باندھے اسے دیکھے جا رہا تھا۔ مس فریا نے چند کاغذات اٹھاکر میز کے ایک طرف رکھ دیئے، ''اس کے ۔ ۔ اس کے دام؟'' سہیل نے خاموشی سے بٹوا نکالا، ''کتنے ہوئے؟'' یہ کہہ کر اس نے پانچ کا نوٹ بڑھا دیا۔ مس فریا نے نوٹ لیا۔ میز کی دراز کھول کر اس میں رکھا۔ جلدی جلدی ریزگاری نکالی اور حساب کر کے باقی پیسے سہیل کی طرف بڑھا دیئے۔ سہیل نے اس کا ہاتھ پکڑ لیا اور جلدی سے کہا، ''تمہارا ہاتھ کتنا خوبصورت ہے۔'' مس فریا تھوڑی دیر تک فیصلہ نہ کر سکی کہ اسے کیا کرنا چاہیے، ''آپ کیسی باتیں کر رہے ہیں؟'' سہیل نے بڑے ہی خام انداز میں اپنے دل پر ہاتھ رکھ کر کہا جیسے وہ اسٹیج پر عشقیہ پارٹ ادا کر رہا ہے، ''میں تم سے محبت کرتا ہوں۔''

سہیل کو جب مس فریا کے لہجے میں کھردرا پن محسوس ہوا تو وہ چونکا، اس نے لوگوں سے سن رکھا تھا کہ اینگلو انڈین اور کرسچین لڑکیاں فوراً ہی پھنس جایا کرتی ہیں۔ چنانچہ اسی سنی سنائی بات کے زیر اثر اس نے اتنی جرأت کی تھی مگر یہاں جب اسے معاملہ بالکل برعکس نظر آیا تو اس نے جلدی سے دوا کی شیشی اٹھائی اور کہا، ''میں آپ سے معافی چاہتا ہوں، دراصل مجھے آپ سے ایسی فضول باتیں نہیں کرنا چاہیے تھیں۔ ۔ ۔ میں۔ ۔ ۔ میں نہ جانے کیا بک گیا۔ مجھے معاف کر دیجیے گا۔''

مس فریا اٹھ کھڑی ہوئی۔ اس کا غصّہ کچھ کم ہو گیا، ''تم نے جو کچھ کیا ہے اس پر مجھے بے حد غصّہ آیا تھا۔ مگر میں اب تمہاری طرف دیکھتی ہوں تو مجھے تم بہت ہی معصوم نظر آتے ہو۔ ۔ ۔ بیوقوفی کی حد تک معصوم، جاؤ پھر کبھی ایسی حرکت نہ کرنا۔'' سہیل سہم سا گیا۔ مس فریا کو وہ اسکول کی استانی سمجھنے لگا۔ ''آپ نے مجھے معاف کر دیا ہے نا؟'' مس فریا کے ہونٹوں پر مسکراہٹ پیدا ہوئی جو سہیل چاہتا تھا کہ پیدا ہو، ''جاؤ میں نے کہہ دیا کہ پھر ایسی حرکت نہ کرنا۔ ۔ ۔ دوا کسی اور جگہ سے نہ لینا۔ کل یہیں چلے آنا۔ ۔ ۔ اور دیکھو تم نے میرے آنے جانے کے پیسے نہیں دیئے۔''

سہیل نے پوچھا، ''کتنے ہوتے ہیں؟''

''بارہ آنے۔''

سہیل نے بارہ آنے میز پر رکھ دیئے اور جب وہ بازار میں پہنچا تو اس نے خیال کیا کہ وکٹوریہ والے کو تو وہ بارہ آنے ادا کر چکا تھا لیکن اس نے سوچا کہ چلو، بلا ٹل گئی ہے، کیا ہوا اگر بارہ آنے زیادہ چلے گئے۔ سہیل کا یہ پہلا موقع نہیں تھا۔ امرتسر میں وہ کئی لڑکیوں سے ایسی اور اس سے بھی سخت جھڑکیاں کھا چکا تھا۔ چند گھنٹوں تک اس واقعہ کا سہیل پر بہت ہی زیادہ اثر رہا۔ لیکن جب وہ دوسرے دن مس فریا کے ہاں دوا لینے کے لیے گیا تو اس نے دوسرے گاہکوں کی طرح اس سے بات چیت کی تو وہ شرمندگی جس کا تھوڑا سا احساس باقی رہ گیا تھا، دور ہو گئی۔

دس بارہ روز تک وہ متواتر دوا لینے کے لیے مس فریا کے ہاں جاتا رہا۔ اس دوران میں کوئی ایسی بات نہ ہوئی جس سے سہیل کے دماغ میں اس خفت انگیز واقعہ کی یاد تازہ ہوتی، اس کے بعد اس کی بہن تندرست ہو گئی اور مس فریا اس عرصہ کے لیے اس کی آنکھوں سے اوجھل ہو گئی۔ اب ایک دم بارہ تیرہ مہینے کے بعد سہیل کو اس کا خیال آیا اور اس نے اس سے مشورہ لینے کا ارادہ کیا، ''عورت کو روپے پیسے کا بہت لالچ ہے، میرا خیال ہے کہ وہ ضرور اس معاملہ میں ہماری مدد کرنے کو تیار ہو جائے گی اور پھر اس واقعہ کو اس بات سے کیا تعلق ہے۔ اگر وہ میرا کام کر دے گی تو میں اسے منہ مانگے دام ادا کر دوں گا۔''

دوسرے روز شام کو وہ مس فریا کے پاس گیا۔ سہیل کو دیکھ کر اس نے بڑے کاروباری انداز میں کہا، ''بہت مدت کے بعد تشریف لائے۔'' سہیل شادی کے بعد اب کافی تبدیل ہو چکا تھا، آرام سے بنچ پر بیٹھ گیا اور کہنے لگا، ''اس دوران میں کوئی بیمار نہیں ہوا اس لیے آپ کی خدمت میں حاضر نہ ہو سکا۔''

مس فریا مسکرائی، ''اب کیسے آنا ہوا؟''

سہیل نے جواب دیا، ''میں اپنی بیوی کے متعلق کچھ پوچھنے آیا ہوں۔۔۔''

مس فریا نے اور زیادہ متوجہ ہو کر پوچھا، ''آپ کی شادی ہو گئی؟''

''جی ہاں۔۔۔ہو گئی۔''

''کب ہوئی؟''

''ایک مہینہ پہلے۔''

''صرف ایک مہینہ؟''

مس فریا نے کرسی پر اپنا پہلو بدلا، ''کیسی ہے آپ کی بیوی۔''

سہیل نے بالکل رسی انداز میں جواب دیا، ''بہت اچھی ہے۔''

'' میرا مطلب ہے کہ ۔۔۔ کہ ۔۔۔ خوبصورت ہے ۔۔۔؟ ۔ ضرور خوبصورت ہو گی ۔ پنجاب کی لڑکیاں عام طور پر خوبصورت ہوتی ہیں ۔ ''

سہیل نے فریا کی طرف دیکھا، چہرے پر اس نے پوڈر لگا رکھا تھا جس سے رنگ بہت ہی بدنما ہو گیا تھا۔ بال خشک اور بے جان تھے ۔ فراک بھی نہایت بھونڈا تھا۔ جب اس نے عائشہ کا خیال کیا تو فریا اسے بھگن معلوم ہوئی۔ دل ہی دل میں وہ ہنسا اور پرانا بدلہ لینے کی خاطر اس نے کہا، '' میری بیوی بہت خوبصورت ہے ۔۔۔ تم اسے دیکھو گی تو پتہ چلے گا ۔ '' مس فریا نے شاید یہ بات نہ سنی، کیونکہ وہ کچھ اور ہی سوچ رہی تھی، '' تو ایک مہینے سے تم عیش کر رہے ہو ۔ '' سہیل نے پھر اسے جلانے کے لیے کہا، '' انسان کو زندگی میں ایک بار ہی ایسا موقع ملتا ہے ۔ کیوں نہ اس سے فائدہ اٹھایا جائے ۔ ''

'' ہاں، ہاں ضرور فائدہ اٹھانا چاہیے ۔۔۔ مگر ۔۔۔ مگر زیادہ نہیں ۔ ۔ تم ضرور زیادہ سے زیادہ فائدہ اٹھانے کی کوشش کرتے ہو گے ۔ '' مس فریا کے لہجے میں ایک عجیب قسم کی للچاہٹ تھی ۔ سہیل کو اس گفتگو میں مزہ آنے لگا، مسکرا کر اس نے کہا، '' زیادہ سے زیادہ کیوں نہ اٹھایا جائے ۔۔۔ یہی وقت تو ہے کہ جی بھر کے لطف اٹھایا جائے، بیوی اچھی ہو، طبیعتیں آپس میں مل جائیں ۔۔۔ جوانی ہو، حالات ساز گار ہوں، موسم خوش گوار ہو تو ۔۔۔ '' مس فریا مضطرب ہو گئی۔ یہ اضطراب چھپانے کی خاطر اس نے کہا، '' آپ۔۔۔ آپ کس قسم کا مشورہ لینے کے لیے آئے ہیں ۔ ''

'' میں اپنی بیوی کے متعلق کچھ پوچھنے آیا تھا۔ ''

مس فریا پھر اسی رو میں بہہ گئی، '' میں ۔۔۔ میں اس کو ضرور دیکھوں گی ۔ مجھے ۔۔۔ مجھے خوشی ہو گی ۔ کسے معلوم تھا کہ تم اتنی جلدی شادی کر لو گے ۔ تمہاری زندگی میں ۔۔۔ میرا مطلب ہے کہ تمہاری زندگی میں ضرور ایک بہت بڑی تبدیلی ہو گئی ہو گی ۔ '' سہیل نے جواب دیا، '' تبدیلی ۔۔۔ کوئی خاص تبدیلی پیدا تو نہیں ہوئی۔ میں پہلے بھی ایسا ہی تھا۔ خاص فرق پڑ بھی کیا سکتا ہے ۔ ہر حال میں خوش ہوں، بہت ہی خوش ہوں ۔۔۔ شادی بہت اچھی چیز ہے ۔ ''

مس فریا نے تھوک نگل کر کہا، '' کیا شادی واقعی بہت اچھی چیز ہے؟ ''

'' بہت ہی اچھی چیز ہے ۔۔۔ میں تو کہتا ہوں کہ تم بھی شادی کر لو ۔ ''

مس فریا نے میز پر سے رنگین تیلیوں کا بنا ہوا جاپانی پنکھا اٹھایا اور جھلنا شروع کر دیا، '' مجھے اپنی بیوی کے متعلق کچھ اور بتاؤ۔۔۔ یعنی تمہاری ازدواجی زندگی کیسے گزر رہی ہے ۔۔۔ اس کے خیالات کیا ہیں؟ ''

فریا کے ہونٹوں پر کھسیانی سی مسکراہٹ پیدا ہوئی۔ اس کے ہونٹ کچھ اس انداز سے باتیں کرتے وقت کھل رہے تھے کہ سہیل کو محسوس ہوا فریا کے چہرے پر منہ کے بجائے ایک زخم ہے جس کے ٹانکے ادھڑ رہے ہیں۔ سہیل نے غور سے اس کی طرف دیکھا اور یوں دیکھتے ہوئے وہ ایک برس پیچھے چلا گیا۔ جب اس نے بڑی نیک نیتی سے اس عورت میں چند خوبصورتیاں تلاش کی تھیں اور ان کا سہارا لے کر اس سے دوستانہ تعلقات پیدا کرنے کی ایک نہایت ہی بھونڈی کوشش کی تھی۔ اب وہی عورت اس کے سامنے کرسی پر بیٹھی پنکھا جھل کر اپنا اندرونی اضطراب اب ہلا کر رہی تھی، ایک برس اس کے کالے چہرے اور خشک بالوں پر سے مزید سیاہی اور خشکی پیدا کیے بغیر گزر گیا تھا۔ مگر سہیل اب بالکل تبدیل ہو چکا تھا۔ وہ یہ سوچ ہی رہا تھا کہ مس فریا نے اس سے کہا، ''تم کتنے تبدیل ہو گئے ہو۔ اب تم پورے مرد بن چکے ہو۔''

سہیل نے فریا کی طرف دیکھا۔ اس کی مونچھوں پر پسینے کے ننھے ننھے قطرے نمودار ہو رہے تھے۔ ان کو دیکھ کر اب اس کے دل میں وہ پہلی سی خواہش پیدا نہ ہوئی۔ مس فریا نے پنکھا میز پر رکھ دیا اور کہنیاں ٹیک کر سہیل کی طرف ان بلبلوں کی طرح دیکھنے لگی جو موسم بہار میں لوٹ کر اداس اداس آوازیں نکالا کرتی ہیں۔ سہیل نے پنکھے کی ایک اکھڑی ہوئی تیلی نوچنے کے لیے ہاتھ بڑھایا تو مس فریا نے اسے آہستہ سے پکڑ کر کہا، ''یاد ہے تمہیں، ایک دفعہ اسی طرح تم نے میرا ہاتھ دبایا تھا۔''

مس فریا کی آواز لرزاں تھی۔

سہیل نے اپنا ہاتھ کھینچ لیا اور بڑے خشک لہجہ میں کہا، ''مس فریا، تمہاری یہ حرکت بہت ہی نازیبا ہے۔ ۔ ۔ دیکھو، پھر کبھی ایسا نہ کرنا۔'' یہ کہہ کر اس نے اپنا بٹوا لرزتے ہوئے ہاتھوں سے کھولا اور بارہ آنے نکال کر میز پر رکھ دیئے، ''یہ رہا تمہارے آنے جانے کا کرایہ۔''

سہیل جب نیچے اترا تو بازار میں چلتے ہوئے اس نے سوچا، ''جب بچہ پیدا ہو گا تو میں اسے گود میں اٹھا کر مس فریا کے پاس ضرور آؤں گا اور فخر کے ساتھ کہوں گا، اس کے متعلق تمہارا کیا خیال ہے؟''

سہیل بہت خوش تھا۔ جب اس نے مزا لینے کی خاطر یہ سارا واقعہ دہرایا تو آخر میں بارہ آنے جو اس نے کانپتے ہوئے ہاتھوں سے نکال کر مس فریا کی میز پر رکھے تھے، ''ارے ۔ ۔ ۔ میں نے اسے بارہ آنے کیوں دیئے ۔ ۔ ۔ یہ کرایہ کس بات کا تھا؟''

سہیل جب اس کا جواب تلاش نہ کر سکا تو بے اختیار ہنس پڑا۔

مسٹر حمیدہ

رشید نے پہلی مرتبہ اس کو بس اسٹینڈ پر دیکھا، جہاں وہ شیڈ کے نیچے کھڑی بس کا انتظار کر رہی تھی۔ رشید نے اسے جب دیکھا تو وہ ایک لحظے کے لیے حیرت میں گم ہو گیا۔ اس سے قبل اس نے کوئی ایسی لڑکی نہیں دیکھی تھی جس کے چہرے پر مردوں کی مانند داڑھی اور مونچھیں ہوں۔

پہلے رشید نے سوچا کہ شاید اس کی نگاہوں نے غلطی کی ہے۔ عورت کے چہرے پر بال کیسے اگ سکتے ہیں۔ پر جب اس نے غور سے دیکھا تو اس لڑکی نے باقاعدہ شیو کر رکھی تھی اور سرمئی غبار اس کے گالوں اور ہونٹوں پر موجود تھا۔

رشید نے سمجھا کہ شاید ہیجڑا ہو، مگر نہیں۔۔۔۔ وہ ہیجڑا نہیں تھی۔ اس لیے کہ اس میں ہیجڑوں کی سی مصنوعی نسوانیت کے کوئی آثار نہیں تھے۔ وہ مکمل عورت تھی۔۔۔۔ ناک نقشہ بہت اچھا تھا۔۔۔۔ کولھے چوڑے چکلے۔۔۔۔ کمر پتلی۔۔۔۔ سینہ جوانی سے بھرپور۔۔۔ بازو سڈول، غرضیکہ اس کے جسم کا ہر عضو اپنی جگہ پر نسوانیت کا عمدہ نمونہ تھا۔

ایک صرف اس کی داڑھی اور مونچھوں نے سب کچھ غارت کر دیا تھا۔ رشید سوچنے لگا۔۔۔۔ قدرت کی یہ کیا ستم ظریفی ہے کہ ایک اچھی بھلی نوجوان خوبصورت لڑکی کو بدنما بنا دیا۔ رشید کے دماغ میں کئی خیال اوپر تلے آئے اور وہ بوکھلا گیا۔ وہ سوچتا تھا:

’’کیا اس لڑکی کی زندگی اجیرن ہو کے نہیں رہ گئی!‘‘

’’صبح اٹھ کر جب اسے استرا پکڑ کر شیو کرنا پڑتی ہو گی تو اسے کیا محسوس ہوتا ہو گا۔۔۔۔ کیا اس وقت اس کے جی میں جھنجھلا کر انتقامی خواہش پیدا نہ ہوتی ہو گی کہ وہ گھس کھدے کی طرح اپنے گال اور ہونٹ چھیل

ڈالے۔،،

،،ایک عورت کے لیے یہ کتنا بڑا عذاب ہے کہ خار پشت کی مانند اس کے گالوں پر دوسرے روز نکیلے بال اگ آئیں۔،،

،،اگر مردوں کے مانند عورتوں کے بھی داڑھی مونچھ اگ آتی تو کوئی ہرج نہیں تھا پر یہاں ازل سے عورتیں ان بالوں سے بے نیاز ہی رہی ہیں۔،،

،،جہاں تک میں سمجھتا ہوں، عورتوں کے چہرے پر بالوں کا ہونا کوئی معیوب چیز نہیں، لیکن مصیبت تو یہ ہے کہ ہم لوگ یہ دیکھنے کے عادی نہیں۔،،

،،صنفِ نازک، آخر صنفِ نازک ہے، اس میں شک نہیں۔ اس لڑکی میں نسوانیت کے تمام جوہر موجود ہیں، پھر یہ داڑھی مونچھ کس لیے اگ آئی ہے ۔۔۔ نظر بٹو کے طور پر ۔۔۔ اس کی کوئی تشریح و توضیح تو ہونی چاہیے، بے کار میں ایک خوبصورت شے کو بھونڈا بنا دیا، یہ کہاں کی شرافت ہے۔،،

،،اب ایسی لڑکی سے شادی کون کرے گا جو ہر روز صبح سویرے اٹھ کر، استرا ہاتھ میں پکڑ کر شیو کر رہی ہو۔،،

،،یہ لڑکی مونچھیں نہ مونڈے اور انہیں بڑھا لے ۔۔۔ تو کیا اس سے خوف نہیں آئے گا۔۔۔ آپ بے ہوش نہ ہوں، لیکن چند لمحات کے لیے آپ کے ہوش و حواس ضرور جواب دے جائیں گے ۔۔۔ آپ اپنے ہونٹوں پر انگلیاں پھیریں گے جہاں مونچھیں منڈی ہوں گی ۔۔۔ مگر آپ کی صنفِ مقابل اپنی مونچھوں کو تاؤ دے رہی ہو گی۔،،

بس آ گئی ۔۔۔ وہ لڑکی اس میں سوار ہو کر چلی گئی۔ رشید کو بھی اسی بس سے جانا تھا لیکن وہ اپنے خیالوں میں اس قدر غرق تھا کہ اس کو بس کی آمد کا پتہ نہ چلا نہ اس کے جانے کا۔

تھوڑی دیر کے بعد جب وہ لڑکی کو ایک نظر اور دیکھنے کے لیے پلٹا تو وہ موجود نہیں تھی۔ اس کا ذہن اس قدر مضطرب تھا کہ اس نے اپنا کام ملتوی کر دیا اور گھر چلا آیا۔ اپنے کمرے میں بستر پر لیٹ کر اس نے مزید سوچ بچار شروع کر دی۔ اس کو اس لڑکی پر بہت ترس آ رہا تھا، بار بار قدرت کی بے رحمی پر لعنتیں بھیجتا تھا کہ اس نے کیوں نسوانیت کے اتنے اچھے اور خوبصورت نمونے کو خود ہی بنا کر اس پر سیاہی کا لیپ کر دیا، آخر اس میں کیا مصلحت تھی، اب اس شکل میں اس سے شادی کون کرے گا، قدرت نے کیا اس کے لیے کوئی ایسا مرد پیدا کر رکھا ہے جو اسے قبول کر لے گا لیکن وہ سوچتا کہ قدرت اتنی دور اندیش نہیں ہو سکتی۔،،

اس کی بہن آئی۔۔۔دوپہر ہو چکی تھی۔۔۔اس نے رشید سے کہا، ''بھائی جان۔۔۔چلیے کھانا کھا لیجیے۔''

رشید نے اس کی طرف غور سے دیکھا اور اس کو یوں محسوس ہوا کہ اس کے چہرے پر بھی بال ہیں۔

''سلیمہ!''

''جی!''

''کچھ نہیں۔۔۔لیکن نہیں ٹھہرو۔۔۔کیا تمہاری مونچھیں ہیں؟''

سلیمہ جھینپ گئی۔

''جی ہاں۔۔۔بال اگتے ہیں۔''

رشید نے اس سے پوچھا، ''تو۔۔۔میرا مطلب ہے تمہیں الجھن نہیں ہوتی ان بالوں سے؟'' سلیمہ نے اور زیادہ جھینپ کر جواب دیا، ''ہوتی ہے بھائی جان۔''

''تو انہیں تم کیسے صاف کرتی ہو۔۔۔بلیڈ سے؟''

''جی نہیں۔۔۔ایک چیز ہے جسے بی ٹچ کہتے ہیں۔۔۔اس کو تھوڑی دیر ہونٹوں پر گھسنا پڑتا ہے۔''

''تو بال اڑ جاتے ہیں؟''

''اڑتے وڑتے خاک بھی نہیں، دوسرے تیسرے روز پھر نمودار ہو جاتے ہیں بڑی مصیبت ہے۔ بعض اوقات تو آنکھوں میں آنسو آ جاتے ہیں۔''

''وہ کیوں؟''

سلیمہ نے دردناک لہجہ میں جواب دیا، ''تکلیف ہوتی ہے بہت، جب بال اکھڑتے ہیں تو چھینکیں آتی ہیں اور چھینکوں کے ساتھ آنکھوں میں پانی اتر آتا ہے۔۔۔معلوم نہیں اللہ میاں مجھے کن گناہوں کی سزا دے رہا ہے۔''

رشید نے تھوڑے توقف کے بعد اپنی بہن سے پوچھا، ''تمہاری کسی اور سہیلی کی بھی داڑھی اور مونچھیں ہیں؟''

''مونچھیں تو کئی لڑکیوں کی دیکھی ہیں، پر داڑھی میں نے کبھی کسی عورت کے چہرے پر نہیں دیکھی، ایک دو بال ٹھوڑی پر دیکھنے میں آئے ہیں جو وہ مونچھنے یا ہاتھ سے اکھاڑ پھینکتی ہیں، یہ آپ نے کیسی گفتگو آج شروع کر دی، چلیے کھانا کھا لیجیے۔''

رشید نے کچھ دیر سوچا، ''نہیں، میں آج کھانا نہیں کھاؤں گا، میرا معدہ ٹھیک نہیں ہے،'' رشید کو یوں محسوس

ہوتا تھا کہ اس نے بالوں کی پڈنگ کھائی ہے جو ہضم ہونے میں ہی نہیں آتی۔اس کے سارے جسم پر تیز تیز نکیلے بال یوں رینگ رہے تھے جیسے خاردار چیونٹیاں۔جب سلیمہ چلی گئی تو رشید نے پھر سوچنا شروع کر دیا، لیکن سوچنے سے کیا ہو سکتا تھا، اس لڑکی کے چہرے کے بال تو دور نہیں ہو سکتے تھے۔اس امر کا رشید کو کامل یقین تھا لیکن پھر بھی وہ سوچے چلا جا رہا تھا، جیسے وہ کوئی بہت بڑا معمّا حل کر رہا ہے۔

رشید کو داخلے کی درخواست دینا تھی۔اس نے بی۔اے کا امتحان راولپنڈی سے پاس کیا تھا۔اب وہ چاہتا تھا کہ لاہور میں کسی کالج میں داخل ہو جائے اور ایم اے کی ڈگری حاصل کر کے اعلیٰ تعلیم کے لیے انگلستان چلا جائے جہاں اس کے والد پرائمری کونسل میں پریکٹس کرتے تھے ۔

اس روز مونچھوں اور داڑھی والی لڑکی کے باعث نہ جا سکا۔دوسرے روز وہ بس کے بجائے تانگے میں گیا۔ اس نے چونکہ بی۔اے کا امتحان بڑے اچھے نمبروں پر پاس کیا تھا اس لیے اسے داخلے میں کوئی دِقّت محسوس نہ ہوئی۔ وہ داڑھی مونچھوں والی لڑکی اب رشید کے دل و دماغ سے قریب قریب محو ہو چکی تھی، لیکن ایک دن اس نے اس کو کالج میں دیکھا، لڑکے اس کا مذاق اڑا رہے تھے ۔

ایک نے آوازہ کسا، مسٹر حمیدہ! ''دوسرے نے کہا، ''ایک ٹکٹ میں دو مزے ہیں۔۔۔عورت کی عورت اور مرد کا مرد۔'' تیسرے نے قہقہہ لگایا، ''عجائب گھر میں رکھنا چاہیے تھا ایسی شخصیت کو۔'' اور وہ بیچاری خفیف ہو رہی تھی، اس کی پیشانی پسینے سے تر تھی۔ رشید کو اس پر بہت ترس آیا۔اس کے جی میں آئی کہ وہ آگے بڑھ کر ان تمام لڑکوں کا سر پھوڑ دے جو اس کا مذاق اڑا رہے تھے۔مگر وہ کسی مصلحت کی بنا پر خاموش رہا۔

جب لڑکے چلے گئے، اور اس لڑکی نے اپنے دوپٹے سے آنکھوں میں امڈے ہوئے آنسو خشک کیے تو وہ جرأت سے کام لے کر اس کے پاس گیا اور بڑے ملائم لہجے میں اس سے مخاطب ہوا، ''آپ یہاں کس کلاس میں پڑھتی ہیں؟''

اس نے تنگ آ کر کہا، ''کیا آپ بھی میرا مذاق اڑانے آئے ہیں؟'' رشید نے اپنا لہجہ اور ملائم کر دیا، ''جی نہیں، آپ مجھے اپنا دوست یقین کیجیے۔''اس نے، جس کا نام حمیدہ تھا۔۔نفرت کی نگاہوں سے رشید کو دیکھا۔

''مجھے کسی دوست کی ضرورت نہیں۔''

''یہ آپ کی زیادتی ہے، ہر شخص کو دوست اور ہمدرد کی ضرورت ہوتی ہے۔ میں اس وقت مناسب نہیں سمجھتا

کہ آپ کے مضطرب دماغ کو اپنی باتوں سے اور زیادہ مضطرب کر دوں، ویسے میں آپ سے پھر درخواست کرتا ہوں کہ آپ مجھے اپنا دوست یقین کیجیے۔''

یہ کہہ کر رشید چلا گیا۔

اس کے بعد متعدد مرتبہ اس نے حمیدہ کو دیکھا جو بی اے میں پڑھتی تھی۔ سارے کالج میں اس کی داڑھی مونچھوں کے چرچے تھے، لیکن ایسا معلوم ہوتا تھا جیسے وہ لڑکوں کی آوازہ بازی کی عادی ہو چکی ہے۔ میرا خیال ہے کہ اب اس نے یہ محسوس کرنا شروع کر دیا تھا کہ اس کے چہرے پر کوئی بال نہیں ہے۔

وہ ہوسٹل میں رہتی تھی۔ ایک دفعہ وہ شدید طور پر بیمار ہو گئی، دس پندرہ دن تک بستر میں لیٹنا پڑا۔ رشید نے کئی بار ارادہ کیا کہ وہ اس کی بیمار پرسی کے لیے جائے مگر اس کو یہ خطرہ لاحق تھا کہ وہ مشتعل ہو جائے گی کیونکہ اسے کسی کی ہمدردی پسند نہ تھی۔ وہ چاہتی تھی کہ اس کی کشتی، ٹوٹی پھوٹی، جیسی بھی ہے اسے اس کے سوا اور کوئی کھینے والا نہ ہو۔ لیکن ایک دن مجبور ہو کر اس نے چپراسی کے ہاتھ ایک رقعہ رشید کے نام بھیجا۔ ۔ جس میں یہ چند الفاظ مرقوم تھے : ''رشید صاحب!

میں بیمار ہوں، کیا آپ چند لمحات کے لیے میرے کمرے میں تشریف لا سکتے ہیں۔ ممنون و تشکر ہوں گی۔ حمیدہ'' رشید یہ رقعہ ملتے ہی ہوسٹل میں گیا، بڑی مشکلوں سے حمیدہ کا کمرا تلاش کیا، اندر داخل ہوا تو اس نے پہلے یہ سمجھا کہ کوئی مرد جس نے کئی دنوں سے شیو نہیں کی، کمبل اوڑھے لیٹا ہے مگر اس نے اپنا رد عمل ظاہر نہ ہونے دیا۔ چارپائی کے ساتھ ہی کرسی پڑی تھی۔ رشید اس پر بیٹھ گیا۔ حمیدہ مسکرائی۔

''میں نے آپ کو اس لیے تکلیف دی ہے کہ مجھے بخار کے باعث بہت نقاہت ہو گئی ہے اور شیو نہیں کر سکی۔ کیا آپ میرے لیے یہ زحمت برداشت کر سکیں گے؟''

رشید نے کمرے میں ادھر ادھر دیکھا۔ ۔ شیو کا سامان کھڑکی کی سل پر موجود تھا۔ ٹین میں گرم پانی لا کر اس نے حمیدہ کے چہرے کے بال نرم کیے، صابن ملا۔ اچھی طرح جھاگ پیدا کی اور پھر پانچ منٹ کے اندر اندر شیو بنا ڈالی۔ پھر تولیے سے اس کا چہرہ خشک کیا اور شیو کا سامان صاف کرنے کے بعد وہیں رکھ دیا جہاں سے اس نے اٹھایا تھا۔ حمیدہ نے اپنا نحیف ہاتھ گالوں پر پھیرا، اور پھر رشید سے کہا۔ ''شکریہ!'' اب دونوں ایک دوسرے کے دوست ہو گئے۔ رشید نے ایم اے اور حمیدہ نے بی اے پاس کر لیا، رشید کو فوراً بہت اچھی ملازمت مل گئی۔ اب وہ ایک نہیں، روزانہ دو شیو بناتا تھا!

مسٹر معین الدین

منہ سے کبھی جدا نہ ہونے والا سگار ایش ٹرے میں پڑا ہلکا ہلکا دھواں دے رہا تھا۔ پاس ہی مسٹر معین الدین آرام کرسی پر بیٹھے ایک ہاتھ اپنے چوڑے ماتھے پر رکھے کچھ سوچ رہے تھے، حالانکہ وہ اس کے عادی نہیں تھے۔ آمدن معقول تھی۔ کراچی شہر میں ان کی موٹروں کی دکان سب سے بڑی تھی۔ اس کے علاوہ سوسائٹی کے اونچے حلقوں میں ان کا بڑا نام تھا۔ کئی کلبوں کے ممبر تھے۔ بڑی بڑی پارٹیوں میں ان کی شرکت ضروری سمجھی جاتی تھی۔ صاحب اولاد تھے۔ لڑکا انگلستان میں تعلیم حاصل کر رہا تھا۔ لڑکی بہت کمسن تھی، لیکن بڑی ذہین اور خوبصورت۔ وہ اس طرف سے بھی بالکل مطمئن تھے۔ لیکن اپنی بیوی۔ مگر مناسب معلوم ہوتا ہے کہ پہلے مسٹر معین الدین کی شادی کے متعلق چند باتیں بتا دی جائیں۔

مسٹر معین الدین کے والد بمبئی میں ریشم کے بہت بڑے بیوپاری تھے۔ یوں تو وہ رہنے والے لاہور کے تھے مگر کاروباری سلسلے کے باعث بمبئی ہی میں مقیم ہو گئے تھے اور یہی ان کا وطن بن گیا تھا۔ معین الدین جوان کا اکلوتا بیٹا تھا، بظاہر عاشق مزاج نہیں تھا لیکن معلوم نہیں وہ کیسے اور کیونکر آدم جی باٹلی والا کی موٹی موٹی غلافی آنکھوں والی لڑکی پر فریفتہ ہو گیا۔ لڑکی کا نام زہرہ تھا، معین سے محبت کرتی تھی، مگر شادی میں کئی مشکلات حائل تھیں۔ آدم جی باٹلی والا جو معین کے والد کا پڑوسی اور دوست بھی تھا، بڑے پرانے خیالات کا بوہرہ تھا۔ وہ اپنی لڑکی کی شادی اپنے ہی فرقے میں کرنا چاہتا تھا۔ چنانچہ زہرہ اور معین کا معاشقہ بہت دیر تک بے نتیجہ چلتا رہا۔

اس دوران میں معین الدین کا والد کا انتقال ہو گیا۔ ماں بہت پہلے مر چکی تھی۔ اب کاروبار کا سارا بوجھ معین کے کندھوں پر آن پڑا، جس سے اس کو کوئی رغبت نہیں تھی۔ ادھر زہرہ کی محبت بھی تھی جو کسی حیلے، بار آور

ثابت ہوتی نظر نہیں آتی تھی ۔ پھر ہندو مسلم فسادات تھے ۔ معین ایک عجیب گڑبڑ میں گرفتار ہو گیا تھا۔ اس کی سمجھ میں نہیں آتا تھا کہ کیا کرے اور کیا نہ کرے ۔

بے سوچے سمجھے ایک دن اس نے فیصلہ کیا کہ اپنا کاروبار سمیٹ کر اس کو کسی اچھے گاہک کے پاس بیچ ڈالے ۔ چنانچہ اس نے ایسا ہی کیا اور اپنا سارا روپیہ کراچی کے بنک میں جمع کرا دیا اور زہرہ سے مل کر اس نے اپنے ارادے کا اظہار کیا کہ وہ بمبئی چھوڑ کر کراچی جانا چاہتا ہے ، مگر اکیلا نہیں، زہرہ اس کے ساتھ ہو گی۔ زہرہ فوراً مان گئی ۔ ایک ہفتے کے بعد دونوں میاں بیوی بن کر کراچی کے ایک خوب صورت ہوٹل میں تھے ۔ بمبئی میں زہرہ کے والدین پر کیا گزری۔ اس کا انہیں کچھ علم نہیں اور نہ انہیں اس کے متعلق کچھ معلومات حاصل کرنے کی خواہش تھی ۔ دونوں اپنی محبت کی پیاس بجھانے میں مگن تھے ۔ ان کو اس حادثے کی بھی خبر نہیں تھی کہ ہندوستان دو حصوں میں تقسیم ہو گیا ہے ۔

بہر حال جب لاکھوں انسانوں کا خون فرقہ وارانہ فسادات میں پانی کی طرح بہہ بہہ گیا اور کراچی میں پاکستان کے قیام کی خوشی میں چراغاں ہوا تو مسٹر معین اور مسز معین کو معلوم ہوا کہ وہ پاکستان میں ہیں۔ اور مسٹر آدم بھائی باٹلی والا اور مسز آدم بھائی باٹلی والا ہندوستان میں۔ وہ بہت خوش ہوئے کہ اب وہ محفوظ تھے ۔ جب افراط و تفریط کا عالم کسی قدر کم ہوا تو مسٹر معین نے اپنے بمبئی کے کاروبار کے حوالے سے ایک بہت بڑی دکان اپنے نام الاٹ کرا لی اور اس میں موٹروں کا کاروبار شروع کر دیا جو چند برسوں میں چل نکلا۔ اس دوران میں ان کے یہاں دو بچے پیدا ہوئے ۔ ایک لڑکا اور ایک لڑکی۔ لڑکا جب چار برس کا ہوا تو انہوں نے اس کو اپنے ایک دوست کے حوالے کر دیا جو انگلستان جا رہا تھا۔ مسٹر معین چاہتے تھے کہ اس کی تربیت وہیں ہو کیونکہ کراچی کی فضا ان کے نزدیک بڑی گندی تھی۔ لڑکی جو اپنے بھائی سے ایک برس چھوٹی تھی، گھر ہی میں کھیلتی کودتی رہتی۔ اس کے لیے مسٹر معین نے ایک انگریز نرس مقرر کر رکھی تھی۔ اس بات پر زور دینے کی کوئی ضرورت محسوس نہیں ہوتی کہ مسٹر معین کو اپنی بیوی سے بے پناہ محبت تھی ۔

طبعاً وہ کم گو اور شریف طبیعت تھے ۔ وہ زہرہ سے جب اپنی محبت کا اظہار کرتے تو بڑے مدھم سروں میں۔ بڑے وضع دار قسم کے آدمی تھے ۔ کلبوں میں جاتے، زہرہ ان کے ساتھ ہوتی مگر وہ دوسرے ممبروں کی طرح بے وجہ ہنسی قہقہوں میں کبھی شامل نہ ہوتے ۔ وہسکی کے دو پیگ آہستہ آہستہ پیتے جیسے کوئی قرض ادا کر رہے ہیں۔ ناچ شروع ہوتا تو زہرہ کے ساتھ تھوڑی دیر ناچ کر گھر واپس چلے آتے جو انہوں نے ایک ہندو سے کراچی آنے کے بعد خرید لیا تھا۔

زہرہ کبھی کبھی اپنے خاوند کی اجازت سے دوسروں کے ساتھ بھی ناچ لیتی تھی۔اس میں مسٹر معین کوئی مضائقہ نہیں سمجھتے تھے۔مگر جب انہوں نے دیکھا کہ زہرہ ان کے ایک دوست مسٹر احسن سے جو ادھیڑ عمر کے بہت بڑے مال دار اور تاجر تھے، ضرورت سے زیادہ التفات برت رہی ہے تو ان کو بڑی الجھن ہوئی، مگر انہوں نے زہرہ پر اس کا اظہار کبھی نہ کیا۔کیونکہ وہ سوچتے تھے کہ احسن اور زہرہ میں عمر کا اتنا تفاوت ہے ۔ پھر وہ دو بچوں کی ماں ہے ۔ یہ صرف رقابت کا جذبہ ہے جو ان کی اپنی محبت کی پیداوار ہے ۔ اس کے علاوہ ایک اور بات بھی تھی کہ سوسائٹی کے جن اونچے حلقوں میں ان کا اٹھنا بیٹھنا تھا، اس میں بیویوں سے غیر مردوں کے التفات کو بری نظروں سے نہیں دیکھا جاتا تھا بلکہ اسے فیشن سمجھا جاتا تھا کہ ایک کی بیوی کسی دوسرے آدمی کے ساتھ ناچے اور اس کی بیوی پہلے کے شوہر کے ساتھ، ایسی ادلا بدلی عام تھی ۔

پہلے مسٹر احسن گاہے گاہے، جب کوئی پارٹی دی جائی تو، مسٹر معین کے ہاں آیا کرتے تھے مگر کچھ عرصے سے ان کا باقاعدہ آنا جانا شروع ہو گیا تھا۔ان کی غیر موجودگی میں بھی وہ بھی آ جاتے اور گھنٹوں زہرہ کے پاس بیٹھے رہتے ۔ یہ انہیں اپنے ملازموں سے معلوم ہوا تھا۔لیکن اس کے باوجود انہوں نے زہرہ سے کچھ نہ کہا۔ دراصل ان کی زبان پر ایسے لفظ آتے ہی نہیں تھے جن سے وہ شکوک کا اظہار کریں۔وہ مجبور تھے، اس لیے کہ ان کی پرورش ہی ایسے ماحول میں ہوئی تھی، جہاں ایسے معاملوں میں لب کشائی معیوب خیال کی جاتی تھی۔ روشن خیالی کا تقاضا یہی تھا کہ وہ خاموش رہیں۔

یوں تو انہوں نے ایک بڑے معرکے کا عشق کیا تھا مگر دماغ ان کا تاجرانہ تھا۔دل اور دماغ میں کوئی اتنا بڑا فاصلہ تو نہیں ہوتا مگر موٹروں کا کاروبار کرتے کرتے اور دولت کے انبار سمیٹتے سمیٹتے بہت سا چاندی سونا ان دونوں کے درمیان ڈھیر ہو گیا تھا۔اس کے علاوہ جھگڑے ٹنٹوں سے انہیں نفرت تھی۔ وہ خاموش زندگی بسر کرنے کے قائل تھے جس میں کوئی ہنگامہ نہ ہو۔

لڑکی تھی، وہ اپنی انگریز نرس کے ساتھ کھیلتی رہتی تھی۔ جب ان کے دل میں اس کا پیار ابھرتا تو وہ اسے اپنے پاس بلا کر کچھ عرصے کے لیے اپنی گود میں بٹھاتے اور انگریزی میں پیار کر کے اسے پھر نرس کے حوالے کر دیتے ۔ جب کاروبار سے فارغ ہو کر گھر آتے تو زہرہ کے ہونٹوں کا بوسہ لیتے اور ڈنر کھانے میں مشغول ہو جاتے ۔ اگر مسٹر احسن ان سے پہلے وہاں موجود ہوتے تو وہ ان کو بھی ڈنر میں شامل کرا لیتے ۔ ایسے موقعوں پر، ضرورت بے ضرورت، زہرہ مسٹر احسن کی خاطر داری کرتی۔ان کی پلیٹ مختلف سالنوں سے بھر دیتی اور ان کو بڑے محبت بھرے انداز میں مجبور کرتی کہ وہ تکلف نہ کریں۔ جب وہ زہرہ کا یہ

نار والتفات دیکھتے تو ان کے دل اور دماغ کے درمیان سونے چاندی کے ڈھیر کچھ پگھل سے جاتے اور دونوں آپس میں سرگوشیاں کرنا شروع کر دیتے۔

مسٹر احسن رنڈوے تھے۔ ان کی کوئی اولاد نہ تھی۔ کراچی میں موتیوں کے سب سے بڑے تاجر تھے۔ کروڑ پتی۔ ہر سال مسٹر معین سے موٹروں کے نئے ماڈل خریدتے تھے۔ زہرہ کی سالگرہ پر انہوں نے دو بڑے قیمتی ہار تحفے کے طور پر دیے تھے۔ جب مسٹر معین نے انہیں قبول کرنے سے اپنے مخصوص دھیمے انداز میں انکار کیا تھا تو مسٹر احسن نے کہا تھا، ''مجھے صدمہ ہو گا اگر یہ ہار مسز معین کے گلے کی زینت نہ بنے۔'' یہ سن کر زہرہ نے دونوں ہار اٹھا کر مسٹر احسن کو دے دیے اور ان سے کہا، ''لیجیے آپ اپنے ہاتھوں سے پہنا دیجیے۔''

جب ہار زہرہ کے گلے میں پہنا دیے گئے تو بوجہ مجبوری مسٹر معین کو اپنے دوست مسٹر احسن کی ہاں میں ہاں ملانا پڑی کہ بحیرہ عرب کے پانیوں میں سیپیوں نے ان ہاروں کے موتی خاص طور پر زہرہ ہی کے لیے پیدا کیے تھے۔ ایش ٹرے میں رکھا ہوا سگار آہستہ آہستہ سلگ کر نصف کے قریب خاکستر اور سفید راکھ میں تبدیل ہو چکا تھا۔ پاس ہی آرام کرسی پر مسٹر معین اسی طرح اپنے چوڑے ماتھے پر ایک ہاتھ رکھے گہری سوچ میں غرق تھے۔ وہ اتنا کبھی تردد نہ کرتے مگر اب ان کی عزت کا سوال درپیش تھا۔ آج انہوں نے اپنے کانوں سے ایسا مکالمہ سنا تھا، ظاہر ہے کہ زہرہ اور احسن کے درمیان، جس نے سکون پسند طبیعت کو درہم برہم کر دیا تھا۔

چوڑے ماتھے پر ہاتھ رکھے وہ کسی گہری سوچ میں غرق تھے۔ ان کے کان بار بار وہ مکالمہ سن رہے تھے جوان کی بیوی اور ان کے دوست کے درمیان بڑے کمرے میں ہوا تھا۔ دکان میں ایک موٹر کا سودا کرتے کرتے ان کی طبیعت اچانک ناساز ہو گئی، چنانچہ یہ کام مینجر کے حوالے کر کے وہ گھر روانہ ہو گئے تا کہ آرام کریں۔ کریپ سول شوز پہنے ہوئے تھے اس لیے کوئی آہٹ نہ ہوئی۔ دروازے کے پاس پہنچے تو انہیں زہرہ کی آواز سنائی دی۔

''احسن صاحب! میں آپ کو یقین دلاتی ہوں کہ میں ان سے طلاق حاصل کر لوں گی۔''

احسن بولے، ''مگر کیسے ۔۔۔ کیونکر؟''

''میں آپ سے کئی بار کہہ چکی ہوں کہ وہ میری کوئی بات نہیں ٹالیں گے۔''

''تعجب ہے!''

’’اس میں تعجب کی کیا بات ہے ۔ وہ مجھ سے بے پناہ محبت کرتے ہیں ۔ انہوں نے آج تک میری ہر فرمائش پوری کی ہے ۔ میں اگر ان سے کہوں کہ ان پانچ منزلوں سے نیچے کود جائیں تو وہ یقیناً کود جائیں گے ۔ ‘‘

’’حیرت ہے ۔ ‘‘ ۔ ۔ ’’آپ کی حیرت دور ہو جائے گی جب میں کل ہی آپ کو طلاق نامہ دکھا دوں گی ۔ ‘‘

یہ مکالمہ سن کر مسٹر معین اپنی ناسازی طبع کو بھول گئے اور الٹے پاؤں واپس دکان پر چلے گئے، جہاں ابھی تک موٹر کا سودا طے ہو رہا تھا ۔ مگر انہوں نے اس سے کوئی دلچسپی نہ لی اور اپنے دفتر میں چلے گئے ۔ سگار سلگا یا مگر ایک کش لینے کے بعد اسے ایش ٹرے میں رکھ دیا اور سر پکڑ کر آرام کرسی پر بیٹھ گئے ۔ ظاہر ہے کہ زہرہ نے جو کچھ کہا، وہ مسٹر معین کی غیرت کے نام پر ایک زبردست چیلنج تھا ۔ انہوں نے اپنے چوڑے ماتھے پر سے ہاتھ اٹھایا اور ایش ٹرے میں سگار کو بجھا کر ایک نیا سگار نکالا اور اسے سلگایا ۔ آہستہ آہستہ وہ ہونٹوں میں اسے گھمانے لگے ۔ پھر ایک دم اٹھے اور دکان سے باہر نکل کر موٹر میں سوار ہوئے اور گھر کا رخ کیا ۔

ان کے دوست مسٹر احسن جا چکے تھے ۔ زہرہ اپنے کمرے میں سنگار میز کے پاس بیٹھی میک اپ کرنے میں مشغول تھی ۔ جب اس نے آئینے میں معین کا عکس دیکھا تو بغیر مڑے، ہونٹوں پر لپ اسٹک ٹھیک کرتے ہوئے کہا، ’’آپ آج جلدی آ گئے ۔ ‘‘

’’ہاں، طبیعت ٹھیک نہیں ۔ ‘‘ صرف اتنا کہہ کر وہ بڑے کمرے میں جا کر صوفے پر دراز ہو گئے ۔ سگار ان کے ہونٹوں میں بڑی تیزی سے گھومنے لگا تھوڑی دیر کے بعد بنی ٹھنی زہرہ آئی ۔ مسٹر معین نے اس کی طرف دیکھا اور دل ہی دل میں اس کے حسن کا اعتراف کیا ۔ یہ اعتراف وہ متعدد مرتبہ اپنے دل میں کر چکے تھے ۔ دراز قد، بہت موزوں و مناسب گدرایا ہوا جسم، بڑی بڑی غلافی آنکھیں، شربتی رنگ کی ۔ اس پر ہر لباس سجتا تھا ۔ بوہری لباس بھی جس سے معین کو سخت نفرت تھی ۔ جب زہرہ پاس آئی اور اس نے ایک ادا کے ساتھ اپنے خاوند کا مزاج پوچھا تو وہ خاموش رہے ۔ جب وہ اس کے پاس بیٹھ گئی تو معین صوفے پر سے اٹھے اور منہ سے سگار نکال کر بڑی سنجیدگی کے ساتھ اپنی بیوی سے مخاطب ہوئے، ’’زہرہ! کیا تم مجھ سے طلاق لینا چاہتی ہو؟ ‘‘ زہرہ ایک لمحے کے لیے بوکھلا سی گئی ۔ مگر فوراً ہی سنبھل کر اس نے اپنے خاوند سے پوچھا، ’’آپ کو کیسے معلوم ہوا؟ ‘‘

’’میں نے تمہاری اور احسن کی گفتگو سن لی تھی ۔ ‘‘ معین کے لہجے میں غم و غصے کا شائبہ تک نہ تھا ۔ زہرہ خاموش رہی ۔ معین نے سگار کا ایک کش لیا اور کہا، ’’میں تمہیں طلاق نہیں دوں گا ۔ ‘‘ زہرہ اٹھ کھڑی ہوئی، ’’کیوں؟ ‘‘

معین نے کچھ سوچا، ''میں سوسائٹی میں اپنے نام اور اپنی عزت پرحرف آتانہیں دیکھ سکتا۔''

''لیکن۔۔۔''، زہرہ اٹک گئی، ''لیکن میں اس سے وعدہ کر چکی ہوں۔''

''تو کوئی دوسری راہ تلاش کرنی چاہیے۔ طلاق میں تمہیں نہیں دوں گا۔ اس لیے کہ میری عزت کا سوال ہے۔ ویسے مجھے تمہارے وعدے کا پاس ہے۔''، یہ کہہ کر انہوں نے سگار ایش ٹرے میں رکھ دیا۔ میاں بیوی تھوڑی دیر تک خاموش رہے۔ آخر زہرہ فکرمند لہجے میں بولی، ''لیکن میں طلاق لیے بغیر اس سے شادی کیسے کرسکتی ہوں؟''

''کیا تم واقعی اس سے شادی کرنا چاہتی ہو؟'' زہرہ نے اثبات میں سر ہلایا تو معین نے اس سے سوال کیا، ''کیوں؟''

زہرہ خاموش رہی۔ معین نے ایک اور سوال کیا ''کیا اس لیے کہ تمہارے دل میں اب میری محبت نہیں ہے؟''۔ ''میرے دل میں آپ کی محبت ویسی کی ویسی موجود ہے، اور اس کے لیے میں خدا کی قسم کھانے کو تیار ہوں۔ لیکن معلوم نہیں کیوں میرا جی چاہتا ہے کہ احسن کے ساتھ رہوں۔''، یہ کہہ کر زہرہ صوفے پر بیٹھ گئی۔ معین نے اپنے منہ سے سگار نکالا اور کہا، ''تم اس کے ساتھ رہ سکتی ہو۔'' زہرہ چونک کر اٹھ کھڑی ہوئی۔ ''مگر ایک شرط پر''، معین نے سگار ایش ٹرے میں بجھاتے ہوئے کہا ''تم میرے پاس بھی رہا کرو گی۔ تا کہ لوگوں کو کسی قسم کا شبہ نہ ہو۔ ان کو ایسی باتیں بنانے کا موقع نہ ملے کہ معین چونکہ اپنی بیوی کی فرمائشیں پوری نہ کر سکا اس لیے اس نے طلاق لے کر ایک کروڑپتی سے شادی کرلی، یا یہ کہ معین کی بیوی بدکردار تھی اس لیے اس نے طلاق دے دی۔''

''بدکردار تو میں ہوں۔'' زہرہ نے اپنی موٹی موٹی غلافی آنکھیں ایک لحظے کے لیے جھکا لیں۔ معین نے اسے دلاسا دیا، ''اس کا ثبوت صرف میرا اعتراف ہے جو میری زبان پر کبھی نہیں آئے گا۔ اس لیے کہ یہ میری اپنی عزت اور میرے ناموس پر حرف لانے کا موجب ہو گا۔۔۔ اس کے علاوہ مجھے تم سے محبت ہے۔ میں یہ برداشت نہیں کر سکتا کہ تم ہمیشہ کے لیے مجھ سے جدا ہو جاؤ۔''، یہ کہہ کر معین کو ایسا محسوس ہوا کہ اس کے سینے کا سارا بوجھ اتر گیا ہے۔

زہرہ نے احسن کو ساری بات بتا دی۔ وہ راضی ہو گیا۔ چنانچہ زہرہ اس کے پاس کئی کئی دن رہنے لگی۔ احسن زہرہ کے جسمانی خلوص اور اس کے خاوند کے بے مثال ایثار سے اس قدر متاثر ہوا کہ اس نے تھوڑے ہی عرصے کے بعد وصیت لکھ کر اپنی تمام جائداد کی وارث زہرہ قرار دی۔

زہرہ نے اس کا ذکر اپنے خاوند سے نہ کیا۔اس کے وقار کو صدمہ پہنچتا۔ وہ اپنی لڑکی کو دیکھنے اور معین سے ملنے کے لیے اکثر آتی اور بعض اوقات چند راتیں بھی وہیں گزارتی۔میاں بیوی کی یہ نئی زندگی بڑی ہموار گزرتی رہی کہ اچانک ایک دن مسٹر احسن حرکتِ قلب بند ہو جانے کے باعث انتقال کر گئے۔نمازِ جنازہ میں سوسائٹی کی اونچی اونچی ہستیوں کی صف میں مسٹر معین بھی شریک تھے۔انہوں نے اپنے مرحوم دوست کی مغفرت کے لیے صدقِ دل سے دعا کی اور گھر آ کر مناسب و موزوں الفاظ میں دنیا کی بے ثباتی کا ذکر کرتے ہوئے زہرہ کو دلاسا دیا۔

زہرہ کی آنکھوں سے آنسو رواں تھے اور وہ گن گن کر احسن کی صفات بیان کر رہی تھی۔ آخر میں اس نے اپنے خاوند کو بتایا کہ وہ اپنی ساری جائداد اس کے نام کر گیا ہے۔ یہ سن کر مسٹر معین خاموش رہے اور زہرہ سے اس بارے میں کوئی استفسار نہ کیا۔

عدالت کے ذریعے جب زہرہ کو مرحوم احسن کی ساری جائداد کا قبضہ مل گیا اور وہ خوش خوش گھر آئی تو دیکھا کہ ایک مولوی قسم کا آدمی صوفے پر بیٹھا ہوا ہے۔ ہاتھ میں اس کے ایک کاغذ ہے۔ اس کو ایک نظر دیکھ کر وہ اپنے شوہر سے مخاطب ہوئی، ''قبضہ مل گیا ہے۔'' مسٹر معین نے کہا۔ ''بہت خوشی کی بات ہے۔'' پھر انہوں نے مولوی صاحب کے ہاتھ سے کاغذ لیا اور زہرہ کی طرف بڑھا دیا۔ ''یہ لو!'' زہرہ نے کاغذ لے کر پوچھا، ''یہ کیا ہے؟'' مسٹر معین نے بڑے پرسکون لہجے میں جواب دیا، ''طلاق نامہ۔'' زہرہ کے منہ سے ہلکی سی چیخ نکلی، ''طلاق نامہ!''

''ہاں،'' یہ کہہ کر معین نے جیب میں ہاتھ ڈالا اور ایک چیک نکالا، ''یہ تمہارا حق مہر ہے۔۔۔بیس ہزار روپے۔''

زہرہ اور زیادہ بھونچکی رہ گئی۔ ''مگر۔۔۔یہ سب کیا ہے؟''

''یہ سب یہ ہے کہ مجھے اپنی عزت اور اپنا ناموس بہت پیارا ہے۔ جب میری جان پہچان کے حلقوں کو یہ معلوم ہو گا کہ احسن تمہارے لیے ساری جائداد چھوڑ کر مرا ہے تو کیا کیا کہانیاں گھڑی جائیں گی۔'' یہ کہہ کر وہ مولوی سے مخاطب ہوا، ''آیئے قاضی صاحب!''

قاضی اٹھا۔ جاتے ہوئے مسٹر معین نے پلٹ کر اپنی مطلقہ بیوی کی طرف دیکھا اور کہا، ''یہ بلڈنگ بھی تمہاری رہی۔ رجسٹری کے کاغذات تمہیں پہنچ جائیں گے۔۔۔اگر تم نے اجازت دی تو میں کبھی کبھی تمہارے پاس آیا کروں گا۔۔۔خدا حافظ!''

مسز ڈی کوسٹا

نو مہینے پورے ہو چکے تھے۔ میرے پیٹ میں اب پہلی سی گڑ بڑ نہیں تھی۔ پر مسز ڈی کوسٹا کے پیٹ میں چوہے دوڑ رہے تھے۔ وہ بہت پریشان تھی۔ چنانچہ میں آنے والے حادثے کی تمام ان جانی تکلیفیں بھول گئی تھی اور مسز ڈی کوسٹا کی حالت پر رحم کھانے لگی تھی۔

مسز ڈی کوسٹا میری پڑوسن تھی۔ ہمارے فلیٹ کی بالکنی اور اس کے فلیٹ کی بالکنی میں صرف ایک چوبی تختہ حائل تھا۔ جس میں بے شمار ننھے ننھے سوراخ تھے۔ ان سوراخوں میں سے میں اور اللہ بخشے میری ساس ڈی کوسٹا کے سارے خاندان کو کھانا کھاتے دیکھا کرتے تھے۔ لیکن جب ان کے ہاں سکھائی ہوئی جھینگا مچھلی پکتی اور اس کی ناقابلِ برداشت بو ان سوراخوں سے چھن چھن کر ہم تک پہنچ جاتی تو میں اور میری ساس بالکنی کا رخ نہ کرتے تھے۔ میں اب بھی کبھی کبھی سوچتی ہوں کہ اتنی بد بودار چیز کھائی کیونکر جا سکتی ہے، پر بابا کیا کہا جائے، انسان بری سے بری چیزیں کھا جاتا ہے۔ کون جانے، انہیں اس ناقابلِ برداشت بو ہی میں لطف آتا ہو۔

مسز ڈی کوسٹا کی عمر چالیس کے لگ بھگ ہوگی۔ اس کے کٹے ہوئے بال جو اپنی سیاہی بالکل کھو چکے تھے اور جن میں بے شمار سفید دھاریاں پڑ چکی تھیں، اس کے چھوٹے سر پر گھسے ہوئے نمدے کی ٹوپی کی صورت میں پریشان رہتے تھے۔ کبھی کبھی جب وہ نیا بھڑ کیلے رنگ کا بہت بھونڈے طریقے پر سلا ہوا افراک پہنتی تھی تو سر پر لال لال بندکیوں والا جال بھی لگا لیتی تھی، جس سے اس کے چھدرے بال اس کے سر کے ساتھ چپک جاتے تھے۔ اس حالت میں وہ درزیوں کا ایسا ماڈل دکھائی دیتی تھی جو نیلام گھر میں پڑا ہو۔ میں نے کئی بار اسے اپنے انہی بالوں میں لہریں پیدا کرنے کی کوشش میں مصروف دیکھا ہے۔ اپنے چار

بیٹوں کو جن میں سے ایک تازہ تازہ فوج میں بھرتی ہوا تھا اور اپنے آپ کو ہندوستان کے حکمرانوں کی فہرست میں شامل سمجھتا تھا۔ اور دوسرا جو ہر روز اپنی کلف لگی سفید پتلون استری کر کے پہنتا تھا اور نیچے آ کر چھوٹی چھوٹی کرسچین لڑکیوں کے ساتھ میٹھی میٹھی باتیں کیا کرتا تھا۔ ۔ ۔ ناشتا کرا دیا کرتی تھی اور اپنے بڈھے خاوند کو جو ریلوے میں ملازم تھا، بالکنی میں نکل کر ہاتھ کے اشارے سے ''بائی بائی'' کرنے کے بعد فارغ ہو جاتی تھی تو اپنے سر کے ناقابلِ گرفت بالوں میں لہریں پیدا کرنے والے کلپ اٹکا دیا کرتی تھی، اور ان کلپوں سمیت سوچا کرتی تھی کہ میرے ہاں بچہ کب پیدا ہوگا۔

وہ خود آدھے درجن بچے پیدا کر چکی تھی جن میں سے پانچ زندہ تھے۔ ان کی پیدائش پر بھی وہ یونہی دن گنا کرتی تھی یا چپ چاپ بیٹھی رہتی تھی اور بچے کو خود بخود پیدا ہونے کے لیے چھوڑ دیتی تھی، اس کے متعلق مجھے کچھ علم نہیں۔ لیکن مجھے اس بات کا تلخ تجربہ ضرور ہے کہ جو کچھ میرے پیٹ میں تھا، اس سے مسز ڈی کوسٹا کو جس کا داہنا پیر اور اس کے اوپر کا حصہ کسی بیماری کے باعث ہمیشہ سوجا رہتا تھا، بہت گہری دلچسپی تھی۔ چنانچہ دن میں کئی مرتبہ بالکنی میں سے جھانک کر وہ مجھے آواز دیا کرتی تھی اور گرامر سے بے نیاز انگریزی میں، جس کا نہ بولنا اس کے نزدیک شاید ہندوستان کے موجودہ حکمرانوں کی ہتک تھی، مجھ سے کہا کرتی تھی ''میں بولی، آج تم کدھر گیا تھا۔ ۔ ۔''

جب میں اسے بتاتی کہ میں اپنے خاوند کے ساتھ شاپنگ کرنے گئی تھی تو اس کے چہرے پر ناامیدی کے آثار پیدا ہو جاتے اور وہ انگریزی بھول کر بمبئی کی اردو میں گفتگو کرنا شروع کر دیتی جس کا مقصد مجھ سے صرف اس بات کا پتا لینا ہوتا تھا کہ میرے خیال کے مطابق بچے کی پیدائش میں کتنے دن باقی رہ گئے ہیں۔ مجھے اس بات کا علم ہوتا تو میں یقیناً اسے بتا دیتی۔ اس میں ہرج ہی کیا تھا۔ اس بیچاری کو خواہ مخواہ کی الجھن سے نجات مل جاتی اور مجھے بھی ہر روز اس کے نت نئے سوالوں کا سامنا نہ کرنا پڑتا۔ مگر مصیبت یہ ہے کہ مجھے بچوں کی پیدائش اور اس کے متعلقات کا کچھ علم ہی نہیں تھا۔ مجھے صرف اتنا معلوم تھا کہ نو مہینے پورے ہو جانے پر بچہ پیدا ہو جایا کرتا ہے۔

مسز ڈی کوسٹا کے حساب کے مطابق نو مہینے پورے ہو چکے تھے۔ میری ساس کا خیال تھا کہ ابھی کچھ دن باقی ہیں۔ ۔ ۔ لیکن یہ نو مہینے کہاں سے شروع کر کے پورے کر دیے گئے تھے، میں نے بہتیرا اپنے ذہن پر زور دیا، پر سمجھ نہ سکی۔

بچہ میرے پیدا ہونے والا تھا۔ شادی میری ہوئی تھی لیکن سارا بھی کھاتہ مسز ڈی کوسٹا کے پاس تھا۔ کئی

بار مجھے خیال آیا کہ یہ میری اپنی غفلت کا نتیجہ ہے۔اگر میں نے کسی چھوٹی سی نوٹ بک میں، چھوٹی سی نوٹ بک میں نہ سہی،اس کاپی ہی میں جو دھوبی کے حساب کے لیے مخصوص تھی، سب تاریخیں لکھ چھوڑی ہوتیں تو کتنا اچھا تھا۔

اتنا تو مجھے یاد تھا اور یاد ہے کہ میری شادی ۲۶ اپریل کو ہوئی یعنی ۲۶ کی رات کو میں اپنے گھر کے بجائے اپنے خاوند کے گھر میں تھی۔ لیکن اس کے بعد کے واقعات کچھ اس قدر خلط ملط ہو گئے تھے کہ اس بات کا پتا لگانا بہت مشکل تھا اور مجھے تعجب اسی بات کا ہے کہ مسز ڈی کوسٹا نے کیسے اندازہ لگا لیا تھا کہ نو مہینے پورے ہو چکے ہیں اور بچہ لیٹ ہو گیا ہے۔

ایک روز اس نے میری ساس سے اضطراب بھرے لہجے میں کہا، ''تمہارے ڈاٹر اِن لا کا بچہ لیٹ ہو گیا ہے۔۔۔ پچھلے ویک (ہفتے) میں پیدا ہونا ہی مانگتا تھا۔'' میں اندر صوفے پر لیٹی تھی اور آنے والے حادثے کے متعلق قیاس آرائیاں کر رہی تھی۔ مسز ڈی کوسٹا کی یہ بات سن کر مجھے بڑی ہنسی آئی اور را ایسا لگا کہ مسز ڈی کوسٹا اور میری ساس دونوں پلیٹ فارم پر کھڑی ہیں اور جس گاڑی کا انہیں انتظار تھا، لیٹ ہو گئی ہے۔ اللہ بخشے میری ساس کو اتنی شدت کا انتظار نہیں تھا۔ چنانچہ وہ کئی مرتبہ مسز ڈی کوسٹا سے کہہ چکی تھی، ''کوئی فکر کی بات نہیں، خدا اپنا فضل کرے گا۔ کچھ دن اوپر ہو جایا کرتے ہیں۔'' مگر مسز ڈی کوسٹا نہیں مانتی تھی۔ جو حساب وہ لگا چکی تھی، غلط کیسے ہو سکتا تھا۔ جب مسز ڈی سلوا کے ہاں بچہ پیدا ہونے والا تھا تو اس نے دور سے ہی دیکھ کہ کہہ دیا تھا کہ زیادہ سے زیادہ ایک ہفتہ لگے گا۔ چنانچہ چوتھے روز ہی مسز ڈی سلوا ہسپتال جاتی نظر آئی۔ اور خود اس نے چھ بچے جنے تھے جن میں سے ایک بھی لیٹ نہ ہوا تھا۔ اور پھر وہ نرس تھی۔ یہ علیحدہ بات ہے کہ اس نے کسی ہسپتال میں دایہ گیری کی تعلیم حاصل نہیں کی تھی۔ مگر سب لوگ اسے نرس کہتے تھے۔ چنانچہ ان کے فلیٹ کے باہر چھوٹی سی تختی پر ''نرس ڈی کوسٹا'' لکھا رہتا تھا۔ اسے بچوں کی پیدائش کے اوقات معلوم نہ ہوتے تو اور کس کو ہوتے۔

جب کمرہ نمبر ۱۷ کے رہنے والے مسٹر نذیر کی ناک سوج گئی تھی تو مسز ڈی کوسٹا ہی بازار سے روئی کا بنڈل منگوایا تھا اور پانی گرم کر کے ٹکور کی تھی۔ بار بار وہ اس واقعے کو سند کے طور پر پیش کیا کرتی تھی۔ چنانچہ مجھے بار بار کہنا پڑتا تھا، ''ہم کتنے خوش قسمت ہیں کہ ہمارے پڑوس میں ایسی عورت رہتی ہے جو خوش خلق ہونے کے علاوہ اعلیٰ نرس بھی ہے۔'' یہ سن کر وہ خوش ہوتی تھی اور اس کو یوں خوش کرنے سے مجھے یہ فائدہ ہوا تھا کہ جب۔۔۔ صاحب کو تیز بخار چڑھا تھا تو مسز ڈی کوسٹا نے برف لگانے والی ربڑ کی

تھیلی فوراً مجھے لادی تھی۔ یہ تھیلی ایک ہفتہ تک ہمارے یہاں پڑی رہی اور ملیریا کے مختلف شکاروں کے استعمال میں آتی رہی۔ یوں بھی مسز ڈی کوسٹا بڑی خدمت گزار تھی۔ لیکن اس کی اس رضا کاری میں اس کی متجسس طبیعت کو کافی دخل تھا۔ دراصل وہ اپنے تمام پڑوسیوں کے ان رازوں سے بھی واقف ہونے کی آرزومند تھی جو سینہ بہ سینہ چلے آتے ہیں۔

مسز ڈی سلوا چونکہ مسز ڈی کوسٹا کی ہم مذہب تھی، اس لیے اس کی بہت سی کمزوریاں اس کو معلوم تھیں۔ مثلاً وہ جانتی تھی کہ اس کی شادی کرسمس میں ہوئی اور بچہ جولائی میں پیدا ہوا۔ جس کا صاف مطلب یہ تھا کہ اس کی شادی بہت پہلے ہو چکی تھی۔ اس کو یہ بھی معلوم تھا کہ مسز ڈی سلوا پانچ گھروں میں جاتی ہے اور یوں بہت سارو پیہ کماتی ہے۔ اور یہ کہ اب وہ اتنی خوبصورت نہیں رہی جتنی کہ پہلے تھی چنانچہ اس کی آمدنی بھی پہلے کی نسبت کم ہو گئی ہے۔

ہمارے سامنے جو یہودی رہتے تھے، ان کے متعلق مسز ڈی سلوا کے مختلف بیان تھے۔ کبھی وہ کہتی تھی کہ موٹی موذیل جو رات کو دیر سے گھر آتی ہے، سٹہ کھیلتی ہے اور وہ ٹھنگنا سا بڈھا جو اپنی پتلون کے گیلسوں میں انگوٹھے اٹکائے اور کوٹ کاندھے پر رکھے صبح گھر سے نکل جاتا ہے اور شام کو لوٹتا ہے، موذیل کا پرانا دوست ہے۔ اس بڈھے کے متعلق اس نے کھوج لگا کر معلوم کیا تھا کہ صابن بناتا ہے جس میں سبجی بہت زیادہ ہوتی ہے۔

ایک دن اس نے ہمیں بتایا کہ موذیل نے اپنی لڑکی کی، جو بہت خوبصورت تھی اور ہر روز نیلے رنگ کا ''جم'' پہن کر اسکول جاتی تھی، اس آدمی سے منگنی کر رکھی ہے جو ہر روز ایک پارسی کو موٹر میں لے کر آتا ہے۔ اس پارسی کے متعلق میں اتنا جانتی ہوں کہ اس کی موٹر ہمیشہ نیچے کھڑی رہتی تھی اور وہ موذیل کی لڑکی کے منگیتر سمیت رات وہیں بسر کرتا تھا۔ مسز ڈی کوسٹا کا بیان یہ تھا کہ موذیل کی لڑکی فلوری کا منگیتر پارسی کا موٹر ڈرائیور ہے اور یہ پارسی اپنے موٹر ڈرائیور کی بہن للّی کا عاشق ہے جو اپنی چھوٹی بہن وائلٹ سمیت اسی فلیٹ میں رہتی تھی۔ وائلٹ کے متعلق مسز ڈی کوسٹا کی رائے بہت خراب تھی۔ وہ کہا کرتی تھی کہ یہ لونڈیا جو ہر وقت ایک ننھے سے بچے کو اٹھائے رہتی ہے، بہت برے کیریکٹر کی ہے، اور اس ننھے سے بچے کے متعلق اس نے ایک دن ہمیں یہ خبر سنائی تھی، اور جیسا کہ مشہور کیا گیا ہے، وہ کسی پارسن کا لاوارث بچہ نہیں بلکہ خود وائلٹ کی بہن للّی کا ہے۔ بس مجھے اتنا ہی یاد رہا ہے کیونکہ جو شجرہ مسز ڈی کوسٹا نے تیار کیا تھا اتنا لمبا ہے کہ شاید ہی کسی کو یاد رہ سکے۔

صرف آس پاس کی عورتوں اور پڑوس کے مردوں تک مسز ڈی کوسٹا کی معلومات محدود نہیں تھیں۔ اسے دوسرے محلے کے لوگوں کے متعلق بھی بہت سی باتیں معلوم تھیں۔ چنانچہ جب وہ اپنے سوچے ہوئے پیر کا علاج کرنے کی غرض سے باہر جاتی تو گھر لوٹتے ہوئے دوسرے محلوں کی بہت سی خبریں لاتی تھی۔ ایک روز جب مسز ڈی کوسٹا میرے بچے کی پیدائش کا انتظار کر کے تھک ہار چکی تھی، میں نے اسے باہر پھاٹک کے پاس اپنے دو بڑے لڑکوں، ایک لڑکی اور پڑوس کی دو عورتوں کے ساتھ باتوں میں مصروف دیکھا۔ یہ خیال کر کے جی ہی جی میں بہت کڑھی کہ میرے بچے کے لیٹ ہو جانے کے متعلق باتیں کر رہی ہو گی۔ چنانچہ جب اس نے گھر کا رخ کیا تو میں جنگلے سے پرے ہٹ گئی۔ مگر اس نے مجھے دیکھ لیا تھا۔ سیدھی اوپر چلی آئی۔ میں نے دروازہ کھول کر باہر بالکنی ہی میں مونڈھے پر بٹھا دیا۔ مونڈھے پر بیٹھتے ہی اس نے بمبئی کی اردو اور گرامر سے بے نیاز انگریزی میں کہنا شروع کیا، ''تم نے کچھ سنا۔ ۔ ۔؟ مہاتما گاندھی نے کیا کیا۔ ۔ ۔؟ سالی کانگریس ایک نیا قانون پاس کرنا مانگتی ہے۔ میرا فریڈرک خبر لایا ہے کہ بمبئی میں پروہبیشن ہو جائے گی۔ ۔ ۔ تم سمجھتا ہے پروہبیشن کیا ہوتی ہے؟''

میں نے لاعلمی کا اظہار کیا کیونکہ جتنی انگریزی مجھے آتی تھی اس میں پروہبیشن کا لفظ نہیں تھا۔ اس پر مسز ڈی کوسٹا نے کہا، ''پروہبیشن شراب بند کرنے کو کہتے ہیں۔ ۔ ۔ ہم پوچھتا ہے۔ اس کانگریس کا ہم نے کیا بگاڑا ہے کہ شراب بند کر کے ہم کو تنگ کرنا مانگتی ہے ۔ ۔ ۔ یہ کیسی گورنمنٹ ہے۔ ہم کو ایسی بات ایک دم اچھی نہیں لگتی۔ ہمارا تہوار کیسے چلے گا۔ ہم کیا کرے گا۔ وہسکی ہمارے تہواروں میں ہونا ہی مانگتا ہے۔ ۔ ۔ تم سمجھتی ہونا؟ کرسمس کیسے ہو گا۔ ۔ ۔؟ کرسچین لوگ تو اس لا کو نہیں مانے گا۔ کیسے مان سکتا ہے ۔ ۔ ۔ میرے گھر میں چوبیس کلاک (گھنٹے) برانڈی کی ضرورت رہتی ہے۔ یہ لا پاس ہو گیا تو کیسے کام چلے گا۔ ۔ ۔ یہ سب کچھ گاندھی کر رہا ہے ۔ ۔ ۔ گاندھی جو محمڈن لوگ کا ایک دم بیری ہے ۔ ۔ ۔ سالا آپ تو پیتا نہیں اور دوسروں کو پینے سے روکتا ہے اور تمہیں معلوم ہے یہ ہم لوگوں کا میرا مطلب ہے گورنمنٹ کا بہت بڑا اینی می (دشمن) ہے ۔ ۔ ۔''

اس وقت ایسا معلوم ہوتا تھا کہ انگلستان کا سارا ٹاپو مسز ڈی کوسٹا کے اندر سما گیا ہے۔ وہ گوا کی رہنے والی کالے رنگ کی کرسچین عورت تھی۔ مگر جب اس نے یہ باتیں کہیں تو میرے تصور نے اس پر سفید چمڑی منڈھ دی۔ چند لمحات کے لیے وہ یورپ سے آئی ہوئی تازہ تازہ انگریز عورت دکھائی دی جسے ہندوستان اور اس کے مہاتما جی سے کوئی واسطہ نہ ہو۔

سمندر کے پانی سے نمک بنانے کی تحریک مہاتما گاندھی نے شروع کی تھی۔ چرخہ چلانا اور کھادی پہننا بھی اسی نے لوگوں کو سکھایا تھا۔ اسی قسم کی اور بہت سی اوٹ پٹانگ باتیں وہ کر چکا تھا۔ شاید اسی لیے مسز ڈی کوسٹا نے یہ سمجھا تھا کہ بمبئی میں شراب صرف اس لیے بند کی جا رہی ہے کہ ''انگریز لوگوں'' کو تکلیف ہو۔۔۔۔ وہ کانگریس اور مہاتما گاندھی کو ایک ہی چیز سمجھتی تھی۔۔۔ یعنی لنگوٹی۔ مہاتما گاندھی اور اس کی ہشت پشت پر لعنتیں بھیج کر مسز ڈی کوسٹا اصل بات کی طرف متوجہ ہوئی، ''اور ہاں یہ تمہارا بچہ کیوں پیدا نہیں ہوتا۔ چلو میں تمہیں کسی ڈاکٹر کے پاس لے چلوں۔'' میں نے اس وقت بات ٹال دی مگر مسز ڈی کوسٹا نے گھر جاتے ہوئے پھر مجھ سے کہا، ''دیکھو تم کو کچھ ایسا ویسا بات ہو گیا۔ تو پھر ہم کو نہ بولنا۔''

اس سے دوسرے روز کا واقعہ ہے۔۔۔ صاحب بیٹھے کچھ لکھ رہے تھے مجھے خیال آیا۔ کئی دنوں سے میں نے مسز کاظمی کو ٹیلیفون نہیں کیا۔ اس کو بھی بچے کی پیدائش کا بہت خیال ہے۔ اس وقت فرصت ہے، اور نذیر صاحب کا دفتر جو ان کے گھر کے ساتھ ہی ملحق تھا، بالکل خالی ہو گا کیونکہ چھ نج چکے تھے۔ اٹھ کر ٹیلیفون کر دینا چاہیے۔۔۔ یوں سیڑھیاں اترنے اور چڑھنے سے ڈاکٹر صاحب اور تجربہ کار عورتوں کے مشورہ پر عمل بھی ہو جائے گا، جو یہ تھا کہ چلنے پھرنے سے بچہ آسانی کے ساتھ پیدا ہوتا ہے۔ چنانچہ میں اپنے پیدا ہونے والے بچے سمیت اٹھی اور آہستہ آہستہ سیڑھیاں چڑھنے لگی۔ جب پہلی منزل پر پہنچی تو مجھے نرس ڈی کوسٹا کا بورڈ نظر آیا اور پیشتر اس کے کہ میں اس کے فلیٹ کے دروازے سے گزر کر دوسری منزل کے پہلے زینے پر قدم رکھوں، مسز ڈی کوسٹا باہر نکل آئی اور مجھے اپنے گھر لے گئی۔

میرا دم پھولا ہوا تھا اور پیٹ میں اینٹھن سی پیدا ہو گئی۔ ایسا محسوس ہوتا تھا کہ ربڑ کی گیند ہے جو کہیں اٹک گئی ہے۔ اس سے بڑی الجھن ہو رہی تھی۔ میں نے ایک بار اس تکلیف کا ذکر اپنی ساس سے کیا تھا تو اس نے مجھے بتایا تھا کہ بچے کی ٹانگ وانگ اِدھر اُدھر پھنس جایا کرتی ہے۔ چنانچہ یہ ٹانگ وانگ ہی ملنے جلنے سے کہیں پھنس گئی تھی جس کے باعث مجھے بڑی تکلیف ہو رہی تھی۔

میں نے مسز ڈی کوسٹا سے کہا، مجھے ایک ضروری ٹیلیفون کرنا ہے اس لیے میں آپ کے یہاں نہیں بیٹھ سکتی۔ اور بہت سے جھوٹے بہانے پیش کیے مگر وہ نہ مانی اور میرا بازو پکڑ کر اس نے زبردستی مجھے اس صوفے پر بٹھا دیا جس کا کپڑا بہت میلا ہو رہا تھا۔ مجھے صوفے پر بٹھا کر جلدی جلدی اس نے دوسرے کمرے سے اپنے دو چھوٹے لڑکوں کو باہر نکالا۔ اپنی کنواری جوان لڑکی کو بھی جو مہاتما گاندھی کی لنگوٹی سے کچھ بڑی نیکر پہنتی تھی، اس نے باہر بھیج دیا اور مجھے خالی کمرے میں لے گئی۔ اندر سے دروازہ بند کر کے اس نے

میری طرف اس افریقی جادوگر کی طرح دیکھا جس کا چچا بن کر الہ دین نے اسے غار میں بند کر دیا تھا۔

یہ سب کچھ اس نے اس پھرتی سے کیا کہ مجھے وہ بہت پراسرار دکھائی دی۔ سوجے ہوئے پیر کے باعث اس کی چال میں خفیف سا لنگڑا پن پیدا ہو گیا تھا، جو مجھے اس وقت بہت بھیانک دکھائی دیا۔ میری طرف گھور کر دیکھنے کے بعد اس نے اِدھر دیوار کی تینوں کھڑکیاں بند کیں۔ ہر کھڑکی کی چٹخنی چڑھا کر اس نے میری طرف اس انداز سے دیکھا گویا اسے اس بات کا ڈر ہے کہ میں اٹھ بھاگوں گی۔

ایمان کی کہوں، اس وقت میرا یہی جی چاہتا تھا کہ دروازہ کھول کر بھاگ جاؤں۔ اس کی خاموشی اور اس کے کھڑکیاں، دروازے بند کرنے سے میں بہت پریشان ہو گئی تھی۔ آخر اس کا مطلب کیا تھا۔ ۔ ۔؟ وہ چاہتی کیا تھی، اتنے زبردست تکلے کی کیا ضرورت تھی۔ ۔ ۔؟ اور پھر۔ ۔ ۔ وہ لاکھ پڑوسن تھی۔ اس کے ہم پر کئی احسان بھی تھے لیکن آخر وہ تھی تو ایک غیر عورت اور اس کے بیٹے۔ ۔ ۔ وہ موافو جی، اور وہ کلف لگی پتلون والا جو چھوٹی چھوٹی کر سچین لڑکیوں سے میٹھی میٹھی باتیں کرتا تھا۔ ۔ ۔ اپنے اپنے ہوتے ہیں۔ پرائے پرائے۔ میں کئی عشقیہ ناولوں میں کٹنیوں کا حال پڑھ چکی تھی۔ جس انداز سے وہ اِدھر اُدھر چل پھر رہی تھی اور دروازے بند کر کے پردے کھینچ رہی تھی، اس سے میں نے یہی نتیجہ اخذ کیا تھا کہ وہ نرس ورس بالکل نہیں بلکہ بہت بڑی کٹنی ہے۔ کھڑکیاں اور دروازے بند ہونے کے باعث کمرے میں جس کے اندر لو ہے کے چار پلنگ پڑے تھے، کافی اندھیرا ہو گیا تھا جس سے مجھے اور بھی وحشت ہوئی۔ مگر اس نے فوراً ہی بٹن دبا کر روشنی کر دی۔

سمجھ میں نہیں آتا تھا کہ وہ میرے ساتھ کیا کرے گی۔ پراسرار طریقے پر اس نے آتش دان سے ایک بوتل اٹھائی جس میں سفید رنگ کا سیال مادہ تھا اور مجھ سے مخاطب ہو کر کہنے لگی، ''اپنا بلاؤز اتارو۔ ۔ ۔ میں کچھ دیکھنا مانگتی ہوں۔'' میں گھبرا گئی، ''کیا دیکھنا چاہتی ہو؟'' اوپر سے سب کچھ نظر آ رہا تھا، پھر بلاؤز اتروانے کا کیا مطلب تھا۔ اور اسے کیا حق حاصل تھا کہ وہ دوسری عورتوں کو یوں گھر کے اندر بلا کر بلاؤز اتروانے پر مجبور کرے۔ میں نے صاف صاف کہہ دیا، ''مسز ڈی کوسٹا میں بلاؤز ہرگز ہرگز نہیں اتاروں گی۔'' میرے لہجے میں گھبراہٹ کے علاوہ تیزی بھی تھی۔

مسز ڈی کوسٹا کا رنگ زرد پڑ گیا، ''تو۔ ۔ تو۔ ۔ ۔ پھر ہم کو معلوم کیسے پڑے گا کہ تمہارے گھر بچہ کب ہو گا۔ ۔ اس بوتل میں کھوپرے کا تیل ہے۔ ۔ یہ ہم تمہارے پیٹ پر گرا کر دیکھے گا۔ ۔ اس سے ایک دم معلوم ہو جائے گا کہ بچہ کب ہو گا۔ ۔ لڑکی ہو گی یا لڑکا۔'' میری گھبراہٹ دور ہو گئی۔ ڈی کوسٹا پھر

مجھے مسز ڈی کوسٹا نظر آنے لگی۔

کھوپرے کا تیل بڑی بے ضرر چیز ہے۔ پیٹ پر اگر اس کی پوری بوتل بھی الٹ دی جاتی تو کیا ہرج تھا، اور پھر ترکیب کتنی دلچسپ تھی۔ اس کے علاوہ اگر میں نہ مانتی تو مسز ڈی کوسٹا کو کتنی بڑی ناامیدی کا سامنا کرنا پڑتا۔ مجھے ویسے بھی کسی کی دل شکنی منظور نہیں ہوتی۔ چنانچہ میں مان گئی۔۔۔ بلاؤز اور قمیض اتارنے میں مجھے کافی کوفت ہوئی مگر میں نے برداشت کر لی۔ غیر عورت کی موجودگی میں جب میں نے اپنا پھولا ہوا پیٹ دیکھا جس کے نچلے حصے پر اس طرح کے لال لال نشان بنے ہوئے تھے، جیسے ریشمی کپڑے میں چُڑ سیں پڑ جائیں تو مجھے ایک عجیب قسم کا حجاب محسوس ہوا۔ میں نے چاہا کہ فوراً کپڑے پہن لوں اور وہاں سے چل دوں لیکن مسز ڈی کوسٹا کا وہ ہاتھ جس میں کھوپرے کے تیل کی بوتل تھی، اٹھ چکا تھا۔

میرے پیٹ پر ٹھنڈے ٹھنڈے تیل کی ایک لکیر دوڑ گئی۔ مسز ڈی کوسٹا خوش ہو گئی۔ میں نے جب کپڑے پہن لیے تو اس نے مطمئن لہجہ میں کہا، ''آج کیا ڈیٹ ہے؟ اگیارہ (گیارہ) بس پندرہ کو بچہ ہو جائے گا اور لڑکا ہو گا۔''

بچہ ۲۵ تاریخ کو ہوا لیکن تھا لڑکا۔ اب جب کبھی وہ میرے پیٹ پر اپنے ننھے ننھے ہاتھ رکھتا ہے تو مجھے ایسا محسوس ہوتا ہے کہ مسز ڈی کوسٹا نے کھوپرے کے تیل کی ساری بوتل انڈیل دی ہے۔

مسز گل

میں نے جب اس عورت کو پہلی مرتبہ دیکھا تو مجھے ایسا محسوس ہوا کہ میں نے لیموں نچوڑنے والا کھٹکا دیکھا ہے۔ بہت دبلی پتلی لیکن بلا کی تیز۔ اس کا سارا جسم سوائے آنکھوں کے انتہائی غیر نسوانی تھا۔ یہ آنکھیں بڑی بڑی اور سرمئی تھیں جن میں شرارت، دغا بازی اور فریب کاری کوٹ کوٹ کر بھری ہوئی تھی۔ میری اس کی ملاقات اونچی سوسائٹی کی ایک خاتون کے گھر میں ہوئی جو بچپن برس کی عمر میں ایک جواں سال مرد سے شادی کے مرحلے طے کر رہی تھی۔

اس خاتون سے جس کو میں اپنی اور آپ کی سہولت کی خاطر مسز گل کہوں گا، میرے بڑے بے تکلف مراسم تھے۔ مجھے ان کی ساری خامیوں کا علم تھا اور انہیں میری چند کا۔ بہر حال ہم دونوں ایک دوسرے سے ملتے اور گھنٹوں باتیں کرتے رہتے۔ مجھ سے انہیں صرف اتنی دلچسپی تھی کہ انہیں افسانے پڑھنے کا شوق تھا اور میرے لکھے ہوئے افسانے ان کو خاص طور پر پسند آتے تھے۔

میں نے جب اس عورت کو جو صرف اپنی آنکھوں کی وجہ سے عورت کہلائے جانے کی مستحق تھی، مسز گل کے فلیٹ میں دیکھا تو مجھے یہ ڈر محسوس ہوا کہ وہ میری زندگی کا سارا رس ایک دو باتوں ہی میں نچوڑ لے گی لیکن تھوڑے عرصے کے بعد یہ خوف دور ہو گیا اور میں نے اس سے باتیں شروع کر دیں۔

مسز گل کے متعلق میرے جو خیالات پہلے تھے، سو اب بھی ہیں۔ مجھے معلوم تھا کہ وہ تین شادیاں کرنے کے بعد چوتھی شادی ضرور کریں گی۔ اس کے بعد شاید پانچویں بھی کریں اگر عمر نے ان سے وفا کی۔ مگر مجھے اس عورت کا جس کا میں اوپر ذکر کر چکا ہوں ان سے کوئی رشتہ سمجھ میں نہ آ سکا۔

میں اب اس عورت کا نام بھی آپ کو بتا دوں۔ مسز گل نے اسے رضیہ کہہ کر پکارا تھا۔ اس کا لباس عام

نوکرانیوں کا سانہیں تھا لیکن مجھے بعد میں معلوم ہوا کہ وہ مسز گل کے مزارعوں کی کوئی بہو بیٹی ہے جو ان کی خدمت کے لیے کبھی کبھار آ جایا کرتی ہے۔ یہ خدمت کیا تھی، اس کے متعلق مجھے پہلے کوئی علم نہیں تھا۔

رضیہ کی آمد سے پہلے مسز گل کے ہاں بارہ تیرہ برس کی ایک لڑکی جمیلہ رہتی تھی۔ ان دنوں انہوں نے ایک پروفیسر سے شادی کر رکھی تھی۔ یہ پروفیسر جوان تھا۔ کم از کم مسز گل سے عمر میں پچیس برس چھوٹا۔ وہ جمیلہ کو بیٹا کہتے تھے اور اس سے بڑا پیار کرتے تھے۔ یہ لڑکی بڑی پیاری تھی۔ رضیہ کی طرح دبلی پتلی مگر اس کے جسم کا کوئی حصہ غیر نسوانی نہیں تھا۔ اس کو دیکھ کر یہ معلوم ہوتا کہ وہ بہت جلد۔۔۔۔ معلوم نہیں اتنی جلد کیوں۔۔۔۔۔ جوان عورت میں تبدیل ہونے کی تیاریاں کر رہی ہے۔

پروفیسر صاحب اس کو اکثر اپنے پاس بلاتے اور دوسرے تیسرے کام پر انعام کے طور پر اس کی پیشانی چومتے اور شاباشیاں دیتے۔ مسز گل بہت خوش ہوتیں، اس لیے کہ یہ لڑکی ان کی پروردہ تھی۔

میں بیمار ہو گیا۔ دو مہینے مری میں گزار کر جب واپس آیا تو معلوم ہوا کہ جمیلہ غائب ہے۔۔۔۔ شاید وہ مسز گل کی زمینوں پر واپس چلی گئی تھی لیکن دو برس کے بعد میں نے اسے ایک ہوٹل میں دیکھا جہاں وہ چند عیش پرستوں کے ساتھ شراب پی رہی تھی۔ اس وقت اس کو دیکھ کر میں نے محسوس کیا کہ اس نے اپنی بلوغت (نیم بلوغت کہنا زیادہ بہتر ہو گا) کا زمانہ بڑی افراتفری میں طے کیا ہے، جیسے کسی مہاجر نے فسادات کے دوران میں ہندوستان سے پاکستان کا سفر۔ میں نے اس سے کوئی بات نہ کی۔ اس لیے کہ جن کے ساتھ وہ بیٹھی تھی، میری جان پہچان کے نہیں تھے۔ نہ میں نے اس کا ذکر مسز گل سے کیا کیونکہ وہ جمیلہ کی اس حیرت ناک افتاد پر کوئی روشنی نہ ڈالتی۔

بات رضیہ کی ہو رہی تھی لیکن جمیلہ کا ذکر ضمناً آ گیا۔۔۔۔ شاید اس لیے کہ اس کے بغیر مسز گل کے کردار کا عقبی منظر پورا نہ ہوتا۔

رضیہ سے جب میں نے باتیں شروع کیں تو اس کا لب و لہجہ، اس کی آنکھوں کے مانند تیز فریب کار اور بے سبب رنج آشنا دشمن تھا۔ مجھے بالکل کوفت نہ ہوئی اس لیے کہ ہر نئی چیز میرے لیے دلچسپی کا باعث ہوتی ہے۔ عام طور پر میں کسی عورت سے بھی خواہ وہ کمترین تر ہو، بے تکلف نہیں ہوتا۔ لیکن رضیہ کی آنکھوں نے مجھے مجبور کر دیا کہ میں بھی اس سے چند شریر باتیں کہوں۔

خدا معلوم میں نے اس سے کیا بات کہی کہ اس نے مجھے سے پوچھا، ''آپ کون ہیں؟'' میں نے، جو کہ شرارت پر تلا بیٹھا تھا، مسز گل کی موجودگی میں کہا، ''آپ کا ہونے والا شوہر۔''

وہ ایک لحظے کے لیے بھنا گئی مگر فوراً سنبھل کر مجھ سے مخاطب ہوئی، ''میرا کوئی شوہر اب تک زندہ نہیں رہا۔''

میں نے کہا، ''کوئی ہرج نہیں۔۔۔ خاکسار کافی عرصے تک زندہ رہنے کا وعدہ کرتا ہے بشرطیکہ آپ کو کوئی عذر نہ ہو۔''

مسز گل نے یہ چوٹیں پسند کیں اور ایک جھریوں والا قہقہہ بلند کیا، ''سعادت تم کیسی باتیں کرتے ہو؟''

میں نے جواباً مسز گل سے کہا، ''مجھے آپ کی یہ خادمہ بھا گئی ہے۔ میں چاہتا ہوں کہ اس کا قیمہ بنا کے کوفتے بناؤں جن میں کالی مرچ دھنیا اور پودینہ خوب رچا ہو۔''

میری بات کاٹ دی گئی۔ رضیہ اچک کر بولی، ''جناب! میں خود بڑی تیز مرچ ہوں۔۔۔ یہ کوفتے آپ کو ہضم نہیں ہوں گے۔ فساد مچا دیں گے آپ کے معدے کے اندر۔''

مسز گل نے ایک اور جھریوں والا قہقہہ بلند کیا، ''سعادت، تم بڑے شریر ہو، لیکن یہ رضیہ بھی کسی طرح تم سے کم نہیں۔''

مجھے چونکہ رضیہ کی بات کا جواب دینا تھا، اس لیے میں نے مسز گل کے اس جملے کی طرف توجہ نہ دی اور کہا، ''رضیہ! میرا معدہ تم جیسی مرچوں کا بہت دیر کا عادی ہے۔''

یہ سن کر رضیہ خاموش ہو گئی۔ معلوم نہیں کیوں؟ اس نے مجھے دھوئی ہوئی مگر ٹر ٹیگیں آنکھوں سے کچھ ایسے دیکھا کہ ایک لحظے کے لیے مجھے یوں محسوس ہوا کہ میری ساری زندگی دھوبنوں کے ہاں چلی گئی ہے۔ معلوم نہیں کیوں، لیکن اس کو پہلی مرتبہ دیکھتے ہی میرے دل میں خواہش پیدا ہوئی تھی کہ میں اسے سڑکیں کوٹنے والا انجن بن کر ایسا دباؤں کہ چکنا چور ہو جائے۔۔۔ بلکہ اس کا سفوف بن جائے۔ یا میں اس کے سارے وجود کو اس طرح توڑوں مروڑوں اور پھر اس بھونڈے طریقوں سے جوڑوں کہ وہ کسی قدر نسوانیت اختیار کر لے، مگر یہ خواہش صرف اس وقت پیدا ہوتی جب میں اسے دیکھتا اس کے بعد یہ غائب ہو جاتی۔ انسان کی خواہشات بالکل بلبلوں کے مانند ہوتی ہیں جو معلوم نہیں کیوں پیدا ہوتے ہیں اور کیوں پھٹ کر ہوا میں تحلیل ہو جاتے ہیں۔ مجھے رضیہ پر ترس بھی آتا تھا۔ اس لیے کہ اس کی آنکھیں جو والا دہکتی رہتی تھی اور اس کے مقابلے میں اس کا جسم آتش فشاں پہاڑ نہیں تھا۔ ہڈیوں کا ڈھانچہ تھا۔ مگر ان ہڈیوں کو چبانے کے لیے کتوں کے دانتوں کی ضرورت تھی۔

ایک دن اس سے میری ملاقات مسز گل کے فلیٹ کے باہر ہوئی جب کہ میں اندر جا رہا تھا۔ وہ ہمارے محلے

کی جوان بھنگن کے ساتھ کھڑی باتیں کر رہی تھی۔ میں جب وہاں سے گزرنے لگا تو شرارت کے طور پر میں نے اس کی شریر آنکھوں میں اپنی آنکھیں (معلوم نہیں میری آنکھیں کس قسم کی ہیں) ڈال کر بڑے عاشقانہ انداز میں پوچھا، ''کہو بادشاؤ کیا ہو رہا ہے؟''

بھنگن کی گود میں اس کا پلوٹھی کا لڑکا تھا۔ اس کی طرف دیکھ کر رضیہ نے مجھ سے کہا، ''کوئی چیز کھانے کے لیے مانگتا ہے؟''

میں نے اس سے کہا، ''چند بوٹیاں تمہارے جسم پر ابھی تک موجود ہیں۔۔۔ دے دو اسے۔''

میں نے پہلی بار اس کے دھوئے دیدوں میں عجیب و غریب قسم کی جھلک دیکھی جسے میں سمجھ نہ سکا۔

مسز گل کے ہاں ان دنوں جیسا کہ میں بیان کر چکا ہوں، ایک نئے نوجوان کی آمد و رفت تھی اس لیے کہ وہ پروفیسر سے طلاق لے چکی تھیں۔ یہ صاحب ریلوے میں ملازم تھے اور ان کا نام شفیق اللہ تھا۔ آپ کو دمے کی شکایت تھی اور مسز گل ہر وقت ان کے علاج و معالجے میں مصروف رہتیں۔ کبھی ان کو ٹکیاں دیتیں۔ کبھی انجکشن لگوانے کے لیے ڈاکٹر کے پاس لے جاتیں۔ کبھی ان کے گلے میں دوائی لگائی جاتی۔

جہاں تک میں سمجھتا ہوں وہ اس عارضے میں گرفتار نہیں تھا۔ ہو سکتا ہے کہ اس کو کبھی نزلہ زکام ہوا ہو یا شاید کھانسی بھی آئی ہو لیکن یہ مسز گل کا کمال تھا کہ اس غریب کو یقین ہو گیا تھا کہ اس کو دمے کا عارضہ ہے۔ ایک دن میں نے اس سے کہا، ''حضرت، آپ کو یہ مرض تو بہت اچھا لگا۔۔۔ اس لیے کہ یہ اس بات کی ضمانت ہے کہ آپ کبھی مر نہیں سکتے۔''

یہ سن کر وہ حیران ہو گیا، ''آپ کیسے کہتے ہیں کہ یہ مرض اچھا ہے؟''

میں نے جواب دیا، ''ڈاکٹروں کا یہ کہنا ہے کہ دمے کا مریض مرنے کا نام ہی نہیں لیتا۔۔۔ میں نہیں بتا سکتا کیوں۔۔۔ آپ ڈاکٹروں سے مشورہ کر سکتے ہیں۔'' رضیہ موجود تھی، اس نے شریر نگاہوں سے مجھے بہت گھور کے دیکھا۔ پھر اس کی نگاہیں اپنی مالکہ مسز گل کی طرف مڑیں اور اس سے کچھ بھی نہ کہہ سکیں۔

شفیق اللہ نزرا کھرا چغد بنا بیٹھا تھا۔ اس نے ایک مرتبہ زخمی آنکھوں سے رضیہ کی طرف دیکھا اور وہ کرکٹ مرغی کی طرح ایک طرف دبک کے بیٹھ گئی۔ میں نے محسوس کیا کہ وہ پہلے سے کہیں زیادہ دبلی ہو گئی ہے، لیکن اس کی آنکھیں بڑی متحرک تھیں۔۔۔ ان میں سرمے کی قدرتی تحریر زیادہ گہری ہو گئی تھی۔ شفیق اللہ دن بہ دن زرد ہوتا گیا۔ اس کو دمے کے علاج کے لیے دوائیں برابر مل رہی تھیں۔ ایک دن میں نے مسز گل کے ہاتھ سے گولیوں کی بوتل لی اور ایک کیپسول نکال کر اپنے پاس رکھ لی۔ شام کو اپنے جانے والے

ایک ڈاکٹر کو دکھائی تو اس نے ایک گھنٹے کے بعد کیمیاوی تجزیہ کرنے کے بعد یہ بتایا کہ یہ دوا دمے کے لیے نہیں ہے بلکہ نشہ آور ہے یعنی مارفیا ہے۔

میں نے دوسرے روز شفیق اللہ سے اس وقت جب کہ وہ مسز گل سے یہی کیپسول لے کر پانی کے ساتھ نگل رہا تھا تو میں نے اس سے کہا، ''یہ آپ کیا کھاتے ہیں؟'' اس نے جواب دیا، ''دمے کی دوا ہے۔''

''یہ تو مارفیا ہے۔''

مسز گل کے ہاتھ سے، پانی کا گلاس جو اس نے شفیق اللہ کے ہاتھ سے واپس لیا تھا، گرتے گرتے بچا۔ بڑے جھریوں آمیز غصے سے انہوں نے میری طرف دیکھ کر کہا، ''کیا کہہ رہے ہو سعادت!'' میں ان سے مخاطب نہ ہوا اور شفیق اللہ سے اپنا سلسلہ کلام جاری رکھتے ہوئے کہا، ''جناب، یہ مارفیا ہے۔۔۔ آپ کو اگر اس کی عادت ہو گئی تو مصیبت پڑ جائے گی''۔

شفیق اللہ نے بڑی حیرت سے پوچھا، ''میں آپ کا مطلب نہیں سمجھا؟''

مسز گل کے تیوروں سے مجھے معلوم ہوا کہ وہ ناراض ہو گئی ہیں اور میری یہ گفتگو پسند نہیں کرتیں۔ رضیہ خاموش ایک کونے میں مسز گل کے لیے حقہ تیار کر رہی تھی، لیکن اس کے کان ہماری گفتگو کے ساتھ چپکے ہوئے تھے، ایسے کان جو بڑی ناخوش گوار موسیقی سننے کے لیے مجبور ہوں۔

مسز گل نے اس دوران میں بڑی تیزی سے چار الائچیاں دانتوں کے نیچے یکے بعد دیگرے دبائیں اور انہیں بڑی بے رحمی سے چباتے ہوئے مجھ سے کہا، ''سعادت، تم بعض اوقات بڑی بے ہودہ باتیں کر دیتے ہو۔۔۔ یہ کیپسول مارفیا کے کیسے ہو سکتے ہیں؟''

میں خاموش ہو رہا۔ بعد میں مجھے معلوم ہوا کہ مارفیا کا انجکشن دیا جاتا ہے۔ میرے ڈاکٹر دوست کا تجزیہ غلط تھا۔ وہ کوئی اور دوا تھی لیکن تھی نشہ آور۔ میں پھر بیمار ہوا اور راولپنڈی کے ہسپتال میں داخل ہو گیا۔ جب مجھے ذرا افاقہ ہوا تو میں نے اِدھر اُدھر گھومنا شروع کیا۔ ایک دن مجھے معلوم ہوا کہ ایک آدمی شفیق اللہ کی حالت بہت نازک ہے۔ میں اس کے وارڈ میں پہنچا مگر یہ وہ شفیق اللہ نہیں تھا جسے میں جانتا تھا۔ اس نے دھتورا کھایا ہوا تھا۔

چند روز کے بعد اتفاقاً مجھے ایک اور وارڈ میں جانا پڑا جہاں میرا ایک دوست یرقان میں مبتلا تھا۔ میں جب اس وارڈ میں داخل ہوا تو میں نے دیکھا کہ ایک بستر کے ارد گرد کئی ڈاکٹر جمع ہیں۔ قریب گیا تو مجھے معلوم ہوا کہ قریب المرگ مریض شفیق اللہ ہے۔

اس نے مجھے اپنی بجھتی ہوئی آنکھوں سے دیکھا اور بڑی نحیف آواز میں کہا، ''سعادت صاحب! ذرا میرے پاس آئیے۔۔۔ میں آپ سے کچھ کہنا چاہتا ہوں۔۔۔'' میں نے اپنے قریب قریب بہرے کان اس کی آواز سننے کے لیے تیار کر دیئے۔۔۔ وہ کہہ رہا تھا، ''میں۔۔۔ میں مر رہا ہوں آپ سے ایک بات کہنا چاہتا ہوں۔۔۔ ہر۔۔۔ ہر ایک کو خبردار کر دیجیے کہ وہ مسز گل سے بچا رہے۔۔۔ بڑی خطر ناک عورت ہے۔''

اس کے بعد وہ چند لمحات کے لیے خاموش ہو گیا۔ ڈاکٹر نہیں چاہتے تھے کہ وہ کوئی بات کرے لیکن وہ معمر تھا چنانچہ اس نے بڑی مشکل سے یہ الفاظ ادا کیے، ''رضیہ مر گئی ہے۔۔۔ بے چاری رضیہ۔۔۔ اس غریب کے سپرد یہی کام تھا کہ وہ آہستہ آہستہ مرے مسز۔۔۔ مسز گل، اس سے وہی کام لیتی تھی جو آدمی کوئلوں سے لیتا ہے۔۔۔ مگر وہ ان کی آگ سے دوسروں کو گرمی پہنچاتی تھی تا کہ۔۔۔''

وہ اپنا جملہ مکمل نہ کر سکا۔

مصری کی ڈلی

پچھلے دنوں میری روح اور میرا جسم دونوں عَلیل تھے۔ روح اِس لیے کہ میں نے دفعتاً اپنے ماحول کی خوف ناک ویرانی کو محسوس کیا تھا اور جسم اِس لیے کہ میرے تمام پٹھے سردی لگ جانے کے باعث چوبی تختے کے مانند اکڑ گئے تھے۔ دس دن تک میں اپنے کمرے میں پلنگ پر لیٹا رہا۔ پلنگ۔۔۔۔۔ اِس چیز کو پلنگ ہی کہہ لیجیے جو لکڑی کے چار بڑے بڑے پائیوں، پندرہ بیس چوبی ڈنڈوں اور ڈیڑھ دو من وزنی مستطیل آہنی چادر پر مشتمل ہے۔ لوہے کی یہ بھاری بھرکم چادر رِنواڑ اور سُتلی کا کام دیتی ہے۔ اِس پلنگ کا فائدہ یہ ہے کہ کھٹمل دور رہتے ہیں اور یوں بھی کافی مضبوط ہے، یعنی صدیوں تک قائم رہ سکتا ہے۔ یہ پلنگ میرے پڑوسی سلیم صاحب کا عنایت کردہ ہے۔ میں زمین پر سوتا تھا، چنانچہ انہوں نے مجھے یہ پلنگ جو انہیں کے کمرے کے ساتھ ملا تھا مجھے دے دیا۔ تا کہ میں سخت فرش پر سونے کے بجائے لوہے کی چادر پر آرام کروں۔ سلیم صاحب اور ان کی بیوی کو میرا بہت خیال ہے اور میں ان کا بہت ممنون ہوں۔ اگر میں معمولی سے معمولی چار پائی بھی بازار سے لیتا تو کم از کم چار یا پانچ روپے خرچ ہو جاتے۔

خیر، چھوڑیے اس قصّے کو۔ میں یہ بات کر رہا تھا کہ پچھلے دنوں میری روح اور میرا جسم دونوں عَلیل تھے۔ دس دن اور دس راتیں میں نے ایسے خلا میں بسر کیں جس کی تفصیل میں بیان ہی نہیں کر سکتا۔ بس ایسا معلوم ہوتا تھا کہ میں ہونے اور نہ ہونے کے بیچ میں کہیں لٹکا ہوں۔ لوہے کے پلنگ پر لیٹے لیٹے یوں بھی میرا جسم بالکل شَل ہو گیا تھا۔ دماغ ویسے ہی مُنَجمَد تھا جیسے یہ کبھی تھا ہی نہیں۔ میں کیا عرض کروں، میری کیا حالت تھی۔ دس دن اس ہیبت ناک خلا میں رہنے کے بعد میرے جسم کی علالت دور ہو گئی۔ دس کا عمل تھا۔ دھوپ سامنے کارخانے کی بلند چمنی سے پہلو بچاتی کمرے کے فرش پر لیٹ رہی تھی۔

میں لوہے کے پلنگ پر سے اُٹھا، تھکے ہوئے جسم میں انگڑائی سے حرکت پیدا کرنے کی کوشش کے بعد جب میں نے کمرے میں نگاہ دوڑائی تو میری حیرت کی کوئی انتہا نہ رہی۔ کمرہ وہ نہیں تھا جو پہلے ہوا کرتا تھا۔ میں نے غور سے دیکھا۔ دائیں ہاتھ کونے میں ڈریسنگ ٹیبل تھی۔ اس میں کوئی شک نہیں کہ ایسا میز ہمارے کمرے میں ہوا کرتا تھا مگر اس کا پالش اتنا چمکیلا کبھی نہیں تھا اور بناوٹ کے اعتبار سے بھی اُس میں اِتنی خوبیاں میں نے کبھی نہیں دیکھی تھیں۔ کمرے کے وَسط میں جو بڑا میز پڑا رہتا تھا وہ بھی مجھے نا مانوس معلوم ہوا۔ اس کا بالائی ہَشت پہلو تختہ چمک رہا تھا۔ دیوار پر پانچ چھ تصویریں آویزاں تھیں جو میں نے پہلے کبھی نہیں دیکھی تھیں۔

ان میں سے ایک تصویر میری نگاہ میں جم گئی۔ میں بڑھا اور اُس کو قریب سے دیکھا۔ جدید فوٹو گرافی کا بہت عمدہ نمونہ تھا۔ ہلکے بُھو سلے رنگ کے کاغذ پر ایک جوان سال لڑکی کی تصویر چھپی ہوئی تھی۔ بال کٹے ہوئے تھے اور کانوں پر سے اُدھر کو اُڑ رہے تھے، سینہ سامنے سے ناف کے ننھے سے دباؤ تک ننگا۔ اُس نرم و نازک عُریانی کو اُس کی گوری باہیں جو اس کے چہرے تک اُٹھی ہوئی تھیں، چھپانے کی دلچسپ کوشش کر رہی تھیں۔ تِتلی تِتلی لمبے لمبے ناخنوں والی انگلیوں میں سے چہرے کی حیا چھن چھن کر باہر آ رہی تھی۔ کُہنیوں نے ننھے سے پیٹ کے اختتامی خط پر آپس میں جڑ کر ایک دل کش تکون بنا دی تھی جس میں سے ناف کا گُدگُدا گڑھا جھانک رہا تھا۔ اگر اس چھوٹے سے گڑھے میں ڈنڈی گاڑ دی جاتی تو اس کا پیٹ سیب کا بالائی حصّہ بن جاتا۔

میں دیر تک اُس نیم عُریاں و نیم مَستور شباب کو دیکھتا رہا۔ مجھے حیرت تھی کہ یہ تصویر کہاں سے آ گئی۔ اِسی حیرت میں غرق میں غسل خانہ کی طرف بڑھا۔ کمرے کے چوتھے کونے میں نَل کے نیچے فرش میں سِل لگی ہوئی ہے۔ اس کے ایک طرف چھوٹی سی مُنڈیر بنا دی گئی ہے۔ یہ جگہ، جہاں جَست کی ایک بالٹی، صابن دانی، دانتوں کے دو بُرش، داڑھی مونڈنے کے دو اُسترے، صابن لگانے کی دو کوچیاں، منجن کی بوتل اور پانچ چھ استعمال شدہ اور زنگ آلود بلیڈ پڑے رہتے ہیں۔ ہمارا غسل خانہ ہے۔ نذیر صاحب جن کا یہ کمرہ ہے، علی الصبح بیدار ہونے کے عادی ہیں۔ چنانچہ داڑھی مونڈ کر وہ فوراً ہی غسل سے فارغ ہو جاتے ہیں۔ میں سویا رہتا ہوں اور وہ مزے سے ننگے نہاتے رہتے ہیں۔

اِس غسل خانے کی طرف جاتے ہوئے میں نے ایک بار پھر تمام چیزوں پر نگاہ دوڑائی۔ اب مجھے وہ کسی قدر مانوس معلوم ہوئیں۔ مُنڈیر پر میرا اُسترا اور گھسا ہوا برش اسی طرح پڑا تھا جس طرح میں روز دیکھا

کرتا تھا، بالٹی بھی بلاشک و شبہ وہی تھی جو ہر روز نگاہوں کے سامنے آتی تھیں۔ اس میں ڈونگا بھی وہی تھا جس میں جابجا گڑھوں میں میل جما رہتا تھا۔

منڈیر پر بیٹھ کر جب میں نے برش سے دانت گھسنے شروع کیے تو میں نے سوچا کمرہ وہی ہے جس میں ایک سو بیس راتیں میں گزار چکا ہوں۔۔۔ راتیں، میں نے غور کیا۔۔۔ معاملہ صاف ہو گیا۔ کمرے اور اس کی اشیا کے نامانوس ہونے کی سب سے بڑی وجہ یہ تھی کہ میں نے اس میں صرف ایک سو بیس راتیں ہی گزاری تھیں۔ صبح سات یا آٹھ بجے جلدی جلدی کپڑے بدل کر جو میں ایک دفعہ باہر نکل جاتا تو پھر رات کو گیارہ بارہ بجے کے قریب ہی لوٹنا ہوتا تھا۔ اس صورت میں یہ کیونکر ممکن تھا کہ مجھے کمرے کی ساخت اور اس میں پڑی ہوئی چیزوں کو دیکھنے کا موقع ملتا اور پھر نہ کمرہ میرا ہے اور نہ اس کی کوئی چیز میری ملکیت ہے۔ اور یہ بھی تو سچی بات ہے کہ بڑے شہر انسانیت کے مَرقَد و مدفن ہوتے ہیں۔

میں جس ماحول میں چار مہینے سے زندگی بسر کر رہا ہوں، اس قدر یکساں اور یک آہنگ ہے کہ طبیعت بار ہا اُکتا گئی ہے، جی چاہتا ہے کہ یہ شہر چھوڑ کر کسی ویرانے میں چلا جاؤں۔ صبح جلدی نہانا، پھر عُجلت میں کپڑے پہن کر دفتر میں کاغذ کالے کرتے رہنا، وہاں سے شام کو فارغ ہو کر ایک اور دفتر میں چھ سات گھنٹے اُسی اکتا دینے والے کام میں مصروف رہنا اور رات کے گیارہ بارہ بجے اندھیرے ہی میں کپڑے اتار کر سلیم کے دیئے ہوئے آہنی پلنگ پر سونے کی کوشش کرنا۔۔۔ کیا یہ زندگی ہے؟

زندگی کیا ہے؟۔۔۔ یہ بھی میری سمجھ میں نہیں آتا۔ میں سمجھتا ہوں کہ یہ اُونی جُراب ہے جس کے دھاگے کا ایک سرا ہمارے ہاتھ میں دے دیا گیا ہے۔ ہم اس جُراب کو اُدھیڑتے رہتے ہیں جب اُدھیڑتے اُدھیڑتے دھاگے کا دوسرا سرا ہمارے ہاتھ میں آ جائے گا تو یہ طلسم جسے زندگی کہا جاتا ہے، ٹوٹ جائے گا۔ جب زندگی کے لمحات کٹتے محسوس ہوں اور حافظے کی تختی پر کچھ نقش چھوڑ جائیں تو اس کا یہ مطلب ہے کہ آدمی زندہ ہے اور اگر مہینوں گزر جائیں اور یہ محسوس تک نہ ہو کہ مہینے گزر گئے ہیں تو اس کا یہ مطلب ہے کہ انسان کی حِسّیات مُردہ ہو گئی ہیں۔ زندگی کی کتاب میں اگر اوپتلے خالی اوراق ہی شامل ہوتے چلے جائیں تو کتنا دکھ ہوتا ہے۔ دوسروں کو بھی اس کا احساس ہوتا ہے یا کہ نہیں، اس کی بابت میں کچھ نہیں کہہ سکتا، لیکن میں تو اس معاملے میں بہت حساس ہوں۔ زندگی کی یہ خالی کاپی جو ہمارے ہاتھ میں تھمائی گئی ہے، آخر اسی لیے تو ہے کہ اس کے ہر ورق کو ہم استعمال کریں، اس پر کچھ لکھیں۔ لیکن افسوس اس بات کا ہے کہ مجھے کوئی ایسی بات ہی نہیں ملتی جس کے متعلق میں کچھ لکھوں۔ لے دے کے

میری اِس کاپی میں صرف دو تین ورق ایسے ہیں جن پر میں نقش و نگار بنے دیکھتا ہوں۔ یہ ورق مجھے کتنے عزیز ہیں۔ اگر آپ اِن کو نوچ کر باہر نکال دیں تو میری زندگی ایک بیاباں بن جائے گی۔ آپ یقین کیجیے، میری زندگی واقعی چٹیل میدان کی طرح ہے جس میں اُن بیتے ہوئے دنوں کی یاد ایک خوبصورت قبر کی طرح لیٹی ہوئی ہے۔ چوں کہ میں نہیں چاہتا کہ اچھے دنوں کی یہ نشانی یاد مٹ جائے اِس لیے میں اِس قبر پر ہر وقت مٹی کا لیپ کرتا رہتا ہوں۔ میرے سامنے دیوار پر ایک پرانا کلنڈر لٹک رہا ہے جس کے میلے کاغذ پر چیڑ کے لانبے لانبے درختوں کی تصویر چھپی ہے، میں اِسے ایک عرصے سے ٹکٹکی باندھے دیکھ رہا ہوں۔ اُس کے پیچھے، دُور، بہت دُور مجھے اپنی زندگی کے اُس کھوئے ہوئے ٹکڑے کی جھلک نظر آ رہی ہے۔ میں ایک پہاڑی کے دامن میں چیڑوں کی چھاؤں میں بیٹھا ہوں۔ بیگو بڑے بھولے پن سے گھٹنے ٹیک کر اپنا سر میرے قریب لاتی ہے اور کہتی ہے، ''آپ مانتے ہی نہیں۔۔۔ سچ، میں بوڑھی ہو گئی ہوں۔ اب بھی یقین نہ آئے گا۔ یہ لیجیے میرے سر میں سفید بال دیکھ لیجیے۔''

چودہ برس کی دیہاتی فضا میں پلی ہوئی جوان لڑکی مجھ سے کہہ رہی تھی کہ میں بوڑھی ہو گئی ہوں۔ معلوم نہیں وہ کیوں اس بات پر زور دینا چاہتی تھی۔ اس سے پہلے بھی وہ کئی مرتبہ مجھ سے یہی بات کہہ چکی تھی۔ میرا خیال ہے کہ جو اُن آدمیوں کو شباب کے دائرے سے نکل کر بڑھاپے کے دائرے میں داخل ہونے کی بڑی خواہش ہوتی ہے۔ یہ میں اس لیے کہتا ہوں کہ میرے دل میں بھی اس قسم کی خواہش کئی بار پیدا ہو چکی ہے۔ میں نے متعدد بار سوچا ہے کہ میری کنپٹیوں پر اگر سفید سفید بال نمودار ہو جائیں تو چہرے کی متانت اور سنجیدگی میں اضافہ ہو جائے گا۔ کنپٹیوں پر اگر بال سفید ہو جائیں تو چاندی کے مہین مہین تاروں کی طرح چمکتے ہیں اور دوسرے سیاہ بالوں کے درمیان بہت بھلے دکھائی دیتے ہیں، ممکن ہے بیگو کو یہی چاؤ ہو کہ اس کے بال سفید ہو جائیں اور وہ اپنی کم عمری کے باوجود بڈھی دکھائی دے۔

میں نے اس کے خشک مگر نرم بالوں میں انگلیوں سے کنگھی کرنا شروع کی اور کہا، ''تم کبھی بوڑھی نہیں ہو سکتیں۔'' اس نے سر اٹھا کر مجھ سے پوچھا، ''کیوں۔۔۔؟ میں کیوں بوڑھی نہیں ہو سکتی؟''

''اس لیے کہ تم میں آس پاس کے درختوں، پہاڑوں اور اُن میں بہتے ہوئے نالوں کی ساری جوانی جذب ہو گئی ہے۔'' وہ قریب سے قریب سرک آئی اور کہنے لگی، ''جانے آپ کیا اوٹ پٹانگ باتیں کرتے ہیں۔۔۔ بھئی میری سمجھ میں تو کچھ بھی نہیں آیا۔۔۔ درختوں اور پہاڑوں کی بھی کبھی جوانی ہوتی ہے۔''

''تمہاری سمجھ میں آئے نہ آئے، پر میں نے جو کچھ کہنا تھا کہہ دیا۔''

’’بہت اچھا کیا آپ نے۔۔۔ پر آپ میرے بالوں میں اس طرح کرتے رہیں۔،، بیگو نے اپنے ہاتھ سے سر کو کھجلاتے ہوئے کہا، ’’مجھے بڑا مزہ آتا ہے۔،،

’’بہت اچھا جناب۔،، کہہ میں نے انگلیوں سے اس کے بالوں میں کنگھی کرنا شروع کر دی اور آنکھیں بند کر لیں۔ اس کو تو مزا آ ہی رہا تھا، مجھے خود مزا آنے لگا۔ میں یہ محسوس کرنے لگا کہ اس کے بال میرے الجھے ہوئے خیال ہیں جن کو میں اپنے ذہن کی انگلیوں سے ٹٹول رہا ہوں۔ دیر تک میں اس کے بالوں میں انگلیاں پھیرتا رہا۔ وہ خاموشی سے سر جھکائے مزا لیتی رہی۔ پھر اس نے اپنی خمار آلود نگاہیں میری طرف اٹھائیں اور نیند میں بھیگی ہوئی آواز میں کہا، ’’میں اگر سو گئی تو؟،،

’’میں جاگتا رہوں گا۔،، نیم خوابیدہ مسکراہٹ اس کے ہونٹوں پر پیدا ہوئی اور وہ زمین پر وہیں میرے سامنے لیٹ گئی۔ تھوڑی دیر کے بعد نیند نے اس کو اپنی آغوش میں لے لیا۔ بیگو سو رہی تھی مگر اس کی جوانی جاگ رہی تھی۔ جس طرح سمندر کی پُرسکون سطح کے نیچے گرم لہریں دوڑتی رہتی ہیں، اس طرح اس کے محوِ خواب جسم کی رگوں میں اس کی گرم گرم جوانی دوڑ رہی تھی۔ بائیں بازو کو سر کے نیچے رکھے اور ٹانگوں کو اکٹھا کیے وہ سو رہی تھی۔ اس کا ایک بازو میری جانب سَر کا ہوا تھا۔ میں اس کی تتلی انگلیوں کی مخروطی تراش دیکھ رہا تھا کہ ان میں خفیف سی کپکپاہٹ پیدا ہوئی جیسے مٹر کی پھلیاں ارتعاش پذیر ہو جائیں۔ یہ ارتعاش اس کی انگلیوں سے شروع ہوا اور اس کے سارے جسم پر پھیل گیا جس طرح تالاب میں پھینکی ہوئی کنکری اُس کی آبی سطح پر چھوٹا سا بھنور پیدا کرتی ہے اور یہ بھنور دائرے بناتا ہوا پھیلتا جاتا ہے، اسی طرح وہ کپکپاہٹ اس کی انگلیوں سے شروع ہو کر اس کے سارے جسم پر پھیل گئی۔ نہ جانے اس کی جوانی کیسے ارتعاش پیدا کرنے والے خواب دیکھ رہی تھی۔

اس کے نچلے ہونٹ کے کونوں میں خفیف سی تھر تھر اہٹ کتنی بھلی معلوم ہوتی تھی۔ اس کے سینے کے ابھار میں دل کی دھڑکنیں زندگی پیدا کر رہی تھیں۔ گریبان کے نچلے دو بٹن کھلے تھے، اس طرح کہ جسم سے تھوڑی سی نقاب اٹھ گئی تھی اور دو نہایت ہی پیاری قوسیں باہر جھانک رہی تھیں۔ سینے کی ننھی سی وادی میں دونوں طرف کے ابھار بڑی خوبصورتی سے آپس میں گھل گئے تھے۔

میری نگاہ اس کے سینے پر گرتے گرتے کی ایک طرف بنی ہوئی جیب پر رک گئی۔ اس میں خدا معلوم کیا کچھ بیگو نے ٹھونس رکھا تھا کہ وہ ایک گیند سی بن گئی تھی۔ میرے دل میں دفعتاً یہ معلوم کرنے کا اشتیاق پیدا ہوا کہ اس میں کیا کیا چیزیں ہیں۔ آہستہ سے اس کی جیب کی تلاشی لینے کا ارادہ جب میں نے کیا تو وہ جاگ

پڑی۔سیدھی لیٹ کر اس نے دھیرے دھیرے اپنی آنکھیں کھولیں۔ لمبی لمبی پلکیں جو آپس میں ملی ہوئی تھیں، تھرتھرائیں۔اس نے نیم باز آنکھوں سے میری طرف دیکھا، پھر اس کے ہونٹوں پر ہلکے سے تبسم نے انگڑائی لی اور کہا، ''آپ بڑے وہ ہیں؟''

''کیوں۔۔۔؟ میں نے کیا کیا ہے؟''

وہ اٹھ بیٹھی، ''ابھی آپ نے کچھ کیا ہی نہیں میں سچ مچ سوئی اور آپ نے مجھے جگانے تک کی تکلیف نہ کی۔ میں اگر ایسے ہی شام تک سوئی رہتی تو؟''اس نے آنکھوں کی پتلیاں نچائیں اور دفعتاً کچھ یاد کر کے کہا، ''ہائے میرے اللہ۔۔۔ میں اپنی جان ہیر کو بھول ہی گئی۔''سامنے پہاڑی پر اگی ہوئی سبز جھاڑیوں کی طرف جب اس نے دیکھا تو اطمینان کا سانس لے کر کہنے لگی، ''کتنی اچھی ہے میری ہیر۔''اُس کو اپنی بھینس کی فکر تھی جو ہمارے سامنے پہاڑی پر گھاس چر رہی تھی۔

میں نے اُس سے پوچھا، ''تمہاری ہیر تو موجود ہے پر رانجھا کہاں ہے؟''

''رانجھا؟''اس کے لب مسکراہٹ کے ساتھ کھلے۔ آنکھوں ہی آنکھوں میں اس نے مجھے کچھ بتانے کی کوشش کی اور پھر کھل کھلا کر ہنس پڑی، ''رانجھا۔۔۔رانجھا۔۔۔رانجھا۔''اُس نے یہ لفظ کئی مرتبہ دہرایا۔ میری ہیر کا رانجھا۔۔۔ مجھے کیا معلوم نگوڑا کہاں ہے؟''میں نے کہا، ''تمہاری ہیر کا کوئی نہ کوئی رانجھا تو ضرور ہو گا۔ مجھ سے چھپانا چاہتی ہو تو یہ الگ بات ہے۔''

''اس میں چھپانے کی بات ہی کیا ہے؟''بیگو نے آنکھیں مٹکا کر کہا، ''اور اگر کوئی ہے تو ہیر کو معلوم ہو گا۔ جا کے اس سے پوچھ لیجیے۔ پر کان میں کہے گا، آہستہ سے کہے گا، بتاؤ تو تمہارا رانجھا کہاں ہے؟''

''میں نے پوچھ لیا۔''

''کیا جواب ملا؟''

''بولی، بیگو سے پوچھو، وہی سب کچھ جانتی ہے۔''

''جھوٹ۔۔۔جھوٹ۔اس کا اول جھوٹ اس کا آخر جھوٹ۔''بیگو بچوں کی طرح اُچھل اُچھل کر کہنے لگی، ''میری ہیر تو بڑی شرمیلی ہے۔ ایسے سوالوں کا وہ کبھی جواب دے ہی نہیں سکتی۔ آپ جھوٹ بولتے ہیں۔اُس نے تو آپ کو غصے میں یہ کہا تھا، چلو ہٹو، کنواریوں سے ایسی باتیں کرتے تمہیں شرم نہیں آتی۔''

''یہی کہا تھا اور اس کا جواب اس کو یوں ملا تھا، یہ تمہارا اتنا بڑا بچھڑا کہاں سے آ گیا ہے۔ کیا آسمان سے ٹپک پڑا تھا۔''بیگو یہ بچھڑے والی دلیل سن کر لاجواب ہو گئی۔ مگر وہ چوں کہ لاجواب ہونا نہیں چاہتی تھی

اس لیے اُس نے بے کار چلّانا شروع کر دیا، ''جی ہاں آسمان ہی سے ٹپکا تھا اور سب چیزیں آسمان ہی سے تو آتی ہیں۔۔۔نہیں، میں بھولی۔۔۔اس بچھڑے کو تو میری ہیر نے گود لیا ہے۔ یہ اس کا بچہ نہیں کسی اور کا ہے۔۔۔اب بتائیے آپ کے پاس کیا جواب ہے؟''

میں نے ہار مان لی اس لیے کہ میری نگاہیں پھر اُس کی ابھری ہوئی جیب پر پڑیں جس میں خدا معلوم کیا کیا کچھ ٹھسا ہوا تھا، ''میں ہار گیا، ''آپ کی ہیر کنواری ہے، دنیا کی سب بھینسیں اور گائیں کنواریاں ہیں۔ میں کنوارا ہوں۔ آپ کنواری ہیں۔ لیکن یہ بتائیے کہ آپ کی اس کنواری جیب کو کیا ہو گیا ہے؟''

اُس نے اپنی پھولی ہوئی جیب دیکھی تو دانتوں میں انگلی دبا کر میری طرف ملامت بھری نظروں سے دیکھ کر کہا، ''آپ کو شرم نہیں آتی۔۔۔کیا ہوا ہے میری جیب کو۔ میری چیزیں پڑی ہیں اس میں۔''

''چیزیں۔۔۔اِس سے تمہارا مطلب؟''

''آپ تو بال کی کھال نکالتے ہیں۔ چیزیں پڑی ہیں میرے کام کی اور کیا میں نے پتھر ڈال رکھے ہیں۔''

''تو جیب میں تمہارے کام کی چیزیں پڑی ہیں۔ میں پوچھ سکتا ہوں یہ کام کی چیزیں کیا ہیں؟''

''آپ ہرگز نہیں پوچھ سکتے۔ اور اگر آپ پوچھیں بھی تو میں نہیں بتاؤں گی اس واسطے کہ آپ نے مجھے اپنے چمڑے کے تھیلے کی چیزیں کب دکھائی ہیں۔ میں اگر آپ سے کہوں بھی تو آپ کبھی نہ دکھائیں گے۔''

''میں ایک ایک چیز دکھانے کے لیے تیار ہوں۔۔۔یہ رہا تھیلا۔'' میں نے اپنا چمڑی تھیلا اس کے سامنے رکھ دیا، ''خود کھول کر دیکھ لو پر یاد رہے مجھے اپنی جیب کی سب چیزیں تمہیں دکھانا پڑیں گی۔''

''پہلے میں اِس تھیلے کی تلاشی تو لے لوں۔'' یہ کہہ کر اس نے میرا تھیلا کھولا اور اس کی سب چیزیں ایک ایک کر کے باہر نکالنا شروع کیں۔ انگریزی کا ایک ناول، کاغذوں کا پیڈ، دو پنسلیں، ایک ربڑ، دس بارہ لفافے، آٹھ ایک ایک آنے والے اسٹامپ، دس بارہ خالی لفافے اور لکھے ہوئے کاغذوں کا ایک پلندہ۔۔۔یہ میری ''چیزیں'' تھیں۔''

جب وہ ایک ایک چیز اچھی طرح دیکھ چکی تو میں نے اس سے کہا، ''اب اپنی جیب کا منہ اِدھر کر دو۔'' اس نے میری بات کا جواب نہ دیا۔ تھیلے میں تمام چیزیں رکھنے کے بعد اس نے مجھ سے حکمانہ لہجہ میں کہا، ''اب اپنی جیب دکھائیے۔'' میں نے اپنی جیب کا منہ کھول دیا۔ اور اس نے ہاتھ ڈال کر اس میں جو کچھ بھی تھا باہر نکال لیا، ایک بٹوا اور چابیوں کا گچھا تھا، جس میں چھوٹا سا چاقو بھی شامل تھا۔ یہ چاقو کچھ

میں سے نکال کر اس نے ایک طرف زمین پر رکھ دیا اور باقی چیزیں مجھے واپس دے دیں، ''یہ چاقو میں نے لے لیا ہے۔ کھیرے کاٹنے کے کام آئے گا۔''

''لے لو پر مجھے ٹالنے کی کوشش نہ کرو۔۔۔ میں جب تک تمہاری جیب کی ایک ایک چیز نہ دیکھ لوں چھوڑوں گا نہیں۔''

''اگر میں نہ دکھاؤں تو؟''

''لڑائی ہو جائے گی۔''

''ہو جائے۔۔۔ میں ڈر تھوڑی جاؤں گی۔'' یہ کہہ کر وہ فوراً ہی اپنے دوپٹے کا تنبو بنا کر اس میں چھپ گئی اور جیب میں سے کچھ نکالنے لگی۔ اس پر میں نے رعب دار آواز میں کہا، ''دیکھو، یہ بات ٹھیک نہیں، تم کچھ چھپا رہی ہو۔''

''آپ مان لیجیے، میں سب کچھ دکھا دوں گی۔۔۔ اللہ کی قسم سب چیزیں ایک ایک کر کے دکھا دوں گی۔۔۔ یہ تو میں اپنے من سمجھوتے کے لیے کچھ کر رہی ہوں۔''

میں نے پھر رعب دار آواز میں کہا، ''کیا کر رہی ہو۔ میں تمہاری سب چالاکیاں سمجھتا ہوں۔ سیدھے من سے تمام چیزیں دکھا دو ورنہ میں زبردستی سب کچھ دیکھ لوں گا۔'' تھوڑی دیر کے بعد وہ دوپٹے سے باہر نکل آئی اور آگے بڑھ کر کہنے لگی، ''دیکھ لیجیے!''

میں اس کی جیب میں ہاتھ ڈالنے ہی والا تھا کہ اس کے تنے ہوئے سینے کو دیکھ کر رک گیا، ''تم خود ہی ایک ایک چیز نکال کر مجھے دکھاتی جاؤ۔۔۔ لو اتنا لحاظ میں تمہارا کیے دیتا ہوں۔ یوں تمہاری ایمان داری بھی معلوم ہو جائے گی۔''

''نہیں، آپ خود نکالتے جائیے، بعد میں آپ کہیں گے میں نے سب چیزیں نہیں دکھائیں۔''

''میں دیکھ رہا ہوں، تم نکالتی جاؤ۔''

''جیسے آپ کی مرضی'' یہ کہہ کر اس نے آہستہ سے اپنی جیب میں دو انگلیاں ڈالیں اور سرخ رنگ کے ریشمیں کپڑے کا ایک ٹکڑا باہر نکالا۔ اس پر میں نے پوچھا، ''کپڑے کا یہ بے کار سا ٹکڑا تم ساتھ ساتھ کیوں لیے پھرتی ہو؟''

''اجی آپ کو کیا معلوم، یہ بہت بڑھیا کپڑا ہے۔ میں اس کا رومال بناؤں گی۔ جب بن جائے گا تو پھر آپ دیکھیے گا۔ جی ہاں۔'' یہ کہہ کر اس نے کپڑے کا ٹکڑا اپنی جھولی میں رکھ دیا۔ پھر جیب سے کچھ

نکالا اور بند مٹھی میرے بہت قریب لاکر کھول دی۔ سلولائڈ کے تین مستعمل کلپ، ایک چابی اور سیپ کے دو بٹن اس کی ہتھیلی پر مجھے نظر آئے۔ میں نے اس سے کہا، ''یہ اپنی جھولی میں رکھ لو اور باقی چیزیں جلدی جلدی نکالو۔''

اس نے جیب میں جلدی جلدی ہاتھ ڈال کر باری باری یہ چیزیں باہر نکالیں۔ سفید دھاگے کی گولی اس میں پھنسی ہوئی زنگ آلود سوئی، لکڑی کی میلی کچیلی کنگھی، چھوٹا سا ٹوٹا ہوا آئینہ اور ایک پیسہ۔ میں نے اس سے پوچھا، ''کوئی اور چیز باقی تو نہیں رہی؟''

''جی نہیں۔'' اس نے اپنے سر کو جُنبش دی، ''میں نے سب چیزیں آپ کے سامنے رکھ دی ہیں۔ اب کوئی باقی نہیں رہی۔''

''غلط'' میں نے اپنا لہجہ بدل کر کہا، ''تم جھوٹ بولتی ہو اور جھوٹ بھی ایسا بولتی ہو جو بالکل کچا ہو، ابھی ایک چیز باقی ہے۔'' جو نہی یہ لفظ میرے منہ سے نکلے، غیر ارادی طور پر اس کی نگاہیں یک لخت اپنے دوپٹے کی طرف مُڑیں۔ میں نے تاڑ لیا کہ اس نے کچھ چھپا رکھا ہے۔ ''بیگو، سیدھے من سے مجھے یہ چیز دکھا دو جو تم نے چھپائی ہے، ورنہ یاد رکھو وہ تنگ کروں گا کہ عمر بھر یاد رکھو گی۔ گُدگُدی ایسی چیز ہے کہ ۔۔۔''

گُدگُدی کے تصور ہی نے اس کے جسم کو اکٹھا کر دیا۔ وہ سکڑسی گئی۔ اس پر میں نے ہوا میں اپنے ہاتھوں کی انگلیاں نچائیں، ''یہ انگلیاں ایسی گُدگُدی کر سکتی ہیں کہ جناب کو پہروں ہوش نہ آئے گا۔'' وہ کچھ اس طرح سمٹی جیسے کسی نے بلندی سے ریشمی کپڑے کا تھان کھول کر نیچے پھینک دیا ہے، ''نہیں، نہیں ۔۔۔ خدا کے لیے کہیں کہیں ایسا کر بھی نہ دیجیے گا ۔۔۔ میں مر جاؤں گی۔''

جب میں سچ مچ اپنے ہاتھ اس کے کندھوں تک لے گیا تو وہ بے تحاشا چیختی، ہنستی اور سمٹتی سمٹاتی اٹھی اور بھاگ گئی ۔۔۔ دوپٹے میں سے کوئی چیز گری جو میں نے دوڑ کر اٹھالی ۔۔۔ مصری کی ایک ڈلی تھی جو وہ مجھ سے چھپا رہی تھی ۔۔۔ جانے کیوں؟

ملاقاتی

’’آج صبح آپ سے کون ملنے آیا تھا؟‘‘

’’مجھے کیا معلوم، میں تو اپنے کمرے میں سو رہا تھا۔‘‘

’’آپ تو بس ہر وقت سوئے ہی رہتے ہیں، آپ کو کسی بات کا علم نہیں ہوتا، حالانکہ آپ سب کچھ جانتے ہوتے ہیں۔‘‘

’’یہ عجیب منطق ہے۔ اب مجھے کیا معلوم کون صبح سویرے تشریف لایا تھا، کون آیا ہو گا۔۔۔میرے ملنے والا یا کوئی اور شخص جسے سفارش کرانا ہو گی۔‘‘

’’آپ کی سفارش کہاں چلتی ہے۔ بڑے آئے ہیں گورنر کہیں کے۔‘‘

’’میں نے گورنری کا دعویٰ کبھی نہیں کیا، لیکن اِدھر اُدھر میری تھوڑی سی واقفیت ہے، اس لیے دوست یار کبھی کبھی کسی رشتے دار کو یہاں لے آتے ہیں کہ سفارش کر دو۔‘‘

’’آپ بات ٹالنے کی کوشش نہ کیجیے۔ میری اس بات کا جواب دیجیے کہ صبح سویرے آپ سے ملنے کے لیے کون آیا تھا؟‘‘

’’بھئی کہہ تو دیا ہے کہ مجھے علم نہیں۔ میں اندر اپنے کمرے میں سو رہا تھا۔ تمھیں اتنا تو یاد ہونا چاہیے کہ رات بڑے بچے کو بخار تھا اور میں دیر تک جاگتا رہا، اس کے بعد اٹھ کر اپنے کمرے میں چلا گیا اور نو بجے تک سوتا رہا۔‘‘

’’میں تو اوپر کوٹھے پر تھی۔۔۔ہو سکتا ہے کہ آپ اس سے اٹھ کر ملے ہوں۔‘‘

’’کس سے۔۔۔؟ کچھ پتہ بھی تو چلے۔‘‘

''آپ کو پتہ چل جائے گا جب میں یہ گھر چھوڑ کر میکے چلی جاؤں گی۔''

''میری سمجھ میں نہیں آتا، تمہیں ایکا ایکی کیا ہو جاتا ہے، تمہارے دماغ میں یقیناً فتور ہے۔''

''فتور ہو گا آپ کے دماغ میں۔ میرا دماغ اچھا بھلا ہے، دیکھیے! میں آپ سے کہہ دوں آپ زبان سنبھال کر بات کیا کیجیے، مجھ سے آپ کی یہ بد زبانیاں برداشت نہیں ہو سکتیں۔''

''تم خود پرلے درجے کی بد زبان ہو، کیا عورت کو اپنے شوہر سے اس طرح سے بات کرنی چاہیے؟''

''جو شوہر اس قابل ہو گا۔ اس سے اس قسم کے لہجے میں گفتگو کرنا پڑے گی۔''

''بند کرو اس گفتگو کو۔ میں تمہاری اس روز روز کی چخ چخ سے تنگ آ چکا ہوں۔ تم تو میکے جاتی رہو گی، میں اس سے پہلے اس گھر سے نکل کر چلا جاؤں گا۔''

''کہاں؟''

''کسی جنگل میں۔''

''وہاں جا کر کیا کیجیے گا۔''

''سنیاسی بن جاؤں گا۔ تم سے چھٹکارا تو مل جائے گا۔ خدا کی قسم چند برسوں سے تم نے میرے ناک میں دم کر رکھا ہے۔ بات بات پر نوک جھونک کرتی ہو، آخر یہ سلسلہ کیا ہے، جانے کون کم بخت صبح مجھ سے ملنے آیا تھا میرے دشمنوں کو بھی خبر نہیں، خود کہتی ہو کہ تم کوٹھے پر تھیں، تمہیں کیسے معلوم ہو گیا کوئی مجھ سے ملنے آیا ہے کبھی تک کی بات بھی کیا کرو۔''

''آپ تو ہمیشہ تک کی بات کرتے ہیں، ابھی کل ہی کی بات ہے، آپ دفتر سے آئے تو میں نے آپ کی سفید قمیض پر لال رنگ کا ایک دھبہ دیکھا میں نے یہ پوچھا یہ کیسے لگا آپ سٹپٹا گئے، مگر فوراً سنبھل کر ایک گھڑ دی کہ لال پنسل سے کھجارا ہاتھا شاید یہ اس کا نشان ہو گا۔ حالانکہ جب آپ نے قمیض اتاری اور میں نے اس دھبے کو غور سے دیکھا تو وہ لپ اسٹک کا دھبہ تھا۔''

''میرا خیال ہے کہ تمہارا دماغ چل گیا ہے۔''

''جناب اس لال دھبے سے خوشبو بھی آ رہی تھی۔ کیا آپ کے دفتر کی لال پنسلوں میں خوشبو ہوتی ہے۔''

''عورت کا دوسرا نام اپنے خاوند کی ہر بات کو شک کی نظروں سے دیکھنا ہے۔ کل صبح تم نے ہی میری اس قمیض پر سینٹ لگایا تھا۔''

''لگایا ہو گا مگر وہ داغ یقیناً لپ اسٹک کا تھا۔''

’’یعنی لپ اسٹک لگے ہونٹ میری قمیض چومتے رہے۔‘‘

’’آپ کو باتیں بنانا خوب آتی ہیں، قمیض چومنے کا سوال کیا پیدا ہوتا ہے، کیا ہونٹ ویسے ہی قمیض سے نہیں چھو سکتے۔‘‘

’’چھو سکتے ہیں بابا۔۔۔ چھو سکتے ہیں تم یہ سمجھتی ہو کہ میں کوئی یوسف ہوں کہ لڑکیاں میرے حسن سے اس قدر متاثر ہوتی ہیں کہ غش کھا کر مجھ پر گرتی جاتی ہیں اور میں جھاڑو ہاتھ میں لے کر سڑکوں سے یہ کوڑا کرکٹ اٹھاتا رہتا ہوں۔‘‘

’’مرد ہمیشہ یہی کہا کرتے ہیں۔‘‘

’’دیکھو تم عورت ذات کی خود عورت ہو کر توہین کر رہی ہو۔ کیا عورتیں اتنے ہی کمزور کردار کی ہیں کہ ہر مرد کے آگے پا انداز کی طرح بچھ جائیں، خدا کے لیے کچھ تو اپنی صنف کا خیال کرو میں نے تو ہمیشہ عورت کی عزت کی ہے۔‘‘

’’عزت کرنا ہی تو آپ کا سب سے بڑا ہتھیار ہے، جو بے چاری بھولی بھالی عورت کو آپ کے جال میں پھنسا لیتا ہے۔‘‘

’’میں کوئی چڑی مار نہیں جو جال بچھاتا رہے۔‘‘

’’آپ کسر نفسی سے کام لے رہے ہیں ورنہ آپ اچھی طرح جانتے ہیں کہ آپ چڑی ماروں کے گرو ہیں۔‘‘

’’یہ رتبہ آج تم نے بخشا ہے۔ آٹھ دس روز ہوئے مجھے کمینہ کہا گیا تھا آج چڑی ماروں کا گرو، پرسوں یہ ارشاد ہو گا کہ تم ہٹلر ہو۔‘‘

’’وہ تو آپ ہیں۔ اس گھر میں چلتی کس کی ہے، جو آپ کہیں وہی ہو گا۔ ہو کے رہے گا۔ میں تو تین میں ہوں نہ تیرہ میں۔‘‘

’’میں کہتا ہوں اب یہ فضول بکواس بند ہو جانی چاہیے، میرا دماغ چکرا گیا ہے۔‘‘

’’دماغ آپ کا بہت نازک ہے۔ ذرا سی بات کرو تو چکرانے لگتا ہے۔ میں عورت ہوں میرا دماغ تو آج تک آپ کی باتوں سے نہیں چکرایا۔‘‘

’’عورتیں بڑی سخت دماغ ہوتی ہیں، یوں تو انہیں صنف نازک کہا جاتا ہے مگر جب واسطہ پڑتا ہے تو معلوم ہوتا ہے کہ ان ایسی صنفِ کرخت دنیا کے تختے پر نہیں۔‘‘

’’آپ حد سے بڑھ رہے ہیں۔‘‘

’’کیا کروں۔تم جو میرا دماغ چاٹ گئی ہو، تم اتنا تو سوچو کہ میں دفتر میں آٹھ گھنٹے جھک مار کر گھر آیا ہوں، تھکا ہارا ہوں، مجھے آرام کی ضرورت ہے اور تم لے بیٹھی ہو ایک فرضی قصّہ کہ تم سے ملنے کے لیے صبح سویرے کوئی آیا تھا۔کون آیا تھا یہ بتا دو تو سارا جھنجھٹ ختم ہو۔‘‘

’’آپ تو بس بات ٹالنا چاہتے ہیں۔‘‘

’’کون خر ذات بات ٹالنا چاہتا ہے۔میں تو چاہتا ہوں کہ یہ کسی نہ کسی حیلے ختم ہو۔‘‘

’’لو اب بتا دو کون آیا تھا مجھ سے ملنے۔‘‘

’’ایک چڑیل تھی۔‘‘

’’وہ یہاں کیا کرنے آئی تھی۔میرا اس سے کیا کام؟‘‘

’’یہ آپ اسی سے پوچھے گا۔‘‘

’’اب تو مجھ سے پہیلیاں نہ بجھواؤ۔ بتاؤ کون آیا تھا۔لیکن تم تو کوٹھے پر سو رہی تھیں۔‘‘

’’میں کہیں بھی سوؤں لیکن مجھے ہر بات کی خبر ہوتی ہے۔‘‘

’’اچھا بھئی، میں تو اب ہار گیا نہا دھو کر کلب جاتا ہوں کہ طبیعت کا تکدر کسی قدر دور ہو۔‘‘

’’صاف کیوں نہیں کہتے کہ آپ اس سے ملنے جا رہے ہیں۔‘‘

’’خدا کی قسم آج میرا دماغ پاش پاش ہو جائے گا۔میں کس سے ملنے جا رہا ہوں۔‘‘

’’اسی سے۔‘‘

’’تمہارا مطلب ہے اسی چڑیل سے۔‘‘

’’اب آپ سمجھ گئے۔تو کلب جا کر آپ کو اور کس سے ملنا ہے۔۔۔مجھ سے۔‘‘

’’تم تو ہر وقت میرے سینے پر سوار رہتی ہو۔‘‘

’’اسی لیے تو آپ اپنے سینے کا بوجھ ہلکا کرنے جا رہے ہیں، کسی دن مجھے زہر ہی کیوں نہیں دے دیتے تا کہ قصہ ہی ختم ہو۔‘‘

’’اتنی دیر میں تو پاگل نہیں ہوا لیکن آج ضرور ہو جاؤں گا۔‘‘

’’اس لیے کہ میں نے آپ کی دکھتی رگ پر ہاتھ رکھ دیا ہے۔‘‘

’’میری تو ہر رگ آج دکھ رہی ہے، تم نے مجھے اس قدر جھنجھوڑا اور لتاڑا ہے کہ اللہ کی پناہ۔۔۔تم عورت نہیں ہو۔۔۔لندھور پہلوان ہو۔‘‘

’’ یہ سننا آپ سے باقی رہ گیا تھا۔۔۔نہ رہے وہ چڑیل اس دنیا کے تختے پر۔‘‘

’’ پھر وہی چڑیل۔۔۔دیکھو باہر ڈیوڑھی سے مجھے کسی عورت کی آواز سنائی دی ہے۔‘‘

’’ آپ ہی جاکر دیکھیے۔‘‘

’’ لاحول ولا قوۃ۔۔۔عورتوں کو دیکھنا میرا کام نہیں۔۔صرف تمہارا ہے!‘‘

’’ نوکر سے کہتی ہوں۔‘‘

’’ بی بی جی! وہی بی بی آئی ہیں جو آج صبح آئی تھیں۔‘‘

’’ میں چلتا ہوں۔‘‘

’’ نہیں نہیں۔۔۔آپ ہی سے تو وہ ملنے آئی ہے۔‘‘

’’ اوہ ذکیہ۔۔تم۔۔۔تم۔۔۔تم یہاں کب آئیں؟‘‘

’’ ہوائی جہاز میں پہلے نیروبی سے کراچی پہنچی پھر وہاں سے یہاں ہوائی جہاز ہی میں آئی۔ ابا جی باہر کھڑے ہیں۔‘‘

’’ تم نے بھی حد کر دی ذکیہ۔ میں خود جاتی ہوں۔۔۔اپنے ابا جی کو لینے، اتنی مدت ہو گئی ہے ان کو دیکھے ہوئے!‘‘

ملاوٹ

امرتسر میں علی محمد کی مَنِہاری کی دکان تھی، چھوٹی سی، مگر اس میں ہر چیز موجود تھی، اس نے کچھ اس قرینے سے سامان رکھا تھا کہ ٹُھنسا ٹُھنسا دکھائی نہیں دیتا تھا۔ امرتسر میں دوسرے دکاندار بلیک کرتے تھے مگر علی محمد واجبی نرخ پر اپنا مال فروخت کرتا تھا، یہی وجہ ہے کہ لوگ دور دور سے اس کے پاس آتے اور اپنی ضرورت کی چیزیں خرید کرتے۔

وہ مذہبی قسم کا آدمی تھا، زیادہ منافع لینا اس کے نزدیک گناہ تھا، اکیلی جان تھی، اس کے لیے جائز منافع ہی کافی تھا۔ سارا دن دکان پر بیٹھتا، گاہکوں کی بھیڑ لگی رہتی، اس کو بعض اوقات افسوس ہوتا، جب وہ کسی گاہک کو سن لائٹ صابن کی ایک ٹکیہ نہ دے سکتا یا کیلی فورنین پوپی کی بوتل، کیونکہ یہ چیزیں اسے محدود تعداد میں ملتی تھیں۔

بلیک نہ کرنے کے باوجود وہ خوش حال تھا۔ اس نے دو ہزار روپے پس انداز کر رکھے تھے، جوان تھا۔۔۔ ایک دن دکان پر بیٹھے بیٹھے اس نے سوچا کہ اب شادی کر لینی چاہیے۔۔۔ برے برے خیال دماغ میں آتے ہیں، شادی کرلوں کہ زندگی میں لطافت پیدا ہو جائے گی، بال بچے ہوں گے، ان کی پرورش کے لیے میں اور زیادہ کمانے کی کوشش کروں گا۔

اس کے والدین عرصہ ہوا، اللہ کو پیارے ہو چکے تھے، اس کی کوئی بہن تھی نہ بھائی۔ وہ بالکل اکیلا تھا، شروع شروع میں جب کہ وہ دس برس کا تھا، اس نے اخبار بیچنے شروع کیے، اس کے بعد خوانچہ لگایا، قلفیاں بیچیں، جب اس کے پاس ایک ہزار روپیہ جمع ہوگیا تو اس نے ایک چھوٹی سی دکان کرائے پر لے لی اور مَنِہاری کا سامان خرید کر بیٹھ گیا۔

آدمی ایمان دار تھا۔اس کی دکان تھوڑے ہی عرصے میں چل نکلی۔ جہاں تک آمدنی کا تعلق تھاوہ اس سے بے فکر تھا، مگر وہ چاہتا تھا گھر بسائے۔اس کی بیوی ہو، بچے ہوں اور وہ ان کے لیے زیادہ سے زیادہ کمانے کی کوشش کرے، اس لیے کہ اس کی زندگی مشین ایسی بن گئی تھی، صبح دکان کھولتا، گاہک آتے، انہیں سودا دیتا، شام کو دکان بند کرتا اور ایک چھوٹی سی کوٹھری میں جو اس نے شریف پورہ میں لے رکھی تھی، سو جاتا۔ گنجے کا ہوٹل تھا اس میں وہ کھانا کھاتا، صرف ایک وقت، صبح ناشتا جیمل سنگھ کے کڑے میں، شانبھے حلوائی کی دکان میں کرتا۔ دکان کھولتا اور شام تک اپنی گدی پر بیٹھا رہتا۔اس کے اندر شادی کی خواہش شدت اختیار کرتی گئی لیکن سوال یہ تھا کہ اس معاملے میں اس کی مدد کون کرے۔ امرتسر میں اس کا کوئی دوست یار بھی نہیں تھا جو اس کے لیے کوشش کرتا۔ وہ بہت پریشان تھا۔ شریف پورہ کی کوٹھری میں رات کو سوتے وقت وہ کئی مرتبہ رویا کہ اس کے ماں باپ اتنی جلدی کیوں مر گئے، انہیں اور کچھ نہیں تو اس لیے زندہ رہنا چاہیے تھا کہ وہ اس کی شادی کا بندوبست کر جائیں۔

اس کی سمجھ میں نہیں آتا تھا کہ وہ شادی کیسے کرے، بہت دیر تک سوچتا رہا، اس دوران میں اس کے پاس تین ہزار روپے جمع ہو گئے۔اس نے ایک چھوٹے سے گھر کو جو اچھا خاصا کرائے پر لے لیا مگر رہتا وہ شریف پورے ہی میں تھا۔ایک دن اس نے اخبار میں ایک اشتہار دیکھا تھا جس میں لکھا تھا کہ شادی کے خواہش مند حضرات ہم سے رجوع کریں۔ بی اے پاس لیڈی ڈاکٹر، ہر قسم کے رشتے موجود ہیں، خط و کتابت کیجیے یا خود آ کے ملیے۔

اتوار کو وہ دکان نہیں کھولتا تھا۔اس دن وہ اس پتے پر گیا اور اس کی ملاقات ایک داڑھی والے بزرگ سے ہوئی۔علی محمد نے مدعا بیان کیا، داڑھی والے بزرگ نے میز کا دراز کھول کر بیس پچیس تصویریں نکالیں اور اس کو ایک ایک کر کے دکھائیں کہ وہ ان میں سے کوئی پسند کرے۔ایک لڑکی کی تصویر علی محمد کو پسند آ گئی۔ چھوٹی عمر کی اور خوبصورت تھی۔اس نے شادیاں کرانے والے ایجنٹ سے کہا، ''جناب! یہ لڑکی مجھے پسند ہے۔''ایجنٹ مسکرایا، ''تم نے ایک ہیرا چن لیا ہے۔''

علی محمد کو ایسا محسوس ہوا کہ وہ لڑکی اس کی آغوش میں ہے، اس نے گٹکنا شروع کر دیا، ''بس جناب آپ بات پکّی کر دیجیے۔ایجنٹ سنجیدہ ہو گیا، ''دیکھو برخوردار! یہ لڑکی تم نے چنی ہے، علاوہ حسین ہونے کے بہت بڑے خاندان سے تعلق رکھتی ہے۔۔۔لیکن تم سے زیادہ فیس نہیں مانگوں گا۔''

''آپ کی بڑی نوازش ہے۔۔۔میں یتیم لڑکا ہوں۔۔۔اگر آپ میرا یہ کام کر دیں تو آپ کو ساری عمر اپنا

باپ سمجھوں گا۔ ''ایجنٹ کے مونچھوں بھرے ہونٹوں پر پھر مسکراہٹ نمودار ہوئی، ''جیتے رہو۔۔۔ میں تم سے صرف تین سو روپے فیس لوں گا۔علی محمد نے بڑے متشکرانہ لہجے میں کہا، ''جناب کا بہت بہت شکریہ ۔۔۔ مجھے منظور ہے۔'' یہ کہہ کر اس نے جیب سے تین نوٹ سو سو روپے کے نکالے اور اس بزرگوار کو دے دیئے۔تاریخ مقرر ہو گئی۔ نکاح ہوا، رخصتی بھی ہوئی۔علی محمد نے وہ چھوٹا سا مکان کرائے پر لے رکھا تھا، اب سجا سجایا تھا، وہ اس میں بڑے چاؤ سے اپنی دلہن لے کر آیا، پہلی رات کا تصور معلوم نہیں، اس کے دل و دماغ میں کس قسم کا تھا مگر جب اس نے دلہن کا گھونگھٹ ہاتھوں سے اٹھایا تو اس کو غش سا آ گیا۔ نہایت بدشکل عورت تھی۔۔۔ صریحاً اس مرد بزرگ نے اس کے ساتھ دھوکا کیا تھا، علی محمد لڑکھڑاتا کمرے سے باہر نکلا اور شریف پورے جا کر اپنی کوٹھری میں دیر تک سوچتا رہا کہ یہ ہوا کیا ہے لیکن اس کی سمجھ میں کچھ بھی نہ آیا۔اس نے اپنی دکان نہ کھولی۔۔۔ دو ہزار روپے وہ اپنی بیوی کا حق مہر ادا کر چکا تھا، تین سو روپے اس ایجنٹ کو۔ اب اس کے صرف سات سو روپے تھے۔۔۔ وہ اس قدر دل برداشتہ ہو گیا تھا کہ اس نے سوچا شہر ہی چھوڑ دے۔۔۔ ساری رات جاگتا رہا اور سوچتا رہا، اس نے فیصلہ کر ہی لیا، صبح دس بجے اس نے اپنی دکان ایک شخص کے پاس پانچ ہزار روپے میں یعنی اونے پونے داموں بیچ دی اور ٹکٹ کٹوا کر لاہور چلا آیا۔

لاہور جاتے ہوئے گاڑی میں کسی جیب کترے نے بڑی صفائی سے اس کے تمام روپے غائب کر دیئے۔وہ بہت پریشان ہوا لیکن اس نے سوچا کہ شاید خدا کو یہی منظور تھا۔لاہور پہنچا تو اس کی دوسری جیب میں جو کتری نہیں گئی تھی صرف دس روپے اور گیارہ آنے تھے، اس سے اس نے چند روز گزارہ کیا لیکن بعد میں فاقوں کی نوبت آ گئی۔

اس دوران میں اس نے کہیں نہ کہیں ملازم ہونے کی بہت کوشش کی مگر ناکام رہا۔وہ اس قدر مایوس ہو گیا کہ اس نے خود کشی کا ارادہ کر لیا مگر اس میں اتنی جرأت نہیں تھی۔اس کے باوجود ایک رات وہ ریل کی پٹری پر لیٹ گیا، ٹرین آ رہی تھی مگر کانٹا بدلا اور وہ دوسری لائن پر چلی گئی کہ اسے ادھر ہی جانا تھا۔

اس نے سوچا کہ موت بھی دھوکا دے جاتی ہے چنانچہ اس نے خود کشی کا خیال چھوڑ دیا اور ہلدی اور مرچیں پیسنے والی ایک چکی میں بیس روپے ماہوار پر ملازمت اختیار کر لی۔ یہاں اسے پہلے ہی دن معلوم ہو گیا کہ دنیا دھوکا ہی دھوکا ہے۔ ہلدی میں پیلی مٹی کی ملاوٹ کی جاتی تھی اور مرچوں میں سرخ اینٹوں کی۔ دو برس تک وہ اس چکی میں کام کرتا رہا۔اس کا مالک ہر مہینے کم از کم سات سو روپے ماہوار کماتا تھا۔اس دوران میں

علی محمد نے پانچ سو روپے پس انداز کر لیے تھے۔ایک دن اس نے سوچا، جب ساری دنیا میں فریب ہی فریب ہے تو وہ بھی کیوں نہ فریب کرے۔

اس نے چنانچہ ایک علیحدہ چکی قائم کر لی اور اس میں مرچوں اور ہلدی میں ملاوٹ کا کام شروع کر دیا۔اس کی آمدنی اب کافی معقول تھی۔اس کو شادی کا کئی بار خیال آیا مگر جب اس کی آنکھوں کے سامنے اس پہلی رات کا نقشہ آیا تو وہ کانپ کانپ گیا۔علی محمد خوش تھا، اس نے فریب کاری پوری طرح سیکھ لی تھی۔اس کو اب اس کے تمام گر معلوم ہو گئے تھے۔ایک من لال مرچوں میں کتنی اینٹیں پسی چاہئیں، ہلدی میں کتنی زرد رنگ کی مٹی ڈالنی چاہیے اور پھر وہاں کا حساب، یہ اب اس کو اچھی طرح معلوم تھا۔

لیکن ایک دن اس کی چکی پر پولیس کا چھاپہ پڑا۔ہلدی اور مرچوں کے نمونے بوتلوں میں ڈال کر مہر بند کیے گئے۔۔۔اور جب کیمیکل ایگزامینر کی رپورٹ آئی کہ ان میں ملاوٹ ہے تو اسے گرفتار کر لیا گیا۔اس کا لاہور میں کون تھا جو اس کی ضمانت دیتا۔۔۔کئی دن حوالات میں بند رہا۔۔۔آخر مقدمہ عدالت میں پیش ہوا اور اس کو سو روپیہ جرمانہ اور ایک مہینے کی قید بامشقت کی سزا ہوئی۔

جرمانہ تو اس نے ادا کر دیا لیکن ایک مہینے کی قید بامشقت اسے بھگتنا ہی پڑی۔یہ ایک مہینہ اس کی زندگی میں بہت کڑا وقت تھا۔اس دوران میں وہ اکثر سوچتا تھا کہ اس نے بے ایمانی کیوں کی، جب کہ اس نے اپنی زندگی کا یہ اصول بنا لیا تھا کہ وہ کبھی فریب کاری نہیں کرے گا۔ پھر وہ سوچتا کہ اسے اپنی زندگی ختم کر لینی چاہیے، اس لیے کہ وہ اِدھر کا رہا نہ اُدھر کا، اس کا کردار مضبوط نہیں۔۔۔بہتر یہی ہے کہ مر جائے تا کہ اس کا ذہنی اضطراب ختم ہو۔

جب وہ جیل سے باہر نکلا تو وہ مضبوط ارادہ کر چکا تھا کہ خودکشی کر لے گا تا کہ سارا جھنجھٹ ہی ختم ہو۔۔۔ اس غرض کے لیے اس نے سات روز مزدوری کی اور دو تین روپے اپنا پیٹ کاٹ کاٹ کر جمع کیے۔اس کے بعد اس نے سوچا، کون سا زہر ہو گا جو کارآمد ہو سکتا ہے۔اس نے صرف ایک ہی زہر کا نام سنا تھا جو بڑا قاتل ہوتا ہے۔۔۔سنکھیا۔۔۔مگر یہ سنکھیا کہاں سے ملتی؟اس نے بہت کوشش کی، آخر اسے ایک دکان سے سنکھیا مل گئی۔اس نے عشاء کی نماز پڑھی، خدا سے اپنے گناہوں کی معافی مانگی کہ وہ ہلدی اور مرچوں میں ملاوٹ کرتا رہا، پھر رات کو سنکھیا کھائی اور فٹ پاتھ پر سو گیا۔

اس نے سنا تھا سنکھیا کھانے والوں کے منہ سے جھاگ نکلتے ہیں، تشنج کے دورے پڑتے ہیں، بڑا کرب ہوتا ہے مگر اسے کچھ بھی نہ ہوا، ساری رات وہ اپنی موت کا انتظار کرتا رہا مگر وہ نہ آئی۔ صبح اٹھ کر وہ اس

دکاندار کے پاس گیا جس سے اس نے سنکھیا خریدی تھی اور اس سے پوچھا، ''بھائی صاحب! یہ آپ نے مجھے کیسی سنکھیا دی ہے کہ میں ابھی تک نہیں مرا؟''

دکاندار نے آہ بھر کے بڑے افسوسناک لہجے میں کہا، ''کیا کہوں میرے بھائی۔۔ آج کل ہر چیز نقلی ہوتی ہے۔۔۔ یا اس میں ملاوٹ ہوتی ہے۔''

ملبے کا ڈھیر

کامنی کے بیاہ کو ابھی ایک سال بھی نہ ہوا تھا کہ اس کاپتی دل کے عارضے کی وجہ سے مرگیا اور اپنی ساری جائداد اس کے لیے چھوڑ گیا۔ کامنی کو بہت صدمہ پہنچا، اس لیے کہ وہ جوانی ہی میں بیوہ ہو گئی تھی۔اس کی ماں عرصہ ہوااس کے باپ کو داغ مفارقت دے گئی تھی۔اگر وہ زندہ ہوتی تو کامنی اس کے پاس جاکرخوب روتی تا کہ اسے دَم دِلاسا ملے۔لیکن اسے مجبوراً اپنے باپ کے پاس جانا پڑا جو کاٹھیاواڑ میں بہت بڑا کاروباری آدمی تھا۔

جب وہ اپنے پرانے گھر میں داخل ہوئی تو سیٹھ گھنشام داس باہر برآمدے میں ٹہل رہے تھے۔غالباً اپنے کاروبار کے متعلق سوچ رہے تھے۔ جب کامنی ان کے پاس آئی تو وہ حیران سے ہو کر رہ گئے۔

‘‘کامنی’’!

کامنی کی آنکھوں سے آنسو چھلک پڑے، وہ اپنے پتا سے لپٹ گئی اور زارو قطار رونے لگی۔سیٹھ گھنشام داس نے اس کو پچکارااور پوچھا، ‘‘کیابات ہے؟’’

کامنی نے کوئی جواب نہ دیا اور روتی رہی۔سیٹھ جی کی سمجھ میں نہیں آ رہا تھا کہ بات کیا ہے۔انہوں نے صرف ایک ہی چیز کے متعلق سوچا کہ شاید میری بیٹی کے پتی نے اس سے کوئی زیادتی کی ہے، جس کے باعث اس کو بہت بڑا صدمہ پہنچا ہے۔ چنانچہ انہوں نے اس سے پوچھا، ‘‘کیوں بیٹی۔۔۔کیا رچھوڑ نے کوئی ایسی ویسی بات کی ہے؟’’

اس پر کامنی اور بھی زیادہ رونے لگی۔سیٹھ گھنشام داس نے بہت پوچھامگر کامنی نے کوئی جواب نہ دیا۔ آخر تنگ آ گئے اور جھنجھلاکر کہا، ‘‘مجھے ایک ضروری کام سے جانا ہے۔تم نے میرا آدھا گھنٹہ خراب کر دیا

ہے۔ بولو کیا بات ہے؟ '' کامنی نے اپنی آنسو بھری آنکھوں سے اپنے باپ کی طرف دیکھا اور کہا، ''ان کا دیہانت ہو گیا ہے۔'' سیٹھ گھنشام نے اپنی دھوتی کا لانگ درست کیا اور پوچھا، ''کس کا؟'' کامنی نے ساڑی کے پلُّو سے آنسو خشک کیے، ''وہی جن سے آپ نے میرا وِواہ کیا تھا۔''

سیٹھ گھنشام سکتے میں آ گئے، ''کب؟''

''پرسوں۔''

''تم نے مجھے اطلاع بھی نہ دی۔''

کامنی نے کہا، ''میں نے آپ کو تار دیا تھا۔ کیا ملا نہیں آپ کو؟''

اس کے باپ نے تھوڑی دیر سوچا، ''کل تار تو کافی آئے تھے۔ مگر مجھے اتنی فرصت نہیں تھی کہ انہیں دیکھ سکوں۔ اب میں پیڑھی جا رہا ہوں۔ ہو سکتا ہے ان تاروں میں تمہارا تار بھی ہو۔'' کامنی دو دن اپنے باپ کے پاس رہی اس کے بعد واپسی بمبئی چلی آئی اور اپنے شوہر کی جائداد اپنے نام منتقل کروانے میں مشغول ہو گئی۔ رنچھوڑ کا صرف ایک بھائی تھا مگر اس کا جائداد پر کوئی حق نہیں تھا، اس لیے کہ وہ اپنا حصہ وصول کر چکا تھا۔ کامنی جب اس کام سے فارغ ہو گئی تو اس نے اطمینان کا سانس لیا۔ کاٹھیاواڑ گجرات میں دس مکان، احمد آباد میں پانچ، بمبئی میں سات، بان کا کرایہ ہر ماہ اسے مل جاتا جو پانچ ہزار کے قریب ہوتا۔ یہ سب روپے وہ اپنے منیم کے ذریعے سے وصول کرتی اور بینک میں جمع کرا دیتی۔ ایک برس کے اندر اس کے پاس ایک لاکھ روپیہ جمع ہو گئے اس لیے کہ اس کے شوہر نے بھی تو کافی جائداد چھوڑی تھی۔ وہ اب بڑی مال دار عورت تھی۔ دولت کے نشے نے اس کے سارے غم دور کر دیے تھے۔ لیکن اس کو کسی ساتھی کی ضرورت بڑی شدت سے محسوس ہوتی تھی۔ رات کو اکثر اسے نیند نہ آتی۔ گھر میں چار نوکر تھے جو اس کی خدمت کے لیے چوبیس گھنٹے تیار رہتے۔ ہر قسم کی آسائش میسر تھی۔ لیکن وہ اپنی زندگی میں خلا محسوس کرتی تھی۔ جیسے موٹر کا ٹائر تو ہے ثابت و سالم مگر اس میں ہَوا کم ہے، پچک پچک جاتا ہے ۔ ایک روز وہ بڑی افسُردہ حالت میں باہر برآمدے میں لٹکے ہوئے پنگھوڑے پر بیٹھی تھی کہ اس کا منِیم آیا۔ کامنی اسے صرف منِیم جی کہتی تھی۔ وہ عام منِیموں جیسا بڈھا اور جَھرُوس نہیں تھا۔ اس کی عمر یہی تیس برس کے قریب ہو گی۔ صاف ستھرا۔ دھوتی بڑے سلیقے سے باندھتا تھا۔ خوش شکل اور تندرست و توانا تھا۔ پہلی مرتبہ کامنی نے اسے غور سے دیکھا اور جھولا جھولتے ہوئے اس کے پرنام کا جواب دیا اور اس سے پوچھا، ''کیوں منِیم جی! آپ کیسے آئے؟'' منِیم نے اپنا بستہ، جو اس کی بغل میں تھا، نکالا۔ کھولنے

ہی والا تھا کہ کامنی نے اس سے کہا، ''رہنے دیجیے حساب کتاب، چلیے چائے پئیں۔'' دونوں اندر چلے گئے۔ چائے تیار تھی، گجراتی انداز کی۔ نئیم کچھ جھینپا، اس لیے کہ وہ اس کا ملازم تھا اور دوسرو روپے ماہوار لیتا تھا مگر کامنی نے اصرار کیا کہ اس کے سامنے کرسی پر بیٹھے۔ چائے کے ساتھ نمکین بسکٹ، کھاری سینگ (نمک لگی مونگ پھلی) اور دال مونٹھ اور کچھ اسی قسم کی تین چار چیزیں اور تھیں۔

کامنی غور سے نئیم کو دیکھ رہی تھی جو پہلی مرتبہ اس نوازش سے دو چار ہوا تھا۔ کامنی نے چائے کا ایک گھونٹ پی کر اس سے پوچھا، ''نئیم جی آپ کا نام کیا ہے؟'' نوجوان نئیم کے ہاتھ سے بسکٹ گر کر چائے کی پیالی میں ڈبکیاں لگانے لگا، ''جی میرا۔۔۔ میرا نام۔۔۔ رنچھوڑ داس ہے۔''

کامنی کے ہاتھ سے چائے کی پیالی گرتے گرتے بچی۔

''رنچھوڑ داس؟''

''جی ہاں!''

''یہ تو میرے سورگ باشی پتی کا نام ہے۔''

نئیم نے کہا، ''مجھے معلوم ہے۔۔۔ اگر آپ کہیں تو میں اپنا نام بدل لوں گا۔'' کامنی نے ایک بار پھر نئیم کو غور سے دیکھا، ''نہیں نہیں۔ یہ نام مجھے پسند ہے۔'' چائے کا سلسلہ ختم ہوا تو نئیم نے اپنی آمد کا مقصد بیان کیا۔ ایک بلڈنگ پانچ منزلہ بنانے کا ٹھیکا انہیں مل سکتا تھا۔ اس نے کامنی سے کہا کہ اس سودے میں کم از کم پچاس ہزار روپے بلکہ اس سے زیادہ بچ جائیں گے۔ کامنی کے پاس کافی دولت موجود تھی، اس کو کسی قسم کا لالچ نہیں تھا۔ لیکن نئیم کے مشورے کو وہ نہ ٹال سکی۔ اس نے کہا، ''ہاں نئیم جی! میں یہ ٹھیکا لینے کے لیے تیار ہوں اس لیے کہ آپ چاہتے ہیں۔''

نئیم کی باچھیں کھل گئیں، ''بائی جی! ٹھیکا کیا ہے بس سونا ہی سونا ہے۔''

''سونا ہو یا لوہا، آپ کو روپیہ کتنا چاہیے؟''

''دس ہزار۔''

''کُل دس ہزار؟''

''جی نہیں۔ یہ تو فوکٹ میں جائے گا۔ میرا مطلب ہے کہ رشوت میں۔ جب ٹھیکا مل جائے گا تو ہم اسے کسی اور کے حوالے کر دیں گے اور اپنے پیسے کھرے کر لیں گے۔'' کامنی کی سمجھ میں یہ بات نہ آئی، ''ٹھیکا مل جائے گا تو آپ اسے کسی دوسرے آدمی کے حوالے کیوں کریں گے؟'' نئیم ہنسا، ''بائی جی! یہ دنیا

اسی طرح چلتی ہے۔ ہم محنت کیوں کریں۔ دس ہزار دیں گے۔ یہ کیا کام ہے اور سالا جس کو ہم دیں گے ہزاروں کمائے گا۔ ''

کامنی کے دماغ میں روپے پیسے نہیں تھے۔ وہ بار بار منّیم کو دیکھ رہی تھی۔ منّیم کو بھی اس کا علم تھا کہ وہ اس کی ذات میں دلچسپی لے رہی ہے۔ تھوڑی دیر ٹھیکے کے بارے میں گفتگو ہوتی رہی لیکن بالکل پھس اور بے کیف۔ اچانک منّیم نے کامنی کا ہاتھ پکڑ لیا اور دوسرے کمرے میں لے گیا۔ منّیم اور کامنی دیر تک اس کمرے میں رہے۔ منّیم اپنی دھوتی کا لانگ ٹھیک کرتے ہوئے باہر نکلا۔ بیڑی سلگا کر کرسی پر بیٹھ گیا۔ اتنے میں زرد رُو کامنی آئی اور اس کے پاس والی کرسی پر بیٹھ گئی۔ منّیم نے اس سے کہا، ''بائی جی! تو وہ دس ہزار کا چیک لکھ دیجیے۔''

کامنی اٹھی۔ اپنی ساڑی کے پلو میں اڑسے ہوئے چابیوں کے چھلے کو نکالا اور الماری کھول کر چیک بک نکالی اور دس ہزار روپے کا چیک کاٹ کر منّیم کو دے دیا۔ منّیم نے یہ چیک اپنی واسکٹ میں رکھا اور کامنی سے کہا، ''اچھا تو میں چلتا ہوں۔ کل کام ہو جائے گا۔'' دوسرے روز کام ہو گیا۔ ٹھیکا مل گیا۔ اب اس کو ٹھکانے لگانے کا کام باقی رہ گیا تھا، منّیم، کامنی بائی کے پاس آیا۔ دونوں کچھ دیر دوسرے کمرے میں رہے، اس دوران میں سب باتیں ہو گئیں۔ اب یہ مرحلہ باقی رہ گیا کہ ٹھیکا کس کے نام فروخت کیا جائے۔ کوئی ایسی پارٹی ہونی چاہیے کہ جو یک مشت روپیہ ادا کر دے۔

منّیم ہوشیار آدمی تھا۔ اس نے کافی دور دھوپ کی۔ آخر ایک پارٹی ڈھونڈ نکالی جس نے دو لاکھ روپیہ یک مشت ادا کر دیا۔۔۔ اور بلڈنگ کا کام شروع ہو گیا۔ منّیم نے جب دو لاکھ روپے کامنی کو دیئے تو اسے کوئی خاص خوشی نہ ہوئی۔ البتہ وہ اس کا ہاتھ پکڑ کر دوسرے کمرے میں لے گئی۔ جہاں وہ دیر تک زیرِ تعمیر بلڈنگ کے متعلق گفتگو کرتے رہے۔ بلڈنگ کا کام دن رات جاری تھا۔ پانچ سو مزدور کام کر رہے تھے۔ پانچ منزلہ عمارت بن رہی تھی۔ اُدھر کامنی اور اس کا منّیم دوسرے کمرے میں کئی منزلیں طے کر چکے تھے۔ منّیم بہت خوش تھا کہ اس نے بہت اچھا سودا کیا۔ دو لاکھ روپے بغیر کسی محنت کے وصول ہو گئے لیکن جس پارٹی نے یہ ٹھیکا خریدا تھا اس کو اپنی دانست کے مطابق خسارہ ہی خسارہ نظر آ رہا تھا۔ مطلب یہ ہے کہ اسے زیادہ منافع کی امید نہیں تھی۔

ایک مہینہ گزر گیا۔ بلڈنگ پانچوں منزل تک پہنچ گئی۔ پانچ سو مزدور دن رات عمارت سازی میں مصروف تھے۔ رات کو گیس کے لیمپ روشن کیے جاتے، سیمنٹ اور بجری کو ملا کر مشین چلتی رہتی۔ مزدوروں میں

مردوں کے علاوہ عورتیں بھی تھیں جو مردوں کے مقابلے میں بڑی تن دہی سے کام کرتی تھیں۔ اپنے شیر خوار بچوں کو جو نیچے زمین پر پڑے ہوتے، دودھ بھی پلاتیں اور سیمنٹ بجری اٹھا کر پانچویں منزل تک پہنچاتیں۔ کامنی کے دوسرے کمرے میں ایک دن یہ طے ہوا کہ وہ شادی کرلیں۔ دوسرے دن صبح اخبار میں نُعیم نے پڑھا کہ وہ بلڈنگ جو تعمیر ہو رہی تھی ناقص مسالا استعمال کرنے کے باعث اچانک گر گئی۔ پچاس مزدور نیچے دب گئے۔ ان کی لاشیں نکالنے کی کوشش کی جا رہی ہے۔

نُعیم کامنی کے ساتھ چِمٹا ہوا تھا۔ جب کامنی نے یہ خبر سنی تو اس نے نُعیم کو دھکا دے کر ایک طرف کر دیا جیسے وہ ملبے کا ڈھیر ہے

ممد بھائی

فارس روڈ سے آپ اس طرف اس گلی میں چلے جائیے جو سفید گلی کہلاتی ہے تو اس کے آخری سرے پر آپ کو چند ہوٹل ملیں گے۔ یوں تو بمبئی میں قدم قدم پر ہوٹل اور ریستوران ہوتے ہیں مگر یہ ریستوران اس لحاظ سے بہت دلچسپ اور منفرد ہیں کہ یہ اس علاقے میں واقع ہیں جہاں بھانت بھانت کی لونڈیاں بستی ہیں۔ ایک زمانہ گزر چکا ہے۔ بس آپ یہی سمجھیے کہ بیس برس کے قریب، جب میں ان ریستورانوں میں چائے پیا کرتا تھا اور کھانا کھایا کرتا تھا۔ سفید گلی سے آگے نکل کر ، پلے ہاؤس ' آتا ہے۔ اِدھر دن بھر ہاؤ ہُو رہتی ہے۔ سینما کے شو دن بھر چلتے رہتے تھے۔ چھپیاں ہوتی تھیں۔ سینما گھر غالباً چار تھے۔ ان کے باہر گھنٹیاں بجا بجا کر بڑے سماعت پاش طریقے پر لوگوں کو مدعو کرتے، '' آؤ آؤ۔ ۔ دو آنے میں۔ ۔ فسٹ کلاس کھیل۔ ۔ دو آنے میں! ''

بعض اوقات یہ گھنٹیاں بجانے والے زبردستی لوگوں کو اندر دھکیل دیتے تھے۔ باہر کرسیوں پر چمپی کرانے والے بیٹھے ہوتے تھے جن کی کھوپڑیوں کی مرمت بڑے سائنٹیفک طریقے پر کی جاتی تھی۔ مالش اچھی چیز ہے، لیکن میری سمجھ میں نہیں آتا کہ بمبئی کے رہنے والے اس کے اتنے گرویدہ کیوں ہیں۔ دن کو اور رات کو، ہر وقت انہیں تیل مالش کی ضرورت محسوس ہوتی۔ آپ اگر چاہیں تو رات کے تین بجے بڑی آسانی سے تیل مالشیا بلا سکتے ہیں۔ یوں بھی ساری رات، آپ خواہ بمبئی کے کسی کونے میں ہوں، یہ آواز آپ یقیناً سنتے رہیں گے ، ' پی۔ ۔ پی۔ ۔ پی۔ ۔ ' یہ ' پی ' چمپی کا مخفف ہے۔

فارس روڈیوں تو ایک سٹرک کا نام ہے لیکن یہ دراصل یہ اس پورے علاقے سے منسوب ہے جہاں بیسیوائیں بستی ہیں۔ یہ بہت بڑا علاقہ ہے۔ اس میں کئی گلیاں ہیں جن کے مختلف نام ہیں، لیکن سہولت کے طور پر اس

کی ہر گلی کو فارس روڈ یا سفید گلی کہا جاتا ہے۔ اس میں سینکڑوں جنگلا لگی دکانیں ہیں جن میں مختلف رنگ وسن کی عورتیں بیٹھ کر اپنا جسم بیچتی ہیں۔ مختلف داموں پر، آٹھ آنے سے آٹھ روپے تک، آٹھ روپے سے سو روپے تک۔۔۔ ہر دام کی عورت آپ کو اس علاقے میں مل سکتی ہے۔

یہودی، پنجابی، مرہٹی، کشمیری، گجراتی، بنگالی، اینگلو انڈین، فرانسیسی، چینی، جاپانی غرضیکہ ہر قسم کی عورت آپ کو یہاں سے دستیاب ہو سکتی ہے۔۔۔ یہ عورتیں کیسی ہوتی ہیں۔۔۔ معاف کیجیے گا، اس کے متعلق آپ مجھ سے کچھ نہ پوچھیے۔۔۔ بس عورتیں ہوتی ہیں۔۔۔ اور ان کو گاہک مل ہی جاتے ہیں۔

اس علاقے میں بہت سے چینی بھی آباد ہیں۔ معلوم نہیں یہ کیا کاروبار کرتے ہیں، مگر رہتے اسی علاقے میں ہیں۔ بعض تو ریستوران چلاتے ہیں جن کے باہر بورڈوں پر اوپر نیچے کیڑے مکوڑوں کی شکل میں کچھ لکھا ہوتا ہے۔۔۔ معلوم نہیں کیا۔۔۔

اس علاقے میں بزنس مین اور ہر قوم کے لوگ آباد ہیں۔ ایک گلی ہے جس کا نام عرب سین ہے۔ وہاں کے لوگ اسے عرب گلی کہتے ہیں۔ اس زمانے میں جس کی میں بات کر رہا ہوں، اس گلی میں غالباً بیس پچیس عرب رہتے تھے جو خود کو موتیوں کے بیوپاری کہتے تھے۔ باقی آبادی پنجابیوں اور رام پوریوں پر مشتمل تھی۔ اس گلی میں مجھے ایک کمرہ مل گیا تھا جس میں سورج کی روشنی کا داخلہ بند تھا، ہر وقت بجلی کا بلب روشن رہتا تھا۔ اس کا کرایہ ساڑھے نو روپے ماہوار تھا۔

آپ کا اگر بمبئی میں قیام نہیں رہا تو شاید آپ مشکل سے یقین کریں کہ وہاں کسی کو کسی اور سے سروکار نہیں ہوتا۔ اگر آپ اپنی کھولی میں مر رہے ہیں تو آپ کو کوئی نہیں پوچھے گا۔ آپ کے پڑوس میں قتل ہو جائے، مجال ہے جو آپ کو اس کی خبر ہو جائے۔ مگر وہاں عرب گلی میں صرف ایک شخص ایسا تھا جس کو اڑوس پڑوس کے ہر شخص سے دلچسپی تھی۔ اس کا نام ممد بھائی تھا۔ ممد بھائی رام پور کا رہنے والا تھا۔ اول درجے کا چھکیت، گتکے اور بنوٹ کے فن میں یکتا۔ میں جب عرب گلی میں آیا تو ہوٹلوں میں اس کا نام اکثر سننے میں آیا، لیکن ایک عرصے تک اس سے ملاقات نہ ہو سکی۔

میں صبح سویرے اپنی کھولی سے نکل جاتا تھا اور بہت رات گئے لوٹتا تھا۔ لیکن مجھے ممد بھائی سے ملنے کا بہت اشتیاق تھا۔ کیونکہ اس کے متعلق عرب گلی میں بے شمار داستانیں مشہور تھیں کہ بیس پچیس آدمی اگر لاٹھیوں سے مسلح ہو کر اس پر ٹوٹ پڑیں تو وہ اس کا بال تک بیکا نہیں کر سکتے۔ ایک منٹ کے اندر اندر وہ سب کو چِت کر دیتا ہے۔ اور یہ کہ اس جیسا چھری مار ساری بمبئی میں نہیں مل سکتا۔ ایسے چھری مارتا ہے کہ جس کے

لگتی ہے اسے پتہ بھی نہیں چلتا۔سو قدم بغیر احساس کے چلتا رہتا ہے اور آخرا یک دم ڈھیر ہو جاتا ہے۔لوگ کہتے ہیں کہ یہ اس کے ہاتھ کی صفائی ہے۔

اس کے ہاتھ کی صفائی دیکھنے کا مجھے اشتیاق نہیں تھا لیکن یوں اس کے متعلق اور با تیں سن کر میرے دل میں یہ خواہش ضرور پیدا ہو چکی تھی کہ میں اسے دیکھوں۔اس سے با تیں نہ کروں لیکن قریب سے دیکھ لوں کہ وہ کیسا ہے۔اس تمام علاقے پر اس کی شخصیت چھائی ہوئی تھی۔وہ بہت بڑا دادا یعنی بد معاش تھا۔ لیکن اس کے باوجود لوگ کہتے تھے کہ اس نے کسی کی بہو بیٹی کی طرف آنکھ اٹھا کر بھی نہیں دیکھا۔لنگوٹ کا بہت پکا ہے۔غریبوں کے دکھ درد کا شریک ہے۔عرب گلی۔۔۔ صرف عرب گلی ہی نہیں، آس پاس جتنی گلیاں تھیں، ان میں جتنی نادار عورتیں تھی، سب ممد بھائی کو جانتی تھیں کیونکہ وہ اکثر ان کی مالی امداد کرتا رہتا تھا۔لیکن وہ خود ان کے پاس کبھی نہیں جاتا تھا۔اپنے کسی خورد سال شاگرد کو بھیج دیتا تھا اور ان کی خیریت دریافت کر لیا کرتا تھا۔

مجھے معلوم نہیں اس کی آمدنی کے کیا ذرائع تھے۔اچھا کھاتا تھا، اچھا پہنتا تھا۔اس کے پاس ایک چھوٹا سا تانگہ تھا جس میں بڑا تندرست ٹٹو جتا ہوتا تھا، اس کو وہ خود چلاتا تھا۔ساتھ دو یا تین شاگرد ہوتے تھے، بڑے با ادب۔۔۔ بھنڈی بازار کا ایک چکر لگا یا کسی درگاہ میں ہو کر وہ اس تانگے میں واپس عرب گلی آ جاتا تھا اور کسی ایرانی کے ہوٹل میں بیٹھ کر اپنے شاگردوں کے ساتھ گتکے اور بنوٹ کی باتوں میں مصروف ہو جاتا تھا۔

میری کھولی کے ساتھ ہی ایک اور کھولی تھی جس میں مارواڑ کا ایک مسلمان رقاص رہتا تھا۔اس نے مجھے ممد بھائی کی سینکڑوں کہانیاں سنائیں۔اس نے مجھے بتایا کہ ممد بھائی ایک لاکھ روپے کا آدمی ہے۔اس کو ایک مرتبہ ہیضہ ہو گیا تھا۔ممد بھائی کو پتہ چلا تو اس نے فارس روڈ کے تمام ڈاکٹر اس کی کھولی میں اکٹھے کر دیئے اور ان سے کہا، ''دیکھو، اگر عاشق حسین کو کچھ ہو گیا تو میں سب کا صفایا کر دوں گا۔''عاشق حسین نے بڑے عقیدت مندانہ لہجے میں مجھ سے کہا، ''منٹو صاحب! ممد بھائی فرشتہ ہے۔۔۔فرشتہ۔۔۔۔۔۔جب اس نے ڈاکٹروں کو دھمکی دی تو وہ سب کانپنے لگے ۔ایسا لگ کے علاج کیا کہ میں دو دن میں ٹھیک ٹھاک ہو گیا۔''

ممد بھائی کے متعلق میں عرب گلی کے گندے اور واہیات ریستورانوں میں اور بھی بہت کچھ سن چکا تھا۔ایک شخص نے جو غالباً اس کا شاگرد تھا اور خود کو بہت بڑا پھکیت سمجھتا تھا، مجھ سے یہ کہا تھا کہ ممد دادا اپنے نیفے میں ایک ایسا آبدار خنجر اڑس کے رکھتا ہے جو استرے کی طرح شیو بھی کر سکتا ہے اور یہ خنجر نیام میں نہیں

ہوتا، کھلا رہتا ہے۔ان بالکل ننگا، اور وہ بھی اس کے پیٹ کے ساتھ۔اس کی نوک اتنی تیکھی ہے کہ اگر باتیں کرتے ہوئے، جھکتے ہوئے اس سے ذرا سی غلطی ہو جائے تو ممد بھائی کا ایک دم کام تمام ہو کے رہ جائے۔ ظاہر ہے کہ اس کو دیکھنے اور اس سے ملنے کا اشتیاق دن بدن میرے دل و دماغ میں بڑھتا گیا۔معلوم نہیں میں نے اپنے تصور میں اس کی شکل و صورت کا کیا نقشہ تیار کیا تھا، بہر حال اتنی مدت کے بعد مجھے صرف اتنا یاد ہے کہ میں ایک قوی ہیکل انسان کو اپنی آنکھوں کے سامنے دیکھتا تھا جس کا نام ممد بھائی تھا۔اس قسم کا آدمی جو ہر کولیس سائیکلوں پر اشتہار کے طور پر دیا جاتا ہے۔

میں صبح سویرے اپنے کام پر نکل جاتا تھا اور رات کو دس بجے کے قریب کھانے وانے سے فارغ ہو کر واپس آ کر فوراً سو جاتا تھا۔اس دوران میں ممد بھائی سے کیسے ملاقات ہو سکتی تھی۔ میں نے کئی مرتبہ سوچا کہ کام پر نہ جاؤں اور سارا دن عرب گلی میں گزار کر ممد بھائی کو دیکھنے کی کوشش کروں، مگر افسوس کہ میں ایسا نہ کر سکا اس لیے کہ میری ملازمت ہی بڑی واہیات قسم کی تھی۔

ممد بھائی سے ملاقات کرنے کی سوچ ہی رہا تھا کہ اچانک انفلوئنزا نے مجھ پر زبردست حملہ کیا۔ایسا حملہ کہ میں بوکھلا گیا۔خطرہ تھا کہ یہ بگڑ کر نمونیا میں تبدیل ہو جائے گا، کیونکہ عرب گلی کے ایک ڈاکٹر نے یہی کہا تھا۔ میں بالکل تنِ تنہا تھا۔میرے ساتھ جو ایک آدمی رہتا تھا، اس کو پونہ میں نوکری مل گئی تھی، اس لیے اس کی رفاقت بھی نصیب نہیں تھی۔ میں بخار میں پُھنکا جا رہا تھا۔اس قدر پیاس تھی کہ جو پانی کھولی میں رکھا تھا، وہ میرے لیے ناکافی تھا۔اور دوست یار کوئی پاس نہیں تھا جو میری دیکھ بھال کرتا۔

میں بہت سخت جان ہوں، دیکھ بھال کی مجھے عموماً ضرورت محسوس نہیں ہوا کرتی۔مگر معلوم نہیں کہ وہ کس قسم کا بخار تھا۔انفلوئنزا تھا، ملیریا تھا یا کیا تھا۔ لیکن اس نے میری ریڑھ کی ہڈی توڑ دی۔ میں بلبلانے لگا۔ میرے دل میں پہلی مرتبہ خواہش پیدا ہوئی کہ میرے پاس کوئی ہو جو مجھے دلاسا دے۔دلاسا نہ دے تو کم از کم ایک سیکنڈ کے لیے اپنی شکل دکھا کے چلا جائے تا کہ مجھے یہ خوش گوار احساس ہو کہ مجھے پوچھنے والا بھی کوئی ہے۔

دو دن تک میں بستر میں پڑا تکلیف بھری کروٹیں لیتا رہا، مگر کوئی نہ آیا۔۔۔آنا بھی کسے تھا۔۔۔میری جان پہچان کے آدمی ہی کتنے تھے۔۔۔دو تین یا چار۔۔۔اور وہ اتنی دور رہتے تھے کہ ان کو میری موت کا علم بھی نہیں ہو سکتا تھا۔۔۔اور پھر وہاں بمبئی میں کون کس کو پوچھتا ہے۔۔۔کوئی مرے یا جیے۔۔۔ان کی بلا سے۔۔۔۔

میری بہت بری حالت تھی۔ عاشق حسین ڈانسر کی بیوی بیمار تھی اس لیے وہ اپنے وطن جا چکا تھا۔ یہ مجھے ہوٹل کے چھوکرے نے بتایا تھا۔ اب میں کس کو بلاتا۔۔۔ بڑی نڈھال حالت میں تھا اور سوچ رہا تھا کہ خود نیچے اتروں اور کسی ڈاکٹر کے پاس جاؤں کہ دروازے پر دستک ہوئی۔ میں نے خیال کیا کہ ہوٹل کا چھوکرا جسے بمبئی کی زبان میں 'باہر والا' کہتے ہیں، ہو گا۔ بڑی مریل آواز میں کہا، ''آ جاؤ!'' دروازہ کھلا اور ایک چھریرے بدن کا آدمی، جس کی مونچھیں مجھے سب سے پہلے دکھائی دیں، اندر داخل ہوا۔

اس کی مونچھیں ہی سب کچھ تھیں۔ میرا مطلب یہ ہے کہ اگر اس کی مونچھیں نہ ہوتیں تو بہت ممکن ہے کہ وہ کچھ بھی نہ ہوتا۔ اس کی مونچھوں ہی نے ایسا معلوم ہوتا تھا کہ اس کے سارے وجود کو زندگی بخش رکھی ہے۔ وہ اندر آیا اور اپنی قیصر ولیم جیسی مونچھوں کو ایک انگلی سے ٹھیک کرتے ہوئے میری کھاٹ کے قریب آیا۔ اس کے پیچھے پیچھے تین چار آدمی تھے، عجیب و غریب وضع قطع کے۔ میں بہت حیران تھا کہ یہ کون ہیں اور میرے پاس کیوں آئے ہیں۔

قیصر ولیم جیسی مونچھوں اور چھریرے بدن والے نے مجھ سے بڑی نرم و نازک آواز میں کہا، ''منٹو صاحب! آپ نے حد کر دی۔ سالا مجھے اطلاع کیوں نہ دی؟'' منٹو کا منٹو بن جانا میرے لیے کوئی نئی بات نہیں تھی۔ اس کے علاوہ میں اس موڈ میں بھی نہیں تھا کہ میں اس کی اصلاح کرتا۔ میں نے اپنی نحیف آواز میں اس کی مونچھوں سے صرف اتنا کہا، ''آپ کون ہیں؟'' اس نے مختصر سا جواب دیا۔ ''ممد بھائی!'' میں اٹھ کر بیٹھ گیا، ''ممد بھائی۔۔۔ تو۔۔۔ تو آپ ممد بھائی ہیں۔۔۔ مشہور دادا!''

میں نے یہ کہہ تو دیا۔ لیکن فوراً مجھے اپنے بیندے پن کا احساس ہوا اور رک گیا۔ ممد بھائی نے چھوٹی انگلی سے اپنی مونچھوں کے کرخت بال ذرا اوپر کیے اور مسکرایا، ''ہاں و منٹو بھائی۔۔۔ میں ممد ہوں۔۔۔ یہاں کا مشہور دادا۔۔۔ مجھے باہر والے سے معلوم ہوا کہ تم بیمار ہو۔۔۔ سالا یہ بھی کوئی بات ہے کہ تم نے مجھے خبر نہ کی۔ ممد بھائی کا مستک پھر جاتا ہے، جب کوئی ایسی بات ہوتی ہے۔''

میں جواب میں کچھ کہنے والا تھا کہ اس نے اپنے ساتھیوں میں سے ایک سے مخاطب ہو کر کہا، 'ارے۔۔۔ کیا نام ہے تیرا۔۔۔ جا بھاگ کے جا، اور کیا نام ہے اس ڈاکٹر کا۔۔۔ سمجھ گئے نا اس سے کہہ کہ ممد بھائی تجھے بلاتا ہے۔۔۔۔ ایک دم جلدی آ۔۔۔ ایک دم سب کام چھوڑ دے اور جلدی آ۔۔۔ اور دیکھ سالے سے کہنا، سب دوائیں لیتا آئے۔''

ممد بھائی نے جس کو حکم دیا تھا، وہ ایک دم چلا گیا۔ میں سوچ رہا تھا۔ میں اس کو دیکھ رہا تھا۔۔۔ وہ تمام داستانیں میرے بخار آلود دماغ میں چل پھر رہی تھیں جو میں اس کے متعلق لوگوں سے سن چکا تھا۔۔۔ لیکن گڈ مڈ صورت میں۔ کیونکہ بار بار اس کو دیکھنے کی وجہ سے اس کی مونچھیں سب پر چھا جاتی تھیں۔ بڑی خوف ناک، مگر بڑی خوبصورت مونچھیں تھیں۔ لیکن ایسا محسوس ہوتا تھا کہ اس چہرے کو جس کے خد و خال بڑے ملائم اور نرم و نازک ہیں، صرف خوف ناک بنانے کے لیے یہ مونچھیں رکھی گئی ہیں۔ میں نے اپنے بخار آلود دماغ میں یہ سوچا کہ یہ شخص در حقیقت اتنا خوف ناک نہیں جتنا اس نے خود کو ظاہر کر رکھا ہے۔

’’کھولی میں کرسی نہیں‘‘، میں نے ممد بھائی سے کہا وہ میری چارپائی پر بیٹھ جائے۔ مگر اس نے انکار کر دیا اور بڑے روکھے سے لہجے میں کہا، ’’ٹھیک ہے۔۔۔ہم کھڑے رہیں گے۔‘‘

پھر اس نے ٹہلتے ہوئے۔۔۔۔ حالانکہ اس کھولی میں اس عیاشی کی کوئی گنجائش نہیں تھی، گرتے کا دامن اٹھا کر پاجامے کے نیفے سے ایک خنجر نکالا۔۔۔ میں سمجھا چاندی کا ہے۔اس قدر چمک رہا تھا کہ میں آپ سے کیا کہوں۔ یہ خنجر نکال کر پہلے اس نے اپنی کلائی پر پھیرا۔ جو بال اس کی زد میں آئے، سب صاف ہو گئے۔اس نے اس پر اپنے اطمینان کا اظہار کیا اور ناخن تراشنے لگا۔

اس کی آمد ہی سے میرا بخار کئی درجے نیچے اتر گیا تھا۔ میں نے اب کسی قدر ہوش مند حالت میں اس سے کہا، ’’ممد بھائی۔۔۔یہ چھری تم اس طرح اپنے۔۔۔ نیفے میں۔۔۔ یعنی بالکل اپنے پیٹ کے ساتھ رکھتے ہو اتنی تیز ہے، کیا تمہیں خوف محسوس نہیں ہوتا؟‘‘

ممد نے خنجر سے اپنے ناخن کی ایک قاش بڑی صفائی سے اڑاتے ہوئے جواب دیا، ’’ومٹو بھائی۔۔۔ یہ چھری دوسروں کے لیے ہے۔یہ اچھی طرح جانتی ہے۔سالی، اپنی چیز ہے، مجھے نقصان کیسے پہنچائے گی؟‘‘ چھری سے جو رشتہ اس نے قائم کیا تھا وہ ایسا ہی تھا جیسے کوئی ماں یا باپ کہے کہ یہ میرا بیٹا ہے، یا بیٹی ہے۔اس کا ہاتھ مجھ پر کیسے اٹھ سکتا ہے۔

ڈاکٹر آ گیا۔۔۔اس کا نام پنٹو تھا اور میں ومٹو۔۔۔اس نے ممد بھائی کو اپنے کر سچئین انداز میں سلام کیا اور پوچھا کہ معاملہ کیا ہے۔ جو معاملہ تھا، وہ ممد بھائی نے بیان کر دیا۔مختصر، لیکن کڑے الفاظ میں، جن میں یہ حکم تھا کہ دیکھو اگر تم نے ومٹو بھائی کا علاج اچھی طرح نہ کیا تو تمہاری خیر نہیں۔ ڈاکٹر پنٹو نے فرمانبردار لڑکے کی طرح اپنا کام کیا۔میری نبض دیکھی۔۔۔ سٹیتھو سکوپ لگا کر میرے سینے اور پیٹھ کا معائنہ کیا۔ بلڈ پریشر دیکھا۔ مجھ سے میری بیماری کی تمام تفصیل پوچھی۔اس کے بعد اس نے مجھ سے

نہیں، ممد بھائی سے کہا، '' کوئی فکر کی بات نہیں ہے ۔۔۔ملیریا ہے ۔۔۔ میں انجکشن لگا دیتا ہوں۔ ''

ممد بھائی مجھ سے کچھ فاصلے پر کھڑا تھا۔ اس نے ڈاکٹر پنٹو کی بات سنی اور خنجر سے اپنی کلائی کے بال اڑاتے ہوئے کہا، '' میں کچھ نہیں جانتا۔ انجکشن دینا ہے تو دے، لیکن اگر اسے کچھ ہو گیا تو ۔۔۔۔ ''

ڈاکٹر پنٹو کانپ گیا، '' نہیں ممد بھائی ۔۔۔ سب ٹھیک ہو جائے گا۔ ''

ممد بھائی نے خنجر اپنے نیفے میں اڑس لیا، '' تو ٹھیک ہے۔ ''

'' تو میں انجکشن لگاتا ہوں، '' ڈاکٹر نے اپنا بیگ کھولا اور سرنج نکالی۔

'' ٹھہرو ۔۔۔ ٹھہرو ۔۔۔ ''

ممد بھائی گھبرا گیا تھا۔ ڈاکٹر نے سرنج فوراً بیگ میں واپس رکھی دی اور ہمیاتے ہوئے ممد بھائی سے مخاطب ہوا، '' کیوں؟ ''

'' بس ۔۔۔ میں کسی کے سوئی لگتے نہیں دیکھ سکتا۔ '' یہ کہہ کر وہ کھولی سے باہر چلا گیا۔ اس کے ساتھ ہی اس کے ساتھی بھی چلے گئے۔

ڈاکٹر پنٹو نے میرے کونین کا انجکشن لگایا، بڑے سلیقے سے۔ ورنہ ملیریا کا یہ انجکشن بڑا تکلیف دہ ہوتا ہے۔ جب وہ فارغ ہوا تو میں نے اس سے فیس پوچھی۔ اس نے کہا، '' دس روپے! '' میں تکیے کے نیچے سے اپنا بٹوا نکال رہا تھا کہ ممد بھائی اندر آ گیا۔ اس وقت میں دس روپے کا نوٹ ڈاکٹر پنٹو کو دے رہا تھا۔ ممد بھائی نے غضب آلود نگاہوں سے مجھے اور ڈاکٹر کو دیکھا اور گرج کر کہا، '' یہ کیا ہو رہا ہے؟ '' میں نے کہا، '' فیس دے رہا ہوں۔ '' ممد بھائی ڈاکٹر پنٹو سے مخاطب ہوا، '' سالے یہ فیس کیسی لے رہے ہو؟ '' ڈاکٹر پنٹو بوکھلا گیا، '' میں کب لے رہا ہوں ۔۔۔ یہ دے رہے تھے! ''

'' سالا ۔۔۔ ہم سے فیس لیتے ہو ۔۔۔ واپس کرو یہ نوٹ! '' ممد بھائی کے لہجے میں اس کے خنجر ایسی تیزی تھی۔ ڈاکٹر پنٹو نے مجھے نوٹ واپس کر دیا اور بیگ بند کر کے ممد بھائی سے معذرت طلب کرتے ہوئے چلا گیا۔ ممد بھائی نے ایک انگلی سے اپنی کانٹوں ایسی مونچھوں کو تاؤ دیا اور مسکرایا، '' ومٹو بھائی ۔۔۔ یہ بھی کوئی بات ہے کہ اس علاقے کا ڈاکٹر تم سے فیس لے ۔۔۔ تمہاری قسم، اپنی مونچھیں منڈوا دیتا اگر اس سالے نے فیس لی ہوتی ۔۔۔ یہاں سب تمہارے غلام ہیں۔ ''

تھوڑے سے توقف کے بعد میں نے اس سے پوچھا، '' ممد بھائی! تم مجھے کیسے جانتے ہو؟ '' ممد بھائی کی مونچھیں تھرتھرائیں۔ '' ممد بھائی کسے نہیں جانتا ۔۔۔ ہم یہاں کے بادشاہ ہیں پیارے ۔۔۔ اپنی رعایا کا

خیال رکھتے ہیں۔ہماری سی آئی ڈی ہے۔وہ ہمیں بتاتی رہتی ہے۔۔۔کون آیا ہے، کون گیا ہے، کون اچھی حالت میں ہے، کون بری حالت میں۔۔۔تمہارے متعلق ہم سب کچھ جانتے ہیں۔''

میں نے ازراہِ تفنن پوچھا، ''کیا جانتے ہیں آپ؟''

''سالا۔۔۔ہم کیا نہیں جانتے۔۔تم امرتسر کا رہنے والا ہے۔۔۔کشمیری ہے۔۔۔یہاں اخباروں میں کام کرتا ہے۔۔تم نے بسم اللہ ہوٹل کے دس روپے دینے ہیں، اسی لیے تم ادھر سے نہیں گزرتے۔بھنڈی بازار میں ایک پان والا تمہاری جان کو روتا ہے۔اس سے تم بیس روپے دس آنے کے سگریٹ لے کر پھونک چکے ہو۔''

میں پانی پانی ہو گیا۔

ممد بھائی نے اپنی کرخت مونچھوں پر ایک انگلی پھیری اور مسکرا کر کہا، ''منٹو بھائی! کچھ فکر نہ کرو۔تمہارے سب قرض چکا دیئے گئے ہیں۔اب تم نئے سرے سے معاملہ شروع کر سکتے ہو۔میں نے ان سالوں سے کہہ دیا ہے کہ خبردار! اگر ومنٹو بھائی کو تم نے تنگ کیا۔۔۔اور ممد بھائی تم سے کہتا ہے کہ انشاء اللہ کوئی تمہیں تنگ نہیں کرے گا۔''

میری سمجھ میں نہیں آتا تھا کہ اس سے کیا کہوں۔ بیمار تھا، کونین کا ٹیکہ لگ چکا تھا۔جس کے باعث کانوں میں شائیں شائیں ہو رہی تھی۔اس کے علاوہ میں اس کے خلوص کے نیچے اتنا دب چکا تھا کہ اگر مجھے کوئی نکالنے کی کوشش کرتا تو اسے بہت محنت کرنی پڑتی۔۔۔میں صرف اتنا کہہ سکا، ''ممد بھائی! خدا تمہیں زندہ رکھے۔۔۔تم خوش رہو۔''

ممد بھائی نے اپنی مونچھوں کے بال ذرا اوپر کیے اور کچھ کہے بغیر چلا گیا۔

ڈاکٹر پنٹو ہر روز صبح شام آتا رہا۔ میں نے اس سے کئی مرتبہ فیس کا ذکر کیا مگر اس نے کانوں کو ہاتھ لگا کر کہا، ''نہیں، مسٹر منٹو! ممد بھائی کا معاملہ ہے میں ایک ڈیڑھیا بھی نہیں لے سکتا۔''

میں نے سوچا یہ ممد بھائی کوئی بہت بڑا آدمی ہے۔یعنی خوف ناک قسم کا جس سے ڈاکٹر پنٹو جو بڑا خسیس قسم کا آدمی ہے، ڈرتا ہے اور مجھ سے فیس لینے کی جرات نہیں کرتا۔ حالانکہ وہ اپنی جیب سے انجکشنوں پر خرچ کر رہا ہے۔

بیماری کے دوران میں ممد بھائی بھی بلاناغہ آتا رہا۔ کبھی صبح کو، کبھی شام کو، اپنے چھ سات شاگردوں کے ساتھ۔اور مجھے ہر ممکن طریقے سے ڈھارس دیتا تھا کہ معمولی ملیریا ہے، تم ڈاکٹر پنٹو کے علاج سے انشاء

اللہ بہت جلد ٹھیک ہو جاؤ گے ۔

پندرہ روز کے بعد میں ٹھیک ٹھاک ہو گیا۔اس دوران میں ممد بھائی کے ہر خدوخال کو اچھی طرح دیکھ چکا تھا۔ جیسا کہ میں اس سے پیشتر کہہ چکا ہوں، وہ چھریرے بدن کا آدمی تھا۔عمر یہی پچیس تیس کے درمیان ہو گی۔ پتلی پتلی بانہیں، ٹانگیں بھی ایسی ہی تھیں۔ ہاتھ بلا کے پھرتیلے تھے۔ان سے جب وہ چھوٹا تیز دھار چاقو کسی دشمن پر پھینکتا تھا تو وہ سیدھا اس کے دل میں کُھبتا تھا۔ یہ مجھے عرب کی گلی نے بتایا تھا۔ اس کے متعلق بے شمار باتیں مشہور تھیں، اس نے کسی کو قتل کیا تھا، میں اس کے متعلق وثوق سے کچھ نہیں کہہ سکتا۔ چھری مار وہ اول درجے کا تھا۔ بنوٹ اور گتکے کا ماہر۔ یوں سب کہتے تھے کہ وہ سینکڑوں قتل کر چکا ہے، مگر میں یہ اب بھی ماننے کو تیار نہیں۔

لیکن جب میں اس کے خنجر کے متعلق سوچتا ہوں تو میرے تن بدن پر جھرجھری سی طاری ہو جاتی ہے ۔ یہ خوف ناک ہتھیار وہ کیوں ہر وقت اپنی شلوار کے نیفے میں اڑسے رہتا ہے۔

میں جب اچھا ہو گیا تو ایک دن عرب گلی کے ایک تھرڈ کلاس چینی ریستوران میں اس سے میری ملاقات ہوئی۔ وہ اپنا وہی خوف ناک خنجر نکال کر اپنے ناخن کاٹ رہا تھا۔ میں نے اس سے پوچھا، ''ممد بھائی۔۔۔ آج کل بندوق پستول کا زمانہ ہے ۔۔۔تم یہ خنجر کیوں لیے پھرتے ہو؟''

ممد بھائی نے اپنی کرخت مونچھوں پر ایک انگلی پھیری اور کہا، ''مٹو بھائی! بندوق پستول میں کوئی مزا نہیں۔ انہیں کوئی بچہ بھی چلا سکتا۔ گھوڑا دبایا اور ٹھاہ۔۔۔اس میں کیا مزا ہے۔۔۔یہ چیز۔۔۔یہ خنجر۔۔۔ یہ چھری۔۔۔یہ چاقو۔۔۔مزا آتا ہے نا، خدا کی قسم۔۔۔یہ وہ ہے۔۔۔تم کیا کہا کرتے ہو۔۔۔ہاں۔۔۔ آرٹ۔۔۔اس میں آرٹ ہوتا ہے میری جان۔۔۔جس کو چاقو یا چھری چلانے کا آرٹ نہ آتا ہو وہ ایک دم کنڈم ہے۔ پستول کیا ہے۔۔۔کھلونا ہے۔۔۔جو نقصان پہنچا سکتا ہے۔۔۔پر اس میں کیا لطف آتا ہے۔۔۔کچھ بھی نہیں۔۔۔تم یہ خنجر دیکھو۔۔۔اس کی تیز دھار دیکھو۔'' یہ کہتے ہوئے اس نے انگوٹھے پر لب لگایا اور اس کی دھار پر پھیرا۔ ''اس سے کوئی دھا کا نہیں ہوتا۔۔۔بس، یوں پیٹ کے اندر داخل کر دو۔۔۔اس صفائی سے کہ اس سالے کو معلوم تک نہ ہو۔۔۔ بندوق، پستول سب بکواس ہے۔''

ممد بھائی سے اب ہر روز کسی نہ کسی وقت ملاقات ہو جاتی تھی۔ میں اس کا ممنون احسان تھا۔۔۔لیکن جب میں اس کا ذکر کیا کرتا تو وہ ناراض ہو جاتا۔ کہتا تھا کہ میں نے تم پر کوئی احسان نہیں کیا، یہ تو میرا فرض تھا۔ جب میں نے کچھ تفتیش کی تو مجھے معلوم ہوا کہ فارس روڈ کے علاقے کا وہ ایک قسم کا حاکم ہے۔ ایسا حاکم جو

شخص کی خبر گیری کرتا تھا۔ کوئی بیمار ہو، کسی کے کوئی تکلیف ہو، ممد بھائی اس کے پاس پہنچ جاتا تھا اور یہ اس کی سی آئی ڈی کا کام تھا جو اس کو ہر چیز سے باخبر رکھتی تھی۔

وہ دادا تھا یعنی ایک خطر ناک غنڈہ۔ لیکن میری سمجھ میں اب بھی نہیں آتا کہ وہ کس لحاظ سے غنڈہ تھا۔ خدا ئے واحد شاہد ہے کہ میں نے اس میں کوئی غنڈہ پن نہیں دیکھا۔ ایک صرف اس کی مونچھیں تھیں جو اس کو ہیبت ناک بنائے رکھتی تھیں۔ لیکن اس کو ان سے پیار تھا۔ وہ ان کی اس طرح پرورش کرتا تھا جس طرح کوئی اپنے بچے کی کرے۔

اس کی مونچھوں کا ایک ایک بال کھڑا تھا، جیسے خار پشت کا۔۔۔ مجھے کسی نے بتایا کہ ممد بھائی ہر روز اپنی مونچھوں کو بالائی کھلاتا ہے۔ جب کھانا کھاتا ہے تو سالن بھری انگلیوں سے اپنی مونچھیں ضرور مروڑتا ہے کہ بزرگوں کے کہنے کے مطابق یوں بالوں میں طاقت آتی ہے۔

میں اس سے پیشتر غالباً کئی مرتبہ کہہ چکا ہوں کہ اس کی مونچھیں بڑی خوف ناک تھیں۔ دراصل مونچھوں کا نام ہی ممد بھائی تھا۔۔۔ یا اس خنجر کا جو اس کی تنگ گھیرے کی شلوار کے نیفے میں ہر وقت موجود رہتا تھا۔ مجھے ان دونوں چیزوں سے ڈر لگتا تھا، نہ معلوم کیوں۔۔۔۔

ممد بھائی یوں تو اس علاقے کا بہت بڑا دادا تھا، لیکن وہ سب کا ہمدرد تھا۔ معلوم نہیں اس کی آمدنی کے کیا ذرائع تھے، پر وہ ہر حاجت مند کی بروقت مدد کرتا تھا۔ اس علاقے کی تمام رنڈیاں اس کو اپنا پیر مانتی تھیں۔ چونکہ وہ ایک مانا ہوا غنڈہ تھا، اس لیے لازم تھا کہ اس کا تعلق وہاں کی کسی طوائف سے ہوتا، مگر مجھے معلوم ہوا کہ اس قسم کے سلسلے سے اس کا دور کا بھی تعلق نہیں رہا تھا۔

میری اس کی بڑی دوستی ہو گئی تھی۔ ان پڑھ تھا، لیکن جانے کیوں وہ میری اتنی عزت کرتا تھا کہ عرب گلی کے تمام آدمی رشک کرتے تھے۔ ایک دن صبح سویرے، دفتر جاتے وقت میں نے چینی کے ہوٹل میں کسی سے سنا کہ ممد بھائی گرفتار کر لیا گیا ہے۔ مجھے بہت تعجب ہوا، اس لیے کہ تمام تھانے والے اس کے دوست تھے۔۔۔ کیا وجہ ہو سکتی تھی۔۔۔۔ میں نے اس کے آدمی سے پوچھا کہ کیا بات ہوئی جو ممد بھائی گرفتار ہو گیا۔

اس نے مجھ سے کہا کہ اسی عرب گلی میں ایک عورت رہتی ہے، جس کا نام شیریں بائی ہے۔ اس کی ایک جوان لڑکی ہے۔ اس کو کل ایک آدمی نے خراب کر دیا یعنی اس کی عصمت دری کر دی۔ شیریں بائی روتی ہوئی ممد بھائی کے پاس آئی اور اس سے کہا، ’’تم یہاں کے دادا ہو۔ میری بیٹی سے فلاں آدمی نے یہ برا کیا ہے۔۔۔ لعنت ہے تم پر کہ تم گھر میں بیٹھے ہو۔‘‘ ممد بھائی نے یہ موٹی گالی اس بڑھیا کو دی اور کہا، ’’تم

چاہتی کیا ہو؟ '' اس نے کہا، ''میں چاہتی ہوں کہ تم اس حرامزادے کا پیٹ چاک کر دو۔ ''

ممد بھائی اس وقت ہوٹل میں سیس پاؤ کے ساتھ قیمہ کھا رہا تھا۔ یہ سن کر اس نے اپنے نیفے میں سے خنجر نکالا۔ اس پر انگوٹھا پھیر کر اس کی دھار دیکھی اور بڑھیا سے کہا، ''جا۔۔۔تیرا کام ہو جائے گا۔ ''

اور اس کا کام ہو گیا۔۔۔دوسرے معنوں میں جس آدمی نے اس بڑھیا کی لڑکی کی عصمت دری کی تھی، آدھ گھنٹے کے اندر اندر اس کا کام تمام ہو گیا۔

ممد بھائی گرفتار تو ہو گیا تھا، مگر اس نے کام اتنی ہوشیاری اور چابک دستی سے کیا تھا کہ اس کے خلاف کوئی شہادت نہیں تھی۔ اس کے علاوہ اگر کوئی عینی شاہد موجود بھی ہوتا تو وہ کبھی عدالت میں بیان نہ دیتا۔ نتیجہ یہ ہوا کہ اس کو ضمانت پر رہا کر دیا گیا۔

دو دن حوالات میں رہا تھا، مگر اس کو وہاں کوئی تکلیف نہ تھی۔ پولیس کے سپاہی، انسپکٹر، سب انسپکٹر سب اس کو جانتے تھے۔ لیکن جب وہ ضمانت پر رہا ہو کر باہر آیا تو میں نے محسوس کیا کہ اسے اپنی زندگی کا سب سے بڑا دھچکا پہنچا ہے۔ اس کی مونچھیں جو خوف ناک طور پر اوپر کو اٹھی ہوتی تھیں اب کسی قدر جھکی ہوئی تھیں۔

چینی کے ہوٹل میں اس سے میری ملاقات ہوئی۔ اس کے کپڑے جو ہمیشہ اجلے ہوتے تھے، میلے تھے۔ میں نے اس سے قتل کے متعلق کوئی بات نہ کی لیکن اس نے خود کہا، ''مٹو صاحب! مجھے اس بات کا افسوس ہے کہ سالا دیر سے مرا۔۔۔چھری مارنے میں مجھ سے غلطی ہو گئی، ہاتھ ٹیڑھا پڑا۔۔۔لیکن وہ بھی اس سالے کا قصور تھا۔۔۔ایک دم مڑ گیا اور اس وجہ سے سارا معاملہ کنڈم ہو گیا۔۔۔لیکن مر گیا۔۔۔ذرا تکلیف کے ساتھ، جس کا مجھے افسوس ہے۔ ''

آپ خود سوچ سکتے ہیں کہ میرا ردِعمل کیا ہو گا۔ یعنی اس کو افسوس تھا کہ وہ اسے بطریق احسن قتل نہ کر سکا، اور یہ کہ مرنے میں اسے ذرا تکلیف ہوئی ہے۔

مقدمہ چلنا تھا۔۔۔اور ممد بھائی اس سے بہت گھبراتا تھا۔ اس نے اپنی زندگی میں عدالت کی شکل کبھی نہیں دیکھی تھی۔ معلوم نہیں اس نے اس سے پہلے بھی قتل کیے تھے کہ نہیں لیکن جہاں تک میری معلومات کا تعلق تھا وہ مجسٹریٹ، وکیل اور گواہ کے متعلق کچھ نہیں جانتا تھا، اس لیے کہ اس کا سابقہ ان لوگوں سے کبھی پڑا نہیں تھا۔

وہ بہت فکر مند تھا۔ پولیس نے جب کیس پیش کرنا چاہا اور تاریخ مقرر ہو گئی تو ممد بھائی بہت پریشان ہو گیا۔

عدالت میں مجسٹریٹ کے سامنے کیسے حاضر ہوا جاتا ہے، اس کے متعلق اس کو قطعاً معلوم نہیں تھا۔ بار بار وہ اپنی کرخت مونچھوں پر انگلیاں پھیرتا اور مجھ سے کہتا تھا، ''ومٹو صاحب! میں مر جاؤں گا پر کورٹ نہیں جاؤں گا۔۔۔سالی، معلوم نہیں کیسی جگہ ہے۔''

عرب گلی میں اس کے کئی دوست تھے۔ انہوں نے اس کو ڈھارس دی کہ معاملہ سنگین نہیں ہے۔ کوئی گواہ موجود نہیں، ایک صرف اس کی مونچھیں ہیں جو مجسٹریٹ کے دل میں اس کے خلاف یقینی طور پر کوئی مخالف جذبہ پیدا کر سکتی ہیں۔

جیسا کہ میں اس سے پیشتر کہہ چکا ہوں کہ اس کی صرف مونچھیں ہی تھیں جو اس کو خوف ناک بناتی تھیں۔۔۔۔ اگر یہ نہ ہوتیں تو وہ ہر گز ہر گز ''دادا'' دکھائی نہ دیتا۔

اس نے بہت غور کیا۔ اس کی ضمانت تھانے ہی میں ہو گئی تھی۔ اب اسے عدالت میں پیش ہونا تھا۔ مجسٹریٹ سے وہ بہت گھبراتا تھا۔ ایرانی کے ہوٹل میں جب میری ملاقات ہوئی تو میں نے محسوس کیا کہ وہ بہت پریشان ہے۔ اس کو اپنی مونچھوں کے متعلق بڑی فکر تھی۔ وہ سوچتا تھا کہ ان کے ساتھ اگر وہ عدالت میں پیش ہوا تو بہت ممکن ہے اس کو سزا ہو جائے۔

آپ سمجھتے ہیں کہ یہ کہانی ہے، مگر یہ واقعہ ہے کہ وہ بہت پریشان تھا۔ اس کے تمام شاگرد حیران تھے، اس لیے کہ وہ کبھی حیران و پریشان نہیں ہوتا تھا۔ اس کو مونچھوں کی فکر تھی کیونکہ اس کے بعض قریبی دوستوں نے اس سے کہا تھا، ''ممد بھائی۔۔۔کورٹ میں جانا ہے تو ان مونچھوں کے ساتھ کبھی نہ جانا۔۔۔مجسٹریٹ تم کو اندر کر دے گا۔''

اور وہ سوچتا تھا۔۔۔ہر وقت سوچتا تھا کہ اس کی مونچھوں نے اس آدمی کو قتل کیا ہے یا اس نے۔۔۔لیکن کسی نتیجے پر پہنچ نہیں سکتا تھا۔ اس نے اپنا خنجر معلوم نہیں جو پہلی مرتبہ خون آشنا ہوا تھا یا اس سے پہلے کئی مرتبہ ہو چکا تھا، اپنے نیفے سے نکالا اور ہوٹل کے باہر گلی میں پھینک دیا۔ میں نے حیرت بھرے لہجے میں اس سے پوچھا، ''ممد بھائی۔۔۔یہ کیا؟''

''کچھ نہیں ومٹو بھائی۔ بہت گھوٹالا ہو گیا ہے۔ کورٹ میں جانا ہے۔۔۔یار دوست کہتے ہیں کہ تمہاری مونچھیں دیکھ کر وہ ضرور تم کو سزا دے گا۔۔۔اب بولو، میں کیا کروں؟''

میں کیا بول سکتا تھا۔ میں نے اس کی مونچھوں کی طرف دیکھا جو واقعی بڑی خوف ناک تھیں۔ میں نے اس سے صرف اتنا کہا، ''ممد بھائی! بات تو ٹھیک ہے۔۔۔تمہاری مونچھیں مجسٹریٹ کے فیصلے پر ضرور اثر انداز

ہوں گی۔۔۔سچ پوچھو تو جو کچھ ہو گا، تمہارے خلاف نہیں۔۔ مونچھوں کے خلاف ہو گا۔ ''

'' تو میں منڈوا دوں؟ '' ممد بھائی نے اپنی چہیتی مونچھوں پر بڑے پیار سے انگلی پھیری۔

میں نے اس سے پوچھا، '' تمہارا کیا خیال ہے؟ ''

'' میرا خیال جو کچھ بھی ہو، وہ تم نہ پوچھو۔۔۔لیکن یہاں ہر شخص کا یہی خیال ہے کہ میں انہیں منڈوا دوں تا کہ وہ سالا مجسٹریٹ مہربان ہو جائے۔تو منڈوا دوں ومٹو بھائی؟ ''

میں نے کچھ توقف کے بعد اس سے کہا، '' ہاں، اگر تم مناسب سمجھتے ہو تو منڈوا دو۔۔۔ عدالت کا سوال ہے اور تمہاری مونچھیں واقعی بڑی خوف ناک ہیں۔ ''

دوسرے دن ممد بھائی نے اپنی مونچھیں۔۔۔اپنی جان سے عزیز مونچھیں منڈوا ڈالیں۔ کیونکہ اس کی عزت خطرے میں تھی۔۔۔ لیکن صرف دوسرے کے مشورے پر۔۔۔

مسٹر ایف، ایچ، ٹیگ کی عدالت میں اس کا مقدمہ پیش ہوا۔مونچھوں کے بغیر ممد بھائی پیش ہوا۔ میں بھی وہاں موجود تھا۔اس کے خلاف کوئی شہادت موجود نہیں تھی، لیکن مجسٹریٹ صاحب نے اس کو خطرناک غنڈہ قرار دیتے ہوئے تڑی پار یعنی صوبہ بدر کر دیا۔اس کو صرف ایک دن ملا تھا جس میں اسے اپنا تمام حساب کتاب طے کر کے بمبئی چھوڑ دینا تھا۔

عدالت سے باہر نکل کر اس نے مجھ سے کوئی بات نہ کی۔اس کی چھوٹی بڑی انگلیاں بار بار بالائی ہونٹ کی طرف بڑھتی تھیں۔۔۔مگر وہاں کوئی بال ہی نہیں تھا۔

شام کو جب اسے بمبئی چھوڑ کر کہیں اور جانا تھا، میری اس کی ملاقات ایرانی کے ہوٹل میں ہوئی۔اس کے دس بیس شاگرد آس پاس کرسیوں پر بیٹھے چائے پی رہے تھے۔ جب میں اس سے ملا تو اس نے مجھ سے کوئی بات نہ کی۔۔۔مونچھوں کے بغیر وہ بہت شریف آدمی دکھائی دے رہا تھا۔لیکن میں نے محسوس کیا کہ وہ بہت مغموم ہے۔

اس کے پاس کرسی پر بیٹھ کر میں نے اس سے کہا، '' کیا بات ہے ممد بھائی؟ ''

اس نے جواب میں ایک بہت بڑی گالی خدا معلوم کس کو دی اور کہا، '' سالا، اب ممد بھائی ہی نہیں رہا۔ '' مجھے معلوم تھا کہ وہ صوبہ بدر کیا جا چکا ہے۔ '' کوئی بات نہیں ممد بھائی!۔۔۔ یہاں نہیں تو کسی اور جگہ سہی! '' اس نے تمام جگہوں کو بے شمار گالیاں دیں۔ '' سالا۔۔۔اپن کو یہ غم نہیں۔۔۔ یہاں رہیں یا کسی اور جگہ رہیں۔۔۔ یہ سالا مونچھیں کیوں منڈوائیں؟ ''

پھر اس نے ان لوگوں کو جنہوں نے اس کو مونچھیں منڈوانے کا مشورہ دیا تھا، ایک کروڑ گالیاں دیں اور کہا۔ ''سالا اگر مجھے تڑی پار ہی ہونا تھا تو مونچھوں کے ساتھ کیوں نہ ہوا۔۔۔''

مجھے ہنسی آ گئی۔ وہ آگ بگولا ہو گیا۔ ''سالا تم کیسا آدمی ہے، ومٹو۔۔۔ہم سچ کہتا ہے، خدا کی قسم۔۔۔ ہمیں پھانسی لگا دیتے۔۔۔پر۔۔۔یہ بے وقوفی تو ہم نے خود کی۔۔آج تک کسی سے نہ ڈرا تھا۔۔سالا اپنی مونچھوں سے ڈر گیا۔'' یہ کہہ کر اس نے دو ہتڑ اپنے منہ پر مارا۔ ''ممد بھائی لعنت ہے تجھ پر۔۔۔ سالا۔۔اپنی مونچھوں سے ڈر گیا۔۔اب جا اپنی ماں کے۔۔۔''

اور اس کی آنکھوں میں آنسو آ گئے جو اس کے مونچھوں بغیر چہرے پر کچھ عجیب سے دکھائی دیتے تھے۔

ممی

نام اس کا مسز سٹیلا جیکسن تھا مگر سب اسے ممی کہتے تھے۔ درمیانے قد کی ادھیڑ عمر کی عورت تھی۔ اس کا خاوند جیکسن پچھلی سے پچھلی جنگِ عظیم میں مارا گیا تھا اس کی پنشن سٹیلا کو قریب قریب دس برس سے مل رہی تھی۔ وہ پونہ میں کیسے آئی۔ کب سے وہاں تھی۔ اس کے متعلق مجھے کچھ معلوم نہیں۔ دراصل میں نے اس کے محل وقوع کے متعلق کبھی جاننے کی کوشش ہی نہیں کی تھی۔ وہ اتنی دلچسپ عورت تھی کہ اس سے مل کر سوائے اس کی ذات سے اور کسی چیز سے دلچسپی نہیں رہتی تھی۔ اس سے کون کون وابستہ ہے۔ اس کے بارے میں کچھ جاننے کی ضرورت ہی محسوس نہیں ہوتی تھی اس لیے کہ وہ پُونہ کے ہر ذرے سے وابستہ تھی۔ ہو سکتا ہے یہ ایک حد تک مبالغہ ہو۔ مگر پونہ میرے لیے وہی پونہ ہے اور اس کے وہی ذرے، اس کے تمام ذرے ہیں جن کے ساتھ میری چند یادیں منسلک ہیں۔۔۔اور ممی کی عجیب و غریب شخصیت ان میں سے ہر ایک میں موجود ہے۔

اس سے میری پہلی ملاقات پونے ہی میں ہوئی۔۔۔ میں نہایت سست الوجود انسان ہوں۔ یوں تو سیر و سیاحت کی بڑی بڑی امنگیں میرے دل میں موجود ہیں۔ آپ میری باتیں سنیں تو آپ سمجھیے گا کہ میں عنقریب کنچن چنگا یا ہمالہ کی اسی قسم کے کسی اور چوٹی کو سر کرنے کے لیے نکل جانے والا ہوں۔ ایسا ہو سکتا ہے مگر یہ زیادہ اغلب ہے کہ میں یہ چوٹی سر کر کے وہیں کا ہو رہوں۔

خدا معلوم کتنے برس سے بمبئی میں تھا۔ آپ اس سے اندازہ کر سکتے ہیں کہ جب پونے گیا تو بیوی میرے ساتھ تھی۔ ایک لڑکا ہو کر اس کو مرے قریب چار برس ہو چکے تھے۔ اس دوران میں۔۔۔ٹھہریے میں حساب لگا لوں۔۔۔ آپ یہ سمجھ لیجیے کہ آٹھ برس سے بمبئی میں تھا۔ مگر اس دوران میں مجھے وہاں کا

ورکٹوریہ گارڈنز اور میوزیم دیکھنے کی بھی توفیق نہیں ہوئی تھی۔ یہ تو محض اتفاق تھا کہ میں ایک دم پونے جانے کے لیے تیار ہو گیا۔ جس فلم کمپنی میں ملازم تھا اس کے مالکوں سے ایک نکی سی بات پر دل میں ناراضی پیدا ہوئی اور میں نے سوچا کہ یہ تکدر دور کرنے کے لیے پونے ہو آؤں۔ وہ بھی اس لیے کہ پاس تھا اور وہاں میرے چند دوست رہتے تھے۔

مجھے پربھات نگر جانا تھا۔ جہاں میری فلموں کا ایک پرانا ساتھی رہتا تھا۔ اسٹیشن کے باہر معلوم ہوا کہ یہ جگہ کافی دور ہے۔ مگر اس وقت ہم تانگہ لے چکے تھے۔ سست رو چیزوں سے میری طبیعت سخت گھبراتی ہے۔ مگر میں اپنے دل سے کدورت دور کرنے کے لیے آیا تھا اس لیے مجھے پربھات نگر پہنچنے میں کوئی عجلت نہیں تھی۔ تانگہ بہت واہیات قسم کا تھا۔ علی گڑھ کے یکوں سے بھی زیادہ واہیات۔ ہر وقت گرنے کا خطرہ رہتا ہے۔ گھوڑا آگے چلتا ہے اور سواریاں پیچھے۔ ایک دو گرد سے اٹے ہوئے بازار افتاں و خیزاں طے ہوئے تو میری طبیعت گھبرا گئی۔ میں نے اپنی بیوی سے مشورہ کیا اور پوچھا کہ ایسی صورت میں کیا کرنا چاہیے۔ اس نے کہا کہ دھوپ تیز ہے۔ میں نے جو اور تانگے دیکھے ہیں وہ بھی اسی قسم کے ہیں۔ اگر اسے چھوڑ دیا تو پیدل چلنا ہو گا، جو ظاہر ہے کہ اس سواری سے زیادہ تکلیف دہ ہے۔ میں نے اس سے اختلاف مناسب نہ سمجھا۔۔۔ دھوپ واقعی تیز تھی۔

گھوڑا ایک فرلانگ آگے بڑھا ہو گا کہ پاس سے اسی ہو نق ٹائپ کا ایک تانگہ گزرا۔ میں نے سرسری طور پر دیکھا۔ ایک دم کوئی چیخا، ''اوئے منٹو گھوڑے!''

میں چونک پڑا۔ چڈہ تھا۔ ایک گھسی ہوئی میم کے ساتھ۔ دونوں ساتھ ساتھ جڑ کے بیٹھے تھے۔ میرا پہلا رد عمل انتہائی افسوس کا تھا کہ چڈے کی جمالیاتی حس کہاں گئی جو ایسی لال لگامی کے ساتھ بیٹھا ہے۔ عمر کا ٹھیک اندازہ تو میں نے اس وقت نہیں کیا تھا مگر اس عورت کی جھریاں پاؤڈر اور روج کی تہوں میں سے بھی صاف نظر آ رہی تھی۔ اتنا شوخ میک اپ تھا کہ بصارت کو سخت کوفت ہوتی تھی۔

چڈے کو ایک عرصے کے بعد میں نے دیکھا تھا۔ وہ میرا بے تکلف دوست تھا۔ ''اوئے منٹو گھوڑے'' کے جواب میں یقیناً میں نے بھی کچھ اسی قسم کا نعرہ بلند کیا تھا، مگر اس عورت کو اس کے ساتھ دیکھ کر میری ساری بے تکلفی جھریاں جھر ہوئی۔

میں نے اپنا تانگہ رکوا لیا۔ چڈے نے بھی اپنے کوچوان سے کہا کہ ٹھہر جائے پھر اس نے اس عورت سے مخاطب ہو کر انگریزی میں کہا، ''می جسٹ اے منٹ''۔ تانگے سے کود کر وہ میری طرف اپنا ہاتھ

بڑھاتے ہوئے چیخا، ''تم۔۔۔؟ تم یہاں کیسے آئے ہو۔'' پھر اپنا بڑھا ہوا ہاتھ بڑے بے تکلفی سے میری پُرتکلف بیوی سے ملاتے ہوئے کہا۔ ''بھابی جان۔۔۔آپ نے کمال کر دیا۔۔۔اس گل محمد کو آخر آپ کھینچ کر یہاں لے ہی آئیں۔''

میں نے اس سے پوچھا۔ ''تم جا کہاں رہے ہو؟''

چِڑے نے اونچے سروں میں کہا۔ ''ایک کام سے جا رہا ہوں۔۔۔تم ایسا کرو سیدھے۔۔۔'' وہ ایک دم پلٹ کر میرے تانگے والے سے مخاطب ہوا، ''دیکھو صاحب کو ہمارے گھر لے جاؤ۔۔۔۔ کرایہ ورایہ مت لینا اِن سے۔'' ادھر سے فوراً ہی فارغ ہو کر اس نے نبٹنے کے انداز میں مجھ سے کہا۔ ''تم جاؤ۔نوکر وہاں ہو گا۔۔۔۔ باقی تم دیکھ لینا۔''

اور وہ پھدک کر اپنے تانگے میں اس بوڑھی میم کے ساتھ بیٹھ گیا جس کو اس نے ممی کہا تھا۔ اس سے مجھے ایک گونہ تسکین ہوئی تھی بلکہ یوں کہیے کہ وہ بوجھ جو ایک دم دونوں کو ساتھ ساتھ دیکھ کر میرے سینے پر آ پڑا تھا کافی حد تک ہلکا ہو گیا تھا۔

اس کا تانگہ چل پڑا۔ میں نے اپنے تانگے والے سے کچھ نہ کہا۔ تین یا چار فرلانگ چل کر وہ ایک ڈاک بنگلہ نما قسم کی عمارت کے پاس رُکا اور نیچے اتر گیا، ''چلیے صاحب۔''

میں نے پوچھا، ''کہاں؟''

اس نے جواب دیا، ''چِڈّہ صاحب کا مکان یہی ہے۔''

''اوہ'' میں نے سوالیہ نظروں سے اپنی بیوی کی طرف دیکھا۔ اس کے تیوروں نے مجھے بتایا کہ وہ چِڑے کے مکان کے حق میں نہیں تھی۔ سچ پوچھیے تو وہ پونہ ہی کے حق میں نہیں تھی۔ اس کو یقین تھا کہ مجھے وہاں پینے پلانے والے دوست مل جائیں گے۔ تکدّر دور کرنے کا بہانہ پہلے ہی سے موجود تھا، اس لیے دن رات اڑے گی۔۔۔ میں تانگے سے اتر گیا۔ چھوٹا سا اٹیچی کیس تھا، وہ میں نے اٹھایا اور اپنی بیوی سے کہا، ''چلو!'' وہ غالباً میرے تیوروں سے پہچان گئی تھی کہ اسے ہر حالت میں میرا فیصلہ قبول کرنا ہو گا۔ چنانچہ اس نے حیل وحجت نہ کی اور خاموش میرے ساتھ چل پڑی۔

بہت معمولی قسم کا مکان تھا۔ ایسا معلوم ہوتا تھا کہ ملٹری والوں نے عارضی طور پر ایک چھوٹا سا بنگلہ بنایا تھا۔ تھوڑی دیر اسے استعمال کیا اور چلتے بنے۔ چونے اور سیج کا کام بڑا کچّا تھا۔ جگہ جگہ سے پلستر اکھڑا ہوا تھا۔ اور گھر کا اندرونی حصہ ویسا ہی تھا جیسا کہ ایک بے پروا کنوارے کا ہو سکتا ہے، جو فلموں کا ہیرو ہو، اور ایسی

کمپنی میں ملازم ہو جہاں ماہانہ تنخواہ ہر تیسرے مہینے ملتی ہے اور وہ بھی قسطوں میں۔

مجھے اس کا پورا احساس تھا کہ وہ عورت جو بیوی ہو، ایسے گندے ماحول میں یقیناً پریشانی اور گھٹن محسوس کرے گی، مگر میں نے یہ سوچا تھا کہ چڈہ آ جائے تو اس کے ساتھ ہی پربھات نگر چلیں گے۔ وہاں جو میرا فلموں کا پرانا ساتھی رہتا تھا، اس کی بیوی اور بال بچے بھی تھے۔ وہاں کے ماحول میں میری بیوی قہر درویش برجان درویش دو تین دن گزار سکتی تھی۔

نوکر بھی عجیب لاابالی آدمی تھا۔ جب ہم گھر میں داخل ہوئے تو سب دروازے کھلے تھے، مگر وہ موجود نہیں تھا۔ جب آیا تو اس نے ہماری موجودگی کا کوئی نوٹس نہ لیا۔ جیسے ہم سالہا سال سے وہیں بیٹھے تھے اور اسی طرح بیٹھے رہنے کا ارادہ رکھتے تھے۔

جب وہ کمرے میں داخل ہو کر ہمیں دیکھے بغیر پاس سے گزر گیا تو میں سمجھا کہ شاید کوئی معمولی ایکٹر ہے جو چڈہ کے ساتھ رہتا ہے۔ پر جب میں نے اس سے نوکر کے بارے میں استفسار کیا تو معلوم ہوا کہ وہی ذاتِ شریف چڈہ صاحب کے چہیتے ملازم تھے۔

مجھے اور میری بیوی دونوں کو پیاس لگ رہی تھی۔ اس سے پانی لانے کو کہا تو وہ گلاس ڈھونڈنے لگا۔ بڑی دیر کے بعد اس نے ایک ٹوٹا ہوا مگ الماری کے نیچے سے نکالا اور بڑبڑایا، ''رات ایک درجن گلاس صاحب نے منگوائے تھے۔ معلوم نہیں کدھر گئے۔ ''

میں نے اس کے ہاتھ میں پکڑے ہوئے شکستہ مگ کی طرف اشارہ کیا۔ ''کیا آپ اس میں تیل لینے جا رہے ہیں۔ ''

تیل لینے جانا، بمبئی کا ایک خاص محاورہ ہے۔ میری بیوی اس کا مطلب نہ سمجھی، مگر ہنس پڑی۔ نوکر کسی قدر بوجھلا گیا۔ ''نہیں صاحب۔۔۔ میں۔۔۔ تلاش کر رہا تھا کہ گلاس کہاں ہیں۔ ''

میری بیوی نے اس کو پانی لانے سے منع کر دیا۔ اس نے وہ ٹوٹا ہوا مگ واپس الماری کے نیچے اس انداز سے رکھا کہ جیسے وہی اس کی جگہ تھی۔ اگر اسے کہیں اور رکھ دیا جاتا تو یقیناً گھر کا سارا نظام درہم برہم ہو جاتا۔ اس کے بعد وہ یوں کمرے سے باہر نکلا جیسے اس کو معلوم تھا کہ ہمارے منہ میں کتنے دانت ہیں۔

میں پلنگ پر بیٹھا تھا جو غالباً چڈے کا تھا۔ اس سے کچھ دور ہٹ کر دو آرام کرسیاں تھیں۔ ان میں سے ایک پر میری بیوی بیٹھی پہلو بدل رہی تھی۔ کافی دیر تک ہم دونوں خاموش رہے۔ اتنے میں چڈہ آ گیا۔ وہ اکیلا تھا۔ اس کو اس بات کا قطعاً احساس نہیں تھا کہ ہم اس کے مہمان ہیں۔ اور اس لحاظ سے ہماری خاطر داری

اس پر لازم تھی۔ کمرے کے اندر داخل ہوتے ہی اس نے مجھ سے کہا، ''ویٹ از ویٹ۔۔۔تو تم آ گئے اولڈ بوائے۔۔۔چلو ذرا اسٹوڈیو تک ہو آئیں تم ساتھ ہو گے تو ایڈوانس ملنے میں آسانی ہو جائے گی۔۔۔ آج شام کو۔۔۔''، میری بیوی پر اس کی نظر پڑی تو وہ رک گیا اور کھلکھلا کر ہنسنے لگا۔ ''بھابی جان، کہیں آپ نے اسے مولوی تو نہیں بنا دیا''، پھر اور زور سے ہنسا۔ ''مولویوں کی ایسی تیسی، اٹھو منٹو۔ بھابی جان یہاں بیٹھی ہیں۔ہم ابھی آ جائیں گے! ''

میری بیوی جل کر پہلے کو نیلے تھی تواب بالکل راکھ ہو گئی تھی۔ میں اٹھا اور چڈے کے ساتھ ہو لیا۔ مجھے معلوم تھا کہ تھوڑی دیر پیچ و تاپ کھا کر وہ سو جائے گی، چنانچہ یہی ہوا۔اسٹوڈیو پاس ہی تھا۔افراتفری میں مہتہ جی کے سر چڑھ کے چڈے نے مبلغ دو سو روپے وصول کیے۔اور ہم پون گھنٹے میں جب واپس آئے تو دیکھا کہ وہ آرام کرسی پر بڑے آرام سے سو رہی تھی۔ہم نے اسے بے آرام کرنا مناسب نہ سمجھا اور دوسرے کمرے میں چلے گئے جو کباڑ خانے سے ملتا جلتا تھا۔اس میں جو چیز تھی حیرت انگیز طریقے پر ٹوٹی ہوئی تھی کہ سب مل کر ایک سالمگی اختیار کر گئی تھیں۔

ہر شے پر گرد آلود تھی، اور اس آلودگی میں ایک ضروری پن تھا۔ جیسے اس کی موجودگی اس کمرے کی بوہیمی فضا کی تکمیل کے لیے لازمی تھی۔ چڈے نے فوراً ہی اپنے نو کر کو ڈھونڈ نکالا اور اسے سو روپے کا نوٹ دے کر کہا۔ ''چین کے شہزادے۔۔۔دو بوتلیں تھرڈ کلاس رم کی لے آؤ۔۔۔میرا مطلب ہے تھری ایکس رم کی اور نصف درجن گلاس۔ ''

مجھے بعد میں معلوم ہوا کہ اس کا نو کر صرف چین ہی کا نہیں۔ دنیا کے ہر بڑے ملک کا شہزادہ تھا۔چڈے کی زبان پر جس کا نام آ جاتا، وہ اسی کا شہزادہ بن جاتا تھا۔۔۔اس وقت کا چین کا شہزادہ سو کا نوٹ انگلیوں سے کھٹر کھٹر اتا چلا گیا۔

چڈے نے ٹوٹے ہوئے سپرنگوں والے پلنگ پر بیٹھ کر اپنے ہونٹ تھری ایکس رم کے استقبال میں پچکارتے ہوئے کہا، ''ڈیٹ از ڈیٹ۔۔۔تو آفٹر آل تم ادھر آ ہی نکلے۔۔۔ ''، لیکن ایک دم متفکر ہو گیا۔ ''یار، بھابی کا کیا ہو۔۔۔وہ تو گھبرا جائے گی۔ ''

چڈہ بغیر بیوی کے تھا، مگر اس کو دوسروں کی بیویوں کا بہت خیال رہتا تھا۔وہ اس کا اس قدر احترام کرتا تھا کہ ساری عمر کنوار ا رہنا چاہتا تھا، وہ کہا کرتا تھا۔ ''یہ احساس کمتری ہے جس نے مجھے ابھی تک اس نعمت سے محروم رکھا ہے۔ جب شادی کا سوال آتا تو فوراً تیار ہو جاتا ہوں۔ لیکن بعد میں یہ سوچ کر کہ میں بیوی کے

قابل نہیں ہوں سساری تیاری کولڈ سٹوریج میں ڈال دیتا ہوں۔''

رم فوراً ہی آگئی۔ اور گلاس بھی۔ چڈے نے چھ منگوائے تھے۔ اور چین کا شہزادہ تین لایا تھا۔ بقایا تین راستے میں ٹوٹ گئے تھے۔ چڈے نے ان کی کوئی پروانہ کی، اور خدا کا شکر کیا کہ بوتلیں سلامت رہیں۔ ایک بوتل جلدی جلدی کھول کر اس نے کنوارے گلاسوں میں رم ڈالی اور کہا، ''تمہارے پونے آنے کی خوشی میں۔''

ہم دونوں نے لمبے لمبے گھونٹ بھرے اور گلاس خالی کر دیے۔

دوسرا دور شروع کر کے چڈہ اٹھا اور دوسرے کمرے میں دیکھ کر آیا کہ میری بیوی ابھی تک سو رہی ہے۔ اس کو بہت ترس آیا اور کہنے لگا۔ ''میں شور کرتا ہوں ان کی نیند کھل جائے گی۔۔۔ پھر ایسا کریں گے۔۔۔ ٹھہرو۔۔۔ پہلے میں چائے منگواتا ہوں۔'' یہ کہہ کر اس نے رم کا ایک چھوٹا سا گھونٹ لیا اور نوکر کو آواز دی ''جمیکا کے شہزادے۔''

جمیکا کا شہزادہ فوراً ہی آگیا۔ چڈے نے اس سے کہا۔ ''دیکھو، ممی سے کہو، ایک دم فسٹ کلاس چائے تیار کر کے بھیج دے۔۔۔ ایک دم!''

نوکر چلا گیا۔ چڈے نے اپنا گلاس خالی کیا اور شریفانہ پیگ ڈال کر کہا۔ ''میں فی الحال زیادہ نہیں پیوں گا۔ پہلے چار پیگ مجھے بہت جذباتی بنا دیتے ہیں۔ مجھے بھابی کو چھوڑنے تمہارے ساتھ پر بھات نگر جانا ہے۔''

آدھے گھنٹے کے بعد چائے آگئی۔ بہت صاف برتن تھے اور بڑے سلیقے سے ٹرے میں چنے ہوئے تھے۔ چڈے نے ٹی کوزی اٹھا کر چائے کی خوشبو سونگھی اور مسرت کا اظہار کیا۔ ''می ازاے جیول۔۔۔!'' اس نے ایتھو پییا کے شہزادے پر برسنا شروع کر دیا۔ اتنا شور مچایا کہ میرے کان بلبلا اٹھے۔ اس کے بعد اس نے ٹرے اٹھائی اور مجھ سے کہا۔ ''آؤ۔''

میری بیوی جاگ رہی تھی۔ چڈے نے ٹرے بڑی صفائی سے شکستہ تپائی پر رکھی اور مؤدبانہ کہا۔ ''حاضر ہے بیگم صاحب!''

میری بیوی کو یہ مذاق پسند نہ آیا۔ لیکن چونکہ چائے کا سامان صاف ستھرا تھا اس لیے اس نے انکار نہ کیا اور دو پیالیاں پی لیں۔ ان سے اس کو کچھ فرحت پہنچی اور اس نے ہم دونوں سے مخاطب ہو کر معنی خیز لہجے میں کہا۔ ''آپ اپنی چائے تو پہلے ہی پی چکے ہیں!''

میں نے جواب نہ دیا مگر چڈے نے جھک کر بڑے ایماندارانہ طور پر کہا۔ ''جی ہاں، یہ غلطی ہم سے سرزد

ہو چکی ہے، لیکن ہمیں یقین تھا کہ آپ ضرور معاف کر دیں گی۔''

میری بیوی مسکرائی تو وہ کھلکھلا کے ہنسا۔ ''ہم دونوں بہت اونچی نسل کے سؤر ہیں۔۔۔جن پر ہر شے حرام شے حلال ہے۔۔۔! چلیے، اب ہم آپ کو مسجد تک چھوڑ آئیں!''

میری بیوی کو پھر چڈے کا یہ مذاق پسند نہ آیا۔ دراصل اس کو چڈے ہی سے نفرت تھی، بلکہ یوں کہیے کہ میرے ہر دوست سے نفرت تھی۔ اور چڈہ بالخصوص اسے بہت کھٹکتا تھا، اس لیے کہ وہ بعض اوقات بے تکلفی کی حدود بھی پھاند جاتا تھا، مگر چڈے کو اس کی کوئی پروا نہیں تھی۔ میرا خیال ہے اس نے کبھی اس کے بارے میں سوچا ہی نہیں تھا۔ وہ ایسی فضول باتوں میں دماغ خرچ کرنا ایک ایسی ان ڈور گیم سمجھتا تھا جو لوڈو سے کئی گنا لایعنی ہے۔ اس نے میری بیوی کے جلے بھنے تیوروں کو بڑی ہشاش بشاش آنکھوں سے دیکھا اور نوکر کو آواز دی۔ ''کبابستان کے شہزادے۔۔۔ایک عدد تانگہ لاؤ۔ رولز رائس قسم کا۔''

کبابستان کا شہزادہ چلا گیا اور ساتھ ہی چڈہ۔ وہ غالباً دوسرے کمرے میں گیا تھا۔ تخلیہ ملا تو میں نے اپنی بیوی کو سمجھایا کہ کباب ہونے کی کوئی ضرورت نہیں۔ انسان کی زندگی میں ایسے لمحات آ ہی جایا کرتے ہیں جو ہم وگمان میں بھی نہیں ہوتے۔ ان کو بسر کرنے کے لیے سب سے اچھا طریقہ یہی ہے کہ ان کو گزر جانے دیا جائے۔ لیکن حسبِ معمول اس نے میری اس کنفیوشسانہ نصیحت کو پلے نہ باندھا اور بڑبڑاتی رہی۔ اتنے میں کبابستان کا شہزادہ رولز رائس قسم کا تانگہ لے کر آ گیا۔ ہم پربھات نگر روانہ ہو گئے۔

بہت ہی اچھا ہوا کہ میر افلموں کا پرانا ساتھی گھر میں موجود نہیں تھا۔ اس کی بیوی تھی، چڈے نے میری بیوی اس کے سپرد کی اور کہا، ''خربوزہ، خربوزے کو دیکھ کر رنگ پکڑتا ہے۔ بیوی، بیوی کو دیکھ کر رنگ پکڑتی ہے، یہ ہم ابھی حاضر ہو کے دیکھیں گے۔'' پھر وہ مجھ سے مخاطب ہوا۔ ''چلو منٹو، اسٹوڈیو میں تمہارے دوست کو پکڑیں۔''

چڈہ کچھ ایسی افراتفری میں مجا دیا کرتا تھا کہ مخالف قوتوں کو سمجھنے سوچنے کا بہت کم موقع ملتا تھا۔ اس نے میرا بازو پکڑا اور باہر لے گیا اور میری بیوی سوچتی ہی رہ گئی۔ تانگے میں سوار ہو کر چڈے نے اب کچھ سوچنے کے انداز میں کہا۔ ''یہ تو ہو گیا۔۔۔اب کیا پروگرام ہے۔'' پھر کھلکھلا کر ہنسا۔ ''ممی۔۔۔۔۔گریٹ ممی!''

میں اس سے پوچھنے ہی والا تھا، یہ ممی کس تو تنخ آمون کی اولاد ہے، کہ چڈے نے باتوں کا کچھ ایسا سلسلہ شروع کر دیا کہ میرا استفسار غیر طبعی موت مر گیا۔

تانگہ واپس اس ڈاک بنگلہ نما کوٹھی پر پہنچا جس کا نام سعیدہ کاٹیج تھا، مگر چڈہ اس کو کبیدہ کاٹیج کہتا تھا۔

	

اس لیے کہ اس میں رہنے والے سب کے سب کبیدہ خاطر رہتے ہیں۔ حالانکہ یہ غلط تھا جیسے کہ مجھے بعد میں معلوم ہوا۔

اس کاٹیج میں کافی آدمی رہتے تھے حالانکہ بادی النظر میں یہ جگہ بالکل غیر آباد معلوم ہوتی تھی۔ سب کے سب اسی فلم کمپنیوں میں ملازم جو مہینے کی تنخواہ ہر سہ ماہی کے بعد دیتی تھی اور وہ بھی کئی قسطوں میں۔ ایک ایک کر کے جب اس کے ساکنوں سے میرا تعارف ہوا تو پتہ چلا کہ سب اسسٹنٹ ڈائریکٹر تھے۔ کوئی چیف اسسٹنٹ ڈائریکٹر، کوئی اس کا نائب، کوئی نائب در نائب۔ ہر دوسرا، کسی پہلے کا اسسٹنٹ تھا اور اپنی ذاتی فلم کمپنی کی بنیادیں استوار کرنے کے لیے سرمایہ فراہم کر رہا تھا۔ پوشش اور وضع قطع کے اعتبار سے ہر ایک ہیرو معلوم ہوتا تھا کنٹرول کا زمانہ تھا۔ مگر کسی کے پاس راشن کارڈ نہیں تھا۔ وہ چیزیں بھی جو تھوڑی سی تکلیف کے بعد آسانی سے کم قیمت پر دستیاب ہو سکتی تھی۔ یہ لوگ بلیک مارکیٹ سے خریدتے تھے۔ پکچر ضرور دیکھتے تھے۔ ریس کا موسم ہو تو ریس کھیلتے تھے ورنہ سٹہ۔ جیتتے شاذ و نادر تھے، مگر ہارتے ہر روز تھے۔

سعیدہ کاٹیج کی آبادی بہت گنجان تھی۔ چونکہ جگہ کم تھی اس لیے موٹر گراج بھی رہائش کے لیے استعمال ہوتا تھا۔ اس میں ایک فیملی رہتی تھی۔ شیریں نام کی ایک عورت تھی جس کا خاوند شاید، محض یکسانیت توڑنے کے لیے اسسٹنٹ ڈائریکٹر نہیں تھا۔ وہ اسی فلم کمپنی میں ملازم تھا مگر موٹر ڈرائیور تھا۔ معلوم نہیں، وہ کب آتا تھا۔۔۔ اور کب جاتا تھا، کیونکہ میں نے اس شریف آدمی کو وہاں کبھی نہیں دیکھا تھا۔ شیریں کے بطن سے ایک چھوٹا سا لڑکا تھا جس کو سعیدہ کاٹیج کے تمام ساکن فرصت کے اوقات میں پیار کرتے تھے۔ شیریں جو قبول صورت تھی اپنا بیشتر وقت گراج کے اندر گزارتی تھی۔

کاٹیج کا معزز حصہ چڈے اور اس کے دو ساتھیوں کے پاس تھا۔ یہ دونوں بھی ایکٹر تھے، مگر ہیرو نہیں تھے۔ ایک سعید تھا جس کا فلمی نام رنجیت کمار تھا۔ چڈہ کہا کرتا تھا۔ ''سعیدہ کاٹیج اس خرذات کے نام کی رعایت سے مشہور ہے ورنہ اس کا نام کبیدہ کاٹیج ہی تھا۔ ''خوش شکل تھا اور بہت کم گو۔ چڈہ کبھی کبھی اسے کچھوا کہا کرتا تھا، اس لیے کہ وہ ہر کام بہت آہستہ آہستہ کرتا تھا۔

دوسرے ایکٹر کا نام معلوم نہیں کیا تھا مگر سب اسے غریب نواز کہتے تھے۔ حیدر آباد کے ایک متمول گھرانے سے تعلق رکھتا تھا۔ ایکٹنگ کے شوق میں یہاں چلا آیا۔ تنخواہ ڈھائی سو روپے ماہوار مقرر تھی۔ ایک برس ہو گیا تھا ملازم ہوئے مگر اس دوران میں اس نے صرف ایک دفعہ ڈھائی سو روپے بطور ایڈوانس لیے تھے، وہ بھی چڈے کے لیے، کہ اس پر ایک بڑے خونخوار پٹھان کے قرض کی ادائیگی لازم ہو گئی تھی۔ ادب

لطیف، قسم کی عمارت میں فلمی کہانیاں لکھنا اس کا شغل تھا۔ کبھی کبھی شعر بھی موزوں کر لیتا تھا۔ کالج کا ہر شخص اس کا مقروض تھا۔

شکیل اور عقیل دو بھائی تھے۔ دونوں کسی اسسٹنٹ ڈائریکٹر کے اسسٹنٹ تھے اور بَر عکسِ نِہند نام زَیَّگی کافور کی ضرب المثال کے اِبطال کی کوشش میں ہمہ تن مصروف رہتے تھے۔

بڑے تین، یعنی چڈّہ، سعید اور غریب نواز شیریں کا بہت خیال رکھتے تھے لیکن تینوں اکٹھے گراج میں نہیں جاتے تھے۔ مزاج پرسی کا کوئی وقت بھی مقرر نہیں تھا۔ تینوں جب کالج کے بڑے کمرے میں جمع ہوتے تو ان میں سے ایک اٹھ کر گراج میں چلا جاتا اور کچھ دیر وہاں بیٹھ کر شیریں سے گھر یلو معاملات پر بات چیت کرتا رہتا۔ باقی دو اپنے اشغال میں مصروف رہتے۔

جو اسسٹنٹ قسم کے لوگ تھے، وہ شیریں کا ہاتھ بٹایا کرتے تھے۔ کبھی بازار سے اس کو سودا سلف لا دیا۔ کبھی لانڈری میں اس کے کپڑے دھلنے دے آئے اور کبھی اس کے روتے بچے کو بہلا دیا۔

ان میں سے کبیدہ خاطر کوئی بھی نہ تھا۔ سب کے سب مسرور تھے، شاید اپنی کبیدگی پر، وہ اپنے حالات کی نا مساعت کا ذکر بھی کرتے تھے تو بڑے شاداں و فرحاں انداز میں۔ اس میں کوئی شک نہیں کہ اس کی زندگی بہت دلچسپ تھی۔

ہم کالج کے گیٹ میں داخل ہونے والے تھے کہ غریب نواز صاحب باہر آ رہے تھے۔ چڈّے نے ان کی طرف غور سے دیکھا اور اپنی جیب میں ہاتھ ڈال کر نوٹ نکالے۔ بغیر گنے اس نے کچھ غریب نواز کو دیئے اور کہا، ''چار بوتلیں سکاچ کی چاہئیں۔ کمی آپ پوری کر دیجیے گا۔ بیشی ہو تو وہ مجھے واپس مل جائے۔''

غریب نواز کے حیدر آبادی ہونٹوں پر گہری سانولی مسکراہٹ نمودار ہوئی۔ چڈّا کھلکھلا کر ہنسا اور میری طرف دیکھ کر اس نے غریب نواز سے کہا۔ ''یہ مسٹر ونٹو ہیں۔۔۔ لیکن ان سے مفصل ملاقات کی اجازت اس وقت نہیں مل سکتی۔ یہ رم پئے ہیں۔ شام کو سکاچ آ جائے تو۔۔۔ لیکن آپ جائیے۔''

غریب نواز چلا گیا۔ ہم اندر داخل ہوئے۔ چڈّے نے ایک زور کی جمائی لی اور رم کی بوتل اٹھائی جو نصف سے زیادہ خالی تھی۔ اس نے روشنی میں مقدار کا سرسری اندازہ کیا اور نوکر کو آواز دی۔ ''قراقستان کے شہزادے۔'' جب وہ نمودار نہ ہوا تو اس نے اپنے گلاس میں ایک بڑا پیگ ڈالتے ہوئے کہا۔ ''زیادہ پی گیا ہے کم بخت!''

یہ گلاس ختم کر کے وہ کچھ فکرمند ہو گیا۔ ''یار، بھابھی کو تم خواہ مخواہ یہاں لائے۔ خدا کی قسم مجھے اپنے سینے

پر ایک بوجھ سا محسوس ہو رہا ہے۔ '' پھر اس نے خود ہی اپنے کو تسکین دی۔ ''لیکن میرا خیال ہے کہ بور نہیں ہوں گی وہاں؟ ''

میں نے کہا۔ '' ہاں وہاں رہ کر وہ میرے قتل کا فوری ارادہ نہیں کر سکتی '' اور میں نے اپنے گلاس میں رم ڈالی جس کا ذائقہ مُسے ہوئے گڑ کی طرح تھا۔

جس کباڑ خانے میں ہم بیٹھے تھے اس میں سلاخوں والی دو کھڑ کیاں تھیں جس سے باہر کا غیر آباد حصہ نظر آتا تھا۔ اِدھر سے کسی نے بآواز بلند چڈے کا نام لے کر پکارا۔ میں چونک پڑا۔ دیکھا کہ میوزک ڈائریکٹر ون کُترے ہے۔ کچھ سمجھ میں نہیں آتا تھا کہ وہ کس نسل کا ہے۔ منگولی ہے، حبشی ہے، آریہ ہے، یا کیا بلا ہے۔ کبھی کبھی اس کے کسی خدو خال کو دیکھ کر آدمی کسی نتیجے پر پہنچنے ہی والا ہوتا تھا کہ اس کے تقابل میں کوئی ایسا نقش نظر آجاتا کہ فوراً ہی نئے سرے سے غور کرنا پڑ جاتا تھا۔ ویسے وہ مرہٹہ تھا، مگر شِواجی کی تیکھی ناک کی بجائے اس کے چہرے پر بڑے ناک طریقے پر مڑی ہوئی چپٹی ناک تھی جو اس کے خیال کے مطابق ان سروں کے لیے بہت ضروری تھی۔ جن کا تعلق براہِ راست ناک سے ہوتا ہے۔ اس نے مجھے دیکھا تو چلایا، ''منٹو۔۔منٹو سیٹھ؟ ''

چڈے نے اس سے زیادہ اونچی آواز میں کہا۔ ''سیٹھ کی ایسی تیسی۔۔ چل اندر آ ''

وہ فوراً اندر آ گیا۔ اپنی جیب سے اس نے ہنستے ہوئے رم کی ایک بوتل نکالی اور تپائی پر رکھ دی۔ ''میں سالا اُدھر ممی کے پاس گیا۔ وہ بولا۔ تمہارے فرینڈ آئے لا۔۔ میں بولا سالا یہ فرینڈ کون ہونے کو سکتا ہے۔۔ سالا مالوم نہ تھا منٹو ہے۔ ''

چڈے نے ون کُترے کے کدو ایسے سر پر ایک دھول جمائی۔ ''اب چیک کر سالے کے۔۔ تو رم لے آیا۔۔ بس ٹھیک ہے۔ '' ون کترے نے اپنا سر سہلایا اور میرا خالی گلاس اٹھا کر اپنے لیے پیگ تیار کیا۔ ''منٹو۔۔۔ یہ سالا آج ملتے ہی کہنے لگا۔ آج پینے کو جی چاہتا ہے۔۔ میں ایک دم کڑکا۔۔ سوچا کیا کروں۔۔۔ ''

چڈے نے ایک اور دھپ اس کے سر پر جمایا۔ ''بیٹھ بے، جیسے تو نے کچھ سوچا ہی ہو گا۔ '' ''سوچا نہیں تو سالا یہ اتنی بڑی باٹلی کہاں سے آیا۔۔۔ تیرے باپ نے دیا مجھ کو۔ '' ون کترے نے ایک ہی جرعے میں رم ختم کر دی۔ چڈے نے اُس کی بات سنی ان سنی کر دی اور اس سے پوچھا۔ ''تو یہ تو بتا کہ ممی کیا بولی۔۔؟ بولی تھی۔۔؟ موڈیل کب آئے گی۔۔؟ ارے ہاں۔۔ وہ پلیٹنم بلونڈ! ''

ون کترے نے جواب میں کچھ کہنا چاہا مگر میرا بازو پکڑ کر کہنا شروع کر دیا۔ ''منٹو۔۔۔ خدا کی قسم کیا چیز ہے۔۔۔سنا کرتے تھے کہ ایک شے پلیٹنم بلونڈ بھی ہوتی ہے۔ مگر دیکھنے کا اتفاق کل ہوا۔۔۔بال ہیں، جیسے چاندی کے مہین مہین تار۔۔۔گریٹ۔۔۔خدا کی قسم منٹو بہت گریٹ۔۔۔ممی زندہ باد!'' پھر اس نے قہر آلود نگاہوں سے ون کترے کی طرف دیکھا اور کڑک کر کہا۔''کن کترے کے بچے۔۔۔نعرہ کیوں نہیں لگاتا۔۔۔ممی زندہ باد!''

چڈے اور ون کترے دونوں نے مل کر ''ممی زندہ باد'' کے کئی نعرے لگائے۔اس کے بعد ون کترے نے چڈے کے سوالوں کا پھر جواب دینا چاہا مگر اس نے اسے خاموش کر دیا۔''چھوڑو یار۔۔۔میں جذباتی ہو گیا ہوں۔۔۔اس وقت یہ سوچ رہا ہوں کہ عام طور پر معشوق کے بال سیاہ ہوتے ہیں جنہیں کالی گھٹا سے تشبیہ دی جاتی رہی ہے۔مگر یہاں کچھ اور ہی سلسلہ ہو گیا ہے۔۔۔'' پھر وہ مجھ سے مخاطب ہوا۔''منٹو۔۔۔بڑی گڑبڑ ہو گئی ہے۔اس کے بال چاندی کے تاروں جیسے ہیں۔۔۔چاندی کا رنگ بھی نہیں کہا جا سکتا۔۔۔معلوم نہیں پلیٹنم کا رنگ کیسا ہوتا ہے، کیونکہ میں نے ابھی تک یہ دھات نہیں دیکھی۔۔۔ کچھ عجیب ہی سا رنگ ہے۔۔۔فولاد اور چاندی دونوں کو ملا دیا جائے۔۔۔''

ون کترے نے دوسرا پیگ ختم کیا۔''اور اس میں تھوڑی سی تھری ایکس رم مکس کر دی جائے۔''

چڈے نے بِھنّا کر اس کو ایک فربہ اندام گالی دی۔۔۔''بکواس نہ کر۔'' پھر اس نے بڑی رحم انگیز نظروں سے میری طرف دیکھا۔''یار۔۔۔میں واقعی جذباتی ہو گیا ہوں۔۔۔ہاں۔۔۔وہ رنگ۔۔۔خدا کی قسم لاجواب رنگ ہے۔۔۔وہ تم نے دیکھا ہے۔۔۔وہ جو مچھلیوں کے پیٹ پر ہوتا ہے۔۔۔نہیں نہیں ہر جگہ ہوتا ہے۔۔۔پومغریٹ مچھلی۔۔۔اس کے وہ کیا ہوتے ہیں۔۔۔؟ نہیں نہیں۔۔۔سانپوں کے۔۔۔وہ ننھے ننھے کھپرے۔۔۔ہاں کھپرے۔۔۔بس ان کا رنگ۔۔۔کھپرے۔۔۔یہ لفظ مجھے ایک ہندستوڑے نے بتایا تھا۔۔۔اتنی خوبصورت چیز اور ایسا واہیات نام۔۔۔پنجابی میں ہم انہیں چانے کہتے ہیں۔اس لفظ میں چنچناہٹ ہے۔۔۔وہی۔۔۔بالکل وہی جو اس کے بالوں میں ہے۔۔۔لٹیں ننھی ننھی سنپولیاں معلوم ہوتی ہیں جو لوٹ لگا رہی ہوں۔۔۔'' وہ ایک دم اٹھا۔''سنپولیوں کی ایسی تیسی، میں جذباتی ہو گیا ہوں۔''

ون کترے نے بڑے بھولے انداز میں پوچھا۔''وہ کیا ہوتا ہے؟''

چڈے نے جواب دیا۔''سنٹی منٹل۔۔۔لیکن تو کیا سمجھے گا، بالا جی باجی راؤ اور نانا فرنویس کی

اولاد۔۔۔''

ون کترے نے اپنے لیے ایک اور پیگ بنایا اور مجھ سے مخاطب ہو کر کہا۔ ''یہ سالا چڈہ سمجھتا ہے، میں انگلش نہیں سمجھتا ہوں۔ میٹری کولیٹ ہوں۔۔۔ سالا میرا باپ مجھ سے بہت محبت کرتا تھا۔۔۔اس سے۔۔۔''

چڈے نے چڑ کر کہا۔ ''اس نے تجھے تان سین بنا دیا۔۔۔تیری ناک مروڑ دی کہ نکورے سر آسانی سے تیرے اندر سے نکل سکیں۔۔۔بچپن ہی میں اس نے تجھے دھرپد گانا سکھا دیا تھا۔اور دودھ پینے کے لیے تو میاں کی ٹوڈی میں رویا کرتا تھا اور پیشاب کرتے وقت اڑانہ میں۔۔۔اور تو نے پہلی بات پٹ وپیکی میں کی تھی۔اور تیرا باپ۔۔۔جگت استاد تھا۔ بیجو باؤرے کے بھی کان کاٹتا تھا۔۔۔اور تو آج اس کے کان کاٹتا ہے، اسی لیے تیرا نام کن کترے !''

اتنا کہہ کر وہ مجھ سے مخاطب ہوا۔ ''منٹو۔۔۔یہ سالا جب بھی پیتا ہے ۔ اپنے باپ کی تعریفیں شروع کر دیتا ہے۔۔۔وہ اس سے محبت کرتا تھا تو مجھ پر اس نے کیا احسان کیا اور اس نے اسے میٹریکولیٹ بنا دیا تو اس کا یہ مطلب نہیں کہ میں اپنی بی اے کی ڈگری پھاڑ کے پھینک دوں۔''

ون کترے نے اس بوچھار کی مدافعت کرنا چاہی مگر چڈے نے اُس کو وہیں دبا دیا۔ ''چپ رہ۔۔۔میں کہہ چکا ہوں کہ سنٹی مینٹل ہو گیا ہوں۔۔۔ہاں، وہ رنگ۔۔۔پومفریٹ مچھلی۔۔۔نہیں نہیں۔۔۔سانپ کے ننھے ننھے کھرے۔۔۔بس انہی کا رنگ۔۔۔ممی نے خدا معلوم اپنی بین پر کونسا راگ بجا کر اس ناگن کو باہر نکالا؟''

ون کترے سوچنے لگا۔ ''پیٹی منگاؤ، میں بجاتا ہوں۔''

چڈہ کھکھلا کر ہنسنے لگا۔ ''بیٹھ بے میٹری کولیٹ کے چاکولیٹ۔۔۔''

اس نے رم کی بوتل میں سے رم کے باقیات اپنے گلاس میں انڈیلے اور مجھ سے کہا، ''منٹو، اگر یہ پلٹینم بلونڈ نہ پیٹی تو مسٹر چڈہ ہمالیہ پہاڑ کی کسی اونچی چوٹی پر دھونی رما کر بیٹھ جائے گا۔۔۔''اور اس نے گلاس خالی کر دیا۔

ون کترے نے اپنی لائی ہوئی بوتل کھولنی شروع کر دی۔ ''منٹو، ٹلّی ایک چانگلی ہے۔۔۔''

میں نے کہا۔ ''دیکھ لیں گے۔''

''آج ہی۔۔۔آج رات میں ایک پارٹی دے رہا ہوں۔ یہ بہت ہی اچھا ہوا کہ تم آ گئے اور شری ایک سو آٹھ مہتا جی نے تمہاری وجہ سے وہ ایڈوانس دے دیا، ورنہ بڑی مشکل ہو جاتی۔۔۔آج کی رات۔۔۔

۔آج کی رات ۔ ۔ ۔''

چڈے نے بڑے بھونڈے سروں میں گانا شروع کر دیا،

''آج کی رات سازِ درد نہ چھیڑ!''

ون کترے بیچارے اس کی اس زیادتی پر صدائے احتجاج بلند کرنے ہی والا تھا کہ غریب نواز اور رنجیت کمار آ گئے۔ دونوں کے پاس سکاچ کی دو دو بوتلیں تھیں۔ یہ انہوں نے میز پر رکھیں۔ رنجیت کمار سے میرے اچھے خاصے مراسم تھے، مگر بے تکلف نہیں۔ اس لیے ہم دونوں نے تھوڑی سی، آپ کب آئے، آج ہی آیا، ایسی رسمی گفتگو کی اور گلاس ٹکرا کر پینے میں مشغول ہو گئے۔

چڈہ واقعی بہت جذباتی ہو گیا تھا۔ ہر بات میں اس پلیٹنم بلونڈ کا ذکر لے کر آتا تھا۔ رنجیت کمار دوسری بوتل کا چوتھائی حصہ چڑھا گیا تھا۔ غریب نواز نے سکاچ کے تین پیگ پئے تھے۔ نشے کے معاملے میں ان سب کی سطح اب ایک ایسی تھی۔ میں چونکہ زیادہ پینے کا عادی ہوں اس لیے میرے جذبات معتدل تھے۔ میں نے ان کی گفتگو سے اندازہ لگایا کہ وہ چاروں اس نئی لڑکی پر بہت بری طرح فریفتہ تھے۔ جو ممی نے کہیں سے پیدا کی تھی۔ اس نایاب دانے کا نام فی لس تھا۔ پونے میں کوئی ہیئر ڈریسنگ سیلون تھا جہاں وہ ملازم تھی۔ اس کے ساتھ عام طور پر ایک ہیجڑہ نما لڑکا رہتا تھا۔ لڑکی کی عمر چودہ پندرہ برس کے قریب تھی۔ غریب نواز تو یہاں تک اس پر گرم تھا کہ وہ حیدر آباد میں اپنے حصے کی جائداد بیچ کر بھی اس داؤں پر لگانے کے لیے تیار تھا۔ چڈے کے پاس ترپ کا صرف ایک پتا تھا، اپنا قبول صورت ہونا۔ ون کترے کا بذات خود یہ خیال تھا کہ اس کی پٹی سن کر وہ پری ضرور ریشمے میں اتر آئے گی۔ اور رنجیت کمار جارحانہ اقدام ہی کو کارگر سمجھتا تھا۔ ۔ ۔ لیکن سب آخر میں یہی سوچتے تھے کہ دیکھیے ممی کسی پر قربان ہوتی ہے۔ اس سے معلوم ہوتا تھا کہ اس پلیٹنم بلونڈ فی لس کو وہ عورت جسے میں نے چڈے کے ساتھ تانگے میں دیکھا تھا، کسی کے بھی حوالے کر سکتی تھی۔

فی لس کی باتیں کرتے کرتے چڈے نے اچانک اپنی گھڑی دیکھی اور مجھ سے کہا، ''جہنم میں جائے یہ لونڈیا ۔ ۔ ۔ چلو یار ۔ ۔ ۔ بھابی وہاں کباب ہو رہی ہو گی ۔ ۔ ۔ لیکن مصیبت یہ ہے کہ میں کہیں وہاں بھی سنٹی مینٹل نہ ہو جاؤں ۔ ۔ ۔ خیر ۔ ۔ تم مجھے سنبھال لینا۔'' اپنے گلاس کے چند آخری قطرے حلق میں ٹپکا کر اس نے نوکر کو آواز دی۔ ''ممیوں کے ملک مصر کے شہزادے ۔''

ممیوں کے ملک مصر کا شہزادہ آنکھیں ملتا نمودار ہوا، جیسے کسی نے اس کو صدیوں کے بعد کھود کھاد کے

باہر نکالا ہے ۔ چڈے نے اس کے چہرے پر رم کے چھینٹے مارے اور کہا۔ ''دو عدد ٹانگے لاؤ۔ ۔ ۔ جو مصری رتھ معلوم ہوں۔''

ٹانگے آگئے ۔ ہم سب ان پر لد کر پربھات نگر روانہ ہوئے۔ ۔ ۔ میرا پرانا، فلموں کا ساتھی ہریش گھر پر موجود تھا۔ اس دور دراز جگہ پر بھی اس نے میری بیوی کی خاطر مدارت میں کوئی دقیقہ فروگزاشت نہیں کیا تھا۔ چڈے نے آنکھ کے اشارے سے اس کو سارا معاملہ سمجھا دیا تھا، چنانچہ یہ بہت کارآمد ثابت ہوا۔ میری بیوی نے غیض و غضب کا اظہار نہ کیا۔ اس کا وقت وہاں کچھ اچھا ہی کٹا تھا۔ ہریش نے جو عورتوں کے نفسیات کا ماہر تھا۔ بڑی پرلطف باتیں کیں، اور آخر میں میری بیوی سے درخواست کی کہ وہ اس کی شوٹنگ دیکھنے چلے جو اس روز ہونے والی تھی میری بیوی نے پوچھا۔ ''کوئی گانا فلمار ہے ہیں آپ؟''

ہریش نے جواب دیا۔ ''جی نہیں۔ ۔ ۔ وہ کل کا پروگرام ہے۔ ۔ ۔ میرا خیال ہے آپ کل چلیے گا۔''

ہریش کی بیوی شوٹنگ دیکھ دیکھ کر اور دکھا دکھا کر عاجز آئی ہوئی تھی۔ اس نے فوراً ہی میری بیوی سے کہا۔ ''ہاں کل ٹھیک رہے گا۔ ۔ ۔ آج تو انہیں سفر کی تھکن بھی ہے۔''

ہم سب نے اطمینان کا سانس لیا۔ ہریش نے پھر کچھ دیر پُرلطف باتیں کیں۔ آخر میں مجھ سے کہا۔ ''چلو یار۔ ۔ ۔ تم چلو میرے ساتھ'' اور میرے تین ساتھیوں کی طرف دیکھا، ''ان کو چھوڑو۔ ۔ سیٹھ صاحب تمہاری کہانی سننا چاہتے ہیں۔''

میں نے اپنی بیوی کی طرف دیکھا اور ہریش سے کہا، ''ان سے اجازت لے لو۔''

میری سادہ لوح بیوی جال میں پھنس چکی تھی۔ اس نے ہریش سے کہا۔ ''میں نے بمبئے سے چلتے وقت ان سے کہا بھی تھا کہ اپنا ڈوکیومنٹ کیس ساتھ لے چلیے، پر انہوں نے کہا کوئی ضرورت نہیں۔ ۔ ۔ اب یہ کہانی کیا سنائیں گے۔''

ہریش نے کہا۔ ''زبانی سنا دے گا''، پھر اس نے میری طرف یوں دیکھا جیسے کہہ رہا ہے کہ ہاں کہہ جلدی۔ میں نے اطمینان سے کہا۔ ''ہاں ایسا ہو سکتا ہے!''

چڈے نے اس ڈرامے میں تکمیلی ٹچ دیا۔ ''تو بھئی ہم چلتے ہیں۔'' اور وہ تینوں اٹھ کر سلام نمستے کر کے چلے گئے۔ تھوڑی دیر کے بعد میں اور ہریش نکلے۔ ۔ ۔ پربھات نگر کے باہر ٹانگے کھڑے تھے۔ چڈے نے ہمیں دیکھا تو زور کا نعرہ بلند کیا۔ ''راجہ ہریش چندر زندہ باد۔ ۔ ۔''

ہریش کے سوا ہم سب کے گھر روانہ ہو گئے۔ اس کو اپنی ایک سہیلی سے ملنے جانا تھا۔

یہ بھی ایک کاٹیج تھی۔ شکل و صورت اور ساخت کے اعتبار سے سعیدہ کاٹیج جیسی مگر بہت صاف ستھری جس
سے می کے سلیقے اور قرینے کا پتا چلتا تھا۔ فرنیچر معمولی تھا مگر جو چیز جہاں تھی سجی ہوئی تھی۔ پربھات سے
چلتے وقت میں نے سوچا تھا کوئی قحبہ خانہ ہوگا۔ مگر اس گھر کی کسی چیز سے بھی بصارت کو ایسا شک نہیں ہوتا
تھا۔ وہ ویسا ہی شریفانہ تھا جیسا کہ ایک اوسط درجے کے عیسائی کا ہوتا ہے۔ لیکن می کی عمر کے مقابلے میں
وہ جوان جوان دکھائی دیتا تھا۔ اس پر وہ میک اپ نہیں تھا جو می کے جھریوں والے چہرے پر دیکھا
تھا۔ جب می ڈرائنگ روم میں آئی، تو میں نے سوچا کہ گردوپیش

شفقت نے اس کے گال تھپتھپائے اور کہا، ''تم فکر نہ کرو۔۔۔ میں ابھی انتظام کرتی ہوں۔''

وہ انتظام کرنے باہر چلی گئی۔ چڈے نے خوشی کا ایک اور نعرہ بلند کیا اور ون کترے سے کہا۔ ''جنرل ون
کترے۔۔۔ جاؤ ہیڈ کوارٹرز سے ساری توپیں لے آؤ۔''

ون کترے نے سیلوٹ کیا اور حکم کی تعمیل کے لیے چلا گیا۔ سعیدہ کاٹیج بالکل پاس تھی، دس منٹ کے اندر اندر
وہ بوتلیں لے کر واپس آ گیا۔ ساتھ اس کے چڈے کا نوکر تھا۔ چڈے نے اس کو دیکھا تو اُس کا استقبال
کیا۔ ''آؤ، آؤ۔۔۔ میرے کوہ قاف کے شہزادے۔۔۔ وہ۔۔۔ وہ سانپ کے کھپروں جیسے رنگ
کے بالوں والی لونڈیا آ رہی ہے۔۔۔ تم بھی قسمت آزمائی کر لینا۔''

رنجیت کمار اور غریب نواز دونوں کو چڈے کی یہ صلائے عام ہے یاران نکتہ داں کے لیے، والی بات بہت بہت
ناگوار معلوم ہوئی۔ دونوں نے مجھ سے کہا کہ یہ چڈے کی بہت بے ہودگی ہے۔ اس بیہودگی کو انہوں نے
بہت محسوس کیا تھا۔ چڈہ حسبِ عادت اپنی ہانکتا رہا اور وہ خاموش ایک کونے میں بیٹھے آہستہ آہستہ رم پی کر
ایک دوسرے سے اپنے دکھ کا اظہار کرتے رہے۔

میں می کے متعلق سوچتا رہا۔ ڈرائنگ روم میں، غریب نواز، رنجیت کمار اور چڈے بیٹھے تھے۔ ایسا لگتا تھا کہ
یہ چھوٹے چھوٹے بچے ہیں۔ ان کی ماں باہر کھلونے لینے گئی ہے۔ یہ سب منتظر ہیں۔ چڈہ مطمئن ہے کہ سب
سے بڑھیا اور اچھا کھلونا اسے ملے گا، اس لیے کہ وہ اپنی ماں کا چہیتا ہے۔ باقی دو کا غم چونکہ ایک جیسا تھا
اس لیے وہ ایک دوسرے کے مونس بن گئے تھے۔۔۔ شراب اس ماحول میں دودھ معلوم ہوتی تھی اور
وہ پلیٹنم بلونڈ۔۔۔ اس کا تصور ایک چھوٹی سی گڑیا کے مانند دماغ میں آتا تھا۔۔۔ ہر فضا، ہر ماحول کی
اپنی موسیقی ہوتی ہے۔۔۔ اس وقت جو موسیقی میرے دل کے کانوں تک پہنچ رہی تھی، اس میں کوئی سُر
اشتعال انگیز نہیں تھا۔ ہر شے، ماں اور اس کے بچے اور ان کے باہمی رشتے کی طرح قابلِ فہم اور یقینی تھی۔

میں نے جب اس کو تانگے میں چڑے کے ساتھ دیکھا تھا تو میری جمالیاتی حس کو صدمہ پہنچا تھا۔ مجھے افسوس ہوا کہ میرے دل میں ان دونوں کے متعلق واہیات خیال پیدا ہوئے۔ لیکن یہ چیز مجھے بار بار ستا رہی تھی کہ وہ اتنا شوخ میک اپ کیوں کرتی ہے جو اس کی جھریوں کی توہین ہے۔ اس ممتا کی تضحیک ہے جو اس کے دل میں چڑے، غریب نواز اور ون کترے کے لیے موجود ہے۔ ۔ ۔ اور خدا معلوم اور کس کس کے لیے ۔ ۔ ۔

باتوں باتوں میں چڑے سے میں نے پوچھا۔ ''یار یہ تو بتاؤ تمہاری ممی اتنا شوخ میک اپ کیوں کرتی ہے؟'' ''اس لیے کہ دنیا ہر شوخ چیز کو پسند کرتی ہے۔ ۔ ۔ تمہارے اور میرے جیسے الو اس دنیا میں بہت کم بستے ہیں جو مدھم سر اور مدھم رنگ پسند کرتے ہیں۔ جو جوانی کو بچپن کے روپ میں نہیں دیکھنا چاہتے اور ۔ ۔ ۔ اور جو بڑھاپے پر جوانی کا ملمع پسند نہیں کرتے ۔ ۔ ۔ ہم جو خود کو آرٹسٹ کہتے ہیں۔ الّو کے پٹھے ہیں۔ ۔ میں تمہیں ایک دلچسپ واقعہ سناتا ہوں۔ ۔ ۔ بیساکھی کا میلہ تھا۔ ۔ تمہارے امرت سر میں۔ ۔ ۔ ایک صحت مند نوجوان نے ۔ ۔ ۔ خالص دودھ اور مکھن پر پلے ہوئے جوان نے، جس کی نئی جوتی اس کی لاٹھی پر بازی گری کر رہی تھی اور پر ایک کوٹھے کی طرف دیکھا اور نہایت واہیات رنگوں میں لپی تپی ایک سیاہ فام لکھیائی کی طرف دیکھا، جس کی تیل میں چپڑی ہوئی بربریاں، اس کے ماتھے پر بڑے بدنما طریقے پر جمی ہوئی تھیں اور اپنے ساتھی کی پسلیوں میں ٹھوکا دے کر کہا۔ ۔ ۔ اوئے لہنا سیاں۔ ۔ اوئے اوئے او پرو تخ ۔ ۔ اسی تے پنڈو چ مجھاں ای۔ ۔ ۔'' آخری لفظ وہ خدا معلوم کیوں گول کر لیا، حالاں کہ وہ شائستگی کا بالکل قال نہیں تھا۔ کھلکھلا کر ہنسنے لگا اور میرے گلاس میں رم ڈال کر بولا۔ ''اس جاٹ کے لیے وہ چڑیل، ہی اس وقت کوہ قاف کی پری تھی۔ ۔ ۔ اور اس کے گاؤں کی حسین و جمیل ٹیاریں، بے ڈول بھینسیں۔ ۔ ۔ ہم سب چغد ہیں۔ ۔ ۔ درمیانے درجے کے ۔ ۔ ۔ اس لیے کہ اس دنیا میں کوئی چیز اول درجے کی نہیں۔ ۔ ۔ تیسرے درجے کی ہے یا درمیانے درجے کی۔ ۔ ۔ لیکن۔ ۔ ۔ لیکن فی لس۔ ۔ ۔ خاص الخاص درجے کی چیز ہے۔ ۔ ۔ وہ سانپ کے کھپروں۔ ۔ ۔''

ون کترے نے اپنا گلاس اٹھا کر چڑے کے سر پر انڈیل دیا۔ ''کھپرے ۔ ۔ ۔ کھپرے ۔ ۔ ۔ تمہارا مستک پھر گیا ہے۔''

چڑے نے ماتھے پر سے رم کے ٹپکتے ہوئے قطرے زبان سے چاٹنے شروع کر دیے اور ون کترے سے کہا۔ ''لے اب سنا۔ ۔ ۔ تیرا باپ سالا تجھ سے کتنی محبت کرتا تھا۔ ۔ میرا دماغ اب کافی ٹھنڈا ہو گیا ہے!''

وَن کٹرے بہت سنجیدہ ہو کر مجھ سے مخاطب ہوا۔ ''بائی گاڈ۔ ۔ ۔ وہ مجھ سے بہت محبت کرتا تھا۔ ۔ ۔ میں فٹین ایئرز کا تھا کہ اس نے میری شادی بنا دی۔''

چڈے زور سے ہنسا۔ ''تمہیں کارٹون بنا دیا اس سالے نے۔ ۔ ۔ بھگوان اُسے سورگ میں کیریل کی پٹی دے کہ وہاں بھی اسے بجا بجا کر تمہاری شادی کے لیے کوئی خوبصورت حور ڈھونڈ تا رہے۔''

وَن کٹرے اور بھی سنجیدہ ہو گیا۔ ''منٹو۔ ۔ ۔ میں جھوٹ نہیں کہتا۔ ۔ ۔ میری وائف ایک دم بیوٹی فل ہے۔ ۔ ۔ ہماری فیملی میں۔ ۔ ۔ ''

''تمہاری فیملی کی ایسی تیسی۔ ۔ ۔ فلِس کی بات کرو۔ ۔ ۔ اُس سے زیادہ اور کوئی خوبصورت نہیں ہو سکتا۔''

چڈے نے غریب نواز اور رنجیت کمار کی طرف دیکھا جو نے میں بیٹھے فلِس کے حسن کے متعلق اپنی اپنی رائے کا اظہار ایک دوسرے سے کرنے والے تھے۔ ''گن پاؤڈر پلوٹ کے بانیو۔ ۔ ۔ سن لو تمہاری کوئی سازش کام یاب نہیں ہو گی۔ ۔ ۔ میدان چڈے کے ہاتھ رہے گا۔ ۔ ۔ کیوں ویلز کے شہزادے؟''

ویلز کا شہزادہ رم کی خالی ہوتی ہوئی بوتل کی طرف حسرت بھری نظروں سے دیکھ رہا تھا۔ چڈے نے قہقہہ لگایا اور اس کو آدھا گلاس بھر کے دے دیا۔

غریب نواز اور رنجیت کمار ایک دوسرے سے فلِس کے بارے میں گھل مل کے باتیں تو کر رہے تھے مگر اپنے دماغ میں وہ اسے حاصل کرنے کی مختلف اسکیمیں علیحدہ طور پر بنا رہے تھے۔ یہ ان کے طرزِ گفتگو سے صاف عیاں تھا۔

ڈرائنگ روم میں اب بجلی کے بلب روشن تھے، کیونکہ شام گہری ہو چلی تھی۔ چڈہ مجھ سے بمبئے کی فلم انڈسٹری کے تازہ حالات سن رہا تھا کہ باہر برآمدے میں ممی کی تیز تیز آواز سنائی دی۔ چڈے نے نعرہ بلند کیا اور باہر چلا گیا۔ غریب نواز نے رنجیت کمار کی طرف اور رنجیت کمار نے غریب نواز کی طرف معنی خیز نظروں سے دیکھا، پھر دونوں دروازے کی جانب دیکھنے لگے۔

ممی چہکتی ہوئی اندر داخل ہوئی۔ اس کے ساتھ چار پانچ اینگلو انڈین لڑکیاں تھیں مختلف قد و قامت اور خطوط والوان کی۔ پولی، ڈولی، کِٹی، لیلما اور تھیلما۔ ۔ ۔ اور وہ ہیجڑا نما لڑکا۔ ۔ ۔ اس کو چڈہ سسی کہہ کر پکارتا تھا۔ فلِس سب سے آخر میں نمودار ہوئی اور وہ بھی چڈے کے ساتھ۔ اس کا ایک بازو اس پلیٹنم بلونڈ کی تِتلی کمر میں حمائل تھا۔ میں نے غریب نواز اور رنجیت کمار کا ردِعمل نوٹ کیا۔ ان کو چڈے کی یہ نمائشی فتح مندانہ حرکت پسند نہیں آئی تھی۔

لڑکیوں کے نازل ہوتے ہی ایک شور برپا ہو گیا۔ایک دم اتنی انگریزی برسی کہ ون کترے میٹری کولیشن امتحان میں کئی بار فیل ہوا۔مگر اس نے کوئی پروانہ کی اور برابر بولتا رہا۔جب اس سے کسی نے التفات نہ برتا تو وہ ایلما کی بڑی بہن تھیلما کے ساتھ ایک صوفے پر الگ بیٹھ گیا اور پوچھنے لگا کہ اس نے ہندوستانی ڈانس کے اور کتنے نئے توڑے سیکھے ہیں۔وہ اِدھر دھانی ناکت اور ناتھئی تھئی کہ ون، ٹو، تھری بنا بنا کر اس کو توڑے بتا رہا تھا، ادھر چڈہ باقی لڑکیوں کے جھرمٹ میں انگریزی کے ننگے ننگے لمرک سنا رہا تھا۔جو اس کو ہزاروں کی تعداد میں زبانی یاد تھے ۔۔۔ممی سوڈے کی بوتلیں اور گزک کا سامان منگوا رہی تھی۔رنجیت کمار سگریٹ کے کش لگا کر ٹکٹکی باندھے فی لس کی طرف دیکھ رہا تھا اور غریب نواز ممی سے بار بار کہتا تھا کہ روپے کم ہوں تو وہ اس سے لے لے ۔

سکاچ کھلی اور پہلا دور شروع ہوا۔فی لس کو جب شام ہونے کے لیے کہا گیا تو اس نے اپنے پلیٹمنی بالوں کو ایک خفیف سا جھٹکا دے کر انکار کر دیا کہ وہ وہسکی نہیں پیا کرتی۔سب نے اصرار کیا مگر وہ نہ مانی۔ چڈے نے بد دلی کا اظہار کیا تو ممی نے فی لس کے لیے ہلکا سا مشروب تیار کیا اور گلاس اس کے ہونٹوں کے ساتھ لگا کر بڑے پیار سے کہا۔ ''بہادر لڑکی بنو اور پی جاؤ۔''

فی لس انکار نہ کر سکی۔چڈہ خوش ہو گیا۔اور اس نے اسی خوشی میں بیس پچیس اور لمرک سنائے۔سب مزے لیتے رہے ۔۔۔میں نے سوچا، عریانی سے تنگ آ کر انسان نے ستر پوشی اختیار کی ہو گی، یہی وجہ ہے کہ اب وہ ستر پوشی سے اکتا کر کبھی کبھی عریانی کی طرف دوڑنے لگتا ہے۔شائستگی کا ردعمل یقیناً ناشائستگی ہے ۔اس فرار کا قطعی طور پر ایک دلکشا پہلو بھی ہے ۔آدمی کو اس سے ایک مسلسل ایک آہنگی کی کوفت سے چند گھڑیوں کے لیے نجات مل جاتی ہے۔۔۔

میں نے ممی کی طرف دیکھا جو بہت ہشاش بشاش جوان لڑکیوں میں کھلی ملی چڈے کے ننگے ننگے لمرک سن کر ہنس رہی تھی اور قہقہے لگا رہی تھی۔۔۔اس کے چہرے پر وہی واہیات میک اپ تھا۔اس کے نیچے اس کی جھریاں صاف نظر آ رہی تھیں مگر وہ بھی مسرور تھیں۔۔۔میں نے سوچا، آخر لوگ کیوں فرار کو برا سمجھتے ہیں۔۔۔وہ فرار جو میری آنکھوں کے سامنے تھے، اس کا ظاہر گو بدنما تھا، لیکن باطن اس کا بے حد خوبصورت تھا۔۔۔اس پر کوئی بناؤ سنگھار، کوئی غازہ، کوئی ابٹنا نہیں تھا۔

پولی تھی، وہ ایک کونے میں رنجیت کمار کے ساتھ کھڑی، اپنے نئے فراک کے بارے میں بات چیت کر رہی تھی اور اسے بتا رہی تھی کہ صرف اپنی ہوشیاری سے اس نے بڑے سستے داموں پر ایسی عمدہ چیز تیار کرا

لی ہے۔دو ٹکڑے تھے جو بظاہر بالکل بے کارمعلوم ہوتے تھے ، مگر اب وہ ایک خوبصورت پوشاک میں تبدیل ہو گئے تھے ۔۔۔اور رنجیت کمار بڑے خلوص کے ساتھ اس کو دو نئے ڈریس بنوا دینے کا وعدہ کر رہا تھا۔حالانکہ اسے فلم کمپنی سے اتنے روپے یک مشت ملنے کی ہرگز ہرگز امید نہیں تھی۔ڈولی تھی وہ غریب نواز سے کچھ قرض مانگنے کی کوشش کر رہی تھی اور اس کو یقین دلا رہی تھی کہ دفتر سے تنخواہ ملنے پر وہ یہ قرض ضرور ادا کر دے گی۔غریب نواز کو قطعی طور پر معلوم تھا کہ وہ یہ روپیہ حسبِ معمول کبھی واپس نہیں دے گی مگر وہ اس کے وعدے پر اعتبار کیے جا رہا تھا۔ تھیلما، ون کترے سے تانڈیو ناچ کے بڑے مشکل توڑے سیکھنے کی کوشش کر رہی تھی۔ ون کترے کو معلوم تھا کہ ساری عمر اُس کے پیر کبھی ان کے بول ادا نہیں کر سکیں گے ، مگر وہ اس کو بتائے جا رہا تھا اور تھیلما بھی اچھی طرح جانتی تھی کہ وہ بے کار اپنا اور ون کترے کا وقت ضائع کر رہی ہے ، مگر بڑے شوق اور انہماک سے سبق یاد کر رہی تھی۔ ایلما اور کٹی دونوں پیے جا رہی تھیں اور آپس میں کسی آٹوی کی بات کر رہی تھیں جس نے پچھلی ریس میں ان دونوں سے خدا معلوم کب کا بدلہ لینے کی خاطر غلط ٹپ دی تھی۔وہ چڈھ فلس کے سانپ کے کھرے ایسے رنگ کے بالوں کو پگھلے ہوئے سونے کی رنگ کی سکاچ میں ملا ملا کر پی رہا تھا۔ فی لس کا ہیجڑہ نما دوست بار بار جیب سے کنگھی نکالتا تھا اور اپنے بال سنوارتا تھا۔ممی کبھی اس سے بات کرتی تھی، کبھی اُس سے، کبھی سوڈا کھلواتی تھی۔ کبھی ٹوٹے ہوئے گلاس کے ٹکڑے اٹھواتی تھی۔۔۔اس کی نگاہ سب پر تھی۔اس بلی کی طرح، جو بظاہر آنکھیں بند کیے سستاتی ہے، مگر اس کو معلوم ہوتا ہے کہ اس کے پانچوں بچے کہاں کہاں ہیں اور کیا کیا شرارت کر رہے ہیں۔

اس دلچسپ تصویر میں کون سارنگ، کون ساخط غلط تھا۔۔۔؟ممی کا وہ بھٹر کیلا اور شوخ میک اپ بھی ایسا معلوم ہوتا تھا کہ اس تصویر کا ایک ضروری جزو ہے ۔غالب کہتا ہے، قیدِ حیات و بندِ غم، اصل میں دونوں ایک ہیں ۔موت سے پہلے آدمی غم سے نجات پائے کیوں۔۔۔؟ قیدِ حیات اور بندِ غم جب اصلاً ایک ہیں تو یہ کیا غرض ہے کہ آدمی موت سے پہلے تھوڑی دیر کے لیے نجات حاصل کرنے کی کوشش نہ کرے۔۔۔ ۔اس نجات کے لیے کون ملک الموت کا انتظار کرے۔۔۔ ۔کیوں آدمی چند لمحات کے لیے خود فریبی کے دلچسپ کھیل میں حصہ نہ لے۔

ممی سب کی تعریف میں رطب اللسان تھی۔اس کے پہلو میں ایسا دل تھا جس میں ان سب کے لیے ممتا تھی۔ ۔۔میں نے سوچا، شاید اس لیے اس نے اپنے چہرے پر رنگ مل لیا ہے کہ لوگوں کو اس کی اصلیت معلوم

نہ ہو۔۔۔اس میں شاید اتنی جسمانی قوت نہیں تھی کہ وہ ہر ایک کی ماں بن سکتی۔۔۔اس نے اپنی شفقت اور محبت کے لیے چند آدمی چن لیے تھے اور باقی ساری دنیا کو چھوڑ دیا تھا۔

ممی کو معلوم نہیں تھا۔ چڈہ ایک تگڑا پیگ فی لس کو پلا چکا تھا۔ چوری چھپے نہیں سب کے سامنے، مگر ممی اس وقت اندر باورچی خانے میں پوٹیٹو چپس تل رہی تھی۔۔۔فی لس نشے میں تھی، ہلکے ہلکے سرور میں۔ جس طرح اس کے پالش کیے ہوئے فولاد کے رنگ کے بال آہستہ آہستہ لہراتے تھے، اسی طرح وہ خود بھی لہراتی تھی۔

رات کے بارہ بج چکے تھے ۔ ون کترے، تھیما کو توڑے سکھا سکھا کر اب اسے بتا رہا تھا کہ اس کا باپ سالا اس سے بہت محبت کرتا تھا۔ چائلڈ ہڈ میں اس نے اس کی شادی بنا دی تھی۔ اس کی وائف بہت بیوٹی فل ہے ۔۔۔اور غریب نواز، ڈولی کو قرض دے کر بھول بھی چکا تھا۔ رنجیت کمار، پولی کو اپنے ساتھ کہیں باہر لے گیا تھا۔ ایلما اور کٹی دونوں جہان بھر کی باتیں کر کے اب تھک گئی تھیں اور آرام کرنا چاہتی تھیں۔ ۔۔ تپائی کے ارد گرد، فی لس، اس کا ہیجڑا نما ساتھی اور ممی بیٹھے تھے ۔ چڈہ اب جذباتی نہیں تھا۔ فی لس اس کے پہلو میں بیٹھی تھی جس نے پہلی دفعہ شراب کا سرور چکھا تھا۔۔۔اس کو حاصل کرنے کا عزم اس کی آنکھوں میں صاف موجود تھا۔ ممی اس سے غافل نہیں تھی۔

تھوڑی دیر کے بعد فی لس کا ہیجڑا نما دوست اٹھ کر صوفے پر دراز ہو گیا اور اپنے بالوں میں کنگھی کرتے کرتے سو گیا۔ ۔۔ غریب نواز اور ایلما اٹھ کر کہیں چلے گئے ۔ ایلما اور کٹی نے آپس میں کسی مارگریٹ کے متعلق باتیں کرتے ہوئے ممی سے رخصت لی اور چلی گئیں۔۔۔ون کترے نے آخری بار اپنی بیوی کی خوبصورتی کی تعریف کی اور فی لس کی طرف حسرت بھری نظروں سے دیکھا، پھر تھیلما کی طرف جو اس کے پاس بیٹھی تھی اور اس کو بازو سے پکڑ کر چاند دکھانے کے لیے باہر میدان میں لے گیا۔

ایک دم جانے کیا ہوا کہ چڈے اور ممی میں گرم گرم باتیں شروع ہو گئیں۔ چڈے کی زبان لڑکھڑا رہی تھی۔ وہ ایک ناخلف بچے کی طرح ممی سے بد زبانی کرنے لگا۔ فی لس نے دونوں میں مصالحت کی مہین مہین کوشش کی، مگر چڈا ہوا کے گھوڑے پر سوار تھا۔ وہ فی لس کو اپنے ساتھ سعیدہ کاٹیج میں لے جانا چاہتا تھا۔ ممی اس کے خلاف تھی۔ وہ اس کو بہت دیر تک سمجھاتی رہی کہ وہ اس ارادے سے باز آ ئے، مگر وہ اس کے لیے نہیں تھا۔ وہ بار بار ممی سے کہہ رہا تھا۔ ''تم دیوانی ہو گئی ہو۔۔۔بوڑھی دلالہ۔۔۔فی لس میری ہے ۔۔۔پوچھ لو اس سے ''

ممی نے بہت دیر تک اس کی گالیاں سنیں، آخر میں بڑے سمجھانے والے انداز میں اس سے کہا۔ ''چڈہ،

مائی سن۔۔۔ تم کیوں نہیں سمجھتے۔۔۔شی از ینگ۔شی از ویری ینگ!''

اس کی آواز میں کپکپاہٹ تھی۔ایک التجاتھی، ایک سرزنش تھی، ایک بڑی بھیانک تصویر تھی، مگر چڈہ بالکل نہ

سمجھا۔اس وقت اس کے پیش نظر صرف فی لس اور اس کا حصول تھا۔ میں نے فی لس کی طرف دیکھا اور

میں نے پہلی دفعہ بڑی شدت سے محسوس کیا کہ وہ بہت چھوٹی عمر کی تھی۔ بمشکل پندرہ برس کی۔۔۔اس

کا سفید چہرہ نقرئی بادلوں میں گھر اہوابارش کے پہلے قطرے کی طرح لرز رہاتھا۔چڈے نے اس کو بازو

سے پکڑ کر اپنی طرف کھینچا اور فلموں کے ہیرو کے انداز میں اسے اپنے سینے کے ساتھ بھینچ لیا۔۔۔ممی نے

احتجاج کی چیخ بلند کی۔ ''چڈہ۔۔۔چھوڑ دو۔۔۔فور گاڈزسیک۔۔۔چھوڑ دو اسے۔''

جب چڈے نے فی لس کو اپنے سینے سے جدانہ کیا تو ممی نے اس کے منہ پر ایک چانٹا مارا۔ ''گٹ

آؤٹ۔۔۔گٹ آؤٹ!''

چڈہ بھونچکا رہ گیا۔ فی لس کو جدا کر کے اس نے دھکا دیا اور ممی کی طرف قہر آلود نگاہوں سے دیکھتا باہر چلا

گیا۔ میں نے اٹھ کر رخصت لی اور چڈے کے پیچھے چلا گیا۔

سعیدہ کاٹیج پہنچ کر میں نے دیکھا کہ وہ پتلون، قمیض اور بوٹ سمیت پلنگ پر اوندھے منہ لیٹاتھا۔ میں نے

اس سے کوئی بات نہ کی اور دوسرے کمرے میں جاکر بڑے میز پر سو گیا۔

صبح دیر سے اٹھا۔ گھڑی میں دس بجے رہے تھے۔ چڈہ صبح ہی صبح اٹھ کر باہر چلا گیا۔ کہاں، یہ کسی کو معلوم

نہیں تھا۔ میں جب غسل خانے سے باہر نکل رہاتھا تو میں نے اس کی آواز سنی جو گراج سے باہر آ رہی تھی۔

میں رک گیا۔ وہ کسی سے کہہ رہاتھا، ''وہ لاجواب عورت ہے۔۔۔خدا کی قسم وہ لاجواب عورت ہے۔۔۔

دعا کرو کہ اس کی عمر کو پہنچ کر تم بھی ویسی ہی گریٹ ہو جاؤ۔''

اس کے لہجے میں ایک عجیب و غریب تلخی تھی۔۔۔معلوم نہیں اس کا رخ اس کی اپنی ذات کی جانب تھا یا

اس شخص کی طرف جس سے وہ مخاطب تھا۔۔۔میں نے زیادہ دیر وہاں رکے رہنا مناسب نہ سمجھا اور اندر

چلا گیا۔ نصف گھنٹے کے قریب میں نے اس کا انتظار کیا۔ جب وہ نہ آیا تو میں پربھات نگر روانہ ہو گیا۔

میری بیوی کا مزاج معتدل تھا۔۔۔ہریش گھر میں نہیں تھا۔ اس کی بیوی نے اس کے متعلق استفسار کیا تو

میں نے کہہ دیا کہ وہ ابھی تک سو رہاہے۔ پونے میں کافی تفریح ہو گئی تھی۔اس لیے میں نے ہریش کی

بیوی سے کہا کہ ہمیں اجازت دی جائے۔ رسماً اس نے ہمیں روکنا چاہا، مگر میں سعیدہ کاٹیج ہی سے فیصلہ کر

کے چلا تھا کہ رات کا واقعہ میرے لیے ذہنی جگالی کے واسطے بہت کافی ہے۔۔۔

ہم چل دیے ۔ ۔ ۔راستے میں ممی کی باتیں ہوئیں۔ جو کچھ ہوا تھا۔ میں نے اس کو من وعن سنا دیا۔اس کا ردِ عمل یہ تھا کہ فی لیس اس کی کوئی رشتہ دار ہوگی۔ یا وہ اسے کسی اچھی آسامی کو پیش کرنا چاہتی تھی جبھی اس نے چڈے سے لڑائی کی ۔ ۔ ۔ میں خاموش رہا۔اس کی تردید کی نہ تائید ۔

کئی دن گزرنے پر چڈے کا خط آیا، جس میں اس رات کے واقعے کاسرسری ذکر تھا۔اور اس نے اپنے متعلق یہ کہا تھا۔ ''میں اس روز حیوان بن گیا تھا۔ ۔ لعنت ہو مجھ پر! ''

تین مہینے کے بعد مجھے ایک ضروری کام سے پونے جانا پڑا۔سیدھا سعیدہ کاٹیج پہنچا۔چڈہ موجود نہیں تھا۔ غریب نواز سے اس وقت ملاقات ہوئی، جب وہ گراج سے باہر نکل کر شیریں کے خورد سال بچے کو پیار کر رہا تھا۔ وہ بڑے تپاک سے ملا۔تھوڑی دیر کے بعد رنجیت کمار آ گیا، کچھوے کی چال چلتا اور خاموش بیٹھ گیا۔ میں اگر اس سے کچھ پوچھتا تو وہ بڑے اختصار سے جواب دیتا۔اس سے باتوں باتوں میں معلوم ہوا کہ چڈہ اس رات کے بعد ممی کے پاس نہیں گیا اور نہ وہ کبھی یہاں آئی ہے ۔ فی لیس کو اس نے دوسرے روز ہی اپنے ماں باپ کے پاس بھجوا دیا تھا۔وہ اس ہیجڑا نمالڑ کے کے ساتھ گھر سے بھاگ کر آئی ہوئی تھی۔ ۔ ۔رنجیت کمار کو یقین تھا کہ اگر وہ کچھ دن اور پونے میں رہتی تو وہ ضرور اسے لے اڑتا۔غریب نواز کو ایسا کوئی زعم نہیں تھا۔اسے صرف یہ افسوس تھا کہ وہ چلی گئی۔

چڈے کے متعلق یہ پتہ چلا کہ دو تین روز سے اس کی طبیعت ناساز ہے ۔ ۔ ۔بخار رہتا ہے، مگر وہ کسی ڈاکٹر سے مشورہ نہیں لیتا۔ ۔ ۔سارا دن اِدھر اُدھر گھومتا رہتا ہے۔غریب نواز نے جب مجھے یہ باتیں بتانا شروع کریں تو رنجیت کمار اٹھ کر چلا گیا۔ میں نے سلاخوں والی کھڑکی میں سے دیکھا،اس کا رخ گراج کی طرف تھا۔

میں غریب نواز سے گراج والی شیریں کے متعلق کچھ پوچھنے کے لیے خود کو تیار ہی کر رہا تھا کہ ون کترے سخت گھبرایا ہوا کمرے میں داخل ہوا اس سے معلوم ہوا کہ چڈے کو سخت بخار تھا، وہ اسے تانگے میں یہاں لا رہا تھا کہ راستے میں بیہوش ہوگیا۔ ۔ ۔ میں اور غریب نواز باہر دوڑے ۔تانگے والے نے بیہوش چڈے کو سنبھالا ہوا تھا۔ہم سب نے مل کر اسے اٹھایا اور کمرے میں پہنچا کر بستر پر لٹا دیا۔ میں نے اس کے ماتھے پر ہاتھ رکھ کر دیکھا۔واقعی بہت تیز بخار تھا۔ایک سو چھ ڈگری سے قطعاً کم نہ ہوگا۔ میں نے غریب نواز سے کہا کہ فوراً ڈاکٹر کو بلانا چاہیے ۔اس نے ون کترے سے مشورہ کیا۔وہ ''ابھی آتا ہوں،'' کہہ کر چلا گیا۔ جب واپس آیا تو اس کے ساتھ ممی تھی جو ہانپ رہی تھی۔اندر داخل ہوتے ہی اس نے چڈے کی طرف دیکھا اور قریب چیخ کر پوچھا۔ ''کیا ہوا میرے بیٹے کو؟''

ون کترے نے جب اسے بتایا کہ چڈہ کئی دن سے بیمار تھا تو ممی نے بڑے رنج اور غصے کے ساتھ کہا، ''تم کیسے لوگ ہو۔۔۔ مجھے اطلاع کیوں نہ دی۔'' پھر اس نے غریب نواز، مجھے اور ون کترے کو مختلف ہدایات دیں۔ ایک کو چڈے کے پاس سہلانے کی، دوسرے کو برف لانے کی اور تیسرے کو پنکھا کرنے کی۔ چڈے کی حالت دیکھ کر اس کی اپنی حالت بہت غیر ہو گئی تھی۔ لیکن اس نے تحمل سے کام لیا اور ڈاکٹر بلانے چلی گئی۔

معلوم نہیں رنجیت کمار کو گراج میں کیسے پتہ چلا۔ ممی کے جانے کے بعد فوراً وہ گھبرایا ہوا آیا۔ جب اس نے استفسار کیا تو ون کترے نے اس کے بیہوش ہونے کا واقعہ بیان کر دیا اور یہ بھی بتا دیا کہ ممی ڈاکٹر کے پاس گئی ہے۔ یہ سن کر رنجیت کمار کا اضطراب کسی حد تک دور ہو گیا۔

میں نے دیکھا کہ وہ تینوں بہت مطمئن تھے، جیسے چڈے کی صحت کی ساری ذمہ داری ممی نے اپنے سر لے لی ہے۔

اس کی ہدایات کے مطابق چڈے کے پاؤں سہلائے جا رہے تھے۔ سر پر برف کی پٹیاں رکھی جا رہی تھیں۔ جب ممی ڈاکٹر لے کر آئی تو وہ کسی قدر ہوش میں آ رہا تھا۔ ڈاکٹر نے معائنے میں کافی دیر لگائی۔ اس کے چہرے سے معلوم ہوتا تھا کہ چڈے کی زندگی میں خطرے میں ہے۔ معائنے کے بعد ڈاکٹر نے ممی کو اشارہ کیا اور وہ کمرے سے باہر چلے گئے۔۔۔ میں نے سلاخوں والی کھڑکی میں سے دیکھا گراج کے ٹاٹ کا پردہ ہل رہا تھا۔

تھوڑی دیر کے بعد ممی آئی۔ غریب نواز، ون کترے اور رنجیت کمار سے اس نے فرداً فرداً کہا کہ گھبرانے کی کوئی بات نہیں۔ چڈہ اب آنکھیں کھول کر سن رہا تھا۔ ممی کو اس نے حیرت کی نگاہوں سے نہیں دیکھا تھا۔ لیکن وہ الجھن سی محسوس کر رہا تھا۔ چند لمحات کے بعد جب وہ سمجھ گیا کہ ممی کیوں اور کیسے آئی ہے تو اس نے ممی کا ہاتھ اپنے ہاتھ میں لیا اور دبا کر کہا، ''ممی، یو آر گریٹ!''

ممی اس کے پاس پلنگ پر بیٹھ گئی۔ وہ شفقت کا مجسمہ تھی۔ چڈے کے تپتے ہوئے ماتھے پر ہاتھ پھیر کر اس نے مسکرائے ہوتے صرف اتنا کہا، ''میرے بیٹے۔۔۔ میرے غریب بیٹے!''

چڈے کی آنکھوں میں آنسو آ گئے۔ لیکن فوراً ہی اس نے ان کو جذب کرنے کی کوشش کی اور کہا، ''نہیں۔۔ تمہارا بیٹا اول درجے کا سکاؤنڈرل ہے۔۔۔ جاؤ اپنے مرحوم خاوند کا پستول لاؤ اور اس کے سینے پر داغ دو!''

ممی نے چڈے کے گال پر ہولے سے طمانچہ مارا، ''فضول بکواس نہ کرو۔'' پھر وہ چست و چالاک نرس کی طرح اٹھی اور ہم سب سے مخاطب ہو کر کہا۔ ''لڑکو۔ ۔ ۔ چڈے بیمار ہے، اور مجھے ہسپتال لے جانا ہے اسے ۔ ۔ ۔ سمجھے؟''

سب سمجھ گئے۔ غریب نواز نے فوراً ٹیکسی کا بندوبست کر دیا۔ چڈے کو اٹھا کر اس میں ڈالا گیا۔ وہ بہت کہتا رہا کہ اتنی کونسی آفت آ گئی ہے جو اس کو ہسپتال کے سپرد کیا جا رہا ہے۔ مگر ممی یہی کہتی رہی کہ بات کچھ بھی نہیں۔ ہسپتال میں ذرا آرام رہتا ہے ۔ چڈہ بہت ضدی تھا۔ مگر نفسیاتی طور پر وہ اس وقت ممی کی کسی بات سے انکار نہیں کر سکتا تھا۔

چڈہ ہسپتال میں داخل ہو گیا۔ ۔ ۔ ممی نے اکیلے میں مجھے بتایا کہ مرض بہت خطرناک ہے ۔ یعنی پلیگ۔ یہ سن کر میرے اوسان خطا ہو گئے ۔ خود ممی بہت پریشان تھی۔ لیکن اس کو امید تھی کہ یہ بلا ٹل جائے گی اور چڈہ بہت جلد تندرست ہو جائے گا۔

علاج ہوتا رہا۔ پرائیویٹ ہسپتال تھا۔ ڈاکٹروں نے چڈے کا علاج بہت توجہ سے کیا مگر کئی پیچیدگیاں پیدا ہو گئیں۔ اس کی جلد جگہ جگہ سے پھٹنے لگی۔ اور بخار بڑھتا گیا۔ ڈاکٹروں نے بالآخر یہ رائے دی کہ اسے بمبئی لے جاؤ، مگر ممی نہ مانی۔ اس نے چڈے کو اسی حالت میں اٹھوایا اور اپنے گھر لے گئی۔

میں زیادہ دیر پونے میں نہیں ٹھہر سکتا تھا۔ واپس بمبئی آیا تو میں نے ٹیلی فون کے ذریعے سے کئی مرتبہ اس کا حال دریافت کیا۔ میرا خیال تھا کہ وہ پلیگ کے حملے سے جانبر نہ ہو سکے گا۔ مگر مجھے معلوم ہوا کہ آہستہ آہستہ اس کی حالت سنبھل رہی ہے۔ ایک مقدمے کے سلسلے میں مجھے لاہور جانا پڑا۔ وہاں سے پندرہ روز کے بعد لوٹا تو میری بیوی نے چڈے کا ایک خط دیا جس میں صرف یہ لکھا تھا، ''عظیم المرتبت ممی نے اپنے ناخلف بیٹے کو موت کے منہ سے بچا لیا ہے۔''

ان چند لفظوں میں بہت کچھ تھا۔ جذبات کا ایک پورا سمندر تھا۔ میں نے اپنی بیوی سے اس کا ذکر خلافِ معمول بڑے جذباتی انداز میں کیا تو اس نے متاثر ہو کر صرف اتنا کہا، ''ایسی عورتیں عموماً خدمت گزار ہوا کرتی ہیں۔''

میں نے چڈے کو دو تین خط لکھے، جن کا جواب نہ آیا۔ بعد میں معلوم ہوا کہ ممی نے اس کو تبدیلی آب و ہوا کی خاطر اپنی ایک سہیلی کے ہاں لوناولہ بھجوا دیا تھا۔ چڈہ وہاں بمشکل ایک مہینہ رہا اور اکتا کر چلا آیا۔ جس روز وہ پونے پہنچا اتفاق سے میں وہیں تھا۔

پلیگ کے زبردست حملے کے باعث وہ بہت کمزور ہو گیا تھا۔مگر اس کی غوغا پسند طبیعت اسی طرح زوروں پر تھی۔اپنی بیماری کا اس نے اس انداز میں ذکر کیا کہ جس طرح آدمی سائیکل کے معمولی حادثے کا ذکر کرتا ہے۔اب کہ وہ جانبر ہو گیا تھا، اپنی خطرناک علالت کے متعلق تفصیلی گفتگو اسے بے کار معلوم ہوتی تھی۔ سعیدہ کاٹیج میں چڈے کی غیر حاضری کے دوران میں چھوٹی چھوٹی تبدیلیاں ہوئی تھیں۔ایل برادران یعنی عقیل اور شکیل اور اٹھ گئے تھے ۔کیونکہ انہیں اپنی ذاتی فلم کمپنی قائم کرنے کے لیے سعیدہ کاٹیج کی فضا مناسب و موزوں معلوم نہیں ہوتی تھی۔اس کی جگہ ایک بنگالی میوزک ڈائریکٹر آ گیا تھا۔اس کا نام سین تھا۔اس کے ساتھ لاہور سے بھاگا ہوا ایک لڑکا رام سنگھ رہتا تھا۔سعیدہ کاٹیج والے سب اس سے کام لیتے تھے ۔ طبعیت کا بہت شریف اور خدمت گزار تھا۔ چڈے کے پاس اس وقت آیا تھا جب وہ ممی کے کہنے پر لونا ولہ جا رہا تھا۔اس نے غریب نواز اور رنجیت کمار سے کہہ دیا تھا کہ اسے سعیدہ کاٹیج میں رکھ لیا جائے ۔ سین کے کمرے میں چونکہ جگہ خالی تھی، اس لیے اس نے وہیں اپنا ڈیرہ جما دیا تھا۔

رنجیت کمار کو کمپنی کے نئے فلم میں ہیرو منتخب کر لیا گیا اور اس کے ساتھ وعدہ کیا گیا تھا کہ اگر فلم کام یاب ہوا تو اس کو دوسرا فلم ڈائریکٹ کرنے کا موقع دیا جائے گا۔ چڈہ اپنی دو برس کی جمع شدہ تنخواہ میں سے ڈیڑھ ہزار روپیہ یک مشت حاصل کرنے میں کام یاب ہو چکا تھا۔اس نے رنجیت کمار سے کہا تھا۔ ''میری جان اگر کچھ وصول کرنا ہے تو پلیگ میں مبتلا ہو جاؤ۔۔۔ ہیرو اور ڈائریکٹر بننے سے میرا تو خیال ہے یہی بہتر ہے ۔''

غریب نواز تازہ تازہ حیدر آباد سے واپس آیا تھا۔اس لیے سعیدہ کاٹیج کسی قدر مرفع الحال تھی۔ میں نے دیکھا کہ گراج کے باہر الگنی سے ایسی قمیض اور شلواریں لٹک رہی تھیں جن کا کپڑا اچھا اور قیمتی تھا۔شیریں کے خورد سال بچے کے پاس نئے کھلونے تھے ۔

مجھے پونے میں پندرہ روز رہنا پڑا۔میرا پرانا فلموں کا ساتھی اب نئے فلم کی ہیروئن کی محبت میں گرفتار ہونے کی کوشش میں مصروف تھا۔ مگر ڈرتا تھا۔ کیونکہ یہ ہیروئن پنجابی تھی اور اس کا خاوند بڑی بڑی مونچھوں والا ہٹا کٹا مشٹنڈا تھا۔ چڈے نے اس کو حوصلہ دیا تھا، '' کچھ پروانہ کرو اس سالے کی ۔۔۔ جس پنجابی ایکٹرس کا خاوند بڑی بڑی مونچھوں والا پہلوان ہو، وہ عشق کے میدان میں ضرور چاروں شانوں چت گرا کرتا ہے ۔۔۔ بس اتنا کرو کہ سو روپے فی گالی کے حساب سے مجھ سے پنجابی کی دس بیس بڑی ہیوی قسم کی گالیاں سیکھ لو۔ یہ تمہاری خاص مشکلوں میں بہت کام آیا کریں گی۔''

ہریش ایک بوتل فی گلاس کے حساب سے چھ گالیاں پنجاب کے مخصوص لب ولہجے میں یاد کر چکا تھا۔مگر ابھی تک اسے اپنے عشق کے راستے میں کوئی ایسی خاص مشکل درپیش نہیں آئی تھی جو وہ ان کی تاثیر کا امتحان لے سکتا۔

ممی کے گھر حسب معمول محفلیں جمتی تھیں۔ پولی۔ ڈولی۔ کٹی۔ ایلما۔ تھیلما وغیرہ سب آئی تھیں۔ ون کترے بدستور تھیلما کو کتھاکلی اور تانڈیو ناچ کی تاثیر اور دھانی ناکت کی ون ٹو تھری بنا بنا کر بتاتا تھا۔ اور وہ اسے سیکھنے کی پرخلوص کوشش کرتی تھی۔غریب نواز حسب توفیق قرض دے رہا تھا اور رنجیت کمار جس کو اب کمپنی کے نئے فلم میں ہیرو کا چانس مل رہا تھا۔ان میں سے کسی ایک کو باہر کھلی ہوا میں لے جاتا تھا۔ ۔ ۔ چڈے کے ننگے ننگے لمرکس ن کر اسی طرح قہقہے بر پا ہوتے تھے ۔ ۔ ۔ ایک صرف وہ نہیں تھی ۔ ۔ ۔ وہ جس کے بالوں کے رنگ کے لیے صحیح تشبیہ ڈھونڈنے میں چڈے نے کافی وقت صرف کیا تھا۔مگر ان محفلوں میں چڈے کی نگاہیں اسے ڈھونڈتی نہیں تھی۔ پھر بھی کبھی کبھی چڈے کی نظریں ممی کی نظروں سے ٹکرا کر جھک جاتی تھیں تو میں محسوس کرتا تھا کہ اس کو اپنی اس رات کی دیوانگی کا افسوس ہے۔ایسا افسوس جس کی یاد سے اس کو تکلیف ہوتی ہے۔ چنانچہ چوتھے پیگ کے بعد کسی وقت اس قسم کا جملہ اس کی زبان سے بے اختیار نکل جاتا۔ '' چڈہ ۔ ۔ ۔ یو آر اے ڈیمڈ بروٹ! ''

یہ سن کر ممی زیر لب مسکرا دیتی تھی، جیسے وہ اس مسکراہٹ کی شیرینی میں لپیٹ لپیٹ کر یہ کہہ رہی ہے۔ '' ڈونٹ ٹوک روٹ۔ ''

ون کترے سے بدستور اس کی چج چلتی تھی۔سرور میں آ کر جب بھی وہ اپنے باپ کی تعریف میں یا اپنی بیوی کی خوبصورتی کے متعلق کچھ کہنے لگتا تو وہ اس کی بات بہت بڑے گنڈا سے کاٹ ڈالتا۔وہ غریب چپ ہو جاتا اور اپنا میٹری کولیشن سرٹیفیکیٹ تہہ کر کے جیب میں ڈال لیتا۔

ممی، وہی ممی تھی۔ ۔ ۔ پولی کی ممی، ڈولی کی ممی، چڈے کی ممی، رنجیت کمار کی ممی۔ ۔ ۔ سوڈے کی بوتلوں، گز ک چیزوں اور محفل جمانے کے دوسروں سازوسامان کے انتظام میں وہ اسی پر شفقت انہا سے حصہ لیتی تھی۔اس کے چہرے کا میک اپ ویسا ہی واہیات ہوتا تھا۔اس کے کپڑے اسی طرح کے شوخ وشنگ تھے۔غازے اور سرخی کی تہوں سے اس کی جھریاں اسی طرح جھانکتی تھیں۔مگر اب مجھے یہ مقدس دکھائی دیتی تھیں۔اتنی مقدس کہ پلیگ کے کیڑے ان تک نہیں پہنچ سکے تھے۔ ڈر کر، سمٹ کر، وہ ڈر گئے تھے ۔ ۔ ۔ چڈے کے جسم سے بھی نکل بھاگے تھے کہ اس پر ان جھریوں کا سایہ تھا۔ ۔ ۔ ان مقدس جھریوں

کا جو ہر وقت نہایت واہیات رنگوں میں لتھڑی رہتی تھیں۔

ون کترے کی خوبصورت بیوی کے جب اسقاط ہوا تھا تو ممی ہی کی بروقت امداد سے اس کی جان بچی تھی۔

تھیلما جب ہندوستانی رقص سیکھنے کے شوق میں مارواڑ کے ایک کتھک کے ہتھے چڑھ گئی تھی اور اس سودے میں اس ایک روز جب اس کو اچانک معلوم ہوا تھا کہ اس نے ایک مرض خرید لیا ہے تو ممی نے اس کو بہت ڈانٹا تھا۔اور اس کو جہنم سپرد کر کے ہمیشہ ہمیشہ کے لیے اس سے قطع تعلق کرنے کا تہیہ کر لیا تھا مگر اس کی آنکھوں میں آنسو دیکھ کر اس کا دل پسیج گیا تھا۔اس نے اسی روز شام کو اپنے بیٹوں کو ساری بات سنا دی تھی اور اس سے درخواست کی تھی کہ وہ تھیلما کا علاج کرائیں۔ کٹی کو ایک معما حل کرنے کے سلسلے میں پانچ سو روپے کا انعام ملا تھا، تو اس نے مجبور کیا تھا کہ وہ کم از کم اس کے آدھے روپے غریب نواز کو دے دے، کیونکہ اس غریب کا ہاتھ تنگ ہے۔اس نے کٹی سے کہا تھا، ''تم اس وقت اسے دے دو۔۔۔بعد میں لیتی رہنا،'' اور مجھ سے اس نے پندرہ روز کے قیام کے دوران میں کئی مرتبہ میری مسز کے بارے میں پوچھا تھا اور تشویش کا اظہار کیا تھا کہ پہلے بچے کی موت کو اتنے برس ہو گئے ہیں، دوسرا بچہ کیوں نہیں ہوا۔

رنجیت کمار سے زیادہ رغبت کے ساتھ بات نہیں کرتی تھی۔ ایسا معلوم ہوتا تھا کہ اس کی نمائش پسند طبیعت اس کو اچھی نہیں لگتی۔ میرے سامنے اس کا اظہار وہ ایک دو مرتبہ دبے لفظوں میں بھی کر چکی تھی۔میوزک ڈائریکٹر سین سے وہ نفرت کرتی تھی۔ چڈھا اس کو اپنے ساتھ لاتا تھا تو وہ اس سے کہتی تھی ''ایسے ذلیل آدمی کو یہاں مت لایا کرو۔'' چڈھا اس سے وجہ پوچھتا تو وہ بڑی سنجیدگی سے یہ جواب دیتی تھی کہ ''مجھے یہ آدمی اوپرا اوپرا سا معلوم ہوتا ہے۔۔۔فٹ نہیں بیٹھتا میری نظروں میں۔'' یہ سن کر چڈھا ہنس دیتا تھا۔

ممی کے گھر کی محفلوں کی پُرخلوص گرمی لیے میں واپس بمبئے چلا گیا۔ان محفلوں میں زندگی تھی، بلا نوشی تھی، جنسیاتی رنگ تھا۔مگر کوئی الجھاؤ نہیں تھا۔ ہر چیز حاملہ عورت کے پیٹ کی طرح قابل فہم تھی۔اسی طرح ابھری ہوئی۔ بظاہر اسی طرح کڈھب، بینڈی اور دیکھنے والے کو گو مگوئی کی حالت میں ڈالنے والی۔مگر اصل میں بڑی صحیح، با سلیقہ اور اپنی جگہ پر قائم۔

دوسرے روز صبح کے اخباروں میں یہ پڑھا کہ سعیدہ کاٹج میں بنگالی میوزک ڈائریکٹر سین مارا گیا ہے۔اس کو قتل کرنے والا کوئی رام سنگھ ہے جس کی عمر چودہ پندرہ برس کے قریب بتائی جاتی ہے۔ میں نے فوراً پُونے ٹیلیفون کیا مگر کوئی نہ مل سکا۔

ایک ہفتے کے بعد چڈھے کا خط آیا جس میں حادثۂ قتل کی پوری تفصیل تھی۔ رات کو سب سوئے تھے کہ

چڑے کے پلنگ پر اچانک کوئی گرا۔ وہ ہڑبڑا کر اٹھا۔ روشنی کی تو دیکھا کہ سین ہے ۔خون میں لت پت۔ چڑا اچھی طرح اپنے ہوش و حواس سنبھالنے بھی نہ پایا تھا کہ دروازے میں رام سنگھ نمودار ہوا۔اس کے ہاتھ میں چھری تھی۔ فوراً ہی غریب نواز اور رنجیت کمار بھی آگئے ۔ساری سعیدہ کاٹیج بیدار ہوگئی۔ رنجیت کمار اور غریب نواز نے رام سنگھ کو پکڑ لیا اور چھری اس کے ہاتھ سے چھین لی۔ چڑے نے سین کو اپنے پلنگ پر لٹایا اور اس سے زخموں کے متعلق کچھ پوچھنے ہی والا تھا کہ اس نے آخری ہچکی لی اور ٹھنڈا ہو گیا۔ رام سنگھ، غریب نواز اور رنجیت کمار کی گرفت میں تھا، مگر وہ دونوں کانپ رہے تھے۔ سین مر گیا تو رام سنگھ نے چڑے سے پوچھا، ''بھاپا جی۔۔۔مر گیا؟''

چڑے نے اثبات میں جواب دیا تو رام سنگھ نے رنجیت کمار اور غریب نواز سے کہا، ''مجھے چھوڑ دیجیے، میں بھاگوں گا نہیں۔''

چڑے کی سمجھ میں نہیں آتا تھا کہ وہ کیا کرے ۔اس نے فوراً نو کر کو بھیج کر ممی کو بلوایا۔ممی آئی تو سب مطمئن ہو گئے کہ معاملہ سلجھ جائے گا۔ اس نے رام سنگھ کو آزاد کر دیا اور تھوڑی دیر کے بعد اپنے ساتھ پولیس اسٹیشن لے گئی جہاں اس کا بیان درج کرا دیا گیا۔اس کے بعد چڑہ اور اس کے ساتھی کئی دن تک سخت پریشان رہے ۔ پولیس کی پوچھ گچھ، بیانات، پھر عدالت میں مقدمے کی پیروی۔ممی اس دوران میں بہت دوڑ دھوپ کرتی رہی تھی۔ چڑہ کو یقین تھا کہ رام سنگھ بری ہو جائے گا۔ چنانچہ ایسا ہی ہوا۔ ماتحت عدالت ہی نے اسے صاف بری کر دیا۔عدالت میں اس کا وہی بیان تھا جو اس نے تھانے میں دیا تھا۔ممی نے اس سے کہا تھا، ''بیٹا گھبراؤ نہیں، جو کچھ ہوا ہے سچ سچ بتا دو۔''۔۔۔اور اس نے تمام واقعات من و عن بیان کر دیے تھے کہ سین نے اس کو پلے بیگ سنگر بنا دینے کا لالچ دیا تھا۔اس کو خود بھی موسیقی سے بڑا لگاؤ تھا اور سین بہت اچھا گانے والا تھا۔وہ اس چکر میں آ کر اس کی شہوانی خواہشات کو پوری کرتا رہا۔ مگر اس کو اس سے سخت نفرت تھی۔اس کا دل بار بار اسے لعنت ملامت کرتا تھا۔ آخر میں وہ اس قدر تنگ آ گیا تھا کہ اس نے سین سے کہہ بھی دیا تھا کہ اگر اس نے پھر اسے مجبور کیا تو وہ اسے جان سے مار ڈالے گا۔ چنانچہ واردات کی رات کو یہی ہوا۔

عدالت میں اس نے یہی بیان دیا۔ممی موجود تھی۔ آنکھوں ہی آنکھوں میں وہ رام سنگھ کو دلاسا دیتی رہی کہ گھبراؤ نہیں، جو سچ ہے کہہ دو۔ سچ کی ہمیشہ فتح ہوتی۔اس میں کوئی شک نہیں کہ تمہارے ہاتھوں نے خون کیا ہے مگر ایک بڑی نجس چیز ہے ۔ ایک خباثت کا، ایک غیر فطری سودے کا۔

رام سنگھ نے بڑی سادگی، بڑے بھولپن اور بڑے معصومانہ انداز میں سارے واقعات بیان کیے۔ مجسٹریٹ اس قدر متاثر ہوا کہ اس نے رام سنگھ کو بری کر دیا۔ چڈے نے کہا، ''اس جھوٹے زمانے میں یہ صداقت کی حیرت انگیز فتح ہے۔۔۔اور اس کا سہرا میری بڈھی ممی کے سر ہے!''

چڈے نے مجھے اس جلسے میں بلایا تھا جو رام سنگھ کی رہائی کی خوشی میں سعیدہ کاٹیج والوں نے کیا تھا۔ مگر میں مصروفیت کے باعث اس میں شریک نہ ہو سکا۔ایل بردار زشکیل اور عقیل دونوں واپس سعیدہ کاٹیج آ گئے تھے۔ باہر کی فضا بھی ان کی ذاتی فلم کمپنی کی تاسیس وتعمیر کے لیے راس نہ آئی تھی۔اب وہ پھر اپنی پرانی فلم کمپنی میں کسی اسسٹنٹ کے اسسٹنٹ ہو گئے تھے۔ان دونوں کے پاس اس سرمائے میں سے چند سو باقی بچے ہوئے تھے جو انہوں نے اپنی فلم کمپنی کی بنیادوں کے لیے فراہم کیا تھا۔ چڈے کے مشورے پر انہوں نے یہ سب رویہ جلسے کو کام یاب بنانے کے لیے دیا۔ چڈے نے ان سے کہا تھا، ''اب میں چار پیگ پی کر دعا کروں گا کہ وہ تمہاری ذاتی فلم کمپنی فوراً کھڑی کر دے۔''

چڈے کا بیان تھا کہ اس جلسے میں ون کترے نے شراب پی کر خلافِ معمول اپنے سالے باپ کی تعریف نہ کی اور نہ اپنی خوبصورت بیوی کا ذکر کیا۔غریب نواز نے کٹی کی فوری ضروریات کے پیش نظر اس کو دو سو روپے قرض دیے اور رنجیت کمار سے اس نے کہا تھا، ''تم ان بیچاری لڑکیوں کو یونہی جھانسے نہ دیا کرو۔۔۔ہو سکتا ہے کہ تمہاری نیت صاف ہو، مگر لینے کے معاملے میں ان کی نیت اتنی صاف نہیں ہوتی۔ ۔۔ کچھ نہ کچھ دے دیا کرو!''

ممی نے اس جلسے میں رام سنگھ کو بہت پیار کیا، اور سب کو یہ مشورہ دیا کہ اسے گھر واپس جانے کے لیے کہا جائے۔ چنانچہ وہیں فیصلہ ہوا اور دوسرے روز غریب نواز نے اس کے ٹکٹ کا بندوبست کر دیا۔۔۔ شیریں نے سفر کے لیے اس کو کھانا پکا کر دیا۔اسٹیشن پر سب اس کو چھوڑنے گئے۔ٹرین چلی تو وہ دیر تک ہاتھ ہلاتے رہے۔

یہ چھوٹی چھوٹی باتیں مجھے اس جلسے کے دس روز بعد معلوم ہوئیں۔ جب مجھے ایک ضروری کام سے پُونے جانا پڑا۔سعیدہ کاٹیج میں کوئی تبدیلی واقع نہیں ہوئی تھی۔ایسا معلوم ہوتا تھا کہ وہ ایسا پڑاؤ ہے جس کی شکل و صورت ہزار ہا قافلوں کے ٹھہرنے سے بھی تبدیل نہیں ہوتی۔وہ کچھ ایسی جگہ تھی جو اپنا خلا خود ہی پُر کر دیتی تھی۔میں جس روز وہاں پہنچا۔شیریں ینی بٹ رہی تھی۔شیریں کے گھر ایک اور لڑکا ہوا تھا۔ون کترے کے ہاتھ میں گلیکسو کا ڈبہ تھا۔ان دنوں یہ بڑی مشکل سے دستیاب ہوتا تھا۔اس نے اپنے بچے کے لیے کہیں

سے دو پیدا کیے تھے۔ان میں سے ایک وہ شیریں کے نوزائیدہ لڑکے کے لیے لے آیا تھا۔چڈے نے آخری دو لڈو اس کے منہ میں ٹھونسے اور کہا، ''تو یہ گلیکسو کا ڈبہ لے آیا ہے۔۔۔بڑا کمال کیا ہے تو نے۔۔۔اپنے سالے باپ اور اپنی سالی بیوی کی دیکھنا، ہرگز کوئی بات نہ کرنا۔''

ون کترے نے بڑے بھولپن کے ساتھ کہا، ''سالے، میں اب کوئی پیے لاہوں۔۔۔وہ تو دارو بولا کرتی ہے۔۔۔ویسے بائی گاڈ۔۔۔میری بیوی بڑی ہینڈسم ہے۔۔۔''

چڈے نے اس قدر بے تحاشا قہقہہ لگایا کہ ون کترے کو اور کچھ کہنے کا موقع نہ ملا۔اس کے بعد چڈہ، غریب نواز اور رنجیت کمار مجھ سے متوجہ ہوئے اور اس کہانی کی باتیں شروع ہو گئیں جو میں اپنے پرانے فلموں کے ساتھی کے ذریعے سے وہاں کے ایک پروڈیوسر کے لیے لکھ رہا تھا۔ پھر کچھ دیر شیریں کے نوزائیدہ لڑکے کا نام مقرر ہوتا رہا۔سینکڑوں نام پیش ہوئے مگر چڈے کو پسند نہ آئے۔ آخر میں نے کہا کہ جائے پیدائش یعنی سعیدہ کاٹیج کی رعایت سے لڑکا مولودِ مسعود ہے۔اس لیے مسعود نام بہتر رہے گا۔ چڈے کو پسند نہیں تھا لیکن اس نے عارضی طور پر قبول کر لیا۔

اس دوران میں میں نے محسوس کیا کہ چڈہ، غریب نواز اور رنجیت کمار تینوں کی طبیعت کسی قدر بجھی بجھی سی تھی۔ میں نے سوچا شاید خزاں کے موسم کی وجہ ہے۔ جب آدمی خواہ مخواہ تھکاوٹ محسوس کرتا ہے۔شیریں کا نیا بچہ بھی اس خفیف اضمحلال کا باعث ہو سکتا تھا۔ لیکن یہ شبہ استدلال پر پورا نہیں اترتا تھا۔سین کے قل کی ٹریجڈی۔۔۔؟معلوم نہیں۔کیا وجہ تھی۔۔۔لیکن میں نے یہ قطعی طور پر محسوس کیا تھا کہ وہ سب افسردہ تھے۔ بظاہر ہنستے تھے، بولتے تھے مگر اندرونی طور پر مضطرب تھے۔

میں پربھات نگر میں اپنے پرانے فلموں کے ساتھی کے گھر میں کہانی لکھتا رہا۔ یہ مصروفیت پورے سات دن جاری رہی۔ مجھے بار بار خیال آتا تھا کہ اس دوران میں چڈے نے خلل اندازی کیوں نہیں کی۔ون کترے بھی کہیں غائب تھا۔ رنجیت کمار سے میرے کوئی اتنے مراسم نہیں تھے کہ وہ میرے پاس اتنی دور آتا۔غریب نواز کے متعلق میں نے سوچا تھا کہ شاید حیدر آباد چلا گیا ہو۔اور میرا پرانا فلموں کا ساتھی اپنے نئے فلم کی ہیروئن سے اس کے گھر میں اس کے بڑی بڑی مونچھوں والے خاوند کی موجودگی میں عشق لڑانے کا مصمم ارادہ کر رہا تھا۔

میں اپنی کہانی کے ایک بڑے دلچسپ باب کا منظر نامہ تیار کر رہا تھا کہ چڈہ بلائے ناگہانی کی طرح نازل ہوا۔ کمرے میں داخل ہوتے ہی اس نے مجھ سے پوچھا، ''اس بکواس کا تم نے کچھ وصول کیا ہے۔''

اس کا اشارہ میری کہانی کی طرف تھا جس کے معاوضے کی دوسری قسط میں نے دو روز ہوئے وصول کی تھی ۔۔۔ ''ہاں۔۔۔ دوسرا ہزار پرسوں لیا ہے ۔''

''کہاں ہے یہ ہزار؟'' یہ کہتا چڈے میرے کوٹ کی طرف بڑھا۔

''میری جیب میں!''

چڈے نے میری جیب میں ہاتھ ڈالا سو سو کے چار نوٹ نکالے اور مجھ سے کہا۔ ''آج شام کو ممی کے ہاں پہنچ جانا۔۔۔ ایک پارٹی ہے !''

میں اس پارٹی کے متعلق اس سے کچھ دریافت ہی کرنے والا تھا کہ وہ چلا گیا۔ وہ افسردگی جو میں نے چند روز پہلے اس میں محسوس کی تھی بدستور موجود تھی۔ وہ کچھ مضطرب بھی تھا۔۔۔ میں نے اس کے متعلق سوچنا چاہا مگر دماغ مائل نہ ہوا کہانی کے دلچسپ باب کا منظر نامہ اس میں بری طرح پھنسا تھا۔

اپنے پرانے فلموں کے ساتھی کے ساتھ اپنی بیوی کی باتیں کر کے شام کو ساڑھے پانچ بجے کے قریب میں وہاں سے روانہ ہو کر سات بجے سعیدہ کاٹیج پہنچا۔ گراج کے باہر الگنی پر گیلے گیلے پوٹرے لٹک رہے تھے۔ اور نل کے پاس ایل برادران شیریں کے بڑے لڑکے کے ساتھ کھیل رہے تھے۔ گراج کے ٹاٹ کا پردہ ہٹا ہوا تھا اور شیریں ان سے غالباً ممی کی باتیں کر رہی تھی۔ مجھے دیکھ کر وہ چپ ہو گئے۔ میں نے چڈے کے متعلق پوچھا تو عقیل نے کہا کہ وہ ممی کے گھر مل جائے گا۔

میں وہاں پہنچا تو ایک شور بر پا تھا۔ سب ناچ رہے تھے۔ غریب نواز پولی کے ساتھ، رنجیت کمار، کٹی اور ایلما کے ساتھ اور ون کترے تھیلما کے ساتھ۔ وہ اس کو کتھا کلی کے مدرے بتا رہا تھا۔ چڈہ ممی کو گود میں اٹھائے اِدھر اُدھر کو دوڑ رہا تھا۔۔۔ سب نشے میں تھے۔ ایک طوفان مچا ہوا تھا۔ میں اندر داخل ہوا تو سب سے پہلے چڈے نے نعرہ لگایا۔ اس کے بعد دیسی اور نیم بدیشی آوازوں کا ایک گولہ سا پھٹا جس کی گونج دیر تک کانوں میں سرسراتی رہی۔ ممی بڑے تپاک سے ملی۔۔۔ ایسے تپاک سے جو بے تکلفی کی حد تک بڑھا ہوا تھا۔ میرا ہاتھ اپنے ہاتھ میں لے کر اس نے کہا، ''کس می ڈیئر!''

لیکن اس نے خود ہی میرا ایک گال چوم لیا اور گھسیٹ کر ناچنے والوں کے جھرمٹ میں لے گئی۔ چڈہ ایک دم پکارا۔۔۔ ''بند کرو۔۔۔ اب شراب کا دور چلے گا۔'' پھر اس نے نوکر کو آواز دی ''سکاٹ لینڈ کے شہزادے ۔۔۔ وہسکی کی نئی بوتل لاؤ۔'' سکاٹ لینڈ کا شہزادہ نئی بوتل لے آیا۔ نشے میں دھت تھا۔ بوتل کھولنے لگا تو ہاتھ سے گری اور چکنا چور ہو گئی۔ ممی نے اس کو ڈانٹنا چاہا تو چڈے نے روک دیا اور کہا،

’’ایک بوتل ٹوٹی ہے ممی۔۔۔جانے دو، یہاں دل ٹوٹے ہوئے ہیں۔‘‘
محفل ایک دم سُونی ہوگئی۔ لیکن فوراً ہی چڈے نے اس لمحاتی افسردگی کو اپنے قہقہوں سے درہم برہم کر
دیا۔نئی بوتل آئی۔ ہر گلاس میں گرانڈیل پیگ ڈالا گیا۔ چڈے نے بے ربط سی تقریر شروع کی ’’لیڈیز
اینڈ جنٹلمین۔۔۔آپ سب جہنم میں جائیں۔۔۔منٹو ہمارے درمیان موجود ہے۔ بزعم خود بہت بڑا افسانہ
نگار بنتا ہے۔انسانی نفسیات کی۔۔۔وہ کیا کہتے ہیں عمیق ترین گہرائیوں میں اتر جاتا ہے۔۔۔میں کہتا ہوں
کہ بکواس ہے۔۔۔کنویں میں اترنے والے۔۔۔کنوئیں میں اترنے والے‘‘ اس نے اِدھر اُدھر دیکھا،
’’افسوس کہ یہاں کوئی ہندستورٹ نہیں۔ایک حیدرآبادی ہے جو قاف کو خاف کہتا ہے اور جس سے دس برس
پیچھے ملاقات ہوئی تو کہے گا، پرسوں آپ سے ملا تھا۔۔۔لعنت ہو اس کے نظام حیدرآباد پر جس کے پاس کئی
لاکھ ٹن سونا ہے۔ کروڑہا جواہرات ہیں، لیکن ایک ممی نہیں۔۔۔ہاں۔۔۔وہ کنوئیں میں اترنے والے
۔۔۔میں نے کیا کہا تھا کہ سب بکواس ہے۔۔۔پنجابی میں جنہیں ٹوبھے کہتے ہیں۔۔۔وہ غوطہ لگانے
والے، وہ اس کے مقابلے میں انسانی نفسیات کو بدرجہا بہتر سمجھتے ہیں۔۔۔اس لیے میں کہتا ہوں۔۔۔‘‘
سب نے زندہ باد کا نعرہ لگایا۔ چڈہ چیخا، ’’یہ سب سازش ہے۔۔۔اس منٹو کی سازش ہے۔ورنہ میں نے
ہٹلر کی طرح تم لوگوں کو مردہ باد کے نعرے کا اشارہ کیا تھا۔۔۔تم سب مردہ باد۔۔۔لیکن پہلے میں۔۔۔
میں۔۔۔‘‘ وہ جذباتی ہو گیا۔ ’’میں۔۔۔جس نے اس رات اس۔۔۔سانپ کے پیٹ کے کھِپروں ایسے
رنگ والے بالوں کی ایک لڑکی کے لیے اپنی ممی کو ناراض کر دیا۔۔۔میں خود کو خدا معلوم کہاں کا ڈون
جو آسان سمجھتا تھا۔۔۔لیکن نہیں۔۔۔اس کو حاصل کرنا کوئی مشکل کام نہیں تھا۔ مجھے اپنی جوانی کی قسم۔
ایک ہی بوسے میں اس پلیٹنم بلونڈ کے کنوار پنے کا سارا عرق اپنے ان موٹے موٹے ہونٹوں سے
چوس سکتا تھا۔۔۔لیکن یہ ایک۔۔۔یہ ایک نامناسب حرکت تھی۔۔۔وہ کم عمر تھی۔۔۔اتنی کم عمر، اتنی
کمزور، اتنی کیریکٹرلس۔۔۔اتنی‘‘ اس نے میری طرف سوالیہ نظروں سے دیکھا۔ ’’بتاؤ یار اسے اردو
فارسی یا عربی میں کیا کہیں گے۔۔۔کیریکٹرلس۔۔۔لیڈیز اینڈ جنٹلمین۔۔۔وہ اتنی چھوٹی، اتنی کمزور اور
اتنی لاکر دار تھی کہ اس رات گناہ میں شریک ہو کر یا تو وہ ساری عمر پچھتاتی رہتی، یا اسے قطعاً بھول جاتی۔۔
۔ان چند گھڑیوں کی لذت کی یاد کے سہارے جینے کا سلیقہ اس کو قطعی طور پر نہ آتا۔۔۔مجھے اس کا دکھ
ہوتا۔اچھا ہوا کہ ممی نے اسی وقت میرا حقہ پانی بند کر دیا۔۔۔میں اب اپنی بکواس بند کرتا ہوں۔ میں
نے اصل میں ایک بہت لمبی چوڑی تقریر کرنے کا ارادہ کیا تھا۔ مگر مجھ سے کچھ بولا نہیں جاتا۔۔۔میں

ایک پیگ اور پیتا ہوں۔‘‘

اس نے ایک پیگ اور پیا۔ تقریر کے دوران میں سب خاموش تھے۔ اس کے بعد بھی خاموش رہے۔ ممی نہ معلوم کیا سوچ رہی تھی۔ غازے اور سرخی کی تہوں کے نیچے اس کی جھریاں بھی ایسا دکھائی دیتا تھا کہ غور و فکر میں ڈوبی ہوئی ہیں۔ بولنے کے بعد چڈہ جیسے خالی سا ہو گیا تھا۔ اِدھر اُدھر گھوم رہا تھا۔ جیسے کوئی چیز کھونے کے لیے ایسا کونہ ڈھونڈ رہا ہے جو اس کے ذہن میں اچھی طرح محفوظ ہے ۔ میں نے اس سے ایک بار پوچھا۔ ‘‘ کیا بات ہے چڈے؟ ’’

اس نے قہقہہ لگا کر جواب دیا، ‘‘ کچھ نہیں۔۔۔ بات یہ ہے کہ آج وہسکی میرے دماغ کے چوتڑوں پر جما کے لات نہیں مار رہی۔’’

اس کا قہقہہ کھوکھلا تھا۔

ون کترے نے تھلیما کو اٹھا کر مجھے اپنے پاس بٹھالیا اور اِدھر اُدھر کی باتیں کرنے کے بعد اپنے باپ کی تعریف شروع کر دی کہ وہ بڑا اُگنی آدمی تھا۔ ایسا ہارمونیم بجاتا تھا کہ لوگ دم بخود ہو جاتے تھے ۔ پھر اس نے اپنی بیوی کی خوبصورتی کا ذکر کیا اور بتایا کہ بچپن ہی میں اس کے باپ نے یہ لڑکی چن کر اس سے بیاہ دی تھی۔ بنگالی میوزک ڈائریکٹر سین کی بات نکلی تو اس نے کہا، ‘‘ مسٹر منٹو۔۔۔ وہ ایک دم ہلکٹ آدمی تھا۔۔۔ کہتا تھا میں خاں صاحب عبدالکریم خاں کا شاگرد ہوں۔۔۔ جھوٹ، بالکل جھوٹ۔ ۔۔ وہ تو بنگال کے کسی بھٹروے کا شاگرد تھا۔۔۔’’

گھڑی نے دو بجائے۔ چڈے نے جسٹر بیگ بند کیا۔ کٹی کو دھکا دے کر ایک طرف گرایا اور بڑھ کر ون کترے کے کدو ایسے سر پر دھپا مار کر ‘‘ بکواس بند کر بے ۔۔۔ اٹھ۔۔۔ اور کچھ گا۔۔۔ لیکن خبردار اگر تو نے کوئی پکا راگ گایا۔’’

ون کترے نے فوراً گانا شروع کر دیا۔ آواز اچھی نہیں تھی۔ مُرکیوں کی نوک پلک واضح طور پر اس کے گلے سے نہیں نکلتی تھی۔ لیکن جو کچھ گاتا تھا، پورے خلوص سے گاتا تھا۔ مالکوس میں اس نے اوپر تلے دو تین فلمی گانے سنائے جن سے فضا بہت اداس ہو گئی، ممی اور چڈہ ایک دوسرے کی طرف دیکھتے تھے اور نظریں کسی اور سمت ہٹا لیتے تھے۔۔۔ غریب نواز اس قدر متاثر ہوا کہ اس کی آنکھوں میں آنسو آ گئے ۔ چڈے نے زور کا قہقہہ بلند کیا اور کہا، ‘‘ حیدر آباد والوں کی آنکھ کا مثانہ بہت کمزور ہوتا ہے۔۔۔ موقع بے موقع ٹپکنے لگتا ہے ۔۔۔’’

غریب نواز نے اپنے آنسو پونچھے اور ایلما کے ساتھ ناچنا شروع کر دیا۔ ون کترے نے گراموفون کے توے پر ریکارڈ رکھ کر سوئچ لگا دی۔ گھسی ہوئی ٹیون بجنے لگی۔ چڈے نے ممی کو پھر گود میں اٹھا لیا اور کود کود کر شور مچانے لگا۔ اس کا گلا بیٹھ گیا تھا۔ ان میراثیوں کی طرح جو شادی بیاہ کے موقعوں پر اونچے سروں میں گا گا کر اپنی آواز کا ناس مار لیتی ہیں۔

اس اچھل کود اور چیخم دھاڑ میں چار بج گئے۔ ممی ایک دم خاموش ہو گئی۔ پھر اس نے چڈے سے مخاطب ہو کر کہا۔ ''بس، اب ختم!''

چڈے نے بوتل سے منہ لگایا، اسے خالی کر کے ایک طرف پھینک دیا اور مجھ سے کہا۔ ''چلو منٹو چلیں!'' میں نے اٹھ کر ممی سے اجازت لینی چاہی کہ چڈے نے مجھے اپنی طرف کھینچ لیا۔ ''آج کوئی الوداع نہیں کہے گا!''

ہم دونوں باہر نکل رہے تھے کہ میں نے ون کترے کے رونے کی آواز سنی۔ میں نے چڈے سے کہا۔ ''ٹھہرو، دیکھیں کیا بات ہے،'' مگر وہ مجھے دھکیل کر آگے لے گیا۔ ''اس سالے کی آنکھوں کا مثانہ بھی خراب ہے۔''

ممی کے گھر سے سعیدہ کا ٹیچ بالکل نزدیک تھی۔ راستے میں چڈے نے کوئی بات نہ کی۔ سونے سے پہلے میں نے اس سے اس عجیب و غریب پارٹی کے متعلق استفسار کرنا چاہا تو اس نے کہا، ''مجھے سخت نیند آ رہی ہے،'' اور بستر پر لیٹ گیا۔

صبح اٹھ کر میں غسل خانے میں گیا۔ باہر نکلا تو دیکھا کہ غریب نواز گراج کے ٹاٹ کے ساتھ لگ کر کھڑا ہے اور رو رہا ہے۔ مجھے دیکھ کر وہ آنسو پونچھتا وہاں سے ہٹ گیا۔ میں نے پاس جا کر اس سے رونے کی وجہ دریافت کی تو اس نے کہا، ''ممی چلی گئی!''

''کہاں!''

''معلوم نہیں،'' یہ کہہ کر غریب نواز نے سڑک کا رخ کیا۔

چڈے بستر پر لیٹا تھا۔ ایسا معلوم ہوتا تھا کہ وہ ایک لمحے کے لیے بھی نہیں سویا تھا۔ میں نے اس سے ممی کے بارے میں پوچھا تو اس نے مسکرا کر کہا، ''چلی گئی۔۔۔صبح کی گاڑی سے اسے پونہ چھوڑنا تھا۔'' میں نے پوچھا۔ ''مگر کیوں؟''

چڈے کے لہجے میں تلخی آ گئی ''حکومت کو اس کی ادائیں پسند نہیں تھیں۔۔۔اس کی وضع قطع پسند نہیں تھی۔

اس کے گھر کی محفلیں اس کی نظر میں قابل اعتراض تھیں۔اس لیے کہ پولیس اس کی شفقت اور محبت بطور
یرغمال کے لینا چاہتی تھی۔۔۔ وہ اسے ماں کہہ کر ایک دلالہ کا کام لینا چاہتے تھے۔۔۔ایک عرصے سے
اس کا ایک کیس زیرِ تفتیش تھا۔ آخر حکومت پولیس کی تحقیقات سے مطمئن ہوگئی اور اس کو تڑی پار کر دیا۔
۔شہر بدر کر دیا۔۔۔وہ اگر قحبہ تھی۔ دلالہ تھی۔۔۔اس کا وجود سوسائٹی کے لیے مہلک تھا تو اس کا خاتمہ کر
دینا چاہیے تھا۔۔۔پونے کی غلاظت سے یہ کیوں کہا گیا کہ تم یہاں سے چلی جاؤ۔اور جہاں چاہو ڈھیر ہوسکتی
ہو۔ چڈے نے بڑے زور کا قہقہہ لگایا اور تھوڑی دیر خاموش رہا۔ پھر اس نے بڑے جذبات بھرے
لہجے میں کہا، ''مجھے افسوس ہے منٹو کہ اس غلاظت کے ساتھ ایک ایسی پاکیزگی چلی گئی ہے جس نے اس
رات میری ایک بڑی غلط اور نجس ترنگ کو میرے دل و دماغ سے دھو ڈالا۔۔۔لیکن مجھے افسوس نہیں
ہونا چاہیے۔۔۔وہ پُونے سے چلی گئی ہے ۔۔۔مجھے ایسے جوانوں میں ایسی نجس اور غلط ترنگیں وہاں بھی
پیدا ہوں گی جہاں وہ اپنا گھر بنائے گی۔۔۔میں اپنی ممی ان کے سپرد کرتا ہوں۔۔۔زندہ باد ممی۔۔۔زندہ
باد۔۔۔! چلو غریب نواز کو ڈھونڈیں۔ رو رو کر اس نے اپنی جان ہلاکان کر لی ہوگی۔۔۔ان حیدر آبادیوں
کی آنکھوں کا مثانہ بہت کمزور ہوتا ہے۔۔۔وقت بے وقت ٹپکنے لگتا ہے۔''

میں نے دیکھا، چڈے کی آنکھوں میں آنسو اس طرح تیر رہے تھے جس طرح مقتولوں کی لاشیں۔

مناسب کاروائی

جب حملہ ہوا تو محلے میں سے اقلیت کے کچھ آدمی تو قتل ہو گئے۔ جو باقی تھے جانیں بچا کر بھاگ نکلے۔ ایک آدمی اور اس کی بیوی البتہ اپنے گھر کے تہہ خانے میں چھپ گئے۔

دو دن اور دو راتیں پناہ یافتہ میاں بیوی نے قاتلوں کی متوقع آمد میں گزار دیں مگر کوئی نہ آیا۔ دو دن اور گزر گئے۔ موت کا ڈر کم ہونے لگا۔ بھوک اور پیاس نے زیادہ ستانا شروع کیا۔ چار دن اور بیت گئے۔ میاں بیوی کو زندگی اور موت سے کوئی دلچسپی نہ رہی۔۔۔ دونوں جائے پناہ سے باہر نکل آئے۔

خاوند نے بڑی نحیف آواز میں لوگوں کو اپنی طرف متوجہ کیا اور کہا، ''ہم دونوں اپنا آپ تمہارے حوالے کرتے ہیں۔۔ ہمیں مار ڈالو۔'' جن کو متوجہ کیا گیا تھا وہ سوچ میں پڑ گئے، ''ہمارے دھرم میں تو جی ہتیا پاپ ہے۔'' وہ سب جینی تھے لیکن انہوں نے آپس میں مشورہ کیا اور میاں بیوی کو مناسب کاروائی کے لیے دوسرے محلے کے آدمیوں کے سپرد کر دیا۔

منتر

ننھا رام ۔ ننھا تو تھا، لیکن شرارتوں کے لحاظ سے بہت بڑا تھا۔ چہرے سے بے حد بھولا بھالا معلوم ہوتا تھا۔ کوئی خط یا نقش ایسا نہیں تھا جو شوخی کا پتہ دے۔ اس کے جسم کا ہر عضو بھدے پن کی حد تک موٹا تھا۔ جب چلتا تھا تو ایسا معلوم ہوتا تھا کہ فٹ بال لڑھک رہا ہے۔ عمر بمشکل آٹھ برس کی ہو گی۔ مگر بلا کا ذہین اور چالاک تھا۔ لیکن اس کی ذہانت اور چالاکی کا پتا اس کے سراپا سے لگانا بہت مشکل تھا۔ مسٹر شنکر آچاریہ ایم اے، ایل ایل بی ۔ ۔ ۔ رام کے پِتا کہا کرتے تھے کہ ''منہ میں رام رام اور بغل میں چُھری'' والی مثال اس رام ہی کے لیے بنائی گئی ہے۔

رام کے منہ سے رام رام تو کسی نے سنا نہیں تھا۔ مگر اس کی بغل میں چھری کی بجائے ایک چھوٹی سی چھڑی ضرور ہوا کرتی تھی جس سے وہ کبھی کبھی ڈگلس فیئر بینکس یعنی بغدادی چور کی تیغ زنی کی نقل کیا کرتا تھا۔

جب رام کی ماں یعنی مسز شنکر آچاریہ اس کے کان سے پکڑ کر اس کے باپ کے سامنے لائیں تو وہ بالکل خاموش تھا۔ آنکھیں خشک تھیں۔ اس کا ایک کان جو اس کی ماں کے ہاتھ میں تھا۔ دوسرے کان سے بڑا معلوم ہو رہا تھا۔ وہ مسکرا رہا تھا۔ مگر اس کے چہرے سے پتہ چلتا تھا کہ وہ اپنی ماں سے کھیل رہا ہے اور اپنے کان کو ماں کے ہاتھ میں دے کر ایک خاص قسم کا لطف اٹھا رہا ہے جس کو دوسروں پر ظاہر کرنا نہیں چاہتا۔

جب رام مسٹر شنکر آچاریہ کے سامنے لایا گیا تو وہ آرام سے کرسی پر جم کر بیٹھ گئے کہ اس نالائق کے کان کھینچیں حالانکہ وہ اس کے کان کھینچ کھینچ کر کافی سے زیادہ لمبے کر چکے تھے اور اس کی شرارتوں میں کوئی فرق نہ آنے پایا تھا۔ وہ عدالت میں قانون کے زور پر بہت کچھ کر لیتے تھے۔ مگر یہاں اس چھوٹے سے لونڈے کے سامنے ان کی کوئی پیش نہ چلتی تھی۔

ایک مرتبہ مسٹر شنکر اچاریہ نے کسی شرارت پر اس کو پرمیشور کے نام سے ڈرانے کی کوشش کی تھی۔ انہوں نے کہا تھا، ''دیکھ رام، تو اچھا لڑکا بن جا، ورنہ مجھے ڈر ہے پرمیشور تجھ سے خفا ہو جائیں گے۔''

رام نے جواب دیا تھا، ''آپ بھی تو خفا ہو جایا کرتے ہیں اور میں آپ کو منالیا کرتا ہوں۔'' اور پھر تھوڑی دیر سوچنے کے بعد اس نے یہ پوچھا تھا ''بابو جی یہ پرمیشور کون ہیں،''

مسٹر شنکر اچاریہ نے اسے سمجھانے کے لیے جواب دیا تھا، ''بھگوان اور کون۔۔۔ہم سب سے بڑے۔'' ''اس مکان جتنے۔''

''اس سے بھی بڑے ۔۔۔ دیکھو اب تو کوئی شرارت نہ کیجیو، ورنہ وہ تجھے مار ڈالیں گے !''

مسٹر شنکر اچاریہ نے اپنے بیٹے پر ہیبت طاری کرنے کے لیے پرمیشور کو اس سے زیادہ ڈراؤنی شکل میں پیش کرنے کے بعد یہ خیال کر لیا تھا کہ اب رام سدھر جائے گا اور کبھی شرارت نہ کرے گا۔ مگر رام جو اس وقت خاموش بیٹھا تھا، اپنے ذہن کے ترازو میں پرمیشور کو تول رہا تھا۔ کچھ دیر غور کرنے کے بعد جب اس نے بڑے بھولے پن سے کہا تھا، ''بابو جی۔۔۔ آپ مجھے پرمیشور دکھا دیجیے۔'' تو مسٹر راما شنکر اچاریہ کی ساری قانون دانی اور وکالت دھری کی دھری رہ گئی تھی۔

کسی مقدمے کا حوالہ دینا ہوتا تو وہ اس فائل کو نکال کر دکھا دیتے یا اگر کوئی تعزیراتِ ہند کی کسی دفعہ کے متعلق سوال کرتا تو وہ اپنی میز پر سے وہ موٹی کتاب اٹھا کر کھولنا شروع کر دیتے جس کی جلد پر ان کے اس لڑکے نے چاؤ سے بیل بوٹے بنا رکھے تھے، مگر پرمیشور کو پکڑ کر کہاں سے لاتے جس کے متعلق انہیں خود اچھی طرح معلوم نہیں تھا کہ وہ کیا ہے، کہاں رہتا ہے اور کیا کرتا ہے۔

جس طرح ان کو یہ معلوم تھا کہ دفعہ 379 چوری کے فعل پر عائد ہوتی ہے۔ اسی طرح ان کو یہ بھی معلوم تھا کہ مارنے اور پیدا کرنے والے کو پرمیشور کہتے ہیں اور جس طرح ان کو یہ معلوم تھا کہ وہ، جس کے قانون بنے ہوئے ہیں، اس کی اصلیت کیا ہے، ٹھیک اسی طرح ان کو پرمیشور کی اصلیت معلوم نہ تھی۔ وہ ایم، اے، ایل، ایل، بی تھے ۔ مگر یہ ڈگری انہوں نے نئی الجھنوں میں پھنسنے کے لیے نہیں بلکہ دولت کمانے کے لیے حاصل کی تھی۔

وہ رام کو پرمیشور نہ دکھا سکے اور نہ اس کو کوئی معقول جواب ہی دے سکے۔ اس لیے کہ یہ سوال ان سے اس طرح اچانک طور پر کیا گیا تھا کہ ان کا دل پریشان ہو گیا تھا۔

وہ صرف اس قدر کہہ سکے تھے، ''جا رام، جا، میرا دماغ نہ چاٹ، مجھے بہت کام کرنا ہے۔''

اس وقت انہیں کام واقعی بہت کرنا تھا مگر وہ پرانی شکستوں کو بھول کر فوراً ہی اس نئے مقدمے کا فیصلہ کر دینا چاہتے تھے۔

انہوں نے رام کی طرف خشم آلود نگاہوں سے دیکھ کر اپنی دھرم پتنی سے کہا، ''آج اس نے کونسی نئی شرارت کی ہے۔۔۔ مجھے جلدی بتاؤ، میں آج اسے ڈبل سزا دوں گا۔''

مسز اچاریہ نے رام کا کان چھوڑ دیا اور کہا کہ ''اس موئے نے تو زندگی وبال کر رکھی ہے جب دیکھو ناچنا، تھرکنا، کودنا۔۔۔ نہ آئے کی شرم نہ گئے کا لحاظ۔۔۔ صبح سے مجھے ستا رہا ہے۔ کئی بار پیٹ چکی ہوں مگر یہ اپنی شرارتوں سے باز ہی نہیں آتا۔ نعمت خانے میں سے دو کچے ٹماٹر نکال کر کھا گیا ہے۔ اب میں سلاد میں اس کا سر ڈالوں۔''

یہ سن کر مسٹر شنکر اچاریہ کو ایک دھکا سا لگا۔ وہ خیال کر رہے تھے کہ رام کے خلاف کوئی سنگین الزام ہو گا۔ مگر یہ سن کر کہ اس نے نعمت خانے سے صرف دو کچے ٹماٹر نکال کر کھائے ہیں انہیں سخت ناامیدی ہوئی۔ رام کو جھڑکنے اور کوسنے کے لیے ان کی سب تیاری ایکا ایکی سرد پڑ گئی۔ ان کو ایسا محسوس ہوا کہ اُن کا سینہ ایک دم خالی ہو گیا۔ جیسے ایک دفعہ ان کے موٹر کے پہیے کی ساری ہوا نکل گئی تھی۔ کچے ٹماٹر کھانا کوئی جرم نہیں، اس کے علاوہ ابھی کل ہی مسٹر شنکر اچاریہ کے ایک دوست نے جو جرمنی سے طب کی سند لے کر آئے تھے ان سے کہا تھا کہ اپنے بچوں کو کھانے کے ساتھ کچے ٹماٹر ضرور دیا کیجیے۔ کیونکہ ان میں کثرت سے وٹامنز ہیں مگر اب چونکہ وہ رام کو ڈانٹ ڈپٹ کرنے کے لیے تیار ہو گئے تھے اور ان کی بیوی کی بھی یہی خواہش تھی۔ اس لیے انہوں نے تھوڑا غور کرنے کے بعد ایک قانونی نکتہ سوچا اور اس انکشاف پر دل ہی دل میں خوش ہو کر اپنے بیٹے سے کہا، ''میرے نزدیک آؤ اور جو کچھ میں تجھ سے پوچھوں سچ سچ بتا۔''

مسز رام شنکر اچاریہ چلی گئیں اور رام خاموشی سے اپنے باپ کے پاس کھڑا ہو گیا۔ مسٹر رام شنکر اچاریہ نے پوچھا، ''تو نے نعمت خانے سے دو کچے ٹماٹر نکال کر کیوں کھائے۔''

رام نے جواب دیا، ''دو کہاں تھے۔ ماتا جی جھوٹ بولتی ہیں۔''

''تو ہی بتا کتنے تھے؟''

''ڈیڑھ۔۔۔ ایک اور آدھا۔'' رام نے یہ الفاظ انگلیوں سے آدھے کا نشان بنا کر ادا کیے۔ دوسرے آدھے سے ماتا جی نے دوپہر کو چٹنی بنائی تھی۔''

''چلو ڈیڑھ ہی سہی، پر تو نے یہ وہاں سے اٹھائے کیوں؟''

رام نے جواب دیا، ''کھانے کے لیے۔''

''ٹھیک ہے، مگر تو نے چوری کی۔'' مسٹر شنکر اچاریہ نے قانونی نکتہ کو پیش کیا۔

''چوری۔۔۔! بابو جی میں نے چوری نہیں کی۔ ٹماٹر کھائے ہیں۔ مگر یہ چوری کیسے ہوئی۔'' یہ کہتا ہوا رام فرش پر بیٹھ گیا۔ اور غور سے اپنے باپ کی طرف دیکھنے لگا۔

''یہ چوری تھی۔۔۔ دوسرے کی چیز کو اس کی اجازت کے بغیر اٹھا لینا چوری ہوتی ہے۔'' مسٹر شنکر اچاریہ نے یوں اپنے بچے کو سمجھایا اور خیال کیا کہ وہ ان کا مفہوم اچھی طرح سمجھ گیا ہے۔

رام نے فوراً کہا، ''مگر ٹماٹر تو ہمارے اپنے تھے۔۔۔ میری ماتا جی کے۔''

مسٹر راما شنکر اچاریہ سٹپٹا گئے۔ مگر فوراً اپنا مطلب واضح کرنے کی کوشش کی، ''تیری ماتا جی کے تھے، ٹھیک ہے، پر وہ تیرے تو نہیں ہوئے، جو چیز ان کی ہے وہ تیری کیسے ہوسکتی ہے۔ دیکھ سامنے میز پر جو تیرا کھلونا ہے پڑا ہے، اٹھالا، میں تجھے اچھی طرح سمجھاتا ہوں۔''

رام اٹھا اور دوڑ کر لکڑی کا گھوڑا اٹھا لایا اور اپنے باپ کے ہاتھ میں دے دیا، ''یہ لیجیے۔''

مسٹر راما شنکر اچاریہ بولے، ''ہاں تو دیکھ، یہ گھوڑا تیرا ہے نا؟''

''جی ہاں۔''

''اب اگر میں اسے تیری اجازت کے بغیر اٹھا کر اپنے پاس رکھ لوں۔ تو یہ چوری ہوگی۔'' پھر مسٹر راما شنکر نے مزید وضاحت سے کام لیتے ہوئے کہا، ''اور میں چور۔''

''نہیں پتا جی، آپ اسے اپنے پاس رکھ سکتے ہیں۔ میں آپ کو چور نہیں کہوں گا۔۔۔ میرے پاس کھیلنے کے لیے ہاتھی جو ہے۔۔۔ کیا آپ نے ابھی تک دیکھا نہیں ہے۔۔۔ کل ہی منشی دادا نے لا کے دیا ہے۔۔۔ ٹھہریے، میں ابھی آپ کو دکھاتا ہوں۔'' یہ کہہ وہ تالیاں بجاتا ہوا دوسرے کمرے میں چلا گیا۔ اور مسٹر راما شنکر اچاریہ آنکھیں جھپکتے رہ گئے۔

دوسرے روز مسٹر راما شنکر اچاریہ کو ایک خاص کام سے پونا جانا پڑا، اُن کی بڑی بہن وہیں رہتی تھی۔ ایک عرصے سے وہ چھوٹے رام کو دیکھنے کے لیے بے قرار تھی چنانچہ ایک پنتھ دو کاج کے پیشِ نظر مسٹر راما شنکر اچاریہ اپنے بیٹے کو بھی ساتھ لے گئے مگر اس شرط پر کہ وہ راستے میں کوئی۔۔۔ شرارت نہ کرے گا۔ ننھا رام اس شرط پر پوری بند سٹیفن کے پلیٹ فارم تک قائم رہ سکا۔ ادھر دکن کوئین چلی اور ادھر رام کے ننھے سے سینے میں شرارتیں مچلنا شروع ہوگئیں۔

مسٹر راما شنکر اچاریہ سیکنڈ کلاس کمپارٹمنٹ کی چوڑی سیٹ پر بیٹھے اپنے ساتھ والے مسافر کا اخبار پڑھ رہے تھے اور سیٹ کے آخری حصے پر رام کھڑکی میں سے باہر جھانک رہا اور ہوا کا دباؤ دیکھ کر یہ سوچ رہا تھا کہ اگر وہ اسے لے اڑے تو کتنا مزہ آئے۔

مسٹر راما شنکر اچاریہ نے اپنی عینک کے گوشوں سے رام کی طرف دیکھا اور اس کو بازو سے پکڑ کر نیچے بٹھا دیا۔ تو چین بھی لینے دے گا یا نہیں۔۔۔ رام آرام سے بیٹھ جا کہتے ہوئے ان کی نظر رام کی نئی ٹوپی پر پڑی۔ جو اس کے سر پر چمک رہی تھی۔ ''اسے اتار کر رکھ نالائق، ہوا اسے اڑا لے جائے گی۔''

انہوں نے رام کے سر سے ٹوپی اتار کر اس کی گود میں رکھ دی۔

مگر تھوڑی کے بعد ٹوپی، پھر رام کے سر پر تھی۔ اور وہ کھڑکی سے باہر سر نکالے دوڑتے ہوئے درختوں کو غور سے دیکھ رہا تھا۔ درختوں کی بھاگ دوڑ رام کے ذہن میں آنکھ مچولی کے دلچسپ کھیل کا نقشہ کھینچ رہی تھی۔

ہوا کے جھونکے سے اخبار دوہرا ہو گیا۔ اور مسٹر راما شنکر اچاریہ نے اپنے بیٹے کے سر کو پھر کھڑکی سے باہر پایا، غصے میں انہوں نے اس کا بازو کھینچ کر اپنے پاس بٹھالیا اور کہا کہ اگر تو یہاں سے ایک انچ بھی ہلا تو تیری خیر نہیں۔ یہ کہہ کر انہوں نے ٹوپی اتار کر اس کی ٹانگوں میں رکھ دی۔

اس کام سے فارغ ہو کر انہوں نے اخبار اٹھایا اور وہ ابھی اس میں وہ سطر ہی ڈھونڈ رہے تھے جہاں سے انہوں نے پڑھنا چھوڑا تھا کہ رام نے کھڑکی کے پاس سرک کر باہر جھانکنا شروع کر دیا۔ ٹوپی اس کے سر پر تھی۔ یہ دیکھ کر مسٹر شنکر اچاریہ کو سخت غصہ آیا۔ ان کا ہاتھ بھوکی چیل کی طرح ٹوپی کی طرف بڑھا اور چشم زدن میں وہ ان کی سیٹ کے نیچے تھی۔ یہ سب کچھ اس قدر تیزی سے ہوا کہ رام کو سمجھنے کا موقع ہی نہ ملا۔

مڑ کر اس نے اپنے باپ کی طرف دیکھا مگر ان کے ہاتھ خالی نظر آئے۔ اسی پریشانی میں اس نے کھڑکی سے باہر جھانک کر دیکھا تو اسے ریل کی پٹری پر بہت پیچھے ایک خالی کاغذ کا ٹکڑا اڑتا نظر آیا۔۔۔ اس نے خیال کیا کہ یہ میری ٹوپی ہے۔

اس خیال کے آتے ہی اس کے دل کو ایک دھکا سا لگا۔۔۔ باپ کی طرف ملامت بھری نظروں سے دیکھتے ہوئے اس نے کہا، ''بابو جی۔۔۔ میری ٹوپی!''

مسٹر شنکر اچاریہ خاموش رہے۔

''ہائے میری ٹوپی۔'' رام کی آواز بلند ہوئی۔

مسٹر شنکر اچاریہ کچھ نہ بولے۔

رام نے روتی آواز میں کہا: میری ٹوپی! اور اپنے باپ کا ہاتھ پکڑ لیا۔

مسٹر راما شنکر اچاریہ نے اس کا ہاتھ جھٹک کر کہا، ''گرا دی ہو گی تو نے ۔۔۔اب روتا کیوں ہے؟'' اس پر رام کی آنکھوں میں دو موٹے موٹے آنسو تیرنے لگے۔

''پر دھکا تو آپ نے ہی دیا تھا۔'' اس نے اتنا کہا اور رونے لگا۔

مسٹر راما شنکر اچاریہ نے ذرا ڈانٹ پلائی تو رام نے اور زیادہ رونا شروع کر دیا۔ انہوں نے اسے چپ کرانے کی بہت کوشش کی۔ مگر کام یاب نہ ہوئے۔ رام کا رونا صرف ٹوپی ہی بند کرا سکتی تھی۔ چنانچہ مسٹر راما شنکر اچاریہ نے تھک ہار کر اس سے کہا۔

''ٹوپی واپس آ جائے گی، مگر شرط یہ ہے کہ تو اسے پہنے گا نہیں!''

رام کی آنکھوں میں آنسو فوراً اُخشک ہو گئے۔ جیسے تپتی ہوئی ریت میں بارش کے قطرے جذب ہو جائیں۔ سرک کر آگے بڑھ آیا، ''اسے واپس لا دیجیے۔''

مسٹر راما شنکر اچاریہ نے کہا، ''ایسے تھوڑی واپس آ جائے گی۔۔۔منتر پڑھنا پڑے گا۔'' کمپارٹمنٹ میں سب مسافر باپ بیٹے کی گفتگو سن رہے تھے۔

''منتر۔۔۔'' یہ کہتے ہوئے رام کو فوراً وہ قصہ یاد آ گیا جس میں ایک لڑکے نے منتر کے ذریعے سے دوسروں کی چیزیں غائب کرنا شروع کر دی تھیں۔ ''پڑھیے پتا جی۔''

یہ کہہ کر وہ خوب غور سے اپنے باپ کی طرف دیکھنے لگا۔ گویا منتر پڑھتے وقت مسٹر راما شنکر اچاریہ کے گنجے سر پر سینگ اُگ آئیں گے۔

مسٹر راما شنکر اچاریہ نے اس منتر کے بول یاد کرتے ہوئے جو انہوں نے بچپن میں ''اندر جال مکمل'' سے زبانی یاد کیا تھا کہا، ''تو پھر شرارت تو نہ کرے گا؟''

''نہیں بابو جی۔'' رام نے جو منتر کی گہرائیوں میں ڈوب رہا تھا۔ اپنے باپ سے شرارت نہ کرنے کا وعدہ کر لیا۔

مسٹر راما شنکر اچاریہ کو منتر کے بول یاد آ گئے اور انہوں نے دل ہی دل میں اپنے حافظے کی داد دے کر اپنے لڑکے سے کہا، ''لے اب تو آنکھیں بند کر لے۔''

رام نے آنکھیں بند کر لیں اور مسٹر راما شنکر اچاریہ نے منتر پڑھنا شروع کیا۔

''اونگ نا کام میشری، مدمدیش اوتمارے نیگ بھر نیگ پرسواہ'' مسٹر راما شنکر اچاریہ کا ایک ہاتھ سیٹ کے نیچے

آ گیا اور ''سواہ''کے ساتھ ہی رام کی ٹوپی اس کی گدّی رانوں پر آگری۔

رام نے آنکھیں کھول دیں۔ٹوپی اس کی چپٹی ناک کے نیچے پڑی تھی۔ اور مسٹر راما شنکر اچاریہ کی نکیلی ناک کابانسہ عینک کی سنہری گرفت کے نیچے تھرتھرا رہا تھا۔ ۔ عدالت میں مقدمہ جیتنے کے بعد ان پر یہی کیفیت طاری ہوا کرتی تھی۔

''ٹوپی آ گئی۔''رام نے صرف اس قدر کہا، اور چپ ہو رہا اور مسٹر راما شنکر اچاریہ رام کو خاموش بیٹھنے کا حکم دے کر اخبار پڑھنے میں مصروف ہو گئے۔ ایک خبر کافی دلچسپ اور اخباری زبان میں بے حد سنسنی خیز تھی۔ چنانچہ وہ منتر وغیرہ سب کچھ بھول کر اس میں ڈوب گئے۔

دکن کوئین بجلی کے پروں پر پوری تیزی سے اڑ رہی تھی۔اس کے آہنی پہیوں کی ایک آہنگ گڑ گڑاہٹ اخبار کی سنسنی پیدا کرنے والے خبر کی ہر سطر کو بڑی سنسنی خیز بنا رہی تھی۔مسٹر راما شنکر اچاریہ یہ سطر پڑھ رہے تھے، ''عدالت پر سناٹا چھایا ہوا تھا۔صرف ٹائپ رائٹر کی ٹک ٹک سنائی دیتی تھی۔ملزم ایکا ایکی چلّایا۔ ۔ ۔ بابو جی۔ ۔ ۔!''

عین اس وقت رام نے اپنے باپ کو زور سے آواز دی، ''بابو جی۔ ۔ ۔!''

مسٹر راما شنکر اچاریہ کو یوں معلوم ہوا کہ زیرِ نظر سطر کے آخری الفاظ کاغذ پر اچھل پڑے۔

رام کے تھرتھراتے ہوئے ہونٹ بتا رہے تھے کہ وہ کچھ کہنا چاہتا ہے۔

مسٹر راما شنکر اچاریہ نے ذرا تیزی سے کہا، ''کیا ہے؟''اور عینک کے ایک گوشے میں سے ٹوپی کو سیٹ پر پڑا دیکھ کر اطمینان کر لیا۔

رام آگے سرک آیا اور کہنے لگا، ''بابو جی! وہی منتر پڑھیے!''

''کیوں!''یہ کہتے ہوئے مسٹر راما شنکر اچاریہ نے رام کی ٹوپی کی طرف غور سے دیکھا۔جو سیٹ کے کونے میں پڑی تھی۔

''آپ کے کاغذ جو یہاں پڑے تھے، میں نے باہر پھینک دیے ہیں۔''

رام نے اس کے آگے کچھ اور بھی کہا۔ مگر مسٹر راما شنکر اچاریہ کی آنکھوں کے سامنے اندھیرا سا چھا گیا۔ ۔ بجلی کی سرعت کے ساتھ اٹھ کر انہوں نے کھڑکی میں سے باہر جھانک کر دیکھا۔مگر ریل کی پٹری کے ساتھ تتلیوں کی طرح پھڑ پھڑاتے ہوئے کاغذوں کے پرزوں کے سوا کچھ نظر نہ آیا۔

''تو نے وہ کاغذ پھینک دیے ہیں جو یہاں پڑے تھے؟''انہوں نے اپنے دائیں ہاتھ سے سیٹ کی طرف

اشارہ کرتے ہوئے کہا۔ رام نے اثبات میں سر ہلاک دیا، '' آپ وہی منتر پڑھیے نا!''

مسٹر راماشنکر اچاریہ کو ایسا کوئی منتر یاد نہ تھا۔ جو سچ مچ کی کھوئی ہوئی چیزوں کو واپس لا سکے ۔ وہ سخت پریشان تھے ۔ وہ کاغذات جوان کے بیٹے نے پھینک دیے تھے یہ ایک نئے مقدمے کی نقل تھی۔ جس میں چالیس ہزار کی مالیت کے قانونی کاغذات پڑے تھے ۔ مسٹر راماشنکر اچاریہ ایم، اے، ایل، ایل، بی کی بازی ان کی اپنی چال ہی سے مات ہو گئی تھی۔ ایک لمحے کے اندر ان کو قانونی کاغذات کے بارے میں سیکڑوں خیالات آئے ۔ ظاہر ہے کہ مسٹر راماشنکر اچاریہ کے مؤکل کا نقصان ان کا اپنا نقصان تھا۔ مگر اب وہ کیا کر سکتے تھے ۔ ۔ ۔ صرف یہ کہ اگلے اسٹیشن پر اتر کر ریل کی پٹری کے ساتھ ساتھ چلنا شروع کر دیں اور وہیں پندرہ میل تک ان کاغذوں کی تلاش میں مارے مارے پھرتے رہیں۔ ملیں نہ ملیں ان کی قسمت۔ ایک لمحے کے اندر اندر سینکڑوں باتیں سوچنے کے بعد بالآخر انہوں نے اپنے دل میں فیصلہ کر لیا کہ اگر تلاش پر کاغذات نہ ملے تو وہ مؤکل کے سامنے سرے سے انکار ہی کر دیں گے کہ اُس نے ان کو کبھی کاغذات دیے تھے ۔ اخلاقی اور قانونی طور پر سراسر ناجائز تھا مگر اس کے علاوہ اور ہو بھی کیا سکتا تھا۔ اس تسلی بخش خیال کے باوجود مسٹر راماشنکر اچاریہ کے حلق میں تلخی سی پیدا ہو رہی تھی۔ ایکا ایکی ان کے دل میں آئی کہ کاغذوں کی طرح وہ رام کو بھی اٹھا کر گاڑی سے باہر پھینک دیں۔ مگر اس خواہش کو سینے ہی میں دبا کر انہوں نے اس کی طرف دیکھا۔

اس کے ہونٹوں پر ایک عجیب و غریب سا تبسم منجمد ہو رہا تھا۔

'' اس نے ہولے سے کہا۔ بابو جی، منتر پڑھیے ۔ ''

'' چپ چاپ بیٹھا رہ ورنہ یاد رکھ گلا گھونٹ دوں گا۔ ۔ ۔ '' مسٹر شنکر اچاریہ بھنّا گئے ۔

اس مسافر کے لبوں پر جو غور سے باپ بیٹے کی گفتگو سن رہا تھا۔ ایک معنی خیز مسکراہٹ ناچ رہی تھی۔

رام آگے سرک آیا، '' بابو جی! آپ آنکھیں بند کر لیجیے۔ میں منتر پڑھتا ہوں۔ ''

مسٹر راماشنکر اچاریہ نے آنکھیں بند نہ کیں۔ لیکن رام نے منتر پڑھنا شروع کیا۔

'' اونک میانگ شیانک ۔ ۔ لو م دا گا۔ ۔ فرو دما ۔ ۔ سواہا۔ '' اور سواہا کے ساتھ ہی مسٹر راماشنکر اچاریہ کی گوشت بھری ران پر ایک زبردست پلندہ آ گرا۔

ان کی ناک کا پانسا عینک کی سنہری گرفت کے نیچے زور سے کانپا۔

رام کی چپٹی ناک کے گول اور لال نتھنے بھی کانپ رہے تھے ۔

منظور

جب اسے ہسپتال میں داخل کیا گیا تو اس کی حالت بہت خراب تھی۔ پہلی رات اسے آکسیجن پر رکھا گیا۔ جو نرس ڈیوٹی پر تھی، اس کا خیال تھا کہ یہ نیا مریض صبح سے پہلے پہلے مر جائے گا۔ اس کی نبض کی رفتار غیر یقینی تھی۔ کبھی زور زور سے پھر پھڑاتی اور کبھی لمبے لمبے وقفوں کے بعد چلتی تھی۔ پسینے میں اس کا بدن شرابور تھا، ایک لمحے کے لیے بھی اسے چین نہیں ملتا تھا۔ کبھی اِس کروٹ لیٹتا، کبھی اُس کروٹ۔ جب گھبراہٹ بہت زیادہ بڑھ جاتی تو اٹھ کر بیٹھ جاتا اور لمبے لمبے سانس لینے لگتا۔ رنگ اس کا ہلدی کی گانٹھ کی طرح زرد تھا۔ آنکھیں اندر دھنسی ہوئیں، ناک کا بانسا برف کی ڈلی، سارے بدن پر رعشہ تھا۔ ساری رات اس نے بڑے شدید کرب میں کاٹی، آکسیجن برابر دی جا رہی تھی، صبح ہوئی تو اسے کسی قدر افاقہ ہوا اور وہ نڈھال ہو کر سو گیا۔

اس کے دو تین عزیز آئے۔ کچھ دیر بیٹھے رہے اور چلے گئے۔ ڈاکٹروں نے انہیں بتا دیا تھا کہ مریض کو دل کا عارضہ ہے جسے '' کورونری تھرموس '' کہتے ہیں۔ یہ بہت مہلک ہوتا ہے۔ جب وہ اٹھا تو اسے ٹیکے لگا دیئے گئے۔ اس کے بدن میں بدستور میٹھا میٹھا درد ہو رہا تھا۔ شانوں کے پٹھے اکڑے ہوئے تھے جیسے رات بھر انہیں کوئی گوٹتا رہا تھا۔ جسم کی بوٹی بوٹی دُکھ رہی تھی مگر نقاہت کے باعث وہ بہت زیادہ تکلیف محسوس نہیں کر رہا تھا۔ ویسے اس کو یقین تھا کہ اس کی موت دور نہیں، آج نہیں تو کل ضرور مر جائے گا۔ اس کی عمر بتیس برس کے قریب تھی۔ ان برسوں میں اس نے کوئی راحت نہیں دیکھی تھی، جو اس وقت اسے یاد آتی اور اس کی صعوبت میں اضافہ کرتی۔ اس کے ماں باپ اس کو بچپن ہی میں داغِ مفارقت دے گئے تھے۔ معلوم نہیں اس کی پرورش کس خاص شخص نے کی تھی۔ بس وہ ایسے ہی اِدھر اُدھر کی ٹھوکریں کھاتا اس عمر تک

پہنچ گیا اور ایک کارخانے میں ملازم ہو کر پچیس روپے ماہوار پر انتہا درجے کی افلاس زدہ زندگی گزار رہا تھا۔ دل میں ٹیسیں نہ اٹھتیں تو وہ اپنی تندرستی اور بیماری میں کوئی نمایاں فرق محسوس نہ کرتا۔ کیونکہ صحت اس کی کبھی بھی اچھی نہیں تھی۔ کوئی نہ کوئی عارضہ اسے ضرور لاحق رہتا تھا۔ شام تک اسے چار ٹیکے لگ چکے تھے۔ آکسیجن ہٹالی گئی تھی۔ دل کا درد کسی قدر کم تھا، اس لیے وہ ہوش میں تھا اور اپنے گرد و پیش کا جائزہ لے سکتا تھا۔

وہ بہت بڑے وارڈ میں تھا جس میں اس کی طرح اور کئی مریض لوہے کی چارپائیوں پر لیٹے تھے۔ نرسیں اپنے کام میں مشغول تھیں۔ اس کے داہنے ہاتھ نو دس برس کا لڑکا کمبل میں لپٹا ہوا اس کی طرف دیکھ رہا تھا، اس کا چہرہ تمتما رہا تھا۔

"السلام علیکم" لڑکے نے بڑے پیار سے کہا۔

نئے مریض نے اس کے پیار بھرے لہجے سے متاثر ہو کر جواب دیا، "وعلیکم السلام۔" لڑکے نے کمبل میں کروٹ بدلی، "بھائی جان! اب آپ کی طبیعت کیسی ہے؟" نئے مریض نے اختصار سے کہا، "اللہ کا شکر ہے۔"

لڑکے کا چہرہ اور زیادہ تمتما اٹھا، "آپ بہت جلدی ٹھیک ہو جائیں گے۔ آپ کا نام کیا ہے؟"

"میرا نام!" نئے مریض نے مسکرا کر لڑکے کی طرف برادرانہ شفقت سے دیکھا۔

"میرا نام اختر ہے۔"

"میرا نام منظور ہے۔" یہ کہہ کر اس نے ایک دم کروٹ بدلی اور اس نرس کو پکارا جو اُدھر سے گزر رہی تھی، "آپا جان۔۔۔ آپا جان۔"

نرس رک گئی۔ منظور نے ماتھے پر ہاتھ رکھ کر اسے سلام کیا۔ نرس قریب آئی اور اسے پیار کر کے چلی گئی۔ تھوڑی دیر بعد اسسٹنٹ ہاؤس سرجن آیا۔ منظور نے اس کو بھی سلام کیا، "ڈاکٹر جی، السلام علیکم۔" ڈاکٹر سلام کا جواب دے کر اس کے پاس بیٹھ گیا اور دیر تک اس کا ہاتھ اپنے ہاتھ میں لے کر اس سے باتیں کرتا رہا جو ہسپتال کے بارے میں تھیں۔

منظور کو اپنے وارڈ کے ہر مریض سے دلچسپی تھی۔ اس کو معلوم تھا کس کی حالت اچھی ہے اور کس کی حالت خراب ہے۔ کون آیا ہے، کون گیا ہے۔ سب نرسیں اس کی بہنیں تھیں اور سب ڈاکٹر اس کے دوست۔ مریضوں میں کوئی چچا تھا، کوئی ماموں اور کوئی بھائی۔ سب اس سے پیار کرتے تھے۔ اس کی شکل و صورت

معمولی تھی مگر اس میں غیر معمولی کشش تھی۔ ہر وقت اس کے چہرے پر تبسماہٹ کھیلتی رہتی جو اس کی معصومیت
پر ہالے کا کام دیتی تھی۔ وہ ہر وقت خوش رہتا تھا۔ بہت زیادہ باتونی تھا، مگر اختر کو، حالانکہ وہ دل کا مریض
تھا اور اس مرض کے باعث بہت چڑچڑا ہو گیا تھا، اس کی یہ عادت کھلتی نہیں تھی۔

چونکہ اس کا بستر اختر کے بستر کے پاس تھا اس لیے وہ تھوڑے تھوڑے وقفوں کے بعد اس سے گفتگو
شروع کر دیتا تھا جو چھوٹے چھوٹے معصوم جملوں پر مشتمل ہوتی تھی:

’’بھائی جان! آپ کے بھائی بہن ہیں؟‘‘

’’میں اپنے ماں باپ کا اکلوتا لڑکا ہوں۔‘‘

’’آپ کے دل میں اب درد تو نہیں ہوتا ہے؟‘‘

’’مجھے معلوم نہیں دل کا درد کیسا ہوتا ہے۔‘‘

’’آپ ٹھیک ہو جائیں گے ۔۔۔ دودھ زیادہ پیا کریں!‘‘

’’میں بڑے ڈاکٹر جی سے کہوں، وہ آپ کو مکھن بھی دیا کریں گے۔‘‘

بڑا ڈاکٹر بھی اس سے بہت پیار کرتا تھا۔ صبح جب راؤنڈ پر آتا تو کرسی منگا کر اس کے پاس تھوڑی دیر تک
ضرور بیٹھتا اور اس کے ساتھ اِدھر اُدھر کی باتیں کرتا رہتا۔

اس کا باپ درزی تھا۔ دوپہر کو پندرہ بیس منٹ کے لیے آتا۔ سخت افراتفری کے عالم میں اس کے لیے
پھل وغیرہ لاتا اور جلدی جلدی اسے کھلا کر اور اس کے سر پر محبت کا ہاتھ پھیر کر چلا جاتا۔ شام کو اس
کی ماں آتی اور برقعہ اوڑھے دیر تک اس کے پاس بیٹھی رہتی۔ اختر نے اسی وقت اس سے دلی رشتہ قائم
کر لیا تھا، جب اس نے اس کو سلام کیا تھا۔ اس سے باتیں کرنے کے بعد یہ رشتہ اور بھی مضبوط ہو گیا۔

دوسرے دن رات کی خاموشی میں جب اسے سوچنے کا موقع ملا تو اس نے محسوس کیا، اس کو جو افاقہ ہوا
ہے، منظور ہی کا معجزہ ہے۔

ڈاکٹر جواب دے چکے تھے۔ وہ صرف چند گھڑیوں کا مہمان تھا۔ منظور نے اس کو بتایا تھا کہ جب اسے
بستر پر لٹایا گیا تھا تو اس کی نبض قریب قریب غائب تھی۔ اس نے دل ہی دل میں کئی مرتبہ دعا مانگی تھی کہ
خدا اس پر رحم کرے۔ یہ اس کی دعا ہی کا نتیجہ تھا کہ وہ مرتے مرتے بچ گیا۔ لیکن اسے یقین تھا کہ وہ
زیادہ دیر تک زندہ نہیں رہے گا، اس لیے کہ اس کا مرض بہت مہلک تھا۔ بہر حال اب اس کے دل میں
اتنی خواہش ضرور پیدا ہو گئی تھی کہ وہ کچھ دن زندہ رہے تا کہ منظور سے اس کا رشتہ فوراً نہ ٹوٹ جائے۔

دو تین روز گزر گئے۔ منظور حسبِ معمول سارا دن چہکتا رہتا تھا۔ کبھی نرسوں سے باتیں کرتا، کبھی ڈاکٹروں سے، کبھی جمعداروں سے۔ یہ بھی اس کے دوست تھے۔ اختر کو تو یہ محسوس ہوتا تھا کہ وارڈ کی بدبو دار فضا کا ہر ذرہ اس کا دوست ہے۔ وہ جس شے کی طرف دیکھتا تھا، فوراً اس کی دوست بن جاتی تھی۔

دو تین روز گزرنے کے بعد جب اختر کو معلوم ہوا کہ منظور کا نچلا دھڑ مفلوج ہے تو اسے سخت صدمہ پہنچا، لیکن اس کو حیرت بھی ہوئی کہ اتنے بڑے نقصان کے باوجود وہ خوش کیونکر رہتا ہے ۔ باتیں جب اس کے منہ سے بلبلوں کے مانند نکلتی تھیں تو انہیں سن کر کون کہہ سکتا تھا کہ اس کا نچلا دھڑ گوشت پوست کا بے جان لوتھڑا ہے ۔

اختر نے اس سے اس کے فالج کے متعلق کوئی بات نہ کی۔ اس لیے کہ اس سے ایسی بات کے متعلق پوچھنا بہت بڑی حماقت ہوتی، جس سے وہ قطعاً بے خبر معلوم ہوتا تھا۔ لیکن اسے کسی ذریعے سے معلوم ہو گیا کہ منظور ایک دن جب کھیل کود کر واپس آیا تو اس نے ٹھنڈے پانی سے نہالیا جس کے باعث ایک دم اس کا نچلا دھڑ مفلوج ہو گیا۔

ماں باپ کا اکلوتا لڑکا تھا، انہیں بہت دکھ ہوا۔ شروع شروع میں حکیموں کا علاج کرایا مگر کوئی فائدہ نہ ہوا۔ پھر ٹونے ٹوٹکوں کا سہارا الیا مگر بے سود۔ آخر کسی کے کہنے پر انہوں نے اسے ہسپتال میں داخل کرا دیا تا کہ باقاعدگی سے اس کا علاج ہوتا رہے۔

ڈاکٹر مایوس تھے۔ انہیں معلوم تھا کہ اس کے جسم کا مفلوج حصہ کبھی درست نہ ہو گا مگر پھر بھی اس کے والدین کا جی رکھنے کے لیے وہ اس کا علاج کر رہے تھے۔ انہیں حیرت تھی کہ وہ اتنی دیر زندہ کیسے رہا ہے۔ اس لیے کہ اس پر فالج کا حملہ بہت شدید تھا، جس نے اس کے جسم کا نچلا حصہ بالکل ناکارہ کرنے کے سوا اس کے بدن کے بہت سے نازک اعضا جھنجھوڑ کر رکھ دیئے تھے۔ وہ اس پر ترس کھاتے تھے اور اس سے پیار کرتے تھے، اس لیے کہ اس نے سدا خوش رہنے کا گر اپنی اس شدید علالت سے سیکھا تھا۔ اس کے معصوم دماغ نے یہ طریقہ خود ایجاد کیا تھا کہ اس کا دکھ دب جائے۔

اختر پر پھر ایک دورہ پڑا۔ یہ پہلے دورے سے کہیں زیادہ تکلیف دہ اور خطرناک تھا مگر اس نے صبر اور تحمل سے کام لیا اور منظور کی مثال سامنے رکھ کر اپنے دکھ درد سے غافل رہنے کی کوشش کی جس میں اسے کامیابی ہوئی، ڈاکٹروں کو اس مرتبہ تو سوفی صدی یقین تھا کہ دنیا کی کوئی طاقت اسے نہیں بچا سکتی، مگر معجزہ رونما ہوا اور رات کی ڈیوٹی پر متعین نرس نے صبح سویرے اسے دوسری نرس کے سپرد کیا تو اس کی

گرتی ہوئی نبض سنبھل چکی تھی۔ ۔ ۔وہ زندہ تھا۔

موت سے کُشتی لڑتے لڑتے نڈھال ہو کر جب وہ سونے لگا تو اس نے نیم مُندی ہوئی آنکھوں سے منظور کی طرف دیکھا جو محوِ خواب تھا۔اس کا چہرہ دمک رہا تھا۔اختر نے اپنے کمزور اور نحیف دل میں اس کی پیشانی کو چوما اور سو گیا۔جب اٹھا تو منظور چہک رہا تھا،اسی کے متعلق ایک نرس سے کہہ رہا تھا، ''آپا، اختر بھائی جان کو جگاؤ۔دوا کا وقت ہو گیا ہے۔''

''سونے دو۔ ۔ ۔اسے آرام کی ضرورت ہے۔''

''نہیں۔ ۔ ۔وہ بالکل ٹھیک ہیں۔ آپ اُنہیں دوا دیجیے۔''

''اچھا دے دوں گی۔''

منظور نے جب اختر کی طرف دیکھا تو اس کی آنکھیں کھلی ہوئی تھیں۔ بہت خوش ہو کر بااوازِ بلند کہا، ''السلام علیکم!'' اختر نے نقاہت بھرے لہجے میں جواب دیا، ''وعلیکم السلام!''

''بھائی جان! آپ بہت سوئے۔''

''ہاں۔ ۔ ۔شاید۔''

''نرس آپ کے لیے دوا لا رہی ہے۔''

اختر نے محسوس کیا کہ منظور کی باتیں اس کے نحیف دل کو تقویت پہنچا رہی ہیں۔تھوڑی دیر کے بعد ہی وہ خود اسی کی طرح چہکنے چہکارنے لگا۔اس نے منظور سے پوچھا، ''اس مرتبہ بھی تم نے میرے لیے دعا مانگی تھی؟'' منظور نے جواب دیا، ''نہیں۔''

''کیوں؟''

''میں روز روز دعائیں نہیں مانگا کرتا۔ ۔ ۔ایک دفعہ مانگ لی، کافی تھی۔ مجھے معلوم تھا آپ ٹھیک ہو جائیں گے۔'' اس کے لہجے میں یقین تھا۔اختر نے اسے ذرا سا چھیڑنے کے لیے کہا، ''تم دوسروں سے کہتے رہتے ہو کہ ٹھیک ہو جاؤ گے، خود کیوں نہیں ٹھیک ہو کر گھر چلے جاتے۔'' منظور نے تھوڑی دیر سوچا، ''میں بھی ٹھیک ہو جاؤں گا۔ بڑے ڈاکٹر جی کہتے تھے کہ تم ایک مہینے تک چلنے پھرنے لگو گے۔ ۔ ۔دیکھیے نا اب میں نیچے اور اوپر کھسک سکتا ہوں۔''

اس نے کمبل میں اوپر نیچے کھسکنے کی ناکام کوشش کی۔اختر نے فوراً کہا، ''واہ منظور میاں واہ۔ ۔ ۔ایک مہینہ کیا ہے۔ ۔ ۔یوں گزر جائے گا۔'' منظور نے چٹکی بجائی اور خوش ہو کر ہنسنے لگا۔

ایک مہینے سے زیادہ عرصہ گزر گیا۔اس دوران میں اختر پر دل کے دو تین دورے پڑے جو زیادہ شدید نہیں تھے۔ اب اس کی حالت بہتر تھی، نقاہت دور ہو رہی تھی۔اعصاب میں پہلا سا تناؤ بھی نہیں تھا۔دل کی رفتار ٹھیک تھی۔ ڈاکٹروں کا خیال تھا کہ اب وہ خطرے سے باہر ہے۔ لیکن ان کا تعجب بدستور قائم تھا کہ وہ بچ کیسے گیا۔

اختر دل ہی دل میں ہنستا تھا۔ اسے معلوم تھا کہ اسے بچانے والا کون ہے۔ وہ کوئی انجکشن نہیں تھا۔کوئی دوائی ایسی نہیں تھی۔وہ منظور تھا۔مفلوج منظور، جس کا نچلا دھڑ بالکل ناکارہ ہو چکا تھا، اور جسے یہ خوش فہمی تھی کہ اس کے گوشت پوست کے بے جان لوتھڑے میں زندگی کے آثار پیدا ہو رہے ہیں۔

اختر اور منظور کی دوستی بہت بڑھ گئی تھی۔منظور کی ذات اس کی نظروں میں مسیحا کا رتبہ رکھتی تھی کہ اس نے اس کو دوبارہ زندگی عطا کی تھی اور اس کے دل و دماغ سے وہ تمام کالے بادل ہٹا دیئے تھے جن کے سائے میں وہ اتنی دیر تک گھٹی گھٹی زندگی بسر کرتا رہا تھا۔اس کی قنوطیت رجائیت میں تبدیل ہو گئی تھی، اسے زندہ رہنے سے دلچسپی ہو گئی تھی۔ وہ چاہتا تھا کہ بالکل ٹھیک ہو کر ہسپتال سے نکلے اور ایک نئی صحت مند زندگی بسر کرنی شروع کر دے۔

اسے بڑی الجھن ہوتی تھی جب وہ دیکھتا تھا کہ منظور ویسے کا ویسا ہے۔اس کے جسم کے مفلوج حصے پر ہر روز مالش ہوتی تھی۔ جوں جوں وقت گزرتا تھا، اس کی خوش رہنے والی طبیعت شگفتہ سے شگفتہ تر ہو رہی تھی۔ یہ بات حیرت اور الجھن کا باعث تھی۔

ایک دن بڑے ڈاکٹر نے منظور کے باپ سے کہا کہ اب وہ اسے گھر لے جائے کیونکہ اس کا علاج نہیں ہو سکتا۔منظور کو صرف اتنا پتہ چلا کہ اب اس کا علاج ہسپتال کے بجائے گھر پر ہو گا اور وہ بہت ٹھیک ہو جائے گا، مگر اسے سخت صدمہ پہنچا۔وہ گھر جانا نہیں چاہتا تھا۔اختر نے جب اس سے پوچھا کہ وہ ہسپتال میں کیوں رہنا چاہتا ہے تو اس کی آنکھوں میں آنسو آ گئے۔ ''وہاں اکیلا رہوں گا۔ اباد کان پر جاتا ہے، ماں ہمسائی کے ہاں جا کر کپڑے سیتی ہے، میں وہاں کس سے کھیلا کروں گا، کس سے باتیں کروں گا۔''

اختر نے بڑے پیار سے کہا، ''تم اچھے جو ہو جاؤ گے منظور میاں۔ چند دن کی بات ہے پھر تم باہر اپنے دوستوں سے کھیلا کرنا۔ اسکول جایا کرنا۔''

''نہیں نہیں۔''، منظور نے کمبل سے اپنا سدا تمتماتے والا چہرہ ڈھانپ کر رونا شروع کر دیا۔اختر کو بہت دکھ ہوا۔ دیر تک وہ اسے چمکارتا پچکارتا رہا۔ آخر اس کی آواز گلے میں رندھ گئی اور اس نے کروٹ بدل لی۔

شام کو ہاؤس سرجن نے اختر کو بتایا کہ بڑے ڈاکٹر صاحب نے اس کی ریلیز کا آرڈر دے دیا ہے۔ وہ صبح جاسکتا ہے۔ منظور نے سنا تو بہت خوش ہوا۔ اس نے اتنی باتیں کیں، اتنی باتیں کیں کہ تھک گیا۔ ہر نرس کو، ہر اسٹوڈنٹ کو، ہر جمعدار کو اس نے بتایا کہ بھائی جان اختر جارہے ہیں۔

رات کو بھی وہ اختر سے دیر تک خوشی سے بھر پور ننھی ننھی معصوم باتیں کرتا رہا۔ آخر سوگیا۔ اختر جاگتا رہا اور سوچتا رہا کہ منظور کب تک ٹھیک ہوگا۔ کیا دنیا میں کوئی ایسی دوا موجود نہیں جو اس پیارے بچے کو تندرست کر دے۔ اس نے اس کی صحت کے لیے صدقِ دل سے دعائیں مانگیں مگر اسے یقین تھا کہ یہ قبول نہیں ہوں گی، اس لیے کہ اس کا دل منظور کا سا پاک دل کیسے ہو سکتا تھا۔

منظور اور اس کی جدائی کے بارے میں سوچتے ہوئے اسے بہت دکھ ہوتا تھا۔ اسے یقین نہیں آتا تھا کہ صبح اس کو وہ چھوڑ کر چلا جائے گا اور اپنی نئی زندگی تعمیر کرنے میں مصروف ہو کر اسے اپنے دل و دماغ سے محو کر دے گا۔ کیا ہی اچھا ہوتا کہ وہ منظور کی ''السلام علیکم'' سننے سے پہلے ہی مر جاتا۔ یہ نئی زندگی جو اس کی عطا کردہ تھی، وہ کس منہ سے اٹھا کر ہسپتال سے باہر لے جائے گا۔

سوچتے سوچتے اختر سوگیا۔ صبح دیر سے اٹھا۔ نرسیں وارڈ میں اِدھر اُدھر تیزی سے چل پھر رہی تھیں۔ کروٹ بدل کر اس نے منظور کی چارپائی کی طرف دیکھا۔ اس پر اس کی بجائے ایک بوڑھا، ہڈیوں کا ڈھانچہ، لیٹا ہوا تھا۔ ایک لحظے کے لیے اختر پر سناٹا سا طاری ہو گیا۔ ایک نرس پاس سے گزر رہی تھی، اس سے اس نے قریب قریب چلا کر پوچھا، ''منظور کہاں ہے؟''

نرس رکی۔ تھوڑی دیر خاموش رہنے کے بعد اس نے بڑے افسوسناک لہجے میں جواب دیا، ''بے چارہ! صبح ساڑھے پانچ بجے مر گیا۔'' یہ سن کر اختر کو اس قدر صدمہ پہنچا کہ اس کا دل بیٹھنے لگا۔ اس نے سمجھا کہ یہ آخری دورہ ہے ۔۔۔ مگر اس کا خیال غلط ثابت ہوا۔ وہ ٹھیک تھا، ٹھیک تھا۔ تھوڑی دیر کے بعد ہی اسے ہسپتال سے رخصت ہونا پڑا۔

کیونکہ اس کی جگہ لینے والا مریض داخل کر لیا گیا تھا۔

مہتاب خاں

شام کو مَیں گھر بیٹھا اپنی بچیوں سے کھیل رہا تھا کہ دوست طاہر صاحب بڑی افراتفری میں آئے۔ کمرے میں داخل ہوتے ہی آپ نے مینٹل پیس پر سے میرا فونٹین پن اٹھاکر میرے ہاتھ میں تھمایا اور کہا کہ، ' ' ہسپتال میں کسی ڈاکٹر کے نام ایک چٹ لکھ دیجیے۔ ' '

مجھے کچھ پوچھنے کی فرصت بھی نہ دی گئی اور میں نے ایک ڈاکٹر کے نام رقعہ لکھنا شروع کر دیا۔ مضمون طاہر صاحب نے لکھوایا جس کا مطلب یہ تھا کہ حامل رقعہ خطرناک طور پر علیل ہے اس لیے اسے فوراً ہسپتال میں داخل کر لیا جائے۔ مجھ سے جو لکھوایا گیا، میں نے لکھ دیا۔ تھوڑی دیر کے بعد طاہر صاحب پھر تشریف لائے۔ مجھے تشویش تھی کہ جس مریض کی میں نے سفارش کی ہے وہ ہسپتال میں داخل ہو سکا ہے یا نہیں لیکن وہ بڑے مطمئن تھے۔ میرے دریافت کرنے پر انہوں نے کہا، ' ' جہنم میں جائے۔ ۔ ۔ میں نے آپ کی چٹ اس کے لواحقین کو دے دی ہے۔ ' '

یہ سن کر میں خاموش ہو گیا لیکن تھوڑی دیر کے بعد ان سے پوچھا کہ ' ' یہ مہتاب خاں کون ہیں جن کو ہسپتال میں داخل کرانے کے لیے آپ اتنے بے تاب تھے؟ ' ' طاہر صاحب مسکرائے، ' ' اول درجے کا حرامی ہے۔ ' ' اگر مہتاب خاں تیسرے درجے کا حرامی بھی ہوتا تو کیا فرق پڑتا لیکن مجھے اس سے فوراً دلچسپی پیدا ہو گئی چنانچہ میں نے اپنے دوست سے پوچھا، ' ' اسے عارضہ کیا تھا؟ ' ' طاہر صاحب نے جواب دیا، ' ' عشق کا۔ ' '

اس کے بعد انہوں نے خلاف معمول باتونی ہو کر مہتاب خاں کی داستان عشق سنانا شروع کر دی۔ آپ نے بتایا کہ مہتاب خاں کی عمر اٹھارہ انیس برس کے قریب ہے۔ جیسا کہ اس کا نام ظاہر کرتا ہے پٹھان ہے۔ ۔ ۔

کافی ہٹا کٹا۔۔۔مگر اس کی دونوں آنکھوں میں لاسا لگا ہوا ہے۔ چوبرجی کے قریب اس کے بڑے بھائی کی چائے کی دکان ہے جہاں اس سے کام لینے کی کوشش کی جاتی ہے۔ طاہر صاحب نے اس نوجوان کے متعلق مزید تفصیلات بیان کرتے ہوئے کہا:

''منٹو صاحب! یہ شخص عجیب و غریب ہے۔ مزاج اس قدر عاشقانہ ہے کہ میں بیان نہیں کر سکتا۔ ہر وقت اپنے بھائی کے ہوٹل کے چولھے میں پھنکھ سے کوئلے سلگاتا رہتا تھا مگر بازار میں ہر آنے جانے والی لڑکی کو ایسی نظروں سے دیکھتا کہ وہ اس پر اگر اسی وقت نہیں تو تھوڑے عرصے میں ضرور عاشق ہو جائے گی اور بہت ممکن ہے گھر میں جا کر خود کشی کر لے۔''

اس تمہید کے بعد طاہر صاحب نے مجھے بتایا کہ مہتاب خاں ہوٹل سے باہر لوگوں کے لیے چائے لے جایا کرتا تھا۔ ایک دن اسے اسکول کی ایک استانی نے جو فزیکل انسٹرکٹرس تھی، اور ہوٹل کے پاس ہی رہتی تھی، چائے کی ٹرے لانے کے لیے کہا۔ اس کے ہاں پہنچتے ہی وہ اس لڑکی پر عاشق ہو گیا لیکن مہتاب خاں کا بیان اس سے جدا ہے۔ اس نے طاہر صاحب اور ان کے دوستوں سے ٹھیٹ پٹھانی لہجے میں کہا، ''خو وہ رن جو اسکول میں پڑھاتی ہے، مجھے دیکھتے ہی گرم ہو گئی۔۔۔خوام خوبرو ہے، جوان ہے۔۔۔دیکھوں اب کیا ہو۔۔۔جان کے لالے پڑ جائیں گے۔''

اس کی جان کے لالے پڑے۔ وہ یوں کہ اس نے اپنے بھائی کے ہوٹل کے گلے سے پچاس روپے اڑا لیے اور کسی اور ہوٹل میں ٹھاٹ سے بیٹھ کر اپنے دوستوں کو یہ بات سنائی کہ مس مراد (یہ اس لڑکی کا نام ہے) بہت بڑی پیلے رنگ کی موٹر میں انار کلی سے گزر رہی تھی، وہ ایک دکان پر کھڑا انسوار لے رہا تھا کہ عین اس کے قریب اپنی موٹر رکوائی۔ باہر نکل کر سر بازار اس سے ہاتھ ملایا اور اپنے پرس سے پچاس روپے کا نوٹ نکال کر اس کو دیئے اور یہ جاوہ جا۔۔۔مہتاب خاں کا بیان تھا کہ جب مس مراد نے اس سے ہاتھ ملایا تو وہ محبت کے شدید جذبے سے تھر تھر کانپ رہی تھی۔

اسی رات جب مہتاب خاں چوری کے پچاس روپے کچھ ہوٹلوں میں، باقی کے ہیرامنڈی میں خرچ کر چکا تھا، اس کے بڑے بھائی نے جانے کس جگہ اس کی گردن ناپی اور ایسے زور سے ناپی کہ وہ دو دن تک بلبلاتا رہا لیکن اس نے کسی پر یہ ظاہر نہ کیا (حالانکہ حقیقت کا علم ہوٹل میں ہر آنے والے کو تھا کہ اس نے روپے چرائے تھے۔ وہ برابر یہی کہتا رہا کہ اس کی جوانی اور اس کے حسن سے متاثر ہو کر وہ اسے روپے دیتی رہتی ہے۔

دوسری مرتبہ اس نے ساتھ والے دکاندار کے سو روپے چرائے اور انار کلی کے ایک ہوٹل میں بیٹھ کر اپنے دوستوں سے کہا کہ مس مراد نے اسے یہ رقم عیش کرنے کے لیے دی ہے۔ وہ بہت مرعوب ہوئے لیکن دوسرے روز مہتاب خاں پکڑا گیا۔ چند روز حوالات میں رہا پھر مقدمہ چلا، چونکہ ثبوت کوئی نہ تھا اس لیے بری ہو گیا۔

اس حادثے کے بعد مس مراد کا اس سے عشق اور زیادہ بڑھ گیا بلکہ یوں کہیے کہ اب وہ اپنی روایتی عاشقانہ بے اعتنائی ترک کر کے اس کو ہر وقت یاد کرنے لگا۔ چولھا سلگاتے وقت یا صبح کو جھاڑو دیتے ہوئے وہ مس مراد کا نام لیتا۔۔۔ خو مس مراد۔۔۔ تو ہی اماری مراد پوری کرے گی۔

اب اس نے روپے پیسے کا سرقہ بند کر دیا، لیکن مکھن کی چوری شروع کر دی۔ ہر روز وہ اپنے بھائی کے ہوٹل سے کم از کم مکھن کی دو ٹکیاں اڑا لیتا۔ آس پاس کے جو اور ہوٹل تھے ان سے بھی وہ صرف مکھن ہی چراتا اور کھاتا تھا۔۔۔ ہر روز اس قدر مکھن کھانے کا یہ اثر ہوا کہ مہتاب خاں اچھا خاصا ڈیری فارم بن گیا۔۔۔ اس کے بدن سے، اس کے منہ سے، اس کے لباس سے مکھن ہی کی بو آنے لگی۔ وہ اپنی صحت بنا رہا تھا۔ اس کا یہ کہنا تھا کہ ہر عورت صحت اور جوانی پر مرتی ہے لیکن طاہر صاحب کا یہ کہنا ہے کہ ہر مکھن چور، کرشن کنہیا نہیں بن سکتا اس کی آنکھیں ویسی کی ویسی چندھی تھیں۔

اب کچھ مس مراد کے متعلق سن لیجیے۔ طاہر صاحب نے جب ان کے حدود اربعہ کے متعلق ادھر ادھر پوچھ گچھ کی تو معلوم ہوا کہ اس کی ماں بھنگن ہے اور ابھی تک کوٹھے کماتی ہے۔ دوسرے لفظوں میں لوگوں کا بول و براز اٹھاتی ہے۔ چونکہ وہ اور اس کا خاوند عیسائی ہو گئے تھے اس لیے ان کی لڑکی مس مراد نے تھوڑی سی تعلیم حاصل کی اور ایک اسکول میں فزیکل انسٹرکٹرس ہو گئی۔۔۔ خوش شکل تھی اس لیے اس کے کئی چاہنے والے پیدا ہو گئے جو اس کی تمام آسائشوں کا خیال رکھتے تھے۔

مہتاب خاں اس کے عشق میں بری طرح گرفتار تھا۔ ہوٹل میں کوئلے جلاتا اور آہیں بھرتا تھا لیکن اس کے باوجود وہ اپنے یار دوستوں سے باتیں کرتا تو بڑے فخر سے اس بات کا اعلان کرتا کہ مس مراد اس پر بہت بری طرح مرتی ہے۔ حالانکہ حقیقت اس کے برعکس تھی۔ مس مراد جو بے شمار عاشقوں کے درمیان گھری رہتی تھی اس کو مہتاب خاں کی موجود گی کا علم ہی کیا ہو سکتا تھا۔۔۔ اس کے علاوہ اس بے چارے کی حقیقت ہی کیا تھی۔

ایک دن مہتاب چائے کی ٹرے لے کر مس مراد کے یہاں گیا۔ جس جگہ وہ رہتی تھی وہاں ایک چھوٹا سا باغ

تھا۔اس میں لوکاٹ کے بوٹے تھے۔مہتاب کو یہ پھل بے حد پسند تھے۔معلوم نہیں کیوں۔۔۔ٹرے لے کر اندر گیا تو وہاں مس مراد کے دوست احباب بیٹھے لوکاٹیں کھا رہے تھے۔مس مراد نے اسے چار پانچ دانے شاید اس لیے دیئے کہ موسم کا پہلا میوہ تھا۔ وہ خوش ہوا۔

واپس ہوٹل آیا تو اس کا بڑا بھائی لوکاٹیں کھا رہا تھا۔جو مس مراد کی دی ہوئی لوکاٹوں کے مقابلے میں زیادہ بڑی اور رسیلی تھی لیکن مہتاب یہ ماننے سے منکر تھا۔قریب قریب چخ ہو گئی۔اس کے بڑے بھائی نے تاؤ میں آ کر کہا، '' اگر تمھیں اپنی مس مراد کی لوکاٹیں پسند ہیں اور جیسا کہ تم کہتے ہو وہ تم پر مرتی ہے تو ایک بوٹا وہاں سے لے آؤ اور ہوٹل کے سامنے لگا دو۔ ''

رات بھر مہتاب خاں غائب رہا۔اس کے دوستوں کا خیال تھا کہ مس مراد نے بلا لیا ہو گا۔اس نے سو پچاس روپے بھیج دیئے ہوں گے، جس سے عیاشی کر رہا ہو گا۔ مگر صبح سڑک پر آنے جانے والے یہ دیکھ کر حیران ہو گئے کہ اس کے ہوٹل کے ساتھ جہاں ایک گڑھا تھا، لوکاٹ کا درخت لگا ہوا ہے۔ یہ اس نے رات رات، وہاں سے جہاں مس مراد رہتی تھی اکھاڑا تھا۔معلوم نہیں کتنی مشقت کرنی پڑی ہو گی اسے۔اپنے دوستوں سے مگر اس نے یہی کہا کہ مس مراد نے اسے یہ بوٹا خود اپنے ہاتھوں سے عنایت کیا ہے،اس لیے کہ وہ اس پر سو جان سے فریفتہ ہے۔

یہ بوٹا چند دنوں کے اندر مرجھا گیا، لیکن اس کا چرچا کافی دیر تک رہا۔طاہر صاحب کا یہ کہنا ہے کہ وہ مہتاب خاں کی اس مداری پنے سے خاصے متاثر ہوئے تھے، لیکن انہوں نے جب اپنی روایتی محکم پسندی سے کام لیتے ہوئے مہتاب سے کہا، '' تم بکواس کرتے ہو۔۔۔ذرا آئینے میں اپنی شکل دیکھو، مس مراد کیا، تمھیں ایک لکھیائی بھی کبھی منہ نہیں لگا سکتی۔ ''

یہ سن کر اس نے اپنا مکھن کھایا ہوا سینہ تان کر جواب دیا، '' خو۔۔۔تم کیسا بات کرتا ہے۔۔۔خو تم نے وہ فلم نہیں دیکھا۔ نام تھا پر کھائیں۔۔۔نہیں، پر چھائیں۔۔۔خو، اس میں ایک خوبرو لڑکی، ایک اندھے سے محبت کرتی تھی ۔۔۔ام اندھا نہیں ہے ۔۔۔آنکھیں تھوڑی سی خراب ہیں ۔۔۔پر اس سے کیا ہوا۔۔۔مس مراد ام سے محبت کرتا ہے۔ ''

جیسا کہ طاہر صاحب کا کہنا ہے، یار لوگوں کی مہربانی سے مس مراد تک آخر یہ بات پہنچ گئی کہ مہتاب خاں، جس کی آنکھ میں پھولے ہیں اس سے بے پناہ عشق کر رہا ہے۔اس کا ردِعمل خلاف توقع یہ ہوا کہ وہ اپنا مکان چھوڑ کر کہیں اور چلی گئی اس لیے کہ وہ نہیں چاہتی تھی کہ اس کے دوسرے چاہنے والے جو مہتاب

کے مقابلے میں، آنکھوں کے نہیں عقل کے اندھے تھے، اس کے ہاں آنا جانا چھوڑ دیں۔

جب مہتاب کو معلوم ہوا کہ مس مراد چلی گئی ہے تو اس کو اس قدر صدمہ ہوا کہ اس روز اس نے ہوٹل میں جتنی مکھن کی ٹکیاں تھیں سب کھالیں۔ اس کے بعد اس کا غم جب اور زیادہ بڑھا تو مکھن کھانے کی مقدار بڑھ گئی۔ نتیجہ اس کا یہ ہوا کہ اس کی توند بڑھ گئی۔ ۔ ۔ بڑا کاہل ہو گیا۔ چولھے میں کوئلے سلگاتے سلگاتے ہنکھنے لگتا۔ بعض اوقات ایسی باتیں کرنا شروع کر دیتا کہ لوگوں کو یہ احساس ہوتا کہ وہ ماؤف الدماغ ہو گیا ہے۔

طاہر صاحب کا یہ کہنا ہے کہ اسے ہوا ہوایا کچھ نہیں تھا۔ کشمیریوں کی زبان میں محض ' 'ڈام' ' لگاتا تھا۔ جب کچھ دن گزرے تو اس نے شعر کہنے شروع کر دیئے مگر یہ شعر اس کی اپنی تخلیق نہیں ہوتے تھے۔ اِدھر اُدھر فلمی گانوں کے بول توڑ مروڑ کر گنگنا دیتا، جس سے سننے والوں پر یہ واضح ہو جائے کہ وہ جذب کی حالت تک پہنچ چکا ہے، یا بہت جلد پہنچنے والا ہے۔ اس کا ایک شعر طاہر صاحب کو یاد تھا جو انہوں نے مجھے سنا دیا۔

دو دلوں کو یہ دنیا جینے ہی نہیں دیتی

میری پھٹی شلوار کو سینے ہی نہیں دیتی

اس کی شلوار جو کافی گھیرے دار تھی، یوں تو ہمیشہ پھٹی رہتی، پر جب سے اس کی مس مراد آنکھوں سے اوجھل ہوئی تو وہ بالکل لِیر لِیر ہو گئی لیکن اس کی مکھن خوری دن بدن بڑھتی گئی۔ اس کا چہرہ اور زیادہ سرخ ہو گیا۔ ایک دن طاہر صاحب نے اس سے کہا، ' 'تمہاری رگوں میں اتنا خون جمع ہو گیا ہے۔ ۔ ۔ کیوں نہیں اس میں چند اونس بلڈ بنک میں دے دیتے۔ ' '

وہ فوراً مان گیا۔ ڈاکٹروں نے اس کا خون لیا جو بڑا صحت مند تھا۔ اس کے بعد وہ ایک مرتبہ اور ہسپتال گیا۔ اس کا خون لینے کے لیے سب ڈاکٹر ہر وقت تیار تھے۔ ایک مرتبہ اسے خاص طور پر بلایا گیا کہ اس کے تازہ تازہ خون کی ضرورت تھی۔ جب وہ ہسپتال پہنچا تو اسے معلوم ہوا کہ ایک مریض کے لیے اس کے خون کی ضرورت ہے۔ ۔ ۔ اسے کوئی عذر نہیں تھا۔ جب اسے فی میل وارڈ میں لے جایا گیا اور اس کا خون مریض کے اندر داخل ہونے کا اہتمام کیا گیا تو اس نے بستر پر دیکھا کہ مس مراد نیم بے ہوشی کی حالت میں پڑی ہے۔

مہتاب خاں کو معاً خیال آیا کہ شاید اسے چائے لانے کے لیے بلایا گیا ہے۔ چنانچہ اس نے خود کو خالی ہاتھ محسوس کیا۔ ۔ ۔ لیکن جب اس کا ہاتھ پکڑ کر اسے میز پر لٹایا گیا اور اس کے خون کے کئی اونس مس مراد کے جسم میں داخل کیے گئے تو وہ کسی قسم کی نقاہت محسوس کیے بغیر اٹھا اور کہنے لگا، ' 'خوہ امارا بہن ہے۔ ۔ ۔ اَم چلا۔

موتری

کانگرس ہاؤس اور جناح ہال سے تھوڑے ہی فاصلے پر ایک پیشاب گاہ ہے جسے بمبئی میں ''موتری'' کہتے ہیں۔ آس پاس کے محلوں کی ساری غلاظت اس تعفن بھری کوٹھری کے باہر ڈھیریوں کی صورت میں پڑی رہتی ہے۔ اس قدر بدبو ہوتی ہے کہ آدمیوں کو ناک پر رومال رکھ کر بازار سے گزرنا پڑتا ہے۔ اس موتری میں اس دفعہ اسے مجبوراً جانا پڑا۔۔۔ پیشاب کرنے کے لیے ناک پر رومال رکھ کر، سانس بند کر کے، وہ بدبوؤں کے اس مسکن میں داخل ہوا۔ فرش پر غلاظت بلبلے بن کر پھٹ رہی تھی۔۔۔ دیواروں پر اعضائے تناسل کی مہیب تصویریں بنی تھیں۔۔۔ سامنے کو ٹلے کے ساتھ کسی نے یہ الفاظ لکھے ہوئے تھے، ''مسلمانوں کی بہن کا پاکستان مارا۔'' ان الفاظ نے بدبو کی شدت اور بھی زیادہ کر دی۔ وہ جلدی جلدی باہر نکل آیا۔

جناح ہال اور کانگرس ہاؤس دونوں پر گورنمنٹ کا قبضہ ہے۔ لیکن تھوڑے ہی فاصلے پر جو موتری ہے، اسی طرح آزاد ہے۔ اپنی غلاظتیں اور عفونتیں پھیلانے کے لیے۔۔۔ آس پاس کے محلوں کا کوڑا کرکٹ اب کچھ زیادہ ہی ڈھیریوں کی صورت میں باہر پڑا دکھائی دیتا ہے۔

ایک بار پھر اسے مجبوراً اس موتری میں جانا پڑا۔ ظاہر ہے کہ پیشاب کرنے کے لیے۔ ناک پر رومال رکھ کر اور سانس بند کر کے وہ بدبوؤں کے اس گھر میں داخل ہوا۔۔۔ فرش پر پتلے پاخانے کی پپڑیاں جم رہی تھیں۔ دیواروں پر انسان کے اولاد پیدا کرنے والے اعضاء کی تعداد میں اضافہ ہو گیا تھا۔

''مسلمان کی بہن کا پاکستان مارا'' کے نیچے کسی نے موٹی پنسل سے یہ گھناؤنے الفاظ تحریر کیے ہوئے تھے، ''ہندوؤں کی ماں کا اکھنڈ ہندوستان مارا۔'' اس تحریر نے موتری کی بدبو میں ایک تیزابی کیفیت

پیدا کر دی۔۔۔ وہ جلدی جلدی باہر نکل آیا۔ مہاتما گاندھی کی غیر مشروط رہائی ہوئی۔ جناح کو پنجاب میں شکست ہوئی۔ جناح ہال اور کانگرس ہاؤس دونوں کو شکست ہوئی نہ رہائی۔ ان پر گورنمنٹ کا اور اس کے تھوڑے ہی فاصلے پر جو موتری ہے اس پر بدبو کا قبضہ جاری رہا۔۔۔ اس پاس کے محلوں کا کوڑا کرکٹ اب ایک ڈھیر کی صورت میں باہر پڑا رہتا ہے۔

تیسری بار پھر اسے اس موتری میں جانا پڑا۔۔۔ پیشاب کرنے کے لیے نہیں۔۔۔ ناک پر رومال رکھ کر اور سانس بند کر کے وہ غلاظتوں کی اس کوٹھری میں داخل ہوا۔۔۔ فرش پر کیڑے چل رہے تھے۔ دیواروں پر انسان کے شرمناک حصوں کی نقاشی کرنے کے لیے اب کوئی جگہ باقی نہیں رہی تھی۔۔۔ ''مسلمانوں کی بہن کا پاکستان مارا'' اور ''ہندوؤں کی ماں کا اکھنڈ ہندوستان مارا''، کے الفاظ مدھم پڑ گئے تھے۔ مگر ان کے نیچے سفید چاک سے لکھے ہوئے یہ الفاظ ابھر رہے تھے۔

''دونوں کی ماں کا ہندوستان مارا۔''

ان الفاظ نے ایک لحظے کے لیے موتری کی بدبو غائب کر دی۔۔۔ وہ جب آہستہ آہستہ باہر نکلا تو اسے یوں لگا کہ اسے بدبوؤں کے اس گھر میں ایک بے نام سی مہک آئی تھی۔ صرف ایک لحظے کے لیے

موج دین

رات کی تاریکی میں سنٹرل جیل کے دو واردن بندوق لیے چار قیدیوں کو دریا کی طرف لیے جا رہے تھے جن کے ہاتھ میں کدالیں اور بیلچے تھے۔ پل پر پہنچ کر انہوں نے گارڈ کے سپاہی سے ڈبیا لے کر لالٹین جلائی اور تیز تیز قدم بڑھاتے دریا کی طرف چل دیئے۔

کنارے پر پہنچ کر انہوں نے بارہ دری کی بغل میں کدالیں اور بیلچے پھینکے اور لالٹین کی مدھم روشنی میں اس طرح تلاش شروع کی جیسے وہ کسی مدفون خزانے کی کھوج میں آئے ہیں۔ ایک قیدی نے لالٹین تھامے واردن کو داروغہ جی کے نام سے مخاطب کرتے ہوئے کہا، ''داروغہ جی! یہ جگہ مجھے بہت پسند ہے اگر حکم ہو تو کھدائی شروع کر دیں۔''

''دیکھنا، زمین نیچے سے پتھریلی نہ ہو، ورنہ ساری رات کھدائی میں گزر جائے گی۔ کم بخت کو مرنا بھی رات ہی کو تھا۔'' واردن نے تحکمانہ اور بیزاری کے لہجے میں کہا۔ قیدیوں نے کدالیں اور بیلچے اٹھائے اور کھودنا شروع کیا۔ واردن بیزاری کے موڈ میں بیٹھے سگریٹ پی رہے تھے۔ قیدی زمین کھودنے میں ہمہ تن مصروف تھے۔ رفتہ رفتہ زمین پر کھدی ہوئی مٹی کا ڈھیر لگ گیا اور واردن نے قریب آ کر قبر کا معائنہ کیا۔ زمین چونکہ پتھریلی نہیں تھی، اس لیے وہ بڑے اطمینان کے ساتھ قریب ہی ایک پتھر پر بیٹھا سگریٹ پینے لگا۔ جسے سلگانے کے لیے اس نے لالٹین منگائی۔

کھدائی قریب قریب ختم ہو چکی تھی۔ واردن دو قیدیوں کو لیے جیل کی جانب چلا گیا اور بیس منٹ کے وقفے کے بعد کمبل میں لپٹی ہوئی قیدی کی لاش لے کر واپس آیا۔ دوسرا واردن جب تک سلیں جمع کر کے لایا تھا۔ ایک قیدی نے جو قتل کے جرم کی پاداش میں سزا کاٹ رہا تھا، کدالیں اور بیلچے اٹھائے اور قبر کے سرہانے

چند قدم ہٹ کر کھڑا ہو گیا۔ وارڈن نے بہت ہی برہم لہجے میں اس کی طرف دیکھ کر کہا، ''او، الو کے پٹھے اپنے ابا کو لحد میں اتارنے میں ان کی مدد کر۔'' قیدی نے ملتجیانہ لہجے میں کہا، ''داروغہ جی! لالٹین پکڑتا ہوں۔۔۔ میں نہیں چاہتا کہ اس معصوم اور بے گناہ کو ایک قاتل کے ہاتھ چھو جائیں۔''

وارڈن یہ سن کر گرجا، ''بے گناہ کے بچے۔۔۔ جاسوس کو معصوم کہتا ہے۔'' قاتل نے کہا، ''داروغہ جی! میں قاتل ہوں۔۔۔ یہی احساس مجھے اس قیدی کی لاش چھونے سے روکتا ہے۔''

''جاسوس'' دفنایا جا چکا تھا۔۔۔ قیدی اور وارڈن جا چکے تھے۔ صبح آٹھ بجے پولیس کی معیت میں ڈپٹی کمشنر قبر پر آیا۔ جیل کے حکام کے بیانات لیے گئے اور ڈپٹی کمشنر صاحب عدالت تشریف لے گئے۔ پیشی کی پہلی مسل جو اٹھائی گئی، اس پر سرکار بنام موج دین لکھا تھا۔ اردلی نے تین مرتبہ کمرہ عدالت سے باہر نکل کر بلند آواز میں تین بار پکارا۔ بلکہ یوں کہیے کہ للکارا ''سرکار بنام موج دین۔۔۔ موج دین۔۔۔ موج دین ہے؟'' لیکن یہ آواز بدقسمتی سے اس جاسوس قیدی کی قبر تک نہ پہنچ سکی۔۔۔ یا اگر پہنچی بھی ہو تو وہ تعمیل کے لیے نہ آیا۔ شاید یہ سمجھ کر کہ وہ اب ڈپٹی کمشنر کے قانون کی زد سے بہت دور جا چکا ہے۔ اس جگہ جہاں کوئی اور قانون چلتا ہے۔ جہاں ڈپٹی کمشنر کے سمن کی بھی تعمیل نہیں ہو سکتی۔

ملزم چونکہ غیر حاضر تھا، اس لیے ڈپٹی کمشنر صاحب بہادر نے عدم حاضری ملزم کارروائی یک طرفہ کے لیے مِسل اٹھائی اور ریڈر سے جرم کی نوعیت دریافت کی، ''جاسوسی'' منشی نے نمبر 1 کی کارروائی لکھتے ہوئے کہا۔ ''ملزم رات کو سنٹرل جیل میں فوت ہو چکا ہے۔ مِسل داخل دفتر کردی جائے۔'' ڈپٹی کمشنر نے حکم دیا۔

''جاسوس'' کی سنٹرل جیل میں موت کی خبر شہر بھر میں اس لیے مشہور ہو گئی کہ ضلع کے ڈپٹی کمشنر اور پولیس کے افسروں نے اس کی نماز جنازہ پڑھی۔ آزاد کشمیر حکومت کے نیک سیرت افسروں کی ہر طرف سے داد و تحسین دی جا رہی تھی۔ مجھے جب اس واقعہ کا علم ہوا تو مجھے ایک مہینہ پہلے کی ایک شام یاد آئی جب کہ میں دارالحکومت کے ایک ہوٹل میں بیٹھا ڈاک گاڑی کا انتظار کر رہا تھا۔ جس کے ذریعے سے میرے مرمت شدہ جوتے جو راولپنڈی سے آنے والے تھے۔ گاڑی آنے میں خلافِ معمول دیر ہوئی۔ میں قریب قریب اٹھنے ہی والا تھا کہ ایک گہرے سانولے رنگ کے آدمی نے جس کی عمر تیس برس کے لگ بھگ تھی۔ مجھے اپنی طرف متوجہ کیا، ''آپ بُوٹ ٹیم سے بیٹھا کسی کا انتظار کرتا ہے؟'' اس نے مسکراتے ہوئے استفسار کیا۔

'' بھئی عجیب مصیبت ہے۔ جوتا پھٹ جائے مظفر آباد میں تو مرمت کے لیے راولپنڈی بھیجنا پڑتا ہے۔ یا اگر کوئی ڈرائیور مہربان ہو تو اسی کے ہاتھ بھیج دیتے ہیں۔ آج میں اپنے مرمت شدہ جوتوں کے انتظار میں تین گھنٹے سے بیٹھا ہوں اور کم بخت ڈاک گاڑی بھی آج ہی لیٹ ہوئی ہے۔ خیر کل سہی۔ '' میں یہ کہہ کر اٹھنے لگا تو اس نے مجھے چند منٹ مزید انتظار کرنے کے لیے کہا۔ میں اس اجنبی صورت کو دیکھتا رہا، جس کی آنکھوں میں اضطراب تھا۔ جس کے ہونٹ کچھ کہنے کے لیے بے تاب تھے۔ وہ بیڑی پر بیڑی پیے جا رہا تھا اور میرے سامنے والی کرسی پر بیٹھا بار بار باہر خلا میں دیکھتا تھا۔ میں ڈاک گاڑی کے انتظار میں ہر ایک ہارن پر کان دھرتا۔ وقت گزارنے کے لیے میں نے اس سے پوچھا، '' آپ یہاں کیا کر رہے ہیں؟ ''

'' ہم بیٹھا ہے، '' اس نے انتہائی سادگی سے جواب دیا۔

'' نہیں، میرا مطلب ہے یہاں آپ کا کیا کاروبار ہے؟ ''

'' کاروبار کچھ نہیں کرتا، کشمیر دیکھنے کا شوق تھا، چلا آیا۔ ''

'' آپ کہاں سے آئے ہیں؟ ''

'' لاہور سے۔ لیکن میں مشرقی پاکستان کا ہوں، لاہور میں دینیات کی تعلیم پڑھتا ہوں۔ ''

مجھے گفتگو کے دوران میں اس نے بتایا کہ وہ جس ادارے میں زیرِ تعلیم ہے، خیراتی ادارہ ہے، جہاں کے ارباب اعلیٰ رسید بک چھاپ کر زیرِ تعلیم کم عمر بچوں کو چندے کی فراہمی کے لیے دوسرے شہروں میں بھیج دیتے ہیں۔ وہ چونکہ کم عمر بچہ نہ تھا۔ اس لیے اس کو بڑی مشکلوں کے بعد '' سفیر '' بن کر آزاد کشمیر میں چندہ جمع کرنے کی اجازت مل گئی۔ اس کی باتوں میں سادگی تھی۔ محض کشمیر دیکھنے کے شوق میں اس نے '' سفارت '' حاصل کی تھی۔ اس نے یہ بھی بتا دیا کہ یتیم خانوں کے نام پر '' بھک منگوں '' کا نام اداروں نے سفیر رکھا ہے۔ جمع شدہ چندہ ان کی جیبوں میں جاتا ہے اور '' سفیر '' کا گزارہ چڑھاوے کی دیگوں یا محلے والے کی خیرات پر ہوتا ہے۔ دینیات کی تعلیم مساجد میں دی جاتی ہے۔

مجھے اس کی باتیں سن کر بہت دکھ ہوا۔ واقعی وہ ہمدردی کے قابل تھا۔ اس نے مجھے بتایا کہ وہ اس شہر میں نیا ہے اور کسی مسجد کا پتا بھی نہیں جانتا جہاں وہ رات بسر کر سکے۔ میں نے مسجد کا پتا دیا اور اس کے لیے روٹی منگوائی۔ وہ چونکہ بھوکا تھا، اس نے بلا تکلف بجائے روٹی کے سادہ چاول کے لیے بیرے سے کہا،

'' ہم لاہور کی مسجد میں بھی لوگوں کا دیا کھاتے ہیں، اس لیے ادھر بھی ہم نے انکار نہیں کیا۔ '' اس نے

انتہائی سادگی سے کہا۔ وہ کھانا کھا چکا تھا۔ مجھ سے اجازت لے کر اس نے جیب سے لکھنے کے لیے پنسل اور کاغذ نکالا۔ اور اپنے گھر والوں کو بنگلہ زبان میں خط لکھنے لگا۔ میں جب تک فرمائشی گانے سنتا رہا۔ خط لکھنے کے بعد اس نے مجھ سے معافی مانگی اور کہا کہ ''میں نے گھر والوں کو لکھا کہ میں آزاد کشمیر آیا ہوں۔ اب یہیں رہوں گا۔ اگر پاکستان نے ہندوستان کے خلاف جہاد شروع کیا تو میں بھی اس میں حصہ لوں گا اور کشمیر کو آزاد کراؤں گا۔''

میں نے جواب میں ہندی مقبوضہ کشمیر کی خوبصورتی کا ذکر کیا۔ کشمیری مسلمانوں پر بھارتی ظلم و استبداد بیان کیا، جس سے وہ اور زیادہ متاثر ہوا، ''پھر ہم لاہور واپس نہیں جائے گا۔ کل ان کو بھی خط لکھے گا۔ جہاد شروع ہونے تک ادھر ہی پان بیڑی کی چھابڑی لگائے گا۔'' اس نے فیصلہ کن لہجے میں کہا۔

اتنی دیر میں ڈاک گاڑی آئی اور میں وہاں سے اٹھ کر لاریوں کے اڈے کی طرف گیا، اور وہ میرے بتائے ہوئے راستے سے مسجد کی طرف گیا۔ اپنے جوتے ڈرائیور سے لے کر جب میں گھر کی طرف جا رہا تھا تو راستے میں سی۔ آئی۔ ڈی کے ہیڈ کانسٹیبل نے مجھے آواز دی جو میرا واقف کار تھا۔ میں نے رسمی طور پر اس کی خیریت پوچھی۔ وہ مشکوک نظروں سے مجھے دیکھ رہا تھا۔

رسمی باتوں کے بعد اس نے مجھ اس ''کالے آدمی'' کے متعلق پوچھا کہ وہ کون ہے جو آپ کے ساتھ ہوٹل میں بیٹھا تھا۔ میں نے مختصراً کہا۔ بھئی بنگالی ہے، آزاد کشمیر دیکھنے کا شوق تھا۔ چلا آیا۔ نام موج دین ہے اور آج رات جامع مسجد میں گزارنے کے لیے گیا ہے۔

''لیکن وہ تو ہوٹل میں بیٹھا کچھ عجیب و غریب زبان میں خط لکھ رہا تھا۔ مجھے اس پر کچھ شبہ بھی ہوا۔'' ہیڈ کانسٹیبل نے رازدارانہ لہجہ میں کہا۔

''وہ عجیب و غریب زبان نہیں۔ اس کی مادری زبان بنگلہ ہے۔ ہاں تمہارے لیے اجنبی ہے۔'' اتنے میں میرا مکان قریب آیا اور میں خدا حافظ کہہ کر گھر چلا گیا۔ مجھے یہ معلوم نہ تھا کہ سی۔ آئی۔ ڈی والوں کو دن کی کارگزاری کی رپورٹ دوسرے روز صبح سویرے دفتر میں دینی پڑتی ہے اور اگر رپورٹ نہ دی گئی تو جواب طلبی ہوتی ہے۔

ہیڈ کانسٹیبل صاحب بھی دن کی کارگزاری میں کچھ نہ کچھ دکھانا چاہتے تھے۔ اس لیے انہوں نے گھر جا کر حکومت کے ''صدر مقام'' میں ایک غیر ملکی ''جاسوس'' کی آمد کی رپورٹ اس طرح دی کہ دوسرے روز موج دین، پان فروشی کے لیے چونا کتھا خرید تا ہوا گرفتار کیا گیا۔ پان، چونا، کتھا وغیرہ بھی اس کی جاسوسی

کی ایک کڑی بن گئی۔ اور سی۔ آئی۔ ڈی والوں نے مزید رپورٹ دے دی کہ ''جاسوس'' چونکہ پان کھانے کا عادی ہے، اس لیے یہ اسٹاک خرید کر ہماری فوجوں کی پلٹوں کی پوزیشن دیکھنے پہاڑی علاقوں میں جا رہا ہے۔

موج دین کا چالان ہوا۔ ڈپٹی کمشنر صاحب بہادر نے الزامات کی سنگینی کے تحت ''جاسوس'' کو پندرہ دن کے ریمانڈ پر پولیس کے حوالے کر دیا۔ جہاں سے وہ اسپیشل اسٹاف میں منتقل ہوا۔ پندرہ دن کی میعاد گزر جانے پر ڈپٹی کمشنر صاحب نے مزید ایک ہفتے کے ریمانڈ پر اس کو جوڈیشل (سنٹرل جیل) بھیج دیا۔ وہ ہفتہ بھی گزر گیا اور ''جاسوس'' ہتھکڑیاں پہنے ڈپٹی کمشنر صاحب کی عدالت میں پیش کیا گیا۔ جہاں وہ زارو قطار رویا، گڑ گڑایا، منت سماجت کی، لیکن ڈپٹی کمشنر صاحب نے مزید ایک ہفتے کا ریمانڈ دے کر سنٹرل جیل بھیج دیا۔

سنٹرل جیل میں اس کی آخری رات تھی جب کہ وہ ایک ستون سے بندھا رو رہا تھا، وہی قاتل قیدی جس نے اس کو دفناتے وقت چھونے سے انکار کر دیا، اس کے قریب آیا اور پوچھا، ''جاسوس! تم ہر روز کیوں روتے ہو۔ یہ جگہ باہر والوں کی بہ نسبت بہت اچھی ہے۔ یہاں جھوٹ نہیں، مکر نہیں، بے ایمانی نہیں، روٹی ملتی ہے۔ اس کے مقابلے میں باہر دیکھو، کون لوگ ہیں جنہوں نے تم ایسے بے گناہ کو بھی یہاں بھیجا، جو اقتدار کے لیے ایک کا نہیں، ہزاروں کا خون بہاتے ہیں جو دن دہاڑے ڈاکے ڈالتے ہیں، جو اپنی ذات کے لیے وہ کام بھی کرتے ہیں جو شیطان بھی کرنے سے گریز کرتا ہے۔ مجھے دیکھو، میں نے قتل کیا ہے محض ایک بے بس عورت کے ناموس کے تحفظ کے لیے۔ بہر حال مجھے تم سے ہمدردی ہے۔ اگر تم باہر جا کر خوش ہو تو خدا تمہیں آزاد کرائے گا۔''

موج دین نے قیدی کی باتیں سنیں اور بالکل خاموش بیٹھا رہا۔

''سنا ہے بنگالی جادو جانتے ہیں۔ تم بھی جادو کے زور سے باہر جاؤ'' قیدی نے موج دین کو بہلانے کے لیے از راہِ مذاق کہا۔

''ہاں، میں اس قید سے رہائی کا جادو جانتا ہوں۔ میں آج ہی یہاں سے بھاگ جاؤں گا، بہت دور، جہاں سے دنیا کی کوئی طاقت مجھے واپس نہیں لا سکتی۔'' اتنے میں کھانے کی گھنٹی بجی۔ قیدی اپنی تھالی لیے دال روٹی لینے گیا۔ آدھ گھنٹے کے بعد اچانک جیل کی گھنٹی بجنی شروع ہوئی اور متواتر بجتی رہی۔ ۔ ۔ داروغۂ جیل کئی واردنوں کے ساتھ جیل کے احاطہ میں داخل ہوا اور ''جاسوس'' کے گلے سے رسی کا پھندا کھولا جو

اس نے خودکشی کے لیے استعمال کیا تھا۔ ''جاسوس'' بھاگ چکا تھا، اس کو رہائی مل گئی تھی۔

''بنگال کا جادو'' کام آیا تھا۔

موج دین کی لاش کے اردگرد قیدیوں کا ہجوم تھا۔ داروغہ جیل نے چند ایک قیدیوں کو وہاں ٹھہرنے کا حکم دے دیا اور باقی سارے قیدی بیرکوں میں چلے گئے موج دین کے چہرے پر اب بھی مسکراہٹ تھی۔ وہ اس قانون پر مسکرا رہا تھا جس نے اس کو جاسوس بنا کر محبوس کیا تھا۔

موچنا

نام اس کا مایا تھا۔ ناٹے قد کی عورت تھی۔ چہرہ بالوں سے بھرا ہوا، بالائی لب پر تو بال ایسے تھے، جیسے آپ کی اور میری مونچھوں کے۔ ماتھا بہت تنگ تھا، وہ بھی بالوں سے بھرا ہوا۔ یہی وجہ ہے کہ اس کو موچنے کی ضرورت اکثر پیش آتی تھی۔

وہ راولپنڈی کے ایک معمولی گھرانے سے تعلق رکھتی تھی۔ جس سے قطع تعلق کیے اسے ایک زمانہ گزر چکا تھا۔ صرف اتنا معلوم ہے، کہ وہیں اس کی شادی ہوئی، جب اس کی عمر سولہ برس کے قریب تھی۔ دو برس ہونے کو آئے تو اس کے خاوند کو شک گزرا کہ مایا کا چال چلن خراب ہے۔ محلے میں وہ ایک نہیں، تین آدمیوں سے بیک وقت عشق لڑا رہی ہے۔

اس تگڑے عشق کے دوران میں مایا کو احساس ہوا کہ اس کا ماتھا تنگ ہے۔ اس کے بالائی لب اور ٹھوڑی پر بال ہیں جو بڑے بدنما معلوم ہوتے ہیں۔ چنانچہ اس نے ایک موچنا خرید لیا اور ان غیر ضروری بدنما بالوں کا صفایا کر دیا۔ لیکن وہ ایک مصیبت میں گرفتار ہو گئی۔ اس کا خیال تھا کہ ایک دفعہ بال نوچنے کے بعد وہ ہمیشہ کے لیے ان سے نجات حاصل کر لے گی۔ اس کو موچنے سے ماتھے، ٹھوڑی اور بالائی لب کے بال اکھیڑنے میں بڑی محنت کرنا پڑی تھی۔ ایک ایک کر کے ہر بال کو موچنے کی گرفت میں لینا اور پھر اسے ایک ہی جھٹکے میں باہر نکالنا بہت مشکل کام تھا۔ مگر مایا دھن کی پکی تھی۔ یہ کام گو خود اس کے اپنے ہاتھ کر رہے تھے، لیکن اس کے باوجود وہ درد کے مارے بلبلا اٹھتی تھی۔

جب سارا میدان صاف ہو گیا تو اس نے اطمینان کا بہت لمبا سانس لیا تھا۔۔۔ مگر اسے کیا معلوم تھا کہ وہ کم بخت دوسرے ہی روز پھر نمودار ہو جائیں گے۔۔۔ چنانچہ جب انہوں نے اس کے چہرے کی جلد

سے اپنا سر نکالا تو مایا سر پکڑ کے بیٹھ گئی۔

اب اس کے سوا اور کوئی چارہ نہیں تھا، کہ وہ ہر چوتھے پانچویں روز اپنے غیر ضروری بالوں کی صفائی کیا کرے۔۔۔ آہستہ آہستہ موچنا اس کی زندگی کا اہم ترین جزو بن گیا۔ وہ جہاں بھی جاتی موچنا اس کے ساتھ ہوتا۔۔۔ لیکن اس کے استعمال میں اسے ان دنوں سخت دِقت محسوس ہوتی جب کہ وہ کسی دوسرے کے گھر ہوتی۔ اپنے گھر میں بھی اسے سب کی نظر بچا کر کسی ایسی جگہ اپنے بال نوچنے پڑتے تھے، جہاں کسی کے گزرنے کا امکان نہ ہو۔ پھر بھی کوئی پتا کھڑ کتا تو وہ بھڑک اٹھتی تھی، جیسے کوئی بہت بڑا گناہ کر رہی ہے۔

’’منٹو صاحب میں اب سوچتا ہوں کہ اس سے ایسا کون سا گناہ سر زد ہوا تھا جو خدا نے اس کے موچھیں اور داڑھی اگا دی تھیں۔ اس کا ماتھا اس قدر تنگ کر دیا تھا کہ اس کی گھنی بھنووں کے ساتھ آ کے مل گیا تھا۔ اس کے سارے بدن پر بھی بال ہی بال تھے۔ معلوم نہیں کیوں۔۔۔ بال۔۔۔ رویَں نہیں۔۔۔ اچھے تگڑے بال۔۔۔ سیاہ۔ آپ یقیناً کہیے گا کہ پھر اس میں ایسی کون سی جاذبیت تھی کہ تم اس پر لٹو ہو گئے اور بہت دیر تک لٹو رہے۔ سو عرض ہے کہ میں اس کے متعلق کچھ نہیں جانتا۔‘‘

میں نے شکیل کی طرف دیکھا اور مسکرا کر کہا، ’’آپ اتنے بڑے شاعر ہیں، جب وہ آپ کے پاس تھی تو آپ نے بڑی خوبصورت غزلیں اور نظمیں لکھیں۔ جن میں مایا کا پَر تَو لفظ لفظ میں ملتا ہے۔ جب وہ چلی گئی تو آپ نے پھر بڑی زہریلی زہریلی غزلیں اور نظمیں لکھیں۔ ان میں بھی مایا کا عکس صاف نظر آتا ہے۔ حیرت ہے کہ آپ کو اتنا بھی معلوم نہیں کہ آپ کا اس پر لٹو ہونے کا باعث کیا تھا؟‘‘

شکیل نے ماتھے کا پسینہ پنسل سے ایک طرف ہٹا کر صاف کیا۔

’’مایا۔۔ صرف مایا۔۔۔ اور۔۔۔ مایا کیا تھی۔۔۔ یہ خدا کی قسم میں نہیں جان سکا۔ میری شاعری پر لعنت بھیجیے کیونکہ وہ محض جذباتی تھی۔۔۔ اس میں بھی وہی مایا کار فرما تھی جس پر میں بظاہر بے وجہ لٹو ہوا تھا۔۔۔ لیکن۔۔۔ ‘‘ شکیل ایک لحظے کے لیے مناسب و موزوں الفاظ تلاش کرنے کے لیے رک گیا۔

’’وہ بستر کی بہترین رفیق تھی۔‘‘

جہاں تک میں سمجھتا ہوں شکیل کا یہ بیان بہت حد تک درست تھا۔ مایا ایک پَنجی ہوئی مرغی تھی۔ اس کے مقابلے میں شکیل کی سہرے جلووں کی بیاہی عورت پٹھانی حسن کا بہترین نمونہ تھی۔۔۔ گو وہ بچوں کی ماں تھی، مگر شاید وہ بستر کی اچھی رفیق نہیں تھی۔ مایا شادی شدہ تھی مگر اولاد سے محروم۔ اس کے راولپنڈی میں کئی سلسلے ہو چکے تھے، مگر ان سے بھی کوئی نتیجہ بر آمد نہیں ہوا تھا۔۔۔ اس کے ماتھے، اس کے بالائی لب اور

اس کی ٹھوڑی کے بال بڑھتے جا رہے تھے اور موچنے کے کام میں اسی تناسب سے اضافہ ہوتا چلا جا رہا تھا۔ راولپنڈی میں جب اس نے کھیل کھیلنا شروع کیا تو اس کا خاوند جو کہ ایک شریف آدمی تھا، متوسط درجے کا دکاندار، غربت کا مالک، اور رہٹ کا پکا تو اس نے ایک دن مایا کو گھر سے باہر نکال دیا۔ مایا نے کوئی لڑائی جھگڑا نہ کیا۔ البتہ دوسرے دن میکے سے اپنے شوہر کو خط لکھا کہ وہ مہربانی کر کے اس کا موچنا بھیج دے ۔۔۔ اس کے شوہر گنڈا سنگھ نے بصد مشکل موچنا تلاش کیا اور آئینہ سمیت مایا کو بھجوایا۔ مایا کے زیور وغیرہ اس کے پاس رہتے تھے، اسی کے پاس رہے۔ مایا نے ان کا مطالبہ کبھی نہ کیا۔

اس کے چاہنے والوں کی کمی نہ تھی۔ چنانچہ دوسرے ہی روز وہ ایک مسلمان گھڑی ساز کے ساتھ رہنے لگی۔ وہ اس پر جان چھڑکتا تھا۔ ایک برس کے اندر اندر اس نے مایا کو کئی زیور بنوا دیئے۔ ایک گھڑی جو کسی گاہک کی تھی اس کی کلائی پر باندھ دی۔ یہ بہت بیش قیمت گھڑی تھی۔ جب گاہک نے اس کا مطالبہ کیا تو صاف مکر گیا۔۔۔ اس نے یہ کہا، '' آپ کو صریحاً غلطی ہوئی ہے، یہ شہاب الدین کی دکان ہے۔ ''

وہ عورت جس کی یہ گھڑی تھی کوئی شریف عورت تھی۔ یہ سن کر خاموش ہو کر چلی گئی۔ شہاب الدین باوجود اس کے کہ اس کا ضمیر ملامت کر رہا تھا، زبردستی خوش ہونے کی کوشش کرتا۔ جب گھر پہنچا تو اسے معلوم ہوا کہ مایا دیوی جس کا اسلامی نام اس نے حسب توفیق اور بقدرِ جذبات صغریٰ رکھا ہوا تھا پڑوسی کے گھر میں ہے، جو شہر کا چھٹا ہوا بدمعاش تھا۔ اب شہاب الدین گھڑی ساز کے گھر سے مایا کا تبادلہ ہو گیا۔ وہ پڑوس میں امین پٹرنگ کے یہاں چلی گئی، معمولی سا جھگڑا ہوا تھا۔ مایا کے سارے کپڑے وہیں پڑے رہے، لیکن وہ اپنا موچنا ساتھ لیتی گئی۔

امین پٹرنگ بڑا انہنگ قسم کا آدمی تھا۔ اس نے مایا سے صاف صاف کہہ دیا۔ '' دیکھو اگر تم نے پھر کوئی ایسا ویسا معاملہ کیا تو یاد رکھو میں تمہاری گردن اس چاقو سے کاٹ ڈالوں گا۔ '' وہ ہر وقت اپنی جیب میں ایک بڑا خوفناک کمانی والا چاقو رکھتا تھا۔ مگر مایا اس سے بالکل خائف نہ ہوئی۔ امین پٹرنگ کا ایک نوجوان لڑکا یوسف تھا جو کالج میں پڑھتا تھا۔ چند دنوں ہی میں اس نے اس نوجوان کو اپنا گرویدہ بنا لیا۔ امین کام پر جاتا تو یوسف کالج سے غیر حاضر ہو کر اس کے پاس پہنچ جاتا۔۔۔ آخر ایک روز بھانڈا پھوٹ گیا۔ باپ بیٹے کی مڈبھیڑ ہوئی۔ قریب تھا کہ وہ اس کے پیٹ میں اپنا کمانی والا چاقو بھونک کر اس کا خاتمہ کر دے کہ مایا نے حکمتِ عملی سے کام لے کر بیچ بچاؤ کرایا اور تین کپڑوں میں وہاں سے نکل گئی۔

سنا ہے کہ امین پٹرنگ اس کے جانے کے بعد بہت دیر مغموم رہا۔۔۔ دوستوں میں وہ ہر وقت اس کی باتیں

کرتا تھا۔ کہا جاتا ہے کہ اگر مایا سے اس کی اتفاقی ملاقات ہو جاتی تو اسے کسی قیمت پر بھی چھوڑنے کے لیے تیار نہ ہوتا۔ کپڑے رنگنے چھوڑ کر وہ سارا دن وارث شاہ کی ''ہیر'' سنا کرتا تھا۔ مجھے صرف یہاں تک مایا کے متعلق معلوم تھا۔ چنانچہ مزید معلومات کے لیے میں نے شکیل سے جو کہ اپنی داستان بیان کر رہا تھا، پوچھا، ''مین پٹرنگ کے بعد وہ کس کے پاس گئی؟''

شکیل نے زہر خند کے ساتھ جواب دیا، ''ہزاروں کے پاس۔۔۔ لاری ڈرائیور ہرنس سنگھ کے پاس، سینما آپریٹر مکند لال کے پاس۔۔۔ دیال سنگھ کالج کے ایک پروفیسر کے پاس۔۔۔ اسٹار بیکری کے مالک حسین بخش کے پاس۔۔۔ ایکسٹرا سپلائر غلام محمد کے پاس۔''

شکیل کے ہونٹوں پر ابھی تک وہ زہر خند موجود تھا، ''ایک برس میں۔۔۔ جو کہ اس نیک بخت کے لیے بہت بڑا عرصہ تھا۔۔۔ اور۔'' اس نے میری طرف بڑی معنی خیز نگاہوں سے دیکھا جو کہ زخم خوردہ تھیں، ''آپ کو معلوم ہے ہر مرتبہ اپنے نئے یار سے جدا ہونے کے بعد اس نے ایک رقعہ لکھا جس میں یہ درخواست کی تھی کہ اس کا موچنا اس کو بھیج دیا جائے۔'' میں کباب ہو گیا۔۔۔ موچنے میں آخر ایسی کون سی بات تھی کہ مایا اور تمام چیزیں چھوڑ کر صرف اسی کی واپسی کی درخواست کرتی تھی۔ چنانچہ میں نے شکیل سے پوچھا۔ ''یہ موچنا سونے کا تھا۔۔۔ جڑاؤ تھا؟''

شکیل مسکرایا، ''جی نہیں۔۔۔ معمولی لوہے کا تھا۔ زیادہ سے زیادہ اس کی قیمت چار آنے ہو گی۔ مگر وہ اس کا دائمی رفیق بن گیا تھا۔ کم بخت نے کسی مرد کو دائمی رفیق نہیں بنایا تھا مگر یہ موچنا اس کا جیون ساتھی تھا۔''

مین پٹرنگ کو معلوم تھا کہ موچنا کہاں کہاں پڑا ہے۔ اس نے پہلے سوچا کہ گول کر دے اور لڑکے کو ایک دھول رسید کر کے رخصت کر دے۔۔۔ یا اس کے سر پر استرا پھروا کر واپس بھیج دے کہ موچنے نے اتنا کام کیا ہے کہ وہ اب کسی کام کا نہیں رہا۔۔۔ مگر پھر جانے اسے کیا خیال آیا کہ اس نے کارنس پر سے موچنا اٹھایا۔۔۔ اس کے دانتوں میں سے مایا کی بھنووں کے چند بال نکالے اور ایک طرف پھینک دیئے۔۔۔ مین پٹرنگ باوجود اس کے کہ بہت بڑا غنڈہ تھا، موچنے کو دیکھ کر موم ہو گیا۔ اس نے قاصد لڑکے کا سر منڈوانے کا خیال ترک کر دیا۔

مجھے یہ معلوم کرنے کی جستجو تھی کہ وہ مین پٹرنگ کے بعد کس کے پاس گئی۔ لیکن شکیل نے مجھے فوراً بتا دیا، ''منٹو صاحب! وہ ایک مرد کی عورت نہ تھی۔ لیکن شاید یہ کہنا بھی درست نہیں۔ وہ ایسی میل تھی جو ہر اسٹیشن پر کوئلہ، پانی چاہتی ہے۔۔۔ مین کے بعد وہ اسسٹنٹ فلم ڈائریکٹر ہرنس سنگھ کے پاس تین مہینے

رہی۔ پھر ساؤنڈ ریکارڈ ڈسٹ پی۔ این۔ آہوجہ کے پاس ایک ماہ اور چند دن۔ ۔ ۔اس کے بعد۔ ۔ ۔اس کے بعد۔ ۔ ۔،،

میں نے پوچھا، ،، کس کے پاس؟،،

شکیل نے شرما کے جواب دیا، ،، آپ کے اس خاکسار کے پاس، جسے دارالشکوہ المعروف شکیل کہتے ہیں۔ ۔لعنت ہو اس پر ہزار بار،،۔

میں نے دریافت کیا، ،، آپ اس لعنت میں کیسے گرفتار ہوئے؟،،

شکیل نے ٹھیٹ پشاوری لہجے میں کہا، ،، منٹو صاحب۔ ۔ ۔وہ لعنت ایسی ہے کہ اس میں گرفتار ہوئے بنا کوئی نہیں رہ سکتا۔ ۔ ۔آپ بڑے آہنی قسم کے مرد بنے پھرتے ہیں، لیکن مجھے یقین ہے کہ اگر آپ اسے دیکھتے تو یقیناً اپنی ساری افسانہ نگاری بھول جاتے۔ ۔ ۔اگر نہ بھولتے تو قلم کے بجائے موچنے سے افسانے لکھتے۔ یوں کہیے کہ آپ ادب کی مونچھوں کے بال اکھیڑنے میں ساری عمر صرف کر دیتے۔،، ہو سکتا ہے ایسا ہی ہوتا، کیونکہ میں بھی امین، شکیل اور گنڈا سنگھ کی طرح ایک انسان ہوں۔ لیکن میری سمجھ میں نہیں آتا تھا، کہ موچنے میں کیا خصوصیت تھی کہ وہ مایا کی زندگی کے ساتھ ایسی بری طرح چپک گیا تھا۔ میں نے شکیل سے کہا، ،، تمہارا اس کا سلسلہ کتنی دیر تک قائم رہا؟،،

شکیل نے کانپتی ہوئی انگلیوں سے سگریٹ سلگایا، ،، قریب قریب دو برس تک،، اور وہ بے حد سنجیدہ ہو گیا، ،، اور منٹو صاحب آپ یقین مانیے، میں دنیا و ما فیہا کو بھول گیا۔،، میں نے سوال کیا، ،، کیوں؟،، شکیل سوچنے لگا، ،، کچھ نہیں کہہ سکتا۔ ۔ ۔شاید۔ ۔ ۔شاید اس کی مونچھوں کے بال۔ ۔ ۔جو موچنے کے استعمال سے بڑے کھردرے ہو گئے تھے ۔ ۔ ۔وہ ۔ ۔ ۔وہ ۔ ۔ ۔بڑی حرارت پیدا کرتے تھے ۔ ۔ ۔اور اس کا جسم جو سر سے پیر تک بالوں سے بھرا ہوا تھا۔ منٹو صاحب میں شاعر ہوں۔ میں نے ہمیشہ نرم اور چکنے بدن کی تعریف کی ہے، جس پر سے آدمی پھسل پھسل جائے۔ مگر مایا کی دوستی کے بعد مجھے معلوم ہوا کہ یہ سب بکواس ہے، سارا مزہ اٹک اٹک جانے میں ہے ۔ ۔ ۔بس میں صرف اتنا جانتا ہوں۔،،

میں سوچنے لگا۔ پھسل پھسل جانے اور اٹک اٹک جانے میں واقعی بہت بڑا نفسیاتی فرق ہے۔ میرا خیال ہے کہ آپ اسے خود سمجھ سکتے ہیں۔ ۔ ۔اگر نہیں سمجھ سکتے تو اس بھیڑے میں نہ پڑیے شکیل صاحب کی گفتگو کے انداز سے یوں معلوم ہوتا تھا کہ وہ مایا کو قریب قریب بھول چکے ہیں، مگر پھر بھی اس کی یاد تازہ رکھنا چاہتے ہیں۔ میں نے ان سے کہا، ،، شکیل صاحب ۔ ۔ ۔دو برس تک آپ کا اور مایا کا سلسلہ رہا۔ ۔ ۔،،

شکیل نے میری بات کاٹ کر کہا '' جی ہاں۔ ۔ ۔ دو برس تک۔ ۔ ۔ میں نے اپنی بیوی کو چھوڑ دیا۔ ۔ ۔ اپنے بچوں سے منہ موڑ لیا اور مایا کو اپنے سینے سے لگالیا۔ ۔ ۔ لیکن دو برس کے بعد مجھے معلوم ہوا کہ وہ بے وفا ہے۔ ۔ ۔ ریا کار ہے۔ '' میں نے پوچھا، '' یہ آپ نے کیسے جانا؟ ''

شکیل نے زہر آلود لہجے میں کہا، '' جناب۔ ۔ ۔ وہ میرے ہمسائے شیخ اسماعیل گورنمنٹ کنٹریکٹر سے اپنا نیا سلسلہ قائم کر رہی تھی۔ مجھے اور کسی بات کا غصہ نہیں تھا منٹو صاحب، لیکن وہ سالا پچاس برس کا بوڑھا تھا۔ ۔ سات جوان لڑکیوں کا باپ۔ دو بیویوں کا خاوند۔ ۔ ۔ لیکن حیرت اس سالی پر بھی ہے کہ اسے کیا سوجھی؟ ''

شکیل نے یہ کہہ کر سگریٹ سلگانے کی کوشش کی، مگر اس سے سلگ نہ سکا۔ اس لیے کہ اس کے ہاتھ بہت بری طرح کانپ رہے تھے۔ میں نے اس کے ہاتھ سے سگریٹ لیا اور سلگا کر اس کو دیا، '' وہ چلی گئی؟ ''

'' جی ہاں میں نے اسے دھکے مار کر باہر نکال دیا۔ '' شکیل نے زور کا ایک کش لیا، اور کانپتی ہوئی انگلیوں سے پنسل پکڑ کر ایک نئی نظم لکھنے کے لیے تیار ہونے لگا جو غالباً مایا کی یاد کے بارے میں ہونے والی تھی۔

'' جی ہاں چلی گئی۔ ۔ ۔ پر اپنا موچنا چھوڑ گئی۔ ''

میں نے پوچھا، '' اس نے اس کی واپسی کا مطالبہ کیا؟ ''

شکیل نے ایک اور کش لیا، '' ایک نہیں، سینکڑوں مرتبہ۔ ۔ ۔ لیکن میں نے اسے واپس نہیں کیا۔ ۔ ۔ اس لیے کہ ایک صرف یہی چیز ہے جو اس کے اور میرے درمیان رہ گئی ہے۔ جب تک یہ موچنا میرے پاس ہے وہ ہمیشہ مجھ سے خط و کتابت کرتی رہے گی۔ ''

موذیل

ترلوچن نے پہلی مرتبہ۔۔۔۔ چار برسوں میں پہلی مرتبہ رات کو آسمان دیکھا تھا اور وہ بھی اس لیے کہ اس کی طبیعت سخت گھبرائی ہوئی تھی اور وہ محض کھلی ہوا میں کچھ دیر سوچنے کے لیے ایڈوانی چیمبرز کے ٹیرس پر چلا آیا تھا۔

آسمان بالکل صاف تھا۔ بادلوں سے بے نیاز، بہت بڑے خاکستری تنبو کی طرح ساری بمبئی پر تنا ہوا تھا۔ حدِ نظر تک جگہ جگہ بتیاں روشن تھیں۔ ترلوچن نے ایسا محسوس کیا تھا کہ آسمان سے بہت سارے ستارے جھڑ کر بلڈنگوں سے جو رات کے اندھیرے میں بڑے بڑے درخت معلوم ہوتی تھیں، اٹک گئے ہیں اور جگنوؤں کی طرح ٹمٹما رہے ہیں۔

ترلوچن کے لیے یہ بالکل ایک نیا تجربہ، ایک نئی کیفیت تھی۔۔۔۔ رات کو کھلے آسمان کے نیچے ہونا۔ اس نے محسوس کیا کہ وہ چار برس تک اپنے فلیٹ میں قید رہا اور قدرت کی ایک بہت بڑی نعمت سے محروم۔ قریب قریب تین بجے تھے۔ ہوا بے حد ہلکی پھلکی تھی۔ ترلوچن پنکھے کی مکانکی ہوا کا عادی تھا جو اس کے سارے وجود کو بوجھل کر دیتی تھی۔ صبح اٹھ کر وہ ہمیشہ یوں محسوس کرتا تھا، رات بھر اس کو مارا پیٹا گیا ہے۔ پر اب صبح کی قدرتی ہوا میں اس کے جسم کا رواں رواں، تر و تازگی چوس کر خوش ہو رہا تھا۔ جب وہ اوپر آیا تھا تو اس کا دل و دماغ سخت مضطرب اور ہیجان زدہ تھا۔ لیکن آدھے گھنٹے ہی میں وہ اضطراب اور ہیجان جو اس کو بہت تنگ کر رہا تھا، کسی حد تک ٹھنڈا ہو گیا تھا وہ اب صاف طور پر سوچ سکتا تھا۔

کرپال کور اور اس کا سارا خاندان اس محلے میں تھا، جو کٹر مسلمانوں کا مرکز تھا۔ یہاں کئی مکانوں کو آگ لگ چکی تھی، کئی جانیں تلف ہو چکی تھیں۔ ترلوچن ان سب کو لے آیا ہوتا مگر مصیبت یہ تھی کہ کرفیو نافذ ہو گیا تھا

اور وہ بھی نہ جانے کتنے گھنٹوں کا ۔۔۔غالباً اڑتالیس گھنٹوں کا۔۔۔اور ترلوچن لازماً مغلوب تھا، اس پاس پاس سب مسلمان تھے، بڑے خوف ناک قسم کے مسلمان۔اور پنجاب سے دھڑا دھڑ خبریں آرہی تھیں کہ وہاں سکھ مسلمانوں پر بہت ظلم ڈھار ہے ہیں۔کوئی بھی ہاتھ ۔۔۔مسلمان ہاتھ بڑی آسانی سے نرم و نازک کرپال کور کی کلائی پکڑ کر موت کے کنویں کی طرف لے جاسکتا تھا۔

کرپال کی ماں اندھی تھی، باپ مفلوج۔ بھائی تھا، وہ کچھ عرصے سے دیولالی میں تھا کہ اسے وہاں اپنے تازہ لیے ہوئے ٹھیکے کی دیکھ بھال کرنا تھی۔ترلوچن کو کرپال کے بھائی نرنجن پر بہت غصہ آتا تھا۔اس نے جو کہ ہر روز اخبار پڑھتا تھا، فسادات کی تیزی و تندی کے متعلق ہفتہ بھر پہلے آگاہ کر دیا تھا اور صاف لفظوں میں کہہ دیا تھا۔نرنجن، یہ ٹھیکے ویکے وابھی رہنے دو۔ہم ایک بہت ہی نازک دور سے گزر رہے ہیں۔تمہارا اگر چہ رہنا بہت بہت ضروری ہے۔اول تو یہاں سے اٹھ جاؤ، اور میرے یہاں چلے آؤ۔اس میں کوئی شک نہیں کہ جگہ کم ہے لیکن مصیبت کے دنوں میں آدمی کسی نہ کسی طرح گزارا کر لیا کرتا ہے ۔۔۔مگر وہ نہ مانا۔اس کا اتنا بڑا الیکٹرس کر صرف اپنی گھنی مونچھوں میں مسکرا دیا، ''تم خواہ مخواہ فکر کرتے ہو۔۔۔میں نے یہاں ایسے کئی فساد دیکھے ہیں۔ یہ امرتسر یا لاہور نہیں بمبئی ہے، بمبئی۔تمہیں یہاں آئے صرف چار برس ہوئے ہیں اور میں بارہ برس سے یہاں رہ رہا ہوں۔۔۔بارہ برس سے۔۔''

جانے نرنجن بمبئی کو کیا سمجھتا تھا۔اس کا خیال تھا کہ یہ ایسا شہر ہے، اگر فساد بر پا بھی ہوں تو ان کا اثر خود زائل ہو جاتا ہے جیسے اس کے پاس چھو منتر ہے ۔۔۔اوہ کہانیوں کا کوئی ایسا قلعہ ہے جس پر کوئی آفت نہیں آسکتی۔ مگر ترلوچن صبح کی ٹھنڈی ہوا میں صاف دیکھ رہا تھا کہ ۔۔۔محلہ بالکل محفوظ نہیں۔ وہ تو صبح کے اخباروں میں یہ بھی پڑھنے کے لیے تیار تھا کہ کرپال کور اور اس کے ماں باپ قتل ہو چکے ہیں۔

اس کو کرپال کور کے مفلوج باپ اور اس کی اندھی ماں کی کوئی پروا نہیں تھی۔ وہ مر جاتے اور کرپال کور بچ جاتی تو ترلوچن کے لیے اچھا تھا۔۔۔وہاں دیولالی میں اس کا بھائی نرنجن بھی مارا جاتا تو وہ بھی اچھا تھا کہ ترلوچن کے لیے میدان صاف ہو جاتا۔ خاص طور پر نرنجن اس کے راستے میں ایک روڑا ہی نہیں، بہت بڑا کھنگر تھا۔ چنانچہ جب کبھی کرپال کور سے اس کی بات ہوتی تو وہ اسے نرنجن سنگھ کے بجائے کھنگر سنگھ کہتا۔ صبح کی ہوا دھیرے دھیرے بہہ رہی تھی۔۔۔ترلوچن کا کیسوں سے بے نیاز سر بڑی خوش گوار ٹھنڈک محسوس کر رہا تھا مگر اس کے اندر بے شمار اندیشے ایک دوسرے کے ساتھ ٹکرا رہے تھے ۔۔۔کرپال کور نئی نئی اس کی زندگی میں داخل ہوئی تھی۔وہ یوں تو ہٹے کٹے کھنگر سنگھ کی بہن تھی، مگر بہت ہی نرم و نازک لچکیلی

تھی۔اس نے دیہات میں پرورش پائی تھی۔ وہاں کی کئی گرمیاں سردیاں دیکھی تھیں مگر اس میں وہ سختی، وہ کھٹاؤ، وہ مردانہ پن نہیں تھا جو دیہات کی عام سِکھ لڑکیوں میں ہوتا ہے جنہیں کڑی سے کڑی مشقت کرنی پڑتی ہے۔

اس کے نقش پتلے پتلے تھے، جیسے ابھی نامکمل ہیں۔ چھوٹی چھوٹی چھاتیاں تھیں جن پر بالائیوں کی چندا اور تہیں چڑھنے کی ضرورت تھی۔ عام سکھ دیہاتی لڑکیوں کے مقابلے میں اس کا رنگ گورا تھا مگر کورے لٹھے کی طرح، اور بدن چکنا تھا جس طرح مرسی رائزڈ کپڑے کی سطح ہوتی ہے۔ بے حد شرمیلی تھی۔

ترلوچن اسی کے گاؤں کا تھا مگر زیادہ دیر وہاں رہا نہیں تھا۔ پرائمری سے نکل کر جب وہ شہر کے ہائی اسکول میں گیا تو بس وہیں کا ہو کے رہ گیا۔اسکول سے فارغ ہوا تو کالج کی تعلیم شروع ہو گئی۔اس دوران میں وہ کئی مرتبہ۔۔۔لاتعداد مرتبہ اپنے گاؤں گیا، مگر اس نے کرپال کور کے نام کی کسی لڑکی کا نام تک نہ سنا، شاید اس لیے کہ وہ ہر بار اس افراتفری میں رہتا تھا کہ جلد از جلد واپس شہر پہنچے۔

کالج کا زمانہ بہت پیچھے رہ گیا تھا۔ ایڈوانی چیمبرز کے ٹیریس اور کالج کی عمارت میں غالباً دس برس کا فاصلہ تھا اور یہ فاصلہ ترلوچن کی زندگی کے عجیب و غریب واقعات سے پر تھا۔ برما، سنگاپور، ہانگ کانگ۔۔۔۔پھر بمبئی، جہاں وہ چار برس سے مقیم تھا۔ان چار برسوں میں اس نے پہلی مرتبہ رات کو آسمان کی شکل دیکھی تھی جو بری نہیں تھی۔۔۔خاکستری رنگ کے تنبو کی چھت میں ہزار ہا دیے روشن تھے اور رہوا ٹھنڈی اور ہلکی پھلکی تھی۔

کرپال کور کا سوچتے سوچتے وہ موذیل کے متعلق سوچنے لگا۔اس یہودی لڑکی کے بارے میں جو ایڈوانی چیمبرز میں رہتی تھی۔اس سے ترلوچن کو، گوڈے گوڈے عشق ہو گیا تھا۔ایسا عشق جو اس نے اپنی پینتیس برس کی زندگی میں کبھی نہیں کیا تھا۔

جس دن اس نے ایڈوانی چیمبرز میں اپنے ایک عیسائی دوست کی معرفت دوسرے مالے پر فلیٹ لیا، اسی دن اس کی مڈ بھیڑ موذیل سے ہوئی جو پہلی نظر دیکھنے پر اسے خوف ناک طور پر دیوانی معلوم ہوئی تھی۔ کٹے ہوئے بھورے بال اس کے سر پر پریشان تھے۔ بے حد پریشان۔ ہونٹوں پر لپ اسٹک یوں جمی تھی جیسے گاڑھا خون اور وہ بھی جگہ جگہ سے چٹنی ہوئی تھی۔ ڈھیلا ڈھالا سفید چغہ پہنے تھی جس کے کھلے گریبان سے اس کی نیل پڑی بڑی بڑی چھاتیاں تین چوتھائی کے قریب نظر آ رہی تھیں۔ بانہیں جو کہ ننگی تھیں، مہین مہین بالوں سے اٹی ہوئی تھیں جیسے وہ ابھی کسی سیلون سے بال کٹوا کے آئی ہے اور ان کی ننھی ننھی ہوائیاں ان پر جم گئی ہیں۔

ہونٹ اتنے موٹے نہیں تھے مگر گہرے عنابی رنگ کی لپ اسٹک کچھ اس انداز سے لگائی تھی کہ وہ موٹے اور بھینسے کے گوشت کے ٹکڑے معلوم ہوتے تھے۔

ترلوچن کا فلیٹ اس کے فلیٹ کے بالکل سامنے تھا۔ بیچ میں ایک تنگ گلی تھی۔۔۔۔بہت ہی تنگ۔ جب ترلوچن اپنے فلیٹ میں داخل ہونے کے لیے آگے بڑھا تو موڈیل باہر نکلی۔ کھڑاؤں پہنے تھی۔ترلوچن ان کی آواز سن کر رک گیا۔موڈیل نے اپنے پریشان بالوں کی چٹوں میں سے بڑی بڑی آنکھوں سے ترلوچن کی طرف دیکھا اور ہنسی۔۔۔۔ترلوچن بوکھلا گیا۔ جیب سے چابی نکال کر وہ جلدی سے دروازے کی جانب بڑھا۔موڈیل کی ایک کھڑاؤں سیمنٹ کے چکنے فرش پر پھسلی اور اس کے اوپر آ رہی۔

جب ترلوچن سنبھلا تو موڈیل اس کے اوپر تھی، کچھ اس طرح کہ اس کا لمبا چغہ اوپر چڑھ گیا تھا اور اس کی دونگی۔۔۔۔بڑی تگڑی ٹانگیں اس کے اِدھر اُدھر تھیں اور۔۔۔۔جب ترلوچن نے اٹھنے کی کوشش کی تو وہ بوکھلاہٹ میں کچھ اس طرح موڈیل۔۔۔۔ساری موڈیل سے الجھا جیسے وہ صابن کی طرح اس کے سارے بدن پر پھر گیا ہے۔

ترلوچن نے ہانپتے ہوئے مناسب و موزوں الفاظ میں اس سے معافی مانگی۔موڈیل نے اپنا لبادہ ٹھیک کیا اور مسکرا دی، ''یہ کھڑاؤں ایک دم کنڈم چیز ہے۔'' اور وہ اتری ہوئی کھڑاؤں میں اپنا انگوٹھا اور اس کی ساتھ والی انگلی پھنسا تی کوری ڈور سے باہر چلی گئی۔

ترلوچن کا خیال تھا کہ موڈیل سے دوستی پیدا کرنا شاید مشکل ہو لیکن وہ بہت ہی تھوڑے عرصے میں اس سے گھل مل گئی۔ لیکن ایک بات تھی کہ وہ بہت خود سر تھی۔ وہ ترلوچن کو کبھی خاطر میں نہیں لاتی تھی۔اس سے کھاتی تھی، اس سے پیتی تھی، اس کے ساتھ سینما جاتی تھی۔ سارا سارا دن اس کے ساتھ جو ہو پر نہاتی تھی لیکن جب وہ بانہوں اور ہونٹوں سے کچھ اور آگے بڑھنا چاہتا تو وہ اسے ڈانٹ دیتی۔ کچھ اس طور پر اسے گھڑکتی کہ اس کے سارے ولولے اس کی داڑھی اور مونچھوں میں چکر کاٹتے رہ جاتے۔

ترلوچن کو پہلے کسی کے ساتھ محبت نہیں ہوئی تھی۔لاہور میں، برما میں، سنگاپور میں وہ لڑکیاں کچھ عرصے کے لیے خرید لیا کرتا تھا۔اس کے وہم و گمان میں بھی یہ بات نہیں تھی کہ بمبئی پہنچتے ہی وہ ایک نہایت الھڑ قسم کی یہودی لڑکی کے عشق میں '' گوڈے گوڈے '' دھنس جائے گا۔وہ اس سے کچھ عجیب قسم کی بے اعتنائی اور بے التفاتی برتتی تھی۔اس کے کہنے پر فوراً سج بن کر سینما جانے پر تیار ہو جاتی تھی مگر جب وہ اپنی سیٹ پر بیٹھتے تو اِدھر اُدھر نگاہیں دوڑانا شروع کر دیتی۔ کوئی اس کا شناسا سائیکل آتا تو زور سے ہاتھ ہلاتی اور

ترلوچن سے اجازت لیے بغیر اس کے پہلو میں جا بیٹھتی۔

ہوٹل میں بیٹھے ہیں۔ ترلوچن نے خاص طور پر موذیل کے لیے پر تکلف کھانے منگوائے ہیں، مگر اس کو کوئی اپنا پرانا دوست نظر آ گیا ہے اور وہ نوالہ چھوڑ کر اس کے پاس جا بیٹھی ہے اور ترلوچن کے سینے پر مونگ دل رہی ہے۔

ترلوچن بعض اوقات بھنا جاتا تھا کیونکہ وہ اسے قطعی طور پر چھوڑ کر اپنے ان پرانے دوستوں اور شناساؤں کے ساتھ چلی جاتی تھی اور کئی کئی دن اس سے ملاقات نہ کرتی تھی۔ کبھی سردرد کا بہانہ، کبھی پیٹ کی خرابی کا جس کے متعلق ترلوچن کو اچھی طرح معلوم تھا کہ فولاد کی طرح سخت ہے اور کبھی خراب نہیں ہو سکتا۔ جب اس سے ملاقات ہوتی تو وہ اس سے کہتی، ''تم سکھ ہو۔۔۔ یہ نازک باتیں تمہاری سمجھ میں نہیں آ سکتیں۔''

ترلوچن جل بھن جاتا اور پوچھتا، ''کون سی نازک باتیں۔۔۔ تمہارے پرانے یاروں کی؟''

موذیل دونوں ہاتھ اپنے چوڑے چکلے کولھوں پر لٹکا کر اپنی تگڑی ٹانگیں چوڑی کر دیتی اور کہتی، ''یہ تم مجھے ان کے طعنے کیا دیتے ہو۔۔۔ ہاں وہ میرے یار ہیں۔۔۔ اور مجھے اچھے لگتے ہیں۔ تم جلتے ہو تو جلتے رہو۔''

ترلوچن بڑے وکیلانہ انداز میں پوچھتا، ''اس طرح تمہاری میری کس طرح نبھے گی؟''

موذیل زور کا قہقہہ لگاتی، ''تم سچ مچ سِکھ ہو۔۔۔ ایڈیٹ، تم سے کس نے کہا ہے کہ میرے ساتھ نبھاؤ۔۔۔ اگر نبھانے کی بات ہے تو جاؤ اپنے وطن میں کسی سکھنی سے شادی کر لو۔۔۔ میرے ساتھ تو اسی طرح چلے گا۔''

ترلوچن نرم ہو جاتا۔ دراصل موذیل اس کی زبردست کمزوری بن گئی تھی۔ وہ ہر حالت میں اس کی قربت کا خواہش مند تھا۔ اس میں کوئی شک نہیں کہ موذیل کی وجہ سے اس کی اکثر توہین ہوتی تھی۔ معمولی معمولی کرسٹان لونڈوں کے سامنے جن کی کوئی حقیقت ہی نہیں تھی، اسے خفیف ہونا پڑتا تھا۔ مگر دل سے مجبور ہو کر اس نے یہ سب کچھ برداشت کرنے کا تہیہ کر لیا تھا۔

عام طور پر توہین اور ہتک کا ردِ عمل انتقام ہوتا ہے مگر ترلوچن کے معاملے میں ایسا نہیں تھا۔ اس نے اپنے دل و دماغ کی بہت سی آنکھیں میچ لی تھیں اور کئی کانوں میں روئی ٹھونس لی تھی۔ اس کو موذیل پسند تھی۔۔۔ پسند ہی نہیں جیسا کہ وہ اکثر اپنے دوستوں سے کہا کرتا تھا، ''گوڈے گوڈے'' اس کے عشق میں دھنس گیا تھا۔ اب اس کے سوا اور کوئی چارہ نہیں تھا، اس کے جسم کا جتنا حصہ باقی رہ گیا ہے وہ بھی اس عشق کی دلدل

میں چلا جائے اور قصہ ختم ہو۔

دو برس تک وہ اسی طرح خوار ہوتا رہا لیکن ثابت قدم رہا۔ آخرا یک روز جب کہ موڈیل موج میں تھی، اپنے بازوؤں میں سمیٹ کر پوچھا، ''موڈیل۔۔۔کیا تم مجھ سے محبت نہیں کرتی ہو۔'' موڈیل اس کے بازوؤں سے جدا ہو گئی اور کرسی پر بیٹھ کر اپنے فراک کا گھیرا دیکھنے لگی۔ پھر اس نے اپنی موٹی موٹی یہودی آنکھیں اٹھائیں اور گھنی پلکیں جھپکا کر کہا، ''میں سکھ سے محبت نہیں کر سکتی۔''

ترلوچن نے ایسا محسوس کیا کہ پگڑی کے نیچے اس کے کیسوں میں کسی نے دہکتی ہوئی چنگاریاں رکھ دی ہیں۔ اس کے تن بدن میں آگ لگ گئی، ''موڈیل! تم ہمیشہ میرا مذاق اڑاتی ہو۔۔۔یہ میرا مذاق نہیں، میری محبت کا مذاق ہے۔''

موڈیل اٹھی اور اس نے اپنے بھورے ترشے ہوئے بالوں کو ایک دلفریب جھٹکا دیا، ''تم شیو کرا لو اور اپنے سر کے بال کھلے چھوڑ دو۔۔۔تو میں شرط لگاتی ہوں کئی لونڈے تمہیں آنکھ ماریں گے۔۔۔تم خوبصورت ہو۔''

ترلوچن کے کیسوں میں مزید چنگاریاں پڑ گئیں۔ اس نے آگے بڑھ کر زور سے موڈیل کو اپنی طرف گھسیٹا اور اس کے عنابی ہونٹوں میں اپنے مونچھوں بھرے ہونٹ پیوست کر دیئے موڈیل نے ایک دم ''پھوں پھوں'' کی اور اس کی گرفت سے علیحدہ ہو گئی۔

''میں صبح اپنے دانتوں پر برش کر چکی ہوں۔۔۔تم تکلیف نہ کرو۔''

ترلوچن چلایا، ''موڈیل۔''

موڈیل ونیٹی بیگ سے ننھا سا آئینہ نکال کر اپنے ہونٹ دیکھنے لگی جس پر لگی ہوئی گاڑھی لپ اسٹک پر خراشیں آ گئی تھیں۔ ''خدا کی قسم۔۔۔تم اپنی داڑھی اور مونچھوں کا صحیح استعمال نہیں کرتے ۔۔۔ان کے بال ایسے اچھے ہیں کہ میری نیوی بلو سکرٹ بہت اچھی طرح صاف کر سکتے ہیں۔۔۔بس تھوڑا سا پٹرول لگانے کی ضرورت ہو گی۔''

ترلوچن غصے کی اس انتہا تک پہنچ چکا تھا جہاں وہ بالکل ٹھنڈا ہو گیا تھا۔ آرام سے صوفے پر بیٹھ گیا۔ موڈیل بھی آ گئی اور اس نے ترلوچن کی داڑھی کھولنی شروع کر دی۔۔۔اس میں جو پنیں لگی تھیں، وہ اس نے ایک ایک کر کے اپنے دانتوں تلے دبائیں۔

ترلوچن خوبصورت تھا۔ جب اس کے داڑھی مونچھ نہیں اگی تھی تو واقعی لوگ اس کو کھلے کیسوں کے ساتھ

دیکھ کر دھو کا کھا جاتے تھے کہ وہ کوئی کم عمر خوبصورت لڑکی ہے۔ مگر بالوں کے اس انبار نے اب اس کے تمام خد و خال جھاڑیوں کے مانند اندر چھپا لیے تھے۔ اس کو اس کا احساس تھا۔ مگر وہ ایک اطاعت شعار اور فرماں بردار لڑکا تھا۔ اس کے دل میں مذہب کا احترام تھا۔ وہ نہیں چاہتا تھا کہ ان چیزوں کو اپنے وجود سے الگ کر دے جن سے اس کے مذہب کی ظاہری تکمیل ہوتی تھی۔

جب داڑھی پوری کھل گئی اور اس کے سینے پر لٹکنے لگی تو اس نے موذیل سے پوچھا، ''یہ تم کیا کر رہی ہو؟'' دانتوں میں پنیں دبائے وہ مسکرائی، ''تمہارے بال بہت ملائم ہیں۔ ۔ ۔ میرا اندازہ غلط تھا کہ ان سے میرا نیوی بلو سکرٹ صاف ہو سکے گا۔ ترلوچن تم یہ مجھے دے دو۔ میں انہیں گوندھ کر اپنے لیے ایک فسٹ کلاس بٹوا بناؤں گی۔''

اب ترلوچن کی داڑھی میں چنگاریاں بھڑکنے لگی۔ وہ بڑی سنجیدگی سے موذیل سے مخاطب ہوا، ''میں نے آج تک تمہارے مذہب کا مذاق نہیں اڑایا۔ ۔ ۔ تم کیوں اڑاتی ہو۔ ۔ ۔ دیکھو کسی کے مذہبی جذبات سے کھیلنا اچھا نہیں ہوتا۔ ۔ ۔ میں یہ کبھی برداشت نہ کرتا۔ مگر صرف اس لیے کر تا رہا ہوں کہ مجھے تم سے بے پناہ محبت ہے ۔ ۔ ۔ کیا تمہیں اس کا پتہ نہیں۔'' موذیل نے ترلوچن کی داڑھی سے کھیلنا بند کر دیا، ''مجھے معلوم ہے۔''

''پھر۔'' ترلوچن نے اپنی داڑھی کے بال بڑی صفائی سے تہ کیے اور موذیل کے دانتوں سے پنیں نکال لیں، ''تم اچھی طرح جانتی ہو کہ میری محبت بکواس نہیں۔ ۔ ۔ میں تم سے شادی کرنا چاہتا ہوں۔''

''مجھے معلوم ہے۔'' بالوں کو ایک خفیف سا جھٹکا دے کر وہ اٹھی اور دیوار سے لٹکی ہوئی تصویر کی طرف دیکھنے لگی، ''میں بھی قریب قریب یہی فیصلہ کر چکی ہوں کہ تم سے شادی کروں گی۔''

ترلوچن اچھل پڑا، ''سچ!''

موذیل کے عنابی ہونٹ بڑی موٹی مسکراہٹ کے ساتھ کھلے اور اس کے سفید مضبوط دانت ایک لحظے کے لیے چمکے۔ ''ہاں!'' ترلوچن نے اپنی نصف لپٹی ہوئی داڑھی ہی سے اس کو اپنے سینے کے ساتھ بھینچ لیا۔ ''تو۔ ۔ تو کب؟'' موذیل الگ ہٹ گئی۔ ''جب۔ ۔ تم اپنے یہ بال کٹوا دو گے!'' ترلوچن اس وقت، 'جو ہو سو ہو' بناتا تھا۔ اس نے کچھ نہ سوچا اور کہہ دیا، ''میں کل ہی کٹوا دوں گا۔'' موذیل فرش پر ٹیپ ڈانس کرنے لگی۔ ''تم بکواس کرتے ہو ترلوچن۔ ۔ تم میں اتنی ہمت نہیں ہے۔'' اس نے ترلوچن کے دل و دماغ سے مذہب کے رے سہے خیال کو نکال باہر پھینکا۔ ''تم دیکھ لو گی۔''

’’دیکھ لوں گی۔‘‘اور وہ تیزی سے آگے بڑھی۔ترلوچن کی مونچھوں کو چوما اور ’’پھوں پھوں ‘‘ کرتی باہر نکل گئی۔

ترلوچن نے رات بھر کیا سوچا۔۔۔وہ کن کن اذیتوں سے گزرا،اس کا تذکرہ فضول ہے،اس لیے کہ دوسرے روز اس نے فورٹ میں اپنے کیس کٹوا دیئے اور داڑھی بھی منڈوا دی۔۔۔۔یہ سب کچھ ہوتا رہا اور وہ آنکھیں میچے رہا۔جب سارا معاملہ صاف ہو گیا تو اس نے آنکھیں کھولیں اور دیر تک اپنی شکل آئینے میں دیکھتا رہا جس پر بمبئی کی حسین سے حسین لڑکی بھی کچھ دیر کے لیے غور کرنے پر مجبور ہو جاتی۔

ترلوچن وہی عجیب و غریب ٹھنڈک محسوس کرنے لگا تھا جو سیلون سے باہر نکل کر اس کو لگی تھی۔اس نے ٹیریس پر تیز تیز چلنا شروع کر دیا۔جہاں ٹینکوں اور نلوں کا ایک ہجوم تھا۔وہ چاہتا تھا کہ اس داستان کا بقایا حصہ اس کے دماغ میں نہ آئے۔۔مگر وہ آئے بن نہ رہا۔

بال کٹوا کر وہ پہلے دن گھر سے باہر نہیں نکلا تھا۔اس نے اپنے نوکر کے ہاتھ دوسرے روز چٹ موذیل کو بھیجی کہ اس کی طبیعت ناساز ہے، تھوڑی دیر کے لیے موذیل آ جائے۔موذیل آئی۔ترلوچن کو بالوں کے بغیر دیکھ کر پہلے وہ ایک لحظے کے لیے ٹھٹکی۔ پھر ’’مائی ڈارلنگ ترلوچن‘‘ کہہ کر اس کے ساتھ لپٹ گئی اور اس کا سارا چہرہ عنابی کر دیا۔

اس نے ترلوچن کے صاف اور ملائم گالوں پر ہاتھ پھیرا۔اس کے چھوٹے انگریزی وضع کے کٹے ہوئے بالوں میں اپنی کنگھی کی اور عربی زبان میں نعرے مارتی رہی۔اس نے اس قدر شور مچایا کہ اس کی ناک سے پانی بہنے لگا۔۔موذیل نے جب اسے محسوس کیا تو اپنی سکرٹ کا گھیرا اٹھایا اور اسے پونچھنا شروع کر دیا۔۔۔ترلوچن شرما گیا۔اس نے سکرٹ نیچی کی اور سرزنش کے طور پر اس سے کہا، ’’ نیچے کچھ پہن تو لیا کرو۔‘‘

موذیل پر اس کا کچھ اثر نہ ہوا۔ باسی اور جگہ جگہ سے اکھڑی ہوئی لپ اسٹک لگے ہونٹوں سے مسکرا کر اس نے صرف اتنا ہی کہا، ’’ مجھے بڑی گھبراہٹ ہوتی ہے ۔۔۔ایسے ہی چلتا ہے۔‘‘

ترلوچن کو وہ پہلا دن یاد آ گیا۔جب وہ اور موذیل دونوں ٹکرا گئے تھے اور آپس میں کچھ عجیب طرح گڈ مڈ ہو گئے تھے۔ مسکرا کر اس نے موذیل کو اپنے سینے کے ساتھ لگایا، ’’ شادی کل ہو گی !‘‘

’’ضرور۔‘‘ موذیل نے ترلوچن کی ملائم ٹھوڑی پر اپنے ہاتھ کی پشت پھیری۔

طے یہ ہوا کہ شادی پونے میں ہو۔چونکہ سول میرج تھی اس لیے ان کو دس پندرہ دن کا نوٹس دینا تھا۔

عدالتی کارروائی تھی۔اس لیے مناسب یہی خیال کیا گیا کہ پونا بہتر ہے۔ پاس ہے اور رتلوچن کے وہاں کئی دوست بھی ہیں۔ دوسرے روز انہیں پروگرام کے مطابق پونا روانہ ہو جانا تھا۔

موذیل، فورٹ کے ایک اسٹور میں سیلز گرل تھی۔اس سے کچھ فاصلے پر ٹیکسی اسٹینڈ تھا۔بس یہیں موذیل نے اس کو انتظار کرنے کے لیے کہا تھا۔۔۔ترلوچن وقت مقررہ پر وہاں پہنچا۔ ڈیڑھ گھنٹہ انتظار کرتا رہا مگر وہ نہ آئی۔ دوسرے روز اسے معلوم ہوا کہ وہ اپنے ایک پرانے دوست کے ساتھ جس نے تازہ تازہ موٹر خریدی ہے، دیولالی چلی گئی ہے اور ایک غیر معین عرصے کے لیے وہیں رہے گی۔

ترلوچن پر کیا گزری۔۔۔؟ یہ ایک بڑی لمبی کہانی ہے۔ قصہ مختصر یہ ہے کہ اس نے جی کڑا کیا اور اس کو بھول گیا۔۔۔اتنے میں اس کی ملاقات کرپال کور سے ہو گئی اور وہ اس سے محبت کرنے لگا اور تھوڑے ہی عرصے میں اس نے محسوس کیا کہ موذیل بہت واہیات لڑکی تھی جس کے دل کے ساتھ پتھر لگے ہوئے تھے اور جو چڑوں کے مانند ایک جگہ سے دوسری جگہ پھدکتا رہتا تھا۔اس احساس سے اس کو ایک گونہ تسکین ہوئی تھی کہ وہ موذیل سے شادی کرنے کی غلطی نہ کر بیٹھا تھا۔

لیکن اس کے باوجود کبھی کبھی موذیل کی یاد ایک چٹکی کے مانند اس کے دل کو پکڑ لیتی تھی اور پھر چھوڑ کر کدکڑے لگاتی غائب ہو جاتی تھی۔۔۔وہ بے حیا تھی۔۔۔بے مروت تھی، اس کو کسی کے جذبات کا پاس نہیں تھا، پھر بھی وہ ترلوچن کو پسند تھی۔اس لیے کبھی کبھی وہ اس کے متعلق سوچنے پر مجبور ہو جاتا تھا کہ وہ دیولالی میں اتنے عرصے سے کیا کر رہی ہے۔اسی آدمی کے ساتھ ہے جس نے نئی کار خریدی تھی یا اسے چھوڑ کر کسی اور کے پاس چلی گئی ہے۔اس کو اس خیال سے سخت کوفت ہوتی تھی کہ وہ اس کے سوا کسی اور کے پاس ہو گی۔ حالانکہ اس کو موذیل کے کردار کا بخوبی علم تھا۔

وہ اس پر سینکڑوں نہیں ہزاروں روپے خرچ کر چکا تھا، لیکن اپنی مرضی سے۔ورنہ موذیل مہنگی نہیں تھی۔اس کو بہت سستی قسم کی چیزیں پسند آتی تھیں۔ایک مرتبہ ترلوچن نے اسے سونے کے ٹوپس دینے کا ارادہ کیا جو اسے بہت پسند تھے، مگر اسی دکان میں موذیل جھوٹے اور بھڑ کیلے اور بہت سستے آویزوں پر مر مٹی اور سونے کے ٹوپس چھوڑ کر ترلوچن سے منتیں کرنے لگی کہ وہ انہیں خرید دے۔

ترلوچن اب تک نہ سمجھ سکا کہ موذیل کس قماش کی لڑکی ہے۔ کس آب و گل سے بنی ہے۔وہ گھنٹوں اس کے ساتھ لیٹی رہتی تھی۔اس کو چومنے کی اجازت دیتی تھی۔وہ سارا کا سارا صابن کی مانند اس کے جسم پر پھر جاتا تھا۔مگر وہ اس کو اس سے آگے ایک انچ بڑھنے نہیں دیتی تھی۔اس کو چڑانے کی خاطر اتنا کہہ دیتی

تھی، ''تم سِکھ ہو ـــ ـ مجھے تم سے نفرت ہے!''

ترلوچن اچھی طرح محسوس کرتا تھا کہ موڈیل کو اس سے نفرت نہیں۔ اگر ایسا ہوتا تو وہ اس سے کبھی نہ ملتی۔ برداشت کا مادہ اس میں رتی بھر بھی نہیں تھا۔ وہ کبھی دو برس تک اس کی صحبت میں نہ گزارتی۔ دو ٹوک فیصلہ کر دیتی۔ انڈر ویئرز اس کو ناپسند تھے۔ اس لیے کہ ان سے اس کو الجھن ہوتی تھی۔ ترلوچن نے کئی بار اس کو ان کی اشد ضرورت سے آگاہ کیا۔ اس کو شرم و حیا کا واسطہ دیا، مگر اس نے یہ چیز کبھی نہ پہنی۔ ترلوچن جب اس سے حیا کی بات کرتا تھا وہ چڑ جاتی تھی، ''یہ حیا ویا کیا بکواس ہے ـ ـ۔ اگر تمہیں اس کا کچھ خیال ہے تو آنکھیں بند کر لیا کرو ـ ـ۔ تم مجھے یہ بتاؤ کون سا لباس ہے جس میں آدمی ننگا نہیں ہو سکتا۔ ـ ۔ یا جس میں سے تمہاری نگاہیں پار نہیں ہو سکتیں ـ ـ ـ۔ مجھ سے ایسی بکواس نہ کیا کرو ـ ـ۔ تم سِکھ ہو ـ ـ ـ۔ مجھے معلوم ہے کہ تم پتلون کے نیچے ایک سلکی سا انڈر ویئر پہنتے ہو جو نیکر سے ملتا جلتا ہے ـ ـ ـ۔ یہ بھی تمہاری داڑھی اور سر کے بالوں کی طرح مذہب میں شامل ہے ـ ـ ـ۔ شرم آنی چاہیے تمہیں۔ اتنے بڑے ہو گئے ہو اور ابھی تک یہی سمجھتے ہو کہ تمہارا مذہب انڈر ویئر میں چھپا بیٹھا ہے!''

ترلوچن کو شروع شروع میں ایسی باتیں سن کر غصہ آیا تھا۔ مگر بعد میں غور و فکر کرنے پر وہ کبھی کبھی لڑکھ جاتا تھا اور سوچتا تھا کہ موڈیل کی باتیں شاید نادرست نہیں اور جب اس نے اپنے کیسوں اور داڑھی کا صفایا کرا دیا تو اسے قطعی طور پر ایسا محسوس ہوا کہ وہ بے کار اتنے دن بالوں کا اتنا بوجھ اٹھائے اٹھائے پھرا جس کا کچھ مطلب ہی نہیں تھا۔

پانی کی ٹنکی کے پاس پہنچ کر ترلوچن رک گیا۔ موڈیل کو ایک بڑی موٹی گالی دے کر اس نے اس کے متعلق سوچنا بند کر دیا ـ ـ۔ کرپال کور ـ ـ۔ ایک پاکیزہ لڑکی، جس سے اس کو محبت ہوئی تھی، خطرے میں تھی۔ وہ ایسے محلے میں تھی جس میں کٹر قسم کے مسلمان رہتے تھے اور وہاں دو تین وارداتیں بھی ہو چکی تھیں ـ ـ۔ لیکن مصیبت یہ تھی کہ اس محلے میں اڑتالیس گھنٹے کا کرفیو تھا۔ مگر کرفیو کی کون پروا کرتا ہے۔ اس چالی کے مسلمان ہی اگر چاہتے تو اندر ہی اندر کرپال کور، اس کی ماں اور اس کے باپ کا بڑی آسانی کے ساتھ صفایا کر سکتے تھے۔

ترلوچن سوچتا سوچتا پانی کے موٹے نل پر بیٹھ گیا۔ اس کے سر کے بال اب کافی لمبے ہو گئے تھے۔ اس کو یقین تھا کہ ایک برس کے اندر اندر یہ پورے کیسوں میں تبدیل ہو جائیں گے۔ اس کی داڑھی تیزی سے بڑھی تھی مگر وہ اسے بڑھانا نہیں چاہتا تھا۔ فورٹ میں ایک بار بربر تھا، وہ اس صفائی سے اسے تراشتا تھا کہ

ترشی ہوئی دکھائی نہیں دیتی تھی۔

اس نے اپنے لمبے اور ملائم بالوں میں انگلیاں پھیریں اور ایک سرد آہ بھری۔۔۔اٹھنے کا ارادہ ہی کر رہا تھا کہ اسے کھڑاؤں کی کرخت آواز سنائی دی، اس نے سوچا کون ہو سکتا ہے۔۔۔؟ بلڈنگ میں کئی یہودی عورتیں تھیں جو سب کی سب گھر میں کھڑاؤں پہنتی تھیں۔۔۔آواز قریب آتی گئی۔ یکلخت اس نے دوسری ٹنکی کے پاس موذیل کو دیکھا، جو یہودیوں کی خاص قطع کا ڈھیلا ڈھالا المبا کرتا پہنے بڑے زور کی انگڑائی لے رہی تھی۔۔۔اس زور کی کہ ترلوچن کو محسوس ہوا اس کے آس پاس کی ہوا چٹخ جائے گی۔

ترلوچن، پانی کے نل پر سے اٹھا۔ اس نے سوچا، ''یہ ایکا ایکی کہاں سے نمودار ہو گئی۔۔۔اور اس وقت ٹیرس پر کیا کرنے آئی ہے؟'' موذیل نے ایک اور انگڑائی لی۔۔۔اب ترلوچن کی ہڈیاں چٹخنے لگیں۔ ڈھیلے ڈھالے کرتے میں اس کی مضبوط چھاتیاں دھڑ کیں۔۔۔ترلوچن کی آنکھوں کے سامنے کئی گول گول اور چپٹے چپٹے نیل ابھر آئے۔ وہ زور سے کھانسا۔ موذیل نے پلٹ کر اس کی طرف دیکھا۔ اس کا ردِعمل بالکل خفیف تھا۔ کھڑاؤں گھسیٹتی وہ اس کے پاس آئی اور اس کی ننھی منی داڑھی دیکھنے لگی، ''تم پھر سکھ بن گئے ترلوچن؟''

داڑھی کے بال ترلوچن کو چبھنے لگے۔

موذیل نے آگے بڑھ کر اس کی ٹھوڑی کے ساتھ اپنے ہاتھ کی پشت رگڑی اور مسکرا کر کہا، ''اب یہ برش اس قابل ہے کہ میری نیوی بلو سکرٹ صاف کر سکے۔۔۔مگر وہ تو وہیں دیولالی میں رہ گئی ہے۔''

ترلوچن خاموش رہا۔ موذیل نے اس کے بازو کی چٹکی لی، ''بولتے کیوں نہیں سردار صاحب؟''

ترلوچن اپنی پچھلی بیوقوفیوں کا اعادہ نہیں کرنا چاہتا تھا۔ تاہم اس نے صبح کے ملگجے اندھیرے میں موذیل کے چہرے کو غور سے دیکھا۔۔۔کوئی خاص تبدیلی واقع نہیں ہوئی تھی۔ ایک صرف وہ پہلے سے کچھ کمزور نظر آتی تھی۔ ترلوچن نے اس سے پوچھا، ''بیمار رہی ہو؟''

''نہیں۔'' موذیل نے اپنے ترشے ہوئے بالوں کو ایک خفیف سا جھٹکا دیا۔

''پہلے سے کمزور دکھائی دیتی ہو؟''

''میں ڈائٹنگ کر رہی ہوں۔'' موذیل پانی کے موٹے نل پر بیٹھ گئی اور کھڑاؤں فرش کے ساتھ بجانے لگی۔ ''تم گویا کہ۔۔۔اب پھر۔۔۔نئے سرے سے سکھ بن رہے ہو۔''

ترلوچن نے کسی قدر ڈھٹائی کے ساتھ کہا، ''ہاں!''

’’ مبارک ہو۔ ، ، موذیل نے ایک کھڑاؤں پیر سے اتار لی اور پانی کے نل پر بجانے لگی۔ ’’ کسی اور لڑکی سے محبت کرنی شروع کی؟ ، ،

ترلوچن نے آہستہ سے کہا، ’’ ہاں! ، ،

’’ مبارک ہو۔۔۔اسی بلڈنگ کی ہے کوئی؟ ، ،

’’ نہیں۔۔۔ ، ،

’’ یہ بہت بری بات ہے۔ ، ،موذیل کھڑاؤں اپنی انگلیوں میں اڑس کر اٹھی، ’’ ہمیشہ آدمی کو اپنے ہمسایوں کا خیال رکھنا چاہیے۔ ، ،

ترلوچن خاموش رہا،موذیل نے اٹھ کر اس کی داڑھی کو اپنی پانچوں انگلیوں سے چھیڑا، ’’ کیا اسی لڑکی نے تمہیں یہ بال بڑھانے کا مشورہ دیا ہے؟ ، ،

’’ نہیں۔ ، ،

ترلوچن بڑی الجھن محسوس کر رہا تھا جیسے کنگھا کرتے کرتے اس کی داڑھی کے بال آپس میں الجھ گئے ہیں۔ جب اس نے ’’ نہیں ، ، کہا تو اس کے لہجے میں تیکھاپن تھا۔

موذیل کے ہونٹوں پر لپ اسٹک باسی گوشت کی طرح معلوم ہوتی تھی۔ وہ مسکرائی تو ترلوچن نے ایسا محسوس کیا کہ اس کے گاؤں میں جھٹکے کی دکان پر قصائی نے چھری سے موٹی رگ کے گوشت کے دو ٹکڑے کر دیئے ہیں۔ مسکرانے کے بعد وہ ہنسی، ’’ تم اب یہ داڑھی منڈا ڈالو تو کسی کی بھی قسم لے لو، میں تم سے شادی کر لوں گی۔ ، ،

ترلوچن کے جی میں آئی کہ اس سے کہے کہ وہ ایک بڑی شریف، باعصمت اور پاک طینت کنواری لڑکی سے محبت کر رہا ہے اور اسی سے شادی کرے گا۔۔موذیل اس کے مقابلے میں فاحشہ ہے، بدصورت ہے، بے وفا ہے، بے مروت ہے مگر وہ اس قسم کا گھٹیا آدمی نہیں تھا۔ اس نے موذیل سے صرف اتنا کہا، ’’ موذیل! میں اپنی شادی کا فیصلہ کر چکا ہوں۔ میرے گاؤں کی ایک سیدھی سادی لڑکی ہے۔۔۔جو مذہب کی پابند ہے۔اسی کے لیے میں نے بال بڑھانے کا فیصلہ کر لیا ہے۔ ، ،

موذیل سوچ بچار کی عادی نہیں تھی، لیکن اس نے کچھ دیر سوچا اور کھڑاؤں پر نصف دائرے میں گھوم کر ترلوچن سے کہا، ’’ وہ مذہب کی پابند ہے تو تمہیں کیسے قبول کرے گی؟ کیا اسے معلوم نہیں کہ تم ایک دفعہ اپنے بال کٹوا چکے ہو؟ ، ،

''اس کو ابھی تک معلوم نہیں۔۔۔داڑھی میں نے تمہارے دیولالی جانے کے بعد ہی بڑھانی شروع کر دی تھی۔۔۔محض انتقامی طور پر۔۔۔اس کے بعد میری کرپال کور سے ملاقات ہوئی۔مگر میں پگڑی اس طریقے سے باندھتا ہوں کہ سو میں سے ایک ہی آدمی مشکل سے جان سکتا ہے کہ میرے کیس کٹے ہوئے ہیں۔۔۔مگر اب یہ بہت جلد ٹھیک ہوجائیں گے۔ ''ترلوچن نے اپنے لمبے ملائم بالوں میں انگلیوں سے کنگھی کرنا شروع کی۔

موڈیل نے لمبا کرتہ اٹھاکر اپنی گوری دبیز ران کھجلانی شروع کی، ''یہ بہت اچھا ہے ۔۔۔مگر یہ کم بخت مچھر یہاں بھی موجود ہے ۔۔۔دیکھو، کس زور سے کاٹا ہے ۔''

ترلوچن نے دوسری طرف دیکھنا شروع کر دیا۔موڈیل نے اس جگہ جہاں مچھر نے کاٹا تھا، انگلی سے لب لگائی اور کرتہ چھوڑ کر سیدھی کھڑی ہوگئی۔ ''کب ہو رہی ہے تمہاری شادی؟''

''ابھی کچھ پتہ نہیں۔ ''یہ کہہ کر ترلوچن سخت متفکر ہو گیا۔

چند لمحات تک خاموشی رہی۔اس کے بعد موڈیل نے اس کے تفکر کا اندازہ لگا کر اس سے بڑے سنجیدہ انداز میں پوچھا، ''ترلوچن! تم کیا سوچ رہے ہو؟''

ترلوچن کو اس وقت کسی ہمدرد کی ضرورت تھی۔خواہ وہ موڈیل ہی کیوں نہ ہو۔ چنانچہ اس نے اس کو سارا ماجرا سنا دیا۔موڈیل ہنسی، ''تم اول درجے کے ایڈیٹ ہو۔۔۔جاؤ اس کو لے آؤ۔ایسی کیا مشکل ہے؟''

''مشکل! موڈیل، تم اس معاملے کی نزاکت کو کبھی نہیں سمجھ سکتیں۔۔۔کسی بھی معاملے کی نزاکت ۔۔۔تم ایک لا ابالی قسم کی لڑکی ہو۔۔۔یہی وجہ ہے کہ تمہارے اور میرے تعلقات قائم نہیں رہ سکے، جس کا مجھے ساری عمر افسوس رہے گا۔ ''

موڈیل نے زور سے اپنی کھڑاؤں پانی کے نل کے ساتھ ماری۔ ''افسوس بی ڈیمڈ۔۔۔سلی ایڈیٹ۔۔۔تم یہ سوچو کہ تمہاری اس۔۔۔کیا نام ہے اس کا۔۔۔اس محلے سے بچا کر لانا کیسے ہے ۔۔۔تم بیٹھ گئے ہو تعلقات کا رونا رونے ۔۔۔تمہارے میرے تعلقات کبھی قائم نہیں رہ سکتے تھے ۔۔۔تم ایک سلی قسم کے آدمی ہو۔۔۔اور بہت ڈرپوک۔ مجھے نڈر مرد چاہیے ۔۔۔لیکن چھوڑو ان باتوں کو۔۔۔چلو آؤ، تمہاری اس کور لے آئیں!''

اس نے ترلوچن کا بازو پکڑ لیا۔۔۔ترلوچن نے گھبراہٹ میں اس سے پوچھا، ''کہاں سے؟''

''وہیں سے، جہاں وہ ہے ۔۔۔میں اس محلے کی ایک ایک اینٹ کو جانتی ہوں۔۔۔چلو آؤ میرے

ساتھ ۔،،

،،مگر سنو تو۔۔۔کرفیو ہے۔،،

،،موڈیل کے لیے نہیں۔۔۔چلو آو۔،،

وہ ترلوچن کو بازو سے پکڑ کر کھینچتی اس دروازے تک لے گئی تھی جو نیچے سیڑھیوں کی طرح کھلتا تھا۔ دروازہ کھول کر وہ اترنے والی تھی کہ رک گئی اور ترلوچن کی داڑھی کی طرف دیکھنے لگی۔

ترلوچن نے پوچھا، ،،کیا بات ہے؟،،

موڈیل نے کہا، ،،یہ تمہاری داڑھی۔۔۔ٹھیک ہے۔ اتنی بڑی نہیں ہے ۔۔۔ننگے سر چلو گے تو کوئی نہیں سمجھے گا کہ تم سکھ ہو۔،،

،،ننگے سر!،، ترلوچن نے کسی قدر بوکھلا کر کہا، ،،میں ننگے سر نہیں جاوں گا۔،،

موڈیل نے بڑے معصوم انداز میں پوچھا، ،،کیوں؟،،

ترلوچن نے اپنے بالوں کی ایک لٹ ٹھیک کی۔ ،،تم سمجھتی نہیں ہو۔ میرا وہاں پگڑی کے بغیر جانا ٹھیک نہیں۔،،

،،کیوں ٹھیک نہیں۔،،

،،تم سمجھتی کیوں نہیں ہو کہ اس نے مجھے ابھی تک ننگے سر نہیں دیکھا۔۔۔وہ یہی سمجھتی ہے کہ میرے کیس ہیں۔ میں اس پر یہ راز افشا نہیں کرنا چاہتا۔،،

موڈیل نے زور سے اپنی کھڑاوں دروازے کی دہلیز پر ماری، ،،تم واقعی اول درجے کے ایڈیٹ ہو۔۔۔گدھے کہیں کے ۔۔۔اس کی جان کا سوال ہے ۔۔۔کیا نام ہے، تمہاری اس کور کا، جس سے تم محبت کرتے ہو۔،،

ترلوچن نے اسے سمجھانے کی کوشش کی، ،،موڈیل، وہ بڑی مذہبی قسم کی لڑکی ہے ۔۔۔اگر اس نے مجھے ننگے سر دیکھ لیا تو مجھ سے نفرت کرنے لگے گی۔،،

موڈیل چڑ گئی، ،،اوہ، تمہاری محبت بی ڈیمڈ۔۔۔میں پوچھتی ہوں۔ کیا سارے سکھ تمہارے طرح کے بے وقوف ہوتے ہیں۔۔۔اس کی جان کو خطرہ ہے اور تم کہتے ہو کہ پگڑی ضرور پہنو گے ۔۔۔اور شاید وہ اپنا انڈر ویئر بھی جو نیکر سے ملتا جلتا ہے۔،،

ترلوچن نے کہا، ،،وہ تو میں ہر وقت پہنے ہوتا ہوں۔،،

’’ بہت اچھا کرتے ہو۔۔۔ مگر اب تم یہ سوچو کہ معاملہ اس محلے کا ہے جہاں میاں بھائی ہی میاں بھائی رہتے ہیں اور وہ بھی بڑے بڑے داد اور بڑے بڑے موالی۔۔۔ تم پگڑی پہن کر گئے تو وہیں ذبح کر دیئے جاؤ گے۔ ‘‘

ترلوچن نے مختصر سا جواب دیا، ’’ مجھے اس کی پروا نہیں۔۔۔اگر میں تمہارے ساتھ وہاں جاؤں گا تو پگڑی پہن کر جاؤں گا۔۔۔میں اپنی محبت خطرے میں نہیں ڈالنا چاہتا! ‘‘

موذیل جھنجھلا گئی۔ اس زور سے اس نے پیچ و تاپ کھائے کہ اس کی چھاتیاں آپس میں بھڑ بھڑ گئیں۔ ’’ گدھے۔۔۔تمہاری محبت ہی کہاں رہے گی۔ جب تم نہ ہو گے۔۔۔تمہاری وہ۔۔۔کیا نام ہے اس بھٹوی کا۔۔۔جب وہ بھی نہ رہے گی۔ اس کا خاندان تک نہ رہے گا۔۔۔تم سکھ۔۔۔خدا کی قسم تم سکھ ہو اور بڑے ایڈیٹ سکھ ہو! ‘‘

ترلوچن بھنا گیا، ’’ بکواس نہ کرو! ‘‘

موذیل زور سے ہنسی۔ مہین مہین بالوں کے غبار سے اٹی ہوئی بانہیں اس نے ترلوچن کے گلے میں ڈال دیں اور تھوڑا سا جھول کر کہا، ’’ ڈارلنگ چلو، جیسے تمہاری مرضی۔۔۔جاؤ پگڑی پہن آؤ۔ میں نیچے بازار میں کھڑی ہوں۔ ‘‘

یہ کہہ کر وہ نیچے جانے لگی۔ ترلوچن نے اسے روکا، ’’ تم کپڑے نہیں پہنو گی! ‘‘

موذیل نے اپنے سر کو جھٹکا دیا، ’’ نہیں۔۔۔چلے گا اسی طرح۔ ‘‘

یہ کہہ کر وہ کھٹ کھٹ کرتی نیچے اتر گئی۔ ترلوچن نچلی منزل کی سیڑھیوں پر بھی اس کی کھڑاؤں کی چوبی آواز سنتا رہا۔ پھر اس نے اپنے لمبے بال انگلیوں سے پیچھے کی طرف سمیٹے اور نیچے اتر کر اپنے فلیٹ میں چلا گیا۔ جلدی جلدی اس نے کپڑے تبدیل کیے۔ پگڑی بندھی بندھائی رکھی تھی۔ اسے اچھی طرح سر پر جمایا اور فلیٹ کا دروازہ مقفل کر کے نیچے اتر گیا۔

باہر فٹ پاتھ پر موذیل اپنی ننگی ٹانگیں چوڑی کیے سگرٹ پی رہی تھی۔ بالکل مردانہ انداز میں۔ جب ترلوچن اس کے نزدیک پہنچا تو اس نے شرارت کے طور پر منہ بھر کے دھواں اس کے چہرے پر دے مارا۔ ترلوچن نے غصے میں کہا، ’’ تم بہت ذلیل ہو۔ ‘‘

موذیل مسکرائی، ’’ یہ تم نے کوئی نئی بات نہیں کہی۔۔۔اس سے پہلے اور کئی مجھے ذلیل کہہ چکے ہیں۔ ‘‘ پھر اس نے ترلوچن کی پگڑی کی طرف دیکھا، ’’ یہ پگڑی تم نے واقعی بہت اچھی طرح باندھی ہے۔۔۔ایسا

معلوم ہوتا ہے تمہارے کیس ہیں۔''

بازار بالکل سنسان تھا۔ایک صرف ہوا چل رہی تھی اور وہ بھی بہت دھیرے دھیرے۔جیسے کرفیو سے خوف زدہ ہے۔ بتیاں روشن تھیں مگر ان کی روشنی بیمار سی معلوم ہوتی تھی۔عام طور پر اس وقت ٹریمیں چلنی شروع ہو جاتی تھیں اور لوگوں کی آمد ورفت بھی جاری ہو جاتی تھی۔اچھی خاصی گہما گہمی ہوتی تھی۔ پر اب ایسا معلوم ہوتا تھا کہ سڑک پر کوئی انسان گزرا ہے نہ گزرے گا۔

موذیل آگے آگے تھی۔ فٹ پاتھ کے پتھروں پر اس کی کھڑاؤں کھٹ کھٹ کر رہی تھی۔ یہ آواز، اس خاموش فضا میں ایک بہت بڑا شور تھی۔ترلوچن دل ہی دل میں موذیل کو برا بھلا کہہ رہا تھا کہ دو منٹ میں اور کچھ نہیں تو اپنی واہیات کھڑاؤں ہی اتار کر کوئی دوسری چیز پہن سکتی تھی۔اس نے چاہا کہ موذیل سے کہے کھڑاؤں اتار دو اور ننگے پاؤں چلو۔مگر اس کو یقین تھا کہ وہ کبھی نہیں مانے گی۔اس لیے خاموش رہا۔ ترلوچن سخت خوف زدہ تھا۔ کوئی پتا کھڑکتا تو اس کا دل دھک سے رہ جاتا تھا۔مگر موذیل بالکل بے خوف چلی جا رہی تھی۔سگرٹ کا دھواں اڑاتی جیسے وہ بڑی بے فکری سے چہل قدمی کر رہی ہے۔

چوک میں پہنچے تو پولیس مین کی آواز گرجی، ''اے ۔ـ۔ـکدھر جا رہا ہے۔''

ترلوچن سہم گیا موذیل آگے بڑھی اور پولیس مین کے پاس پہنچ گئی اور بالوں کو ایک خفیف سا جھٹکا دے کر کہا، ''اوہ، تم ۔ـ۔ہم کو پہچانا نہیں تم نے ۔ـموذیل ۔ـ۔'' پھر اس نے ایک گلی کی طرف اشارہ کیا، ''ادھر اس باجو ۔ـ۔ہمارا بہن رہتا ہے۔اس کی طبیعت خراب ہے ۔ـ ڈاکٹر لے کر جا رہا ہے ۔ـ۔''

سپاہی اسے پہچاننے کی کوشش کر رہا تھا کہ اس نے خدا معلوم کہاں سے سگریٹ کی ڈبیا نکالی اور ایک سگرٹ نکال کر اس کو دیا، ''لو پیو۔''

سپاہی نے سگرٹ لے لیا موذیل نے اپنے منہ سے سلگا ہوا سگرٹ نکالا اور اس سے کہا، ''ہیر از لائٹ!'' سپاہی نے سگرٹ کا کش لیا موذیل نے داہنی آنکھ اس کو اور بائیں آنکھ ترلوچن کو ماری اور کھٹ کھٹ کرتی اس گلی کی طرف چل دی ۔ـ۔جس میں سے گزر کر انہیں ۔ـ۔محلے جانا تھا۔

ترلوچن خاموش تھا، مگر وہ محسوس کر رہا تھا کہ موذیل کرفیو کی خلاف ورزی کر کے ایک عجیب و غریب قسم کی مسرت محسوس کر رہی ہے ۔ـ۔خطروں سے کھیلنا اسے پسند تھا۔ جب جو ہو پر اس کے ساتھ جاتی تھی تو اس کے لیے ایک مصیبت بن جاتی تھی۔سمندر کی پیل تن لہروں سے ٹکراتی، بھرتی وہ دور تک نکل جاتی تھی اور اس کو ہمیشہ اس بات کا دھڑکا رہتا تھا کہ وہ کہیں ڈوب نہ جائے۔ جب واپس آتی تو اس کا جسم سیپیوں اور

زخموں سے بھر ا ہوتا تھا مگر اسے ان کی کوئی پروا نہیں ہوتی تھی ۔

موذیل آگے آگے تھی ۔ ترلوچن اس کے پیچھے پیچھے ۔ ڈر ڈر کے ادھر ادھر دیکھتا رہتا تھا کہ اس کی بغل سے کوئی چھری مار نمودار نہ ہو جائے ۔ موذیل رک گئی ۔ جب ترلوچن پاس آیا تو اس نے سمجھانے کے انداز میں اس سے کہا ، '' ترلوچن ڈیئر ۔۔ اس طرح ڈرنا اچھا نہیں ۔۔ تم ڈرو گے تو ضرور کچھ نہ کچھ ہو کے رہے گا ۔۔ سچ کہتی ہوں ، یہ میری آزمائی ہوئی بات ہے ۔ ''

ترلوچن خاموش رہا ۔

جب وہ گلی طے کر کے دوسری گلی میں پہنچے جو اس محلے کی طرف نکلتی تھی ، جس میں کرپال کور رہتی تھی تو موذیل چلتے چلتے ایک دم رک گئی ۔۔ کچھ فاصلے پر بڑے اطمینان سے ایک مارواڑی کی دکان لوٹی جا رہی تھی ۔ ایک لحظے کے لیے اس نے معاملے کا جائزہ لیا اور ترلوچن سے کہا ، '' کوئی بات نہیں ۔۔ چلو آؤ ۔ ''

دونوں چلنے لگے ۔۔ ایک آدمی جو سر پر بہت بڑی پرات اٹھائے چلا آ رہا تھا ، ترلوچن سے ٹکرا گیا ۔ پرات گر گئی ۔ اس آدمی نے غور سے ترلوچن کی طرف دیکھا ۔ صاف معلوم ہوتا تھا کہ وہ سکھ ہے ۔ اس آدمی نے جلدی سے اپنے نیفے میں ہاتھ ڈالا ۔۔ کہ موذیل آ گئی ۔ لڑکھڑاتی ہوئی جیسے نشے میں چور ہے اس نے زور سے اس کو آدمی کو دھکا دیا اور مخمور لہجے میں کہا ، '' اے کیا کرتا ہے ۔۔ اپنے بھائی کو مارتا ہے ۔۔ ہم اس سے شادی بنانے کو مانگتا ہے ۔ '' پھر وہ ترلوچن سے مخاطب ہوئی ، '' کریم ۔۔ اٹھاؤ ، یہ پرات اور رکھ دو اس کے سر پر ۔ ''

اس آدمی نے نیفے میں سے ہاتھ نکال لیا اور شہوانی آنکھوں سے موذیل کی طرف دیکھا ، پھر آگے بڑھ کر اپنی کہنی سے اس کی چھاتیوں میں ایک ٹہوکا دیا ، '' عیش کر سالی ۔۔ عیش کر '' پھر اس نے پرات اٹھائی اور یہ جا ، وہ جا ۔

ترلوچن بڑبڑایا ، '' کیسی ذلیل حرکت کی ہے حرام زادے نے ! ''

موذیل نے اپنی چھاتیوں پر ہاتھ پھیرا ، '' کوئی ذلیل حرکت نہیں ۔۔ سب چلتا ہے ۔۔ آؤ ۔ '' اور وہ تیز تیز چلنے لگی ۔۔ ترلوچن نے بھی قدم تیز کر دیئے ۔ یہ گلی طے کر کے دونوں اس محلے میں پہنچ گئے جہاں کرپال کور رہتی تھی ۔ موذیل نے پوچھا ، '' کس گلی میں جانا ہے؟ ''

ترلوچن نے آہستہ سے کہا ، '' تیسری گلی میں ۔۔ نکڑ والی بلڈنگ ! ''

موڈیل نے اس طرف چلنا شروع کر دیا۔ یہ راستہ بالکل خاموش تھا۔ آس پاس اتنی گنجان آبادی تھی مگر کسی بچے تک کے رونے کی آواز سنائی نہیں دیتی تھی۔

جب وہ اس گلی کے قریب پہنچے تو کچھ گڑ بڑ دکھائی دی۔۔۔ ایک آدمی اس کنارے والی بلڈنگ سے نکلا اور دوسرے کنارے والی بلڈنگ میں گھس گیا۔ اس بلڈنگ سے تھوڑی دیر کے بعد تین آدمی نکلے۔ فٹ پاتھ پر انہوں نے اِدھر اُدھر دیکھا اور بڑی پھرتی سے دوسری بلڈنگ میں چلے گئے۔ موڈیل ٹھٹک گئی تھی۔ اس نے ترلوچن کو اشارہ کیا کہ اندھیرے میں ہو جائے۔ پھر اس نے ہولے سے کہا، ''ترلوچن ڈیئر۔۔۔ یہ پگڑی اتار دو!''

ترلوچن نے جواب دیا، ''میں یہ کسی صورت میں بھی نہیں اتار سکتا!''

موڈیل جھنجھلا گئی، ''تمہاری مرضی۔۔۔ لیکن تم دیکھتے نہیں، سامنے کیا ہو رہا ہے۔''

سامنے جو کچھ ہو رہا تھا دونوں کی آنکھوں کے سامنے تھا۔۔۔ صاف گڑ بڑ ہو رہی تھی اور بڑی پراسرار قسم کی۔ دائیں ہاتھ کی بلڈنگ سے جب دو آدمی اپنی پیٹھ پر بوریاں اٹھائے نکلے تو موڈیل ساری کی ساری کانپ گئی۔ ان میں سے کچھ گاڑھی گاڑھی سیال سی چیز ٹپک رہی تھی۔ موڈیل اپنے ہونٹ کاٹنے لگی۔ غالباً وہ سوچ رہی تھی۔ جب یہ دونوں آدمی گلی کے دوسرے سرے پر پہنچ کر غائب ہو گئے تو اس نے ترلوچن سے کہا، ''دیکھو، ایسا کرو۔۔۔ میں بھاگ کر نکڑ والی بلڈنگ میں جاتی ہوں۔۔۔ تم میرے پیچھے آنا۔۔۔ بڑی تیزی سے، جیسے تم میرا پیچھا کر رہے ہو۔۔۔ سمجھے۔۔۔ مگر یہ سب ایک دم جلدی جلدی میں ہو۔''

موڈیل نے ترلوچن کے جواب کا انتظار نہ کیا اور نکڑ والی بلڈنگ کی طرف کھڑاؤں کھٹکھٹاتی بڑی تیزی سے بھاگی۔ ترلوچن بھی اس کے پیچھے دوڑا۔ چند لمحوں میں وہ بلڈنگ کے اندر تھے۔۔۔ سیڑھیوں کے پاس ترلوچن ہانپ رہا تھا۔ مگر موڈیل بالکل ٹھیک ٹھاک تھی۔ اس نے ترلوچن سے پوچھا، ''کون سا مالا؟''

ترلوچن نے اپنے خشک ہونٹوں پر زبان پھیری، ''دوسرا۔''

''چلو۔''

یہ کہہ کر وہ کھٹ کھٹ سیڑھیاں چڑھنے لگی۔ ترلوچن اس کے پیچھے ہولیا۔ زینوں پر خون کے بڑے بڑے مگر کسی دھبے پڑے تھے۔ ان کو دیکھ دیکھ کر اس کا خون خشک ہو رہا تھا۔ دوسرے مالے پر پہنچے تو کوری ڈور میں کچھ دور جا کر ترلوچن نے ہولے سے ایک دروازے پر دستک دی۔ موڈیل دوسری سیڑھیوں کے پاس کھڑی رہی۔ ترلوچن نے ایک بار پھر دستک دی اور دروازے کے ساتھ منہ لگا کر آواز دی۔

''مہنگا سنگھ جی۔۔۔مہنگا سنگھ جی!''
اندر سے مہین آواز آئی، ''کون؟''
''ترلوچن!''

دروازہ دھیرے سے کھلا۔۔۔ترلوچن نے موذیل کو اشارہ کیا۔ وہ لپک کر آئی دونوں اندر داخل ہوئے ۔۔موذیل نے اپنی بغل میں ایک دبلی پتلی لڑکی کو دیکھا۔۔۔جو بے حد سہمی ہوئی تھی۔ موذیل نے اس کو ایک لحظے کے لیے غور سے دیکھا۔ پتلے پتلے نقش تھے۔ ناک بہت ہی پیاری تھی مگر زکام میں مبتلا۔ موذیل نے اس کو اپنے چوڑے چکلے سینے کے ساتھ لگا لیا اور اپنے ڈھیلے ڈھالے کرتے کا دامن اٹھا کر اس کی ناک پونچھی۔ ترلوچن سرخ ہو گیا۔ موذیل نے کرپال کور سے بڑے پیار کے ساتھ کہا، ''ڈرو نہیں، ترلوچن تمہیں لینے آیا ہے۔''

کرپال کور نے ترلوچن کی طرف اپنی سہمی ہوئی آنکھوں سے دیکھا اور موذیل سے الگ ہو گئی۔ ترلوچن نے اس سے کہا، ''سردار صاحب سے کہو کہ جلدی تیار ہو جائیں۔۔۔اور اپنی ماتا جی سے بھی۔۔۔لیکن جلدی کرو۔'' اتنے میں اوپر کی منزل پر بلند آوازیں آنے لگیں جیسے کوئی چیخ چلا رہا ہے اور ردھینگا مشتی ہو رہی ہے۔ کرپال کور کے حلق سے دبی دبی چیخ بلند ہوئی، ''اسے پکڑ لیا انہوں نے!''
ترلوچن نے پوچھا،
''کسے؟''
کرپال کور جواب دینے ہی والی تھی کہ موذیل نے اس کو بازو سے پکڑ اور گھسیٹ کر ایک کونے میں لے گئی۔ ''پکڑ لیا تو اچھا ہوا۔۔تم یہ کپڑے اتارو۔''
کرپال کور ابھی کچھ سوچنے بھی نہ پائی تھی کہ موذیل نے آناً فاناً اس کی قمیض اتار کر ایک طرف رکھ دی۔
کرپال کور نے اپنی بانہوں میں اپنے ننگے جسم کو چھپا لیا اور سخت وحشت زدہ ہو گئی۔ ترلوچن نے منہ دوسری طرف منہ موڑ لیا۔ موذیل نے اپنا ڈھیلا ڈھالا کرتا اتارا اور اس کو پہنا دیا۔ خود وہ ننگ دھڑنگ تھی۔ جلدی جلدی اس نے کرپال کور کا ازار بند ڈھیلا کیا اور اس کی شلوار اتار کر، ترلوچن سے کہنے لگی، ''جاؤ، اسے لے جاؤ۔۔۔لیکن ٹھہرو۔'' یہ کہہ کر اس نے کرپال کور کے بال کھول دیئے اور اس سے کہا،

’’جاؤ۔۔جلدی نکل جاؤ۔‘‘

ترلوچن نے اس سے کہا،

’’آؤ۔‘‘

مگر فوراً ہی رک گیا۔ پلٹ کر اس نے موذیل کی طرف دیکھا جو دھوئے دے دے کی طرح ننگی کھڑی تھی۔ اس کی بانہوں پر مہین مہین بال سردی کے باعث جاگے ہوئے تھے۔

’’تم جاتے کیوں نہیں ہو؟‘‘ موذیل کے لہجے میں چڑچڑا پن تھا۔

ترلوچن نے آہستہ سے کہا، ’’اس کے ماں باپ بھی تو ہیں۔‘‘

’’جہنم میں جائیں وہ۔۔تم اسے لے جاؤ۔‘‘

’’اور تم؟‘‘

’’میں آ جاؤں گی۔‘‘

ایک دم اوپر کی منزل سے کئی آدمی دھڑادھڑ نیچے اترنے لگے۔ دروازے کے پاس آ کر انہوں نے اسے کوٹنا شروع کر دیا جیسے وہ اسے توڑ ہی ڈالیں گے۔ کرپال کور کی اندھی ماں اور اس کا مفلوج باپ دوسرے کمرے میں پڑے کراہ رہے تھے۔ موذیل نے کچھ سوچا اور بالوں کو خفیف سا جھٹکا دے کر اس نے ترلوچن سے کہا، ’’سنو۔اب صرف ایک ہی ترکیب سمجھ میں آتی ہے۔۔۔ میں دروازہ کھولتی ہوں۔۔۔‘‘

کرپال کور کے خشک حلق سے چیخ نکلتی نکلتی دب گئی، ’’دروازہ۔‘‘

موذیل، ترلوچن سے مخاطب رہی، ’’میں دروازہ کھول کر باہر نکلتی ہوں، تم میرے پیچھے بھاگنا۔ میں اوپر چڑھ جاؤں گی۔تم بھی اوپر چلے آنا۔ یہ جو لوگ جو دروازہ توڑ رہے ہیں، سب کچھ بھول جائیں گے اور ہمارے پیچھے چلے آئیں گے۔۔۔‘‘

ترلوچن نے پھر پوچھا،

’’پھر؟‘‘

موذیل نے کہا، ’’یہ تمہاری۔۔کیا نام ہے اس کا۔۔موقع پا کر نکل جائے۔۔اس لباس میں اسے کوئی کچھ نہ کہے گا۔‘‘

ترلوچن نے جلدی جلدی کرپال کور کو ساری بات سمجھا دی۔ موذیل زور سے چلائی۔ دروازہ کھولا اور دھڑام سے باہر کے لوگوں پر گری۔۔۔ سب بوکھلا گئے۔ اٹھ کر اس نے اوپر کی سیڑھیوں کا رخ کیا۔ ترلوچن اس

کے پیچھے بھاگا۔ سب ایک طرف ہٹ گئے ۔

موذیل اندھا دھند سیڑھیاں چڑھ رہی تھی۔۔۔ کھڑاؤں اس کے پیروں میں تھی۔۔۔ وہ لوگ جو دروازہ توڑنے کی کوشش کر رہے تھے سنبھل کر ان کے تعاقب میں دوڑے موذیل کا پاؤں پھسلا۔۔۔ اوپر کے زینے سے وہ کچھ اس طرح لڑھکی کہ ہر پتھریلے زینے کے ساتھ ٹکراتی، لوہے کے جنگلے کے ساتھ الجھتی وہ نیچے آرہی۔۔۔ پتھریلے فرش پر۔

ترلوچن ایک دم نیچے اترا۔ جھک کر اس نے دیکھا تو اس کی ناک سے خون بہہ رہا تھا۔ منہ سے خون بہہ رہا تھا۔ کانوں کے رستہ بھی خون نکل رہا تھا۔ وہ جو دروازہ توڑنے آئے تھے ارد گرد جمع ہو گئے ۔۔۔ کسی نے بھی نہ پوچھا کیا ہوا ہے ۔ سب خاموش تھے اور موذیل کے ننگے اور گورے جسم کو دیکھ رہے تھے۔ جس پر جا بجا خراشیں پڑی تھیں۔

ترلوچن نے اس کا بازو ہلایا اور آواز دی،

‘‘موذیل۔۔ موذیل۔’’

موذیل نے اپنی بڑی بڑی یہودی آنکھیں کھولیں جو لال بوٹی ہو رہی تھیں اور مسکرائی۔ ترلوچن نے اپنی پگڑی اتاری اور کھول کر اس کا ننگا جسم ڈھک دیا۔ موذیل پھر مسکرائی اور آنکھ مار کر اس نے ترلوچن سے منہ میں خون کے بلبلے اڑاتے ہوئے کہا، ‘‘جاؤ، دیکھو۔۔۔ میرا انڈروئیر وہاں ہے کہ نہیں۔۔۔ میرا مطلب ہے وہ۔۔۔’’

ترلوچن اس کا مطلب سمجھ گیا مگر اس نے اٹھنا نہ چاہا۔ اس پر موذیل نے غصے میں کہا، ‘‘تم سچ مچ سکھ ہو۔۔۔ جاؤ دیکھ کر آؤ۔’’

ترلوچن اٹھ کر کرپال کور کے فلیٹ کی طرف چلا گیا۔ موذیل نے اپنی دھندلی آنکھوں سے آس پاس کھڑے مردوں کی طرف دیکھا اور کہا، ‘‘یہ میاں بھائی ہے۔۔۔ لیکن بہت دادا قسم کا۔۔۔ میں اسے سکھ کہا کرتی ہوں۔’’

ترلوچن واپس آگیا۔ اس نے آنکھوں ہی آنکھوں میں موذیل کو بتا دیا کہ کرپال کور جا چکی ہے۔۔۔ موذیل

نے اطمینان کا سانس لیا۔۔۔لیکن ایسا کرنے سے بہت سا خون اس کے منہ سے بہہ نکلا، ''اوہ ڈیم اٹ۔ ۔۔'' یہ کہہ کر اس نے اپنی مہین مہین بالوں سے اٹی ہوئی کلائی سے اپنا منہ پونچھا اور ترلوچن سے مخاطب ہوئی، ''آل رائٹ ڈارلنگ۔۔۔بائی بائی۔''

ترلوچن نے کچھ کہنا چاہا، مگر لفظ اس کے حلق میں اٹک گئے۔موذیل نے اپنے بدن پر سے ترلوچن کی پگڑی ہٹائی۔

''لے جاؤ اس کو۔۔۔اپنے اس مذہب کو۔''اور اس کا بازو اس کی مضبوط چھاتیوں پر بے حس ہو کر گر پڑا۔

More by Ghazal Sara Dot Org

Title	Description
Aankh Bhar Asman – (Hardcover , Paperback, eBook)	Adult poetry of Yawar Maajed
Aafat Ki Ziyafat – Hindi – (Hardcover, Paperback, eBook)	Children's bedtime poetry book by Yawar Maajed in Hindi
Aafat Ki Ziyafat – Urdu – (Hardcover, Paperback, eBook)	Children's bedtime poetry book by Yawar Maajed in Urdu
Kulliyat e Allama Iqbal – (Hardcover, Paperback)	Classical poetry by Sir Allama Iqbal, one of the greatest Urdu poets of the 20th century
Taar o Paud – (Paperback, eBook)	Short stories by Balwant Singh, a legendary fiction Urdu writer
Pehla Patthar – (Paperback, eBook)	Short stories by Balwant Singh, a legendary fiction Urdu writer
Manto Ke Hashiye – (Hardcover , Paperback, eBook)	Most controversial short stories by Saadat Hasan Manto, for which he was dragged in the court of law
Kulliyat e Manto – (Hardcover , Paperback, eBook)	This series comprises nine books that feature all of the short stories written by Saadat Hasan Manto throughout his career.
Kulliyat e Ghazal - Mirza Ghalib – (eBook)	Complete collection of all Ghazals of Mirza Ghalib
Kulliyat e Mir Taqi Mir – (eBook)	Complete collection of all Ghazals of Mir Taqi Mir

Purchase our books at

https://ghazalsara.org/shop

Scan the QR code below to visit the site. Our paperback and hardcover books are available on Amazon in every country that Amazon sells in. Additionally, all eBooks are available on Amazon Kindle, Apple Books for iPhone/iPad and Google Playbooks for Android platforms.